劍來

第二部 五 誤入藕花渡

烽火戲諸侯 著

高寶書版集團

◆目錄◆

第一章　誤入藕花深處　4
第二章　出劍而已　45
第三章　何為天下無敵　86
第四章　人間燈火點點　130
第五章　丟出觀道觀　176
第六章　山水之爭　215
第七章　人間路窄　264
第八章　總有道理無用時　307

第一章　誤入藕花深處

周肥雙指一撚，女子魂魄在他指尖凝聚為一粒雪白珠子，被他輕輕放入袖中。他抬頭望向金剛寺老僧，沒了先前的清談意味，直截了當道：「說回那件衣裳的事情。我知道與你有關，種秋為此還來寺裡找過你。」

老僧不願說正事，眼神充滿緬懷之意，望向屋外綠意蔥蔥的茂林：「貧僧有個師弟，年輕的時候一起修佛法，說他最看不得人間悲傷的故事，看到了就難免會想，世間本來就有佛，人間還是如此這般，就算他修成了佛又能如何呢？後來我離開了家鄉那座小寺廟，不知那位師弟如今……」

「成佛了沒有？」周肥壓下心中怒意，輕輕搖頭譏笑，「那麼小的地方，成得了什麼真佛，老和尚，你想太多了。」

老僧搖頭：「我只是想知道師弟是否還在世，這麼多年，很是想念師弟做的米粥。」

周肥就要站起身：「不陪你繞來繞去了，送你一程，自己去下邊問你師弟現在還會不會做粥。」

老僧臉色淡然，微笑道：「我若是幫你拿到羅漢金身，你能不能答應我一件事？」

周肥重新坐下，覺得有趣：「『我』？」

老僧伸出手掌摸了摸光頭，感慨道：「我不打算當和尚了。自幼被丟在寺廟門口，被師父好心收留，當初跟師弟兩個人成天想東想西，其實一直很想要一把梳子來著。」

周肥捧腹大笑。

老僧摘了外邊袈裟，整齊疊好，放在一邊，輕聲道：「請你幫她找出一個脫身之法，不要再被禁錮在這個『小地方』了。」

一件大袖飄蕩的青色衣裙出現在屋內一角。屋外那些美人侍奉周肥多年，見多識廣，可是親眼看到這件飄搖在空中的衣裙，還是覺得驚豔。

衣裙飄到老僧身邊，裙角緩緩落在地上，最後依稀可見是一個跪坐姿勢。

老僧脫了袈裟之後，言語便不再那麼講究：「這麼多年，擔任這金剛寺的續燈僧和講經僧，日復一日，年復一年，說了萬千句經文佛法與他們聽，各色人物，三教九流，他們聽了也就只是聽了，沙場大仗還是要打，江湖仇殺還是照舊，難不成要我一個和尚拿起刀去除暴安良，以殺止殺？拿刀架在脖子上，逼著他們向善向佛？」

衣裙一只袖子抬起，遮在領口之上，擺出掩嘴嬌笑狀。

老僧盯著周肥：「辦得到嗎？」

周肥沒有急於給出答案——眼前金剛寺老僧是這方天地的佛門聖人，擅長榜書，字如金剛杵，氣勢磅礴。他嘆了口氣：「買賣人還是要講一點誠信的，你這老和尚當真不知道得了這類認定的福緣就可以離開此地？」

老僧轉頭看了眼青色衣裙，無奈道：「她不一樣啊。」

周肥雖然是個開竅極早的謫仙人，但是也不敢自稱通曉所有規矩，畢竟下來之前，挨上一些個神魂禁錮的真正仙家祕術是必不可少的。鏡心齋、金剛寺、敬仰樓這三個地方的當家人，經過一次次浩劫和積澱，未必知道得比他少。

老僧笑了笑：「周施主能有此問，我就徹底放心了。」

周肥自言自語道：「於我而言，最好的情況，當然是帶著周仕一起離開，但是萬一有意外呢？比如當下。周仕給人打成重傷，幾乎沒有渾水摸魚、偷偷跑進十人之列的機會，我就需要保證自己離開後再六十年，周仕可以多出一些把握。周仕、鴉兒、樊莞爾，這些人，不管是誰，去了更大的天地，只要有人願意照拂他們，一定可以大放光彩。」說到這裡，周肥難掩憤懣，「陸舫這個笨蛋，明明看破了，卻不曾真正勘破。老子上哪兒再去給他找什麼師娘、師妹的！當年也好意思拿劍戳我……」

老僧抬頭望去，周肥突然抬起一手，手指間多出一封信箋。

低頭一看內容，周肥放聲大笑起來：「天助我也。」

他轉頭看了眼那些各有千秋的絕色美人，心中唏噓不已，心頭滿是遺憾。不提那不用奢望的同道中人童青青，只說比起南苑國皇后周姝真、鏡心齋樊莞爾和魔教鴉兒這三人，眼前她們的武學資質還是差了太遠。

身穿便服的南苑國太子魏衍帶著兩人一起在太子府穿廊過道。其中一人是魏衍恩師，身材矮小，跟瘦猴似的，卻是當今天下名副其實的武學宗師。另一人則是被南苑國江湖子弟奉若女神的樊莞爾，從武林聖地鏡心齋走出來的仙子。

魏衍神色古怪，有些尷尬，但更多還是慶幸，只是礙於恩師在旁，不好流露出來。

傳授魏衍一身高深武學的老人氣呼呼道：「好傢伙，就躲在我眼皮子底下，這麼多年我都沒能發現，見著了面，我倒要討教討教這天下十人的真本領。種國師是世間少有的豪傑，我素來服氣，可我就不信一個燒火做飯的廚子能厲害到哪裡去！」

原來，敬仰樓出爐了一份最新的天下十人名單，每個人身處何方及武學高低都有簡明扼要的描述。丁嬰、俞真意之流都是老面孔，但是其中有一位就像是突然冒出來的，而且藏匿之地就在這南苑國京城的太子府，身分竟然是一個廚子。

一個滿身煙火氣和油鹽味的高大老人忙裡偷閒，蹲坐在井然有序、一塵不染的灶房外頭，拿著一把金燦燦的炒黃豆，一顆顆往嘴裡丟，裡邊那些他一手帶出來的徒子徒孫正在忙碌地準備著今天的午餐。

老廚子見著了太子魏衍的身影，哀嘆一聲，皺著一張老臉：『清淨不得了。』

魏衍下令讓閒雜人等都散去，老廚子也不出聲阻攔，認命一般蹲在原地，長吁短嘆。

先前氣勢洶洶的矮小老人真遇見了這位榜上宗師，一下子就沒了興師問罪的氣焰，沉默寡言，死死盯住這個大隱隱於朝的老傢伙。

老廚子則一直斜眼瞥著樊莞爾，先是迅速看一眼後立即收回視線，後來好像忍不住，又再看了一眼，便是樊莞爾都有些奇怪。

魏衍也有些犯嘀咕：『難不成還是個老不正經？』

歷代天下十人，除了春潮宮周肥和本身就是女子的童青青，其他人對於人間美色早就不會上心了。

老廚子第一句話就很能唬人：「你們知道謫仙人分幾種嗎？」

魏衍和瘦猴老人面面相覷，樊莞爾因為出身鏡心齋，知道一些內幕。

老廚子丟了一顆炒黃豆到嘴裡：「天底下，只剩下美食不曾辜負了，要是連這個還要奪走，那我就……就只能去當個酒鬼了！」

老廚子不再多看樊莞爾，將半數炒黃豆一股腦丟入嘴中，拍拍手站起身：「謫仙人下凡歷練紅塵，一種是周肥和馮青白這般，早早自知來此人間所求為何，所以行事作風在我們眼中驚世駭俗，在他們看來卻是天經地義，不過這類謫仙人所求之物不會太深，還有就是你那鏡心齋的祖師童青青似乎在躲著什麼。第二種是陸舫這樣的，開竅比較晚，但是一定會在某個節骨眼上醒過來。

再有一種只是我的猜測，他們一輩子都未完成心願，故而始終無法清醒，渾渾噩噩，過完一世又一世，久而久之，家鄉成了故鄉，異鄉反而成了家鄉。這類人比較特殊，往往皮囊出彩，武學天賦很高，但在外人眼中，成就每次距離最高點都差了那麼一點。」

老廚子又盯著樊莞爾：「但是這類人有些時候身上難免會帶著『不合規矩』的味道，市井坊間的所謂『魔怔了』、『鬼上身』，有一小撮就跟這個有些關係。妳這小女娃兒近期有沒有覺得自己哪裡古怪？」

樊莞爾猶豫了一下，點頭道：「兩次。」

老廚子點點頭，笑咪咪道：「這丁老魔厲害啊，人間無不可殺之人，人間無不可恕之人，已經不比當年那個瘋子差了，而且更加聰明，我看這次他多半要得償所願。俞真意要護著這方人間，在我看來，自然也厲害，可在某些人眼中，估計格局還是小了些。反而是一直被俞真意壓一頭的國師種秋，前些年獨自一人走遍四國山河和八方蠻夷之地，我看出息會比較大。」

他嘆了口氣，「至於我嘛，說多做多錯就多，不聞不問等個死。以前呢，還想著折騰一番，越到後來，看得越多就越沒心氣了。這次亂局，丁老魔和俞真意是死對頭，有他們兩個盯著，這回只要是榜上的沒誰逃得掉。我呢，謫仙人到底是什麼東西已經不好奇了，只想著能夠多活個二、三十年就很滿足了，所以……」

老廚子驟然出手，雙指併攏作劍訣，刺穿了自己數個關鍵竅穴，頓時鮮血淋漓，一身落在俞真意或是「謫仙人」陳平安眼中近乎「合道」的氣息瞬間破功，從這個天下最頂尖的宗師一路下墜，淪為比瘦猴兒還遜色一籌的高手，主動退出這場風起雲湧的亂局。

老廚子臉色慘白，但是笑容釋然，問太子魏衍：「這麼大一座太子府，再養一個糟老頭子二、三十年應該沒問題吧？當然，真有需要我出把力的時候，殿下也可以開口。」

魏衍點點頭：「先生只管在府上靜養，我絕不會隨意打攪先生的清修。」

牯牛山之巔，剛剛走到山腳又去而復還的周姝真拿著一封密信，苦笑不已，遞給俞真意。

俞真意接過之後，看了信上內容，皺眉問道：「怎麼回事？」

周姝真無奈道：「肯定是來自敬仰樓，但絕對不是我們敬仰樓的手筆。」

俞真意抬頭看了眼天幕。當站到足夠高的地方，神人觀山河，人間即是星星點點的壯觀景象，但是很難盯著某一個人仔細瞧。

俞真意對此深有體會，比如他眼中看得到狀元巷的丁老魔、陳平安、陸舫，三人光點尤為刺眼。更遠處，比如有金剛寺兩點、太子府四點，其中最亮的一點驟然黯淡下去。

這種遠觀無須消耗俞真意積攢多年的靈氣，可如果俞真意想要仔細「近看」某一人，就要付出不小的代價。

狀元巷附近那棟宅子，頭戴銀色蓮花冠的丁嬰突然收到一封來自敬仰樓的密信。

看到末尾處，他眼睛一亮——還有這等好事？便是他都有些心動了。

他瞥了眼曹晴朗，嘖嘖道：「小娃兒，你倒是好運道！」

至於那個外鄉人，絕對是被誰狠狠坑了一把，不然絕對不至於惹來這麼大的打壓。

在丁嬰所知的歷史上，每一次甲子之期，幾乎沒有過這樣光明正大的插手，沒有哪位謫仙人被如此敲打。

不管各自初衷為何，圍剿陳平安的幾撥人，七個大名鼎鼎的江湖高手，其中粉金剛馬宣、琵琶女、魔教鴉兒已經折在了這條街上。

以游俠身分闖蕩天下的馮青白是個瘋子，為達目的不擇手段，破牆偷襲，沒能一劍刺殺陳平安，反倒是賠上了鴉兒的大半條命。那個有望以女子身分繼承魔教教主之位的木屐美人至今還沒能翻轉過身，一側臉頰貼在冰涼街面上，一隻纖纖玉手的秀美指甲輕輕滑動著青石，視線對著簪花郎周仕，眼神充滿了痛苦和哀求。之前雖是戲言，要周仕答應不許她死在這邊，可他終究是答應了的，為何遲遲不願出手？

簪花郎周仕沒有任何愧疚，甚至還與她對視了一眼，微笑致意。

陸舫始終沒有出手，神出鬼沒的錢塘已經跟陳平安交過手，沒有占到半點便宜。

周仕手持那串猩紅色念珠輕輕撚轉：「現在站著的人就數我周仕最拖後腿，但是接下來我保證會竭盡全力對付此人。陸先生、笑臉兒、馮青白，我們今天能否拋開成見，一致對敵？」

錢塘笑臉瘆人，點點頭：「不管最後是誰宰了此人，我只要他身上的一樣本事——那門縮地成寸的仙術，如果拿不到，報酬另算。」

馮青白眼神炙熱地望向陳平安：「殺他的最後一劍，必須由我來出，至於他身上的所有家當，我一件不取，斬殺謫仙人之後的那件法寶，我一樣可以交出來，由你們決定怎麼分贓。」

周仕看了眼奄奄一息的鴉兒，笑道：「我只要她。」

陸舫一錘定音：「那就這麼說定了。」

馮青白橫劍身前，手指彎曲，輕輕彈擊劍身，笑容玩味：「陸劍仙，您老人家可別再袖手旁觀了，小心偷雞不成蝕把米，最後咱們一個個成了此人的武道磨刀石。你作為咱們這邊最拿得出手的高手，若還是藏藏掖掖，拿我們的性命去試探深淺，我可不樂意伺候，大不了就不攪和這一攤，你們愛咋咋的。」

陸舫笑道：「只管放心。」說完這句話，手心抵住劍柄的鳥瞰峰劍仙以握拳之姿將那把「大椿」連劍帶鞘一起拔出了地面。

仙家術士曾在書中記載，上古有樹名為大椿，八千年為春，八千年為秋，結實之後，凡人食之可舉霞飛升。

陳平安一直在默默蓄勢，而且也要適應沒了金醴法袍束縛後的狀態。

崔姓老人傳授的拳法中，雲蒸大澤式或是鐵騎鑿陣式還好說，無非是出拳輕重有別。可像神人擂鼓式這種拳架，差之毫釐、謬以千里，而且需要時刻提防那個陸舫，必須拿捏好每一拳的分寸，這是陳平安自習武以來的拳法巔峰，體魄、神魂和精氣皆是如此。

「來了，小心。」陸舫微笑提醒眾人，「也真是的，動手之前都不打聲招呼，太沒有宗師氣度了。」與此同時，手腕擰轉，陸舫第一次正兒八經握住劍柄。由於他一身劍氣過於充沛，哪怕有意壓制收斂，仍是不斷向外傾瀉，使得一身衣衫無風而飄蕩，尤其是握劍那隻手的袖管，劍氣充盈，鼓蕩不已，袖口大開，裡邊竟然傳出絲絲縷縷的嘶鳴聲。

剎那之間，錢塘心弦緊繃，二話不說，使了偶然所得的那部仙家殘本祕術，以玄之又玄的奇門遁甲，由震位瞬間轉移到了坎位。只是不等他查看陳平安身形，拳罡已至身前，撲面而來，臉上一陣刺痛。

一抹劍光突兀地橫在他的頭顱與拳罡之間，鋒銳無匹的劍刃橫放，落在他的眼中，就像眼前擺放著一根雪白絲線。

那一拳被劍刃所阻，為錢塘迎來一絲迴旋餘地，幾次身形消逝，一退再退，好不容易才擺脫那份令人窒息的壓迫感。

錢塘自出道以來，馳騁江湖三十年，原本最喜歡與外家拳宗師對敵。他進退自如，逗弄那些輾轉騰挪略顯遲鈍的宗師如遛狗一般，這也是他「難纏鬼」綽號的由來，數位以橫鍊功夫著稱於世的老傢伙硬生生被鬼魅出沒的他活活耗死。

這是他第一次碰到比自己還能跑的拳法高手，他心知馮青白救得了自己一次、兩次，未必會有第三次，便不再留後手，退轉躲避間，雙手隱藏於大袖之中，指縫之間俱是小巧玲瓏卻刀光森寒的無柄飛刀，刀鋒之上塗抹了幽綠劇毒鉤吻，最能破解武人罡氣。

離著陳平安五、六丈外，錢塘見馮青白一劍為自己解圍後也付出了代價，被那人死死盯上，三兩回合之後，馮青白就落了下風，被一腿橫掃砸中肩頭，砰然橫飛出去。

一襲白袍如影隨形，一條胳膊頹然下垂的馮青白顯然處境不妙。

投桃報李，錢塘袖中飛刀迭出。

那人也真是個怪物，此次出拳，每一步都顯得十分輕描淡寫，踩在街面上，別說是粉金剛馬宣請神後那種腳裂磚石的氣勢，錢塘簡直要以為那人的靴子根本就沒有觸及地面。他也沒奢望六把鉤吻能夠刺中那人，只是為了給馮青白贏得一絲喘息機會。

馮青白咧嘴一笑，五指張開，竟是鬆開了那把長劍。

一名劍客，棄劍不用？錢塘看得心裡一陣發虛。難道十年間從北向南差不多一人仗劍殺穿半個武林的游俠馮青白，就只有這點斤兩？

馮青白的長劍沒有墜地，沒了主人駕馭卻劍身微顫，漾起陣陣漣漪，然後驟然緊繃，懸停在空中，劍尖翹起，直指那一襲白袍，一閃而逝。

馮青白抖了抖左邊肩頭，被鞭腿掃中，一陣刺骨之痛，不過不礙事。

他的右手雙指併攏作劍訣。在這方狹窄壓抑的小天地，劍修神通無法施展，但是相對下乘的馭劍術，馮青白已經可以耍得爐火純青。

馮青白這次下來，是為了「淬劍」，以一切方法，盡可能淬鍊劍意和劍心。

攻守轉換。街道之上，一團白雪，一抹白虹。

簪花郎周仕先是小心翼翼將鴉兒扶起，讓她靠坐在一側牆根下，免得她莫名其妙就死在交手雙方的劍氣拳罡之下。

馮青白穿透她後背心的那一劍真是凌厲狠辣，竟是直接打爛了鴉兒的丹田牽連。不但如此，還有一縷劍氣滯留在她體內，使得她無法運氣療傷，如果沒有高人相救，幫她剝離出那縷劍氣，她就只能等死了，哪怕是金剛寺的療傷聖藥一樣毫無裨益。

周仕當然沒有在大戰之際跟她卿卿我我，蹲在牆根陰影中，拇指微微加重力道，那串纏繞拳頭的念珠被推出去一顆。猩紅色的珠子沒有隨意滾落，在青石板街面上彈了兩次就憑空消失。

周仕不斷將念珠散出去。這是他爹周肥交給他的一件護身符，說是運用得當的話，面對天下「上十人」可以保命，面對「下十人」則能殺敵。當然，那位春潮宮宮主也叮囑過周仕，遇上丁嬰和俞真意，能跑就跑，跑不掉就下跪磕頭求饒，不丟人。

馮青白閒庭信步，緩緩走動，以酣暢淋漓的馭劍術追殺那一襲白袍，陳平安幾次想要擺脫，仍是被風馳電掣的飛劍纏上。飛劍之快，讓人只能看到劍光流轉。

錢塘不敢畫蛇添足，默默在遠處調整呼吸，見到這一幕，既鬆了口氣，也有些悚然。

若是自己遇上馮青白，該如何應對？

那一襲如雪花翻滾的白袍突然停下，伸手握住了飛劍的劍柄。

馮青白怡然不懼：「哪有這麼簡單的事情，你肯定抓不住的……」

不等馮青白把話說完，陳平安右手握住劍柄，左手一記手刀砍在劍身之上。

劍身並未折斷，但是劍尖那端高高翹起，彎出了一個巨大弧度。

馮青白雙指劍訣微頓，陳平安亦是雙指併攏，在劍身之上迅速一抹，剛好撫平長劍，橫劍在身前，然後鬆開了握劍五指。

馮青白在愣神之際被人拎住後領往後一拽，丟出十數丈，劍尖只差絲毫就要戳破他的心口。

陳平安雙指微動，飛劍掠回，縈繞身體四周，如小鳥依人。

劍師馭劍，我也會的。

馮青白不但被奪了兵器，還差點被人家以馭劍手法戳穿心口，非但沒有覺得受了奇恥大辱，勃然大怒，反而眼神泛起異彩，覺得總算「有那麼點意思」了。

江湖規矩還是要講一講的，馮青白被陸舫所救，站在這位大名鼎鼎的「半個劍仙」身後，道了一聲謝。

望著這個劍氣滿袖的瀟灑背影，馮青白有些羨慕。自己不過是仗著家世和師門才有今天這番光景，雖說本身天賦不俗，卻還當不起「不世出」、「百年一遇」這類美譽。

陸舫不同。他這種人，在任何一座天下都會是最拔尖的用劍之人。

背對馮青白的陸舫笑了笑：「不用客氣，你要是願意的話，我可以繼續幫你壓陣，前提是你有膽子奪回那把劍。」

馮青白伸手揉了揉左邊肩頭，有些無奈，搖頭道：「在上邊自然不難，可惜在這裡，那把劍我是註定搶不回來了。」

陸舫點點頭：「那你接下來可以就近觀戰。」

馮青白會心笑道：「山高水長，將來必有回報。」

他這趟下來，耗費師門一份天大人情，幫自己輕舟直下萬重山，做了十來年開竅自知的謫仙人，捨了劍修身分，竊據一副底子尚可的皮囊，再以一名純粹武夫的江湖劍客身分從頭來過，挑戰各路高手。裨益，有，但還遠不到師父所謂的「由遠及近」。

下來前，馮青白與師父有過一番促膝長談，劍修除了佩劍，更有本命飛劍，是為遠，哪怕隔著數十丈、千百丈，仍能殺人於無形；江湖劍客講求一個「三尺之內我無敵」，是近，所以馮青白是要從近處悟劍道，好在看那白袍劍客和陸舫出劍也是一場修行。

馮青白這份眼界和心性還是有的，至於今日勝負，他並不放在心上。

事實上，絕大部分謫仙人都不是衝著「無敵」、「全勝」來到這處人間的，更多還是跟個人的心境關隘有關。

鴉兒癱坐在牆根，大汗淋漓，堪堪止住了鮮血泉湧的慘狀而已，她甚至不敢低頭去看那處傷口。

那個被砸得嵌入牆壁的琵琶女滿臉血汙，一番掙扎，好不容易才摔落在地，背靠著牆壁，一點點借力站起，看了眼心愛的琵琶。一同行走江湖這麼多年，它竟成了破爛兒。實在是無力去拿起，她看也不看街上的戰況，一手按在牆壁上，蹣跚前行。她的臉色慘白得可怕，像是要去一個必須要去的地方。

馬宣尚未清醒過來，也有可能這輩子都沒機會了。

周仕額頭滲出一層細密的汗水，僅是眼角餘光瞥見那白袍劍客馭劍就讓他心頭如壓巨石，幾乎要喘不過氣來。

催動那些珠子落地扎根並不輕鬆，需要先截斷、撈取一縷體內氣機，小心翼翼地灌入珠子，然後按照父親私下傳授的仙家陣圖，以命名為「屠龍」的手段，將珠子好似擺放棋子一般擺出一個棋勢才算大功告成。在此期間，一步差不得，每一顆珠子都蘊含著父親從四處搜刮、收集而來的「仙氣」。

父親曾經讓他手持神兵利器隨便出手，可他如何都傷不到珠子分毫。這次跟隨父親一起來到南苑國京城，總以為穩操勝券，是以多是湊熱鬧的心態，覺得只要躲在父親和丁老魔身後坐山觀虎鬥，看別人的生生死死就行了，但是丁嬰不按常理行事，逼得他不得不陪著鴉兒一起親身涉險。

父親死了，猶有轉機，可他周仕死了，再想還魂，以原原本本的周仕重返人間，實在是難如登天，而且以父親的脾氣，他周仕只要夭折在半路，可能連自己的屍體都懶得多看一眼，絕對不會多花一絲一毫的心思。

陳平安之所以沒有乘勝追擊，除了陸舫從中作梗之外，還是在熟悉那把長劍的重量以及它各種飛掠軌跡所需的真氣分量——越精準越好。劍師馭劍，所謂的如臂指使，只是剛剛跨過門檻，更重要的是躋身一種「靈犀」的境界。這是一種模仿劍修駕馭本命飛劍的偽境，就像粗劣的摹本、拓本，不過贗品也有真意，一樣大有學問。

陸舫其實一直在猶豫，因為丁老魔就在附近。一旦選擇全力對付白袍劍客，就很容易被性情乖張的丁嬰暴起行凶。丁嬰出手可從來不管什麼規矩和身分，說不定對付一個瞧不順眼的末流武夫都會傾力一拳。再者，陸舫擔心簪花郎周仕的安危。

就在此時，陸舫和陳平安幾乎同時望向同一個地方。那裡有一個身材高瘦的青衫老儒士，行走間氣度非凡，分明就是這個天下屈指可數的山巔宗師。他卻沒有插手陳平安與陸舫的對峙，而是由街道轉入巷弄，去了陳平安暫住的那處院子。

國師種秋，對上了丁嬰。

若說世間誰敢以雙拳硬撼丁老魔，並且還能夠打得蕩氣迴腸，死戰不退，不是隱約之間高出武學範疇一個層次的神仙俞真意，更不是他鳥瞰峰陸舫，而是種秋，只有種秋。

如此一來，陸舫便真正沒了顧忌。他緩緩拔劍出鞘，大椿每出鞘一寸，世間便多出一寸璀璨光彩，刺眼奪目，連錢塘都要瞇起眼。

一直縮在板凳上恨不得所有人都見不到她的枯瘦小女孩反而瞪大了眼睛，仔細凝望著劍光從一寸蔓延到兩寸，甚至滿臉淚水都沒退縮，直到大椿出鞘一半，才猛然轉過頭，感覺像是要瞎了一樣，哪怕閉上了眼睛，「眼前」仍是雪白一片。她伸出瘦如雞爪的小手輕輕擦拭臉龐。

她之所以會盯著那人拔劍，只是純粹覺得那份景象很好看，很想要一把抓在手心。

她每次大清早走在香氣彌漫的攤子旁邊，眼饞加嘴饞地看著那些籠屜裡的各色美食，想要搶了就跑，找個地方躲起來，吃飽了就扔，最好別人都吃不上，一個個餓死拉倒。

種秋來到宅子外邊，院門沒關，他徑直走入其中。

丁嬰見著了這位被譽為「天下第一手」、將外家拳練到極致的武人，微笑道：「一別六十年，這麼算來，種秋，你今年七十幾了？」

種秋看了眼窗戶上的景象以及偏房內的動靜，皺了皺眉頭。

丁嬰站在臺階上，對於種秋的一言不發沒有半點惱火，仍是主動開口：「當年你不信我說的，現在相信了吧？」

丁嬰看遍天下，百年江湖，入得法眼之人屈指可數，種秋就是之一。

世人都高看俞真意，覺得南苑國國師種秋高則高矣，比起離了山頂入雲海的神仙中人俞真意仍是要稍遜一籌，可丁嬰卻從來看不起俞真意，唯獨對種秋讚賞有加。

六十年前的南苑國亂戰，丁嬰從頭到尾都是局中人，俞真意和種秋當時都只是渾水摸魚偶得機緣的少年而已。大戰落幕後，丁嬰曾經偶遇形影不離的兩人，揚言種秋以後必是一方宗師。

種秋問了丁嬰兩個問題：

「你到底要做什麼？」

「我們在做什麼？」

「坐下聊吧。」丁嬰坐在小板凳上，隨手一揮袖，將另外一張小板凳飄在種秋身旁。

種秋落座後，丁嬰緩緩道：「回答你這兩個問題之前，我先問一句，你知道自己身處何方嗎？」

種秋神色肅穆：「天外有天，我是知道的。」

丁嬰笑著點頭：「比起你們從祕檔上尋找謫仙人的蛛絲馬跡，我要更直接一些，六十年間親手殺了好些謫仙人，有些已經開竅，有些尚未夢醒，從他們嘴裡問出不少事情。」他跺了跺腳，「咱們這兒叫藕花福地，是七十二福地之一。四國疆域，加上那些尚未開荒的版圖，我們覺得很大了，謫仙人們卻覺得太小。依照他們的說法，咱們這藕花福地只能算是一塊中等福地。他們勘定福地的等級，除了最主要的靈氣充沛程度，人口數量也很重要。藕花福地其實地域並不廣闊，但是這片土地上武學英才輩出，一向是謫仙人歷練心境的絕佳之地。」

種秋雖然追求真相多年，早有揣測，可親耳聽到丁嬰道破天機，古井無波的宗師心境也起了變化，臉上還有些怒意。直到這一刻，才開始理解俞真意的那份壓力。

因為修行了仙家術法，除了丁嬰之外，俞真意比誰都站得高、看得遠，所以他對江湖紛爭，甚至是四國廟堂的風雲變幻懷有一種外人無法想像的漠然。

丁嬰笑道：「不過這塊藕花福地真正奇怪的地方，還是因為一個……」說到這裡，他啞然失笑，抬頭望天，「人？仙人？」

他繼續道：「據說想要進入咱們這兒，比起其他福地要難很多，得看那個傢伙心情，或者說眼緣。在那些所謂謫仙人的家鄉，相對於一個叫玉圭宗的宗門所掌握的雲窟福地，桐葉洲這塊藕花福地名聲不顯，很少有事蹟傳出。如果說周肥、陸舫之流是外放地方為官的世家子弟，他們的仕途一步步按部就班，那更多的是一些誤闖進來的傢伙，能否出去，只看運氣了。」

種秋指了指天空：「如此說來，那個天外天，是叫桐葉洲？」

丁嬰笑容玩味：「誰跟你說一定在咱們頭頂上邊的？」

種秋沉思不語。

丁嬰難得遇上值得自己開口說話的人物，非但沒有天下第一人的宗師架子，世人以為的桀驁無匹也半點看不出，反倒像是一個耐心極好的老夫子在為學生傳道授業解惑：「現在可以回答你第二個問題了。我們在做什麼？每六十年，登了榜並且活到最後的十大高手就可以被那個傢伙相中離開此地，並且之後人人有大機緣——上等以完整肉身和魂魄共同飛升，下等只得以魂魄去往別處。」

種秋問道：「所以敬仰樓就算挖地三尺也要找出真正的天下十大高手，點評上榜，以免有人瞞天過海、蒙混過關？除此之外，又為了防止有人躲藏太深，就故意添加了那些能夠讓修為暴漲的福緣之物，以及斬殺謫仙人就能夠獲得一件神兵的規矩，為的就是促使前二十人聚集起來自相殘殺？」

「關於那個興風作浪的敬仰樓，內幕重重，比你我想的都要更深不見底。沒有敬仰樓每二十年一次的『敲打』，天下不會這麼亂。」丁嬰呵呵笑道，「但是，其間其實是有漏洞可鑽的。」

種秋不愧是南苑國國師，一點就透：「強者越強，抱團取暖，爭取合力行事，最後瓜分利益。不說以往，就說這一次，俞真意正是如此行事，不分正邪，盡可能拉攏前二十的高手，為的就是針對你丁嬰，同時圍剿謫仙人。」

說到這裡，種秋又皺了皺眉頭，望向丁嬰，似有不解。

丁嬰哈哈大笑：「你想得沒有錯，真正最穩妥的方式，是前十之人識趣一點，早早向我靠攏尋求庇護，只要我脫離魔教，行事公道，兢兢業業，為整個天下訂立好規矩，然後有望登榜之人，大家各憑本事和天賦，最終再由我來評點你種秋排第幾，他俞真意有沒有進前三，那麼最少這六十年內，天下太平，哪裡需要打得腦漿四濺，相互切磋就行了。」

種秋仔細思量，確定並非是丁嬰大放厥詞。

丁嬰以手指輕輕敲擊膝蓋，顯得格外悠哉閒適：「但是我覺得這樣沒有意思。」

種秋再問了相同的問題：「你到底要做什麼？」

丁嬰擺擺手，依舊沒有回答這個問題，而是轉移了話題：「你只需要知道，這次形勢有變，沒有什麼十人不十人了，活到最後的飛升三人能夠分別從這個天下帶走五人、三人和一人就可以了。」他加重語氣，「是任意三人。」

種秋神色如常。

丁嬰扯了扯嘴角：「死人都可以，只要是在歷史上真實出現過的，都行。若是選了那些死人，他們會活過來，靈智恢復正常，卻偏偏會成為忠心耿耿的傀儡。你說，是不是很有趣？」

種秋腦海中立即浮現出數人，南苑國的開國皇帝魏羨，槍術通神，被譽為千年以降陷陣第一；創立魔教的盧白象，近五百年來凶名最盛的魔道魁首；能夠讓俞真意都崇拜不已的劍仙隋右邊；丁嬰之前的天下第一人，那個徹頭徹尾的瘋子朱斂。

這些人，都曾是當之無愧的第一人，但是無一例外，有據可查地死在了人間：魏羨老死於一百二十歲；盧白象死於一場數十位頂尖高手的圍殺；隋右邊死於眾目睽睽之下的御劍飛升途中，無數人親眼看到她墜落回人間的過程，血肉消融，灰飛煙滅；重傷後的朱斂則死在了丁嬰手上，那頂銀色蓮花冠也是從朱斂腦袋上摘下來的。

種秋問道：「為什麼？」

丁嬰笑道：「你問我，我去問誰？」

種秋直視丁嬰眼睛：「你、周肥、陸舫，就已經有三人了。」

丁嬰笑了：「所以你現在有兩個選擇：去宰掉陸舫，或是聯手俞真意嘗試著殺我。」

種秋默不作聲。

丁嬰玩味道：「不過我勸你可以再等等，說不定陸舫不用你殺。」

種秋問道：「如果你要離開，會帶走哪三個人？」

丁嬰指了指站在灶房門口的曹晴朗：「如果我要走，只會帶走他。」

種秋瞥了眼那個孩子，疑惑道：「資質並不算出眾。」

丁嬰一笑置之。

沒了約束的陸舫遞出第一劍。一劍過後，從陸舫站立位置到這條大街的盡頭，被劈開了一道半丈高的極長溝壑。別說是鴉兒、周仕這樣土生土長的傢伙，就是馮青白都看得目瞪口呆，恍若置身於家鄉桐葉洲。

笑臉兒錢塘的笑臉更加生動。背靠大樹好乘涼，早年因緣際會，跟最落魄時候的陸舫成為朋友。當時他是熱血上頭，便陪著他一起去了春潮宮，在當時的情形下，算是陪陸舫一起慷慨赴死了。結果陸舫在山腳敲暈了他，獨自登山挑戰周肥，等到他清醒過來，陸舫就坐在他身邊，不再是那個成天借酒澆愁的失意人。

在那之後很多年，陸舫的鳥瞰峰就只有錢塘一人能夠登臨，並且活著下山。

周仕最是無奈，自己辛辛苦苦布下的陣法，豈不是毫無用武之地？

美中不足的是，那個年紀輕輕的白袍劍客竟然跑了。在陸舫出劍的瞬間，好像就已經確定擋不住這一劍的浩蕩威勢，橫移出去，然後直接撞開牆壁，就那麼消逝不見。

陸舫環顧四周，不覺得那人已經退去。

看似隨意一劍斬去，將那堵牆壁當場劈出一扇大門來。

塵土飛揚，依稀可見一襲白袍躲開了洪水般的劍氣，再次消失。

陸舫心知肚明，這麼持續下去，誰也傷不到誰，自己殺力勝過他，但是那人又躲得掉自己的每次出劍。

除非有人下定決心跟對方換命，比如陸舫收起大半劍氣給那人近身的機會，又或者那人願意豪賭一場，扛住陸舫殺敵、護身的兩劍，然後一拳打死陸舫。

陸舫一劍上揚，空中出現一道巨大的弧月劍氣，呼嘯而去。

一襲白袍匆忙放棄前衝，迅猛下墜才躲過那道劍氣。

陸舫一步飄掠上了牆頭。那人幾次躲避，陸舫都不曾見到馮青白的那把佩劍，有些古怪。他只看到那人站在遠處一座屋頂翹簷上，大袖微晃，加上腰間那只朱紅色的酒葫蘆，不單單是看著飄然出塵那麼簡單，一身渾厚拳意與天地合，拳意重且清，極為不易。便是在桐葉洲都大名鼎鼎的陸舫也不得不承認，這個一身武學駁雜的年輕謫仙人只要能夠活著離開藕花福地，未來成就一定不低。

一根釣竿釣不上魚，那就換一種法子，廣撒漁網好了。

陸舫抬臂抖了一個劍花，除去手中握的那一把，他身前還懸停了三十六把一模一樣的名劍大椿，如步卒結陣，井然有序，戒備森嚴。

一把把長劍緩緩向前，然後驟然加速，破空而去。

陳平安在一座座屋頂上空飛奔，輾轉騰挪，一道道化為白虹的劍氣如附骨之疽在他四周先後炸裂開來。

陸舫駕馭三十六把劍氣大椿，以為弩箭使喚，並且只要陳平安拉開距離，他就會適當往前推進，始終讓兩人保持在三十丈距離內，不給陳平安一鼓作氣衝到身前的機會。

陸舫當然是為了殺陳平安而出劍，不是為了玩貓抓老鼠的遊戲。陳平安什麼時候可以欺身靠近，什麼時候會誤以為能夠一拳分出勝負，陸舫都會設置好陷阱。

只是不等三十六劍用完，陳平安就開始向陸舫奔來，輕靈腳步左踩右點，不走直線。

陸舫微微訝異，心中冷笑：『這就來了？』

他五指微動，最後六把飛劍驀然散開，在空中畫弧，最終劍尖彙聚在某一個點上。那個地方，剛好是那人出拳的必經之地。

一閃而過，六把飛劍在陳平安身後轟然炸在一起，聲勢浩大。

果然還能更快。陸舫沒有半點驚訝，更沒有絲毫慌張，手中真正的大椿橫掃，劍氣凝聚一線。這一劍彷彿直接將南苑國京城分出了上下兩層，陳平安不退反進，一往無前，一拳劈向那道劍光。

鮮血在身前濺射開來，陸舫眼神淡然，一劍劈下——先分上下，再分左右。

只是陸舫在一瞬間，完全是憑藉本能踩踏屋頂，頭頂一把飛劍從陸舫先前的身後飛向陳平安。

陸舫心有餘悸。馮青白的那把佩劍肯定一直就被留在牆壁附近，看似莽撞地撞開橫掃一劍根本不是為了出拳，而是要耍一手劍師馭劍，首尾夾擊。

陳平安伸手握住長劍。只差一點，就能夠給那陸舫來一個透心涼，但他並無什麼遺憾神色，心中默念一聲：『去！』

陸舫心中駭然，來不及出聲提醒大街上的周仕，緊隨其後，丟出手中大椿去往牆壁那邊。他稍稍分神，用上了真正的馭劍術，以免再出紕漏，救人不成反殺人。

馮青白的佩劍穿過牆壁，剛好刺向周仕的後腦勺。

幾乎同時，陸舫的大椿微微傾斜釘入牆壁，從更高處撞向那把飛劍。

千鈞一髮之際，大椿狠狠撞在了飛劍之上，使得那把飛劍出現下墜，只是穿透了周仕的肩頭，巨大的貫穿力使得這位簪花郎踉蹌向前。

陸舫猛然抬頭，一襲白袍如流星墜落，從屋頂窟窿來到陸舫身前，一拳已至。

陸舫整個人被打得倒滑出去，撞碎了牆壁，第二拳又到——神人擂鼓式。

陸舫在這一條直線上結結實實吃了九拳神人擂鼓式，一路倒退，先前錢塘和陳平安都站過的牆壁也給陸舫後背撞得稀巴爛。

陸舫試圖馭劍自救，但是發現根本不行，只能凝聚一身氣機竭力庇護體魄，而大椿畢竟只是這方天地的神兵利器，不是陸舫滯留在桐葉洲的本命飛劍。

第十拳陳平安毅然決然遞出，陸舫砰然撞開街道上的建築，與先前琵琶女如出一轍，最終嵌入了牆壁之中，七竅流血，狼狽至極。

陳平安也為這次執意出拳付出了代價。

一人出現在他身側，一拳打在了他的太陽穴上。

如同被撞鐘敲在了頭顱上，陳平安倒飛出去十數丈之遠，半蹲在街道上，腳邊就是先前被陸舫劍氣裂開的溝壑。

那個出手打斷陳平安神人擂鼓式的傢伙，一襲儒士青衫，就站在那邊，一手負後，一手握拳在身前，氣定神閒。

陳平安轉頭吐出一口黑青色的淤血，伸手擦了擦嘴角。

剛好位於種秋和陳平安之間的枯瘦小女孩從頭到尾都蜷縮在牆根的小板凳上，她悄悄看了眼那個身穿白袍的傢伙，厲害是厲害，但這會兒就有些可憐了。

不知道是不是錯覺，她發現那個給人一拳打得慘兮兮的傢伙緩緩站起身後，跟學塾先生一樣的老頭子對視同時也在與自己對視，大概是說，別怕？

她明明知道自己的性命跟他掛了鉤，他一旦身死，自己多半也要死翹翹，可是她就是忍不住戾氣橫生，恨不得他下一刻就給那個老王八打死算了。

這種情緒，說不清、道不明，就像當初她看到小木箱子裡的那個小雪人一樣。她那麼喜歡它，既然得不到，那就摔掉、毀掉、死掉。她覺得這沒有什麼不對的。

先後兩把飛劍破牆而至，重傷了剛好收回全部念珠的簪花郎周仕。緊接著，占盡先機和上風的陸舫被一拳拳打回這條街道，最後一拳更是打得陸舫陷入牆壁。再最後，便是南苑國國師種秋前來收官，被譽為天下第一手的種秋一拳擊退陳平安，救下了已經沒有還手之力的陸舫。

馮青白藉機收回了自己的佩劍，不但如此，還曾試圖找機會將大椿還給陸舫，只是因為種秋的橫空出世，馮青白打消了念頭，以免畫蛇添足。他長長呼出一口氣，若是種秋這一拳打在自己太陽穴上，估計就要靠著師門花錢撈人了，否則就只能在藕花福地一次次轉世投胎，修道之人的根本不斷被消磨熔化，融入這方天地。天地為爐，萬物為銅，即是此理，而那個人的座下童子就是負責煽風點火之人。

那個人從來不現身，不願見世人，只有一個手持芭蕉扇的小道童負責整塊藕花福地的運轉，當然也與各方有資格接觸福地內幕的桐葉洲地仙打交道。馮青白下來之前，在祖師的帶領下見過童子，玉璞境的開山老祖都要對那個說話很衝的小傢伙持平輩之禮。

來到藕花福地短短十數年，已有恍若隔世之感。冥冥之中，馮青白生出一種直覺：自己這次砥礪大道劍心，多半到此為止了，運氣好的話，撐死了獲得一件法寶品秩的仙家重器。畢竟他現在戰力完整，反觀陸舫已經落幕，說不得道心都要受損，哪怕回到桐葉洲都是大麻煩。

謫仙人、謫仙人，聽著很是美好，實則不然。只有推崇「人生不享福，與草木畜生何異」的周肥下來之後根本不涉修行根本，自然輕鬆愜意。可像馮青白、陸舫他們這些人就十分凶險了，前輩童青青哪怕已經貴為鏡心齋掌門，身為天下四大宗師之一，仍是東躲西藏了數十年，至今尚未露面，就是一個絕佳例子。

收斂雜亂思緒，馮青白開始複盤這場戰事，盡可能多琢磨出些門道。

他先前一直在遠遠觀摩這場巔峰廝殺，他山之石、可以攻玉，這是修道路上的心境借勢，與佛家觀想之法有異曲同工之妙。

在馮青白眼中，藕花福地的山巔之戰其實比起桐葉洲的金丹、元嬰之爭並不遜色。白袍年輕人和陸舫的交手已是如此精彩，若是正邪雙方壓軸的丁嬰、俞真意最終出手，又是何等氣象？馮青白原本並不看好陳平安，因為陸舫是名動桐葉洲的劍仙胚子，已經在重重壓制之下，在靈氣稀薄的藕花福地逆流而上，另闢蹊徑，再次摸著了劍道門檻。

陸舫的劍，遠攻近守，不在話下，可是結果出人意料。

破局的神仙手，在於那人竟然看出了陸舫必救周仕。

江湖傳聞，陸舫與周肥是不共戴天的死敵，陸舫還曾仗劍登山，在春潮宮跟陸舫有過生死戰，做不得假。

馮青白已經來到藕花福地十餘年，而那個年輕人才來不久，照理說應該對這個天下的山頂風光更加陌生才對。馮青白實在想不明白，一場交手，本該旁觀者清、當局者迷，那個年輕人難道不單是以完整肉身、魂魄降下，還熟諳諸多內幕？故而才壞了規矩，被這裡的天道視為亂臣賊子，必須壓勝，除之而後快？

周仕整個肩頭都變得稀巴爛，所幸是外傷，他以周肥燒製的春潮宮療傷聖藥勉強止住了血，與鴉兒並排靠在牆根下，笑容慘澹道：「我已經盡力了。」

風流倜儻簪花郎，引來無數嬌娘盡羞赧，可惜此刻沒了風流，只有落魄。

鴉兒正在竭力以一門魔教祕法壓抑紊亂氣機，這是魔教三門之一垂花門的武學寶典，有枯樹開花之功效，傳聞是垂花門某一代門主誘騙了那一代鏡心齋的聖女，得以偷窺到半部《返璞真經》，真經能夠讓人返老還童，垂花門門主可謂天縱奇才，逆推真經，化為己用，編撰了這部魔教祕典。這個祕法後遺症巨大，使用之人雖然能夠強行壓下重傷，可是會迅速衰老，加快肉身腐朽，垂花門歷代梟雄只有在沒了退路的生死戰中才會使用此法。此時鴉兒臉色鐵青，鬢角竟然出現了絲絲白霜之色。

周仕嘆息一聲。若是遞過去一面銅鏡，最是自傲姿容的鴉兒姑娘，會不會直接走火入魔？周仕不知是安慰她還是安慰自己：「放心吧，我爹很快就會趕來，到時候我安全了，妳也不會死。」

遠處牆根下，有把破損的琵琶孤零零地躺在地上，它的主人已經不知所終，每隔一段路程，地上就會有點點滴滴的鮮血。

當陳平安站起身，手持長劍的馮青白、癱坐在地的周仕，還有前去查看陸舫傷勢的錢塘同時心裡一緊。

陸舫將自己從牆壁中「拔」出來，輕輕落地，身形不穩。錢塘想要伸手攙扶，陸舫搖搖頭，一伸手，將那把大椿駕馭回來。途中劍鞘合一，再次長劍拄地，陸舫一身在藕花福地可謂通天的深厚修為跌落谷底，十拳神人擂鼓式連綿不絕，打得體魄並不拔尖的陸舫差點魂飛魄散。

他眼神晦暗，轉頭對錢塘道：「容我稍作休息，你陪我去喝酒。」

錢塘黯然點頭。一如初次相逢於江湖，又是那個失意人。

陸舫這次選擇率先出手，除了庇護周仕，更多是為了他錢塘。他不在二十人之列，來到南苑國京城之前，陸舫卻說要帶著他去家鄉看一看，去見一見真正的御風仙人。當時陸舫雖然言語平淡，可是那鳥瞰峰劍仙獨一份的飛揚意氣，錢塘就是瞎子都感受得到。

兩人一起離開這條街道。

陸舫離開之前，向種秋抱拳致謝，然後對周仕撂下一句「好自為之」。

到了那間婦人沽酒的酒肆，婦人見著了偷走那把劍的漢子，縱是他有一身精壯肌肉也不管用了，罵罵咧咧。陸舫好說歹說，她才拎了兩壺最差的酒水上桌，狠狠一摔，笑臉兒錢塘差點沒忍住一巴掌拍死這長舌婦。

陸舫從懷中摸出一支古樸小篪，遞給錢塘，沉聲道：「接下來二十年，可能要勞煩你做兩件辛苦事。一是隨身攜帶此物，找到我的轉世之身，若是靠近了我，小篪就會滾燙，讓你心生感應。二是尋找一把名為『朝元』的長劍，這件事不強求，說不定就會像這把大椿一樣成為別人的佩劍吧。」

錢塘一臉詫異。

「我意已決。」陸舫沒有解釋更多，「拿好小篪，喝過了這壺酒，趕緊離開南苑國。你留在這裡，只會讓我死得更快。」

錢塘從未見過如此鄭重其事的陸舫，只得仔細收好那支小篪，點頭答應下來。

喝過了悶酒，錢塘看了眼這位至交好友，陸舫只是淡然道：「如果真被你找到了我，什麼都不用管，尤其是不要刻意傳授我武學。」

「我記下了。」笑臉兒錢塘再也不笑了，嗓音帶著哭腔。

陸舫卻沒有什麼傷春悲秋之感，默默將錢塘送出酒肆之後，轉頭望向一處，嗤笑道：「可以現身了，我這顆謫仙人的頭顱，憑本事拿去便是。」

拐角處走出一個身形佝僂的耄耋老人，邊走邊咳嗽，若是錢塘還留在陸舫身邊，一定會認得這個風吹即倒的老者就是老一輩天下十人之列的八臂神靈薛淵。他二十年前被擠出前十人，江河日下，只在後十人墊底，曾經被錢塘憑藉身法糾纏了一年，淪為江湖笑談。

陸舫心中嘆息，不承想自己在牯牛山一語成讖。

俞真意祕密聚集群雄，點名要圍剿丁嬰、周肥、童青青和馮青白四個謫仙人，陸舫當時還笑言算不算他一個。現在看來，答案很顯然，未必是俞真意初衷如此，但是眼見著陸舫重傷落敗，以俞真意的冷漠心性，自然不會錯過這個千載難逢的機會。

「鳥瞰峰劍仙淪落到這般田地，真是讓人心酸。如果不是親眼所見，老夫萬萬不敢相信。」薛淵咧嘴而笑，調侃著陸舫。

他牙齒缺了好幾顆，緩緩走向酒肆。很難想像，這是種秋之前的天下外家拳第一人。

陸舫笑道：「俞真意倒是大方，捨得讓你來撿人頭。」

薛淵彎著腰，停在酒肆門口二十步外：「俞真人是當世神仙，又不是老夫這種凡夫俗子，可瞧不上這點機緣。再說了，陸大劍仙猶有三、四分氣力，對付一個垂垂老矣的薛淵還是有些勝算的嘛。」

陸舫冷笑道：「大劍仙？你見過？你配嗎？」

薛淵還是笑呵呵：「不配不配，陸大劍仙說什麼就是什麼。」

陸舫眼神充滿了譏諷。

薛淵對上了陸舫的視線，搖搖頭。隨著這位八臂神靈一抖背脊，如蛟龍抬頭，其氣勢渾然一變，這才是曾經躋身天下十人該有的宗師氣度！

薛淵臉色變得陰沉恐怖，勃然大怒，言語之間充滿了積怨和憤懣：「你們這些高高在上的謫仙人全部該死！對，就是你陸舫現在的這種眼神，哪怕明明掉毛鳳凰不如雞了，看待天下所有人還都是這樣，如同螻蟻一般！」

陸舫不置可否，不夠盡興。

先前與那年輕人是如此，與趁人之危的薛淵捉對廝殺更是憋屈。

就在此時，剛剛撤了遮掩的薛淵宛如神靈降世，卻一瞬間身體僵硬，竟是給人在身後掐住了脖子，一點一點往上提，像是一條被打中七寸的蛇，連掙扎的動作都沒有，雙腳離地越來越高。

那偷襲的傢伙嗓音溫醇，笑道：「視你們如螻蟻怎麼了，沒錯啊，你們本來就是。」

「哢嚓」一聲，薛淵被扭斷脖子，給那人輕輕丟在一旁街上。

沽酒婦人尖聲大叫起來，酒肆客人嚷嚷著「殺人了、殺人了」，頓作鳥獸散。

沒了薛淵阻擋視線，偷襲之人露出了真容——一個翩翩公子哥，正是從金剛寺趕來的周肥。

周肥手中還拎著一顆死不瞑目的頭顱，向前一拋，丟在了陸舫身前。

頭顱滾動，鮮血淋漓，竟是笑臉兒錢塘。隨後，周肥又隨手丟出那支小篪。

陸舫緩緩蹲下身，輕輕在那顆腦袋的面容上一抹，讓好友閉上眼睛。

他沒有去看周肥，也沒有撿起那支小篪，只是顫聲問道：「為什麼？」

周肥沉默片刻，答非所問：「什麼時候你陸舫成了一個拖泥帶水的廢物？來這裡是為了破情關，結果到頭來看破勘不破。這也就罷了，大不了無功而返，可你如今是拿不起，放不下。陸舫，你就算回了桐葉洲，別說躋身上五境，我堅信你連元嬰境都待不住！」周肥蹲下身，「你自己說說看，來這一遭，圖什麼？老子堂堂玉圭宗姜氏家主，陪你在這藕花福地耗費這麼多年光陰，又圖什麼？」

不知何時，佩劍大椿在陸舫腳邊安安靜靜擱著，加上一支小篪和一顆頭顱，都躺在這條街面上。周肥身後隔著一段距離站著那些傾國傾城的絕色美人，有人身段纖細如楊柳，有人體態豐盈像秋天的飽滿稻穀。

陸舫抬起頭：「怎麼不先去找周仕？」

周肥氣笑道：「兒子死了，再生便是。可你陸舫死在藕花福地，我難道再浪費六十年光陰？」

他站起身，招了招手，將一個風韻猶存的美婦人喊到身邊：「去，陪妳這位當年最敬重仰慕的陸師兄喝喝酒，這麼多年沒見了，你們一定會有很多的話要講。」

婦人臉色發白，周肥拍了拍她的臉頰：「乖，聽話。」

地面一震，周肥身形消逝不見，那些女子也如振翅而飛的鳥雀紛紛掠空而去，衣袂飄飄，彩帶當空，這一幕旖旎風景，看得附近街道的行人如癡如醉。

陸舫站起身，對著那個面容陌生又熟悉的女子道：「坐下聊？」

婦人戰戰兢兢點點頭。

兩人對坐，酒肆老闆娘躲在櫃檯後邊蹲著，陸舫就自己去拿了兩壺酒。

不等陸舫倒酒，在春潮宮待了多年，早已習慣了伺候人的婦人趕緊起身為陸舫斟酒，之後才給自己倒了一碗。

陸舫沒有看那張曾經令人心碎的容顏，只是瞥了眼那雙保養如少女的青蔥玉手，端起酒碗，笑了笑。

婦人微微鬆口氣，想了想，又起身去酒肆外邊的街上，幫陸舫取回了那支小篪和大椿劍，就連錢塘的頭顱也被她拿起，只是放在了另外一張桌上，落座後，這才嫣然一笑。

陸舫一手端著酒碗，轉頭望向空落落的街道，好像看到了一對天作之合的少年、少女在追逐打鬧。

種秋眼中只有陳平安：「你我交手之時不會有人插手，所以你只管全心全意出拳。」而後又補充了一句：「如果有人依然對你暗中出手，我種秋肯定拚死殺之，不管是丁嬰還是俞真意。」

陳平安抬起手背擦了擦嘴角血跡，胳膊上露出一道傷口，可見森森白骨。為了擋住陸舫那一劍，他雪白長袍的袖子被撕裂出一條大口子。這是金醴法袍第一次破損，雖說被禁錮了法寶功效，但是韌性還在，足可見陸舫劍術的上乘殺力。

種秋說完之後就開始向前走去，看似步伐緩慢，其實一步飄出兩、三丈，而且沒有絲毫氣機波動。他是南苑國國師，更是書畫俱佳的名士，一字一句，必合規矩；一拳一腿，皆合法度。

登峰造極者，是為文聖人、武宗師，種秋兩者皆是。

丁嬰看輕天下武人，卻對種秋青眼相加，當然有其理由。

陳平安站在原地，紋絲不動。

種秋的「閒庭信步」，讓他想起了當初丁嬰邁入白河寺大殿的場景。

落魄山竹樓的老人，那種無敵之姿，陳平安只可粗略意會幾分，實在是修為懸殊，雙方距離太遠，陳平安琢磨不透其中宗旨。

老人武道太高，雖然不是對陳平安揠苗助長，但是陳平安在躋身四境之後的每一境攀爬，具體到每一步的行走，反而裨益不大。丁嬰和種秋這種天人合一的獨到意味，陳平安雖然第一次感觸不深，但第二次就有了嚼勁，嘗出了些許味道。

種秋就這樣簡簡單單地迎面而來，沒有粉金剛馬宣的氣勢洶洶，沒有笑臉兒錢塘的詭譎陰險，更沒有馮青白那刺殺一劍的一往無前和鋒芒畢露。

種秋不易察覺地雙肩微晃，他一襲青衫，肩頭的玄妙，如古松側畔行雲掠過。

種秋一拳至陳平安身前，沒有半點拳罡外泄，沒有風雷作響的巨大動靜。

由於種秋出拳太過古怪，陳平安破天荒出現片刻分心，猶豫是該以神人擂鼓式迎敵，爭取一錘定音，還是以從《劍術正經》中鎮神頭化用而來的一拳防禦。好在陳平安第一時間放棄了兩種選擇，身形倒滑出去，與此同時，憑藉本能抬起手臂，手掌遮在面門之前。

種秋一拳打在陳平安手心，點到即止，可陳平安卻被自己的手背狠狠拍在臉上，砰然倒飛出去，身形一擰，兩只雪白大袖在空中翻搖，重新站定在三丈外。

種秋依然一手負後，淡然道：「分心可要不得。」

陳平安左手攥緊又鬆開，好似被雷劈中的手心酥麻感覺這才一掃而空。

種秋笑道：「你這傢伙也太聰明了，如果沒有這一試探，我都不敢確定你是不是左撇子。打那陸舫的十拳，你大概是可以確定陸舫必死無疑，所以其間故意左右拳互換，左六右四，想來是那會兒就開始準備下一場大戰了吧？」

陳平安沒有說話，種秋不以為意：「之所以拗著自己的心性與你說這些有的沒的，是因為先前為了救下陸舫，我那一拳很不厚道，所以剛才你分心，我是手下留情了的，並未痛下殺手，接下來，可就不跟你客氣了。」

種秋又轉頭對馮青白他們說道：「板凳上那個小丫頭，誰都不要動她，不然別怪我翻臉……」

陳平安轉瞬即至種秋身後，掄大臂，然後驟然抖小臂，一拳勁出如箭矢，打在種秋後腦勺上。

種秋一弓背，背脊如山嶽隆起，左右肋骨如蛟龍遊動，整個人竟是一步都沒有挪開，強吃了陳平安這勢大力沉的凶猛一拳。

陳平安因為沒有用上神人擂鼓式，拳架太大，聲勢就大，對付種秋這種功夫極深的大宗師，恐怕這一拳都要落空。

一名純粹武夫，功夫練得深厚了，便可以不見不聞，覺險而避，甚至可以在夢中殺死靠近床榻之人而不影響其酣睡。

陳平安只是尋常的傾力一拳，加上種秋出乎意料地做到了站定如山，如此一來，想要一拳得逞見好就收就難了。種秋反手一拳砸在陳平安肋部，打得陳平安橫飛出去，只是種秋第二拳被陳平安一腿踢中，種秋也沒了痛打落水狗的良機。

兩人再次分開站定。種秋扯了扯嘴角，原來是這位南苑國國師故意如此，為了彌補自己那偷襲一拳，當然亦是誘餌。

兩人幾乎同時對衝，經常是方寸之地，雙方拳頭要麼相互落空，要麼看似蜻蜓點水地互換一拳。

這場架，打得竟是無聲無息，與之前陳平安跟陸舫那一戰的驚天動地截然相反。周仕完全看不懂，馮青白略好一些，因為接觸過一些桐葉洲的武道宗師。

真正稱得上氣壯山河的一拳打在人身上，像巨石投湖，以漣漪帶動外傷，激起內傷。種秋曾經只用一拳就打得一位橫鍊宗師在病床上躺了數年之久，衣衫之下，肌膚如瓷器碎裂，更別提內裡的五臟六腑。

板凳上的枯瘦小女孩聽到那個「學塾先生」的言語後如獲大赦，笑顏逐開，這會兒沒心沒肺地張牙舞爪，學著陳平安和種秋出拳。

終於分出第一次小勝負。陳平安被刁鑽一肘撇開自己拳頭，給種秋一掌推在胸口，身形躍過溝壑，撞在對面那堵牆壁上。他卻沒有像先前琵琶女、陸舫那樣一蹶不振，而是抖肩振衣，被後背撞碎的牆壁石塊嘩啦啦落下。

陳平安正要有所動作，種秋一步跨過被陸舫一劍劃出的溝壑，出拳驀然變快了極多，一拳至，拳拳至，剎那之間就是十拳，左六右四，正是種秋模仿而來的神人擂鼓式拳架，就連左、右手的出拳順序都一模一樣。更奇怪的是，種秋十拳過後，高牆依舊沒有澈底破開，陳平安依舊被困在牆中。

他沒有束手待斃，太過熟悉神人擂鼓式以及與種秋一番搏殺，大致清楚了出手路數，種秋十拳，有四拳被他出手擋住，可另六拳結結實實砸在身上後，陳平安嘴角滲出鮮血，尤其是最後一拳，打得陳平安的身軀彈了一彈。哪怕是第一次模仿別人拳架，可依舊出拳從容、章法有度的種秋正要以十拳再來一趟的瞬間，立即後退數步，再後退，掠過溝壑。

原來，在陳平安看似力竭的一刻，牆壁中的身軀微微反彈些許。就是那一瞬間，種秋如豥汗毛，念頭一緊，根本不用多想就主動放棄了大好形勢，選擇收手撤退。

種秋心中警惕異常：『還是小覷了這個年輕人吃痛的本事，差點就著了道。』

陳平安有些遺憾：『只差毫釐，就能夠成功遞出一拳神人擂鼓式。』

所以，種秋那好似贗品的十拳算是白吃了。

陳平安飄然落地後，緩緩走向那條溝壑。

種秋啞然失笑：『我學你的拳架，你學我的步伐？』隨即他瞇起了眼：『他自己悟出的這個大拳架與拳法招式無關，而是練背如山嶽，肩頭如行雲流水，再到肘尖如鷹嘴兒，最後才到手和拳，一氣呵成，渾然一體。這樣的架子一旦搭起來，不斷打熬，就像山嶽扎根大地，對手一拳或是一劍，再凶悍再精妙，始終都是在與他的整個精氣神為敵。這樣一個被他私下命名為「峰頂」的得意拳架，哪怕是由著像八臂神靈薛淵這樣的外家拳大宗師瞪大眼睛旁觀偷師，看了一遍又一遍，恐怕也無法真正看出內在精髓。形似不難，可沒有幾年的潛心鑽研，神似休想，但眼前這個年輕人竟然已經有了幾分自己拳架的神意！』

兩人隔著一條溝壑，再次對峙。

陳平安深吸一口氣，難得在與人廝殺的過程中，主動開口說話：「你這個拳架，有名字嗎？」

種秋點頭笑道：「名為『峰頂』，悟出它來時，我正是年輕氣盛的歲數，覺得練下去一定可以站在人間之巔，後來就懶得改了。我十個嫡傳弟子當中，絕大多數練了二、三十年，結果還沒有你隨便看幾眼來得登堂入室，不愧是謫仙人。」

陳平安突然笑道：「我最早練的拳譜叫《撼山譜》。」

種秋笑道：「是我拳高眾山，還是你拳能撼山，試試看？」

種秋一步後撤，雙膝微蹲，一手高高抬起，手腕微微傾斜，手掌如攬物，一手握拳收在身前。哪怕靜止不動，他在這一刻依然讓整條街道的觀戰之人都感覺到了一股山雨欲來的窒息——這是天下第一手第一次正兒八經地擺出真正意義上的拳架。

陳平安心如止水。這趟在南苑國京城尋找那座觀道觀，逛蕩了這麼久，以至於最後都能讓他心煩意亂，連拳和劍術都耽擱放下。其間很多人和事，看過了就只是看過了，但是有一些東西，當時並未上心，卻在對敵種秋之後，既是靈犀一動，更是厚積薄發。

剛在那棟宅子住下的時候，因為經常要路過鄰近的武館，陳平安閒來無事，就默默坐在無人察覺的陰影處，偷看那些市井百姓眼中的「練家子」「老把式」練拳。

教拳師傅是一個老人，被弟子們奉若神明，除了藏藏掖掖傳授站樁、步伐和拳架，也會數他當年闖蕩江湖的事蹟壯舉。可在陳平安看來，老人的拳法當真不入流。那一次，陳平安很快就悄然離開。

後來尋找道觀沒有任何頭緒，又去了一趟武館，算是散心。當時老人一邊看著弟子們站樁，一邊雙手負後，嘴上說著很空泛的武學道理，什麼「一枝動、百枝搖，咱們內家拳不聽音、不看形，而是聽勁，到了這一步，才算到家了」，什麼「筋骨要鬆，皮毛要攻，曾經有人背後偷襲，我純粹是出乎本能，轉身一拳就出去了，打得他半死」，聽得陳平安有些好笑。

最後，老人做了件陳平安頭回見到的稀罕事，讓他第一次對老人刮目相看。

老人讓一個剛剛成為入室弟子的年輕人站定，然後讓兩人抓牢他的雙手，使得他雙臂繃緊拉直。又有兩人蹲在地上，死死抱住那人的雙腿膝蓋，之後老人開始正脊骨，不是捏肌肉的虛架子，而是由弟子的脖頸頸椎依次一路往下捋順，在江湖上，這叫拳不分內外的「校大龍」！最後，當老人按至尾閭，猝然以柔勁一按，弟子一驚，打個寒戰，渾身汗毛倒豎，根根立起如茂林。兩個拉直他胳膊的師兄晃了一晃，被他扯得踏出一步，而抱住雙腿的兩人只是身形微動而已。

老人有些失望，但是沒有說什麼。若是按住四肢的四人全部沒能穩住身形，才算習武良材，而那個被「校大龍」的入室弟子資質尚可，卻肯定沒有大的前程。

陳平安當時看得津津有味，事後卻未深思。直到今天這一刻，莫名其妙地給人堵在這邊，一場場接連不斷的廝殺，身陷重圍，幾乎是必死之境，陳平安驀然開了竅。

與陸舫為敵之前，他的拳法做到了收放自如，可是心境並未跟上。與種秋搏殺之後，心境也補了一補，尤其在學了種秋的大拳架，並且記起了「校大龍」後，陳平安便心弦一動，念頭一起，不由自主地以最初的撼山拳六步走樁徑直向前，拳意是收是放已經全然不在意，不知不覺中步步凌空。

練拳百萬之後的陳平安在走出第五步後，整條脊骨如同自行「校大龍」，發出一連串的黃豆崩裂聲響。

種秋身形暴起向前，一拳遞出，要將那個氣勢暴漲的年輕人從溝壑上空打退回去！

如御風而行的陳平安亦是一拳遞出，兩人相距一臂，拳頭幾乎同時砸在對方胸口。

種秋一襲青衫凌亂飄蕩，瞬間消失在街道上，轟隆隆作響，若是有人在空中俯瞰南苑國京城，就會發現此地被撕開了一條長長的直線，而被一拳打退二十丈的種秋在好不容易止住後退勢頭後，雙腿已經深陷地面。

雖然只是身受輕傷，但種秋終究是輸了。

那一襲白袍，則站在街上那條溝壑旁邊，一步不曾後退。

如果只說這一座天下，種秋已經不算天下第一手了，而是一臂之內陳無敵。

第二章　出劍而已

見過了那位隱姓埋名的老廚子，太子魏衍和瘦猴似的師父，還有鏡心齋的樊莞爾一起離開。

矮瘦老人真的見著了十人之列的老廚子，一個屁都沒敢放，這會兒又開始絮絮叨叨：「那老廚子真是白瞎了一身通玄武學，心性太不堪，竟然為了一份安逸生活自廢武功！」

魏衍對此無可奈何，不附和、不反駁，由著師父嘮叨。

老人雙手負後，搖頭晃腦，要太子殿下引以為戒，切莫學那不知上進的老廚子，否則武功再高，一輩子還是個窩囊廢。說得過癮了，才發現身邊這對金童玉女一直沉默，根本不捧場，憤憤然離去，撂下一句「不耽誤你倆卿卿我我」。

魏衍和樊莞爾相視一笑，然後兩人幾乎同時抬頭望向南方天空。魏衍說了一句「隨我來」，率先掠上一座碧綠琉璃脊剎的屋頂，正是太子府最高的建築。樊莞爾尾隨其後，兩人並肩而立，剛好依稀見到了遠方陸舫分開天地的那一劍，氣勢恢弘，嘆為觀止。

魏衍心中震撼不已，感慨道：「不愧是鳥瞰峰劍仙，這一劍恐怕已經不輸歷史上的那個隋右邊了。不知是誰能夠讓陸舫如此認真對待，難道是跟丁老魔對上了？」

樊莞爾搖頭道：「不太像。」

魏衍有些歉意：「樊仙子，本該陪著妳就近觀戰，但我的身分，由不得我任性而為。」

樊莞爾點頭道：「太子殿下是千金之軀，以後要繼承魏氏大統……」

不等樊莞爾說完，遠處矮瘦老人飄掠而來，對魏衍叮囑道：「可別湊過去找死，既然陸舫出劍，那就沒幾個人能夠讓他收手了，這種神仙打架，本就忌諱外人鬼鬼祟祟偷看，何況丁老魔就最喜歡肆意打殺觀戰之人。」

魏衍笑道：「師父，你方才還說老廚子膽小如鼠，不符合武學勇猛精進的宗旨。」

老人氣笑道：「那傢伙多大歲數了，你這小崽子才多大？老廚子該享的福都享差不多了，又有一身本領，就該找個厲害的對手，轟轟烈烈戰死，好歹能夠像那飛升失敗的隋右邊在江湖上撈個流芳百世的好名聲！你還年輕，武藝不精，找死一事，還早著呢。」

魏衍與老人關係極好，既是嚴厲的師父，更像刀子嘴、豆腐心的自家長輩，平時相處則又如朋友一般，便調侃道：「對對對，師父你說得都對，天底下道理都是你說了算。」

老人「咦」了一聲，驚訝道：「不對勁，那邊怎的如此雷聲大、雨點小，不像鳥瞰峰陸劍仙的作風啊。」他有些好奇難耐，「心癢心癢，我得過去瞅瞅。」他的身形在府邸屋頂的攢尖上幾次踩踏，轉瞬之間就已經遠去百丈，最後變成了一粒黑點。

魏衍坐在屋脊上，樊莞爾並未落座，仍是舉目遠眺，久久不願收回視線。

魏衍猶豫了一下，問道：「樊仙子，冒昧問一句，童仙師是不是已經身在京城了？」

樊莞爾流露出一抹倦怠和恍惚神色，搖頭道：「我從未見過師父。」

魏衍不敢置信。

關於樊莞爾的身世背景，一直雲遮霧繞。魏衍只知道樊莞爾是鏡心齋這一代的翹楚，行走江湖這些年獨來獨往，但鏡心齋是龐然大物，這一點毋庸置疑，不只南苑國廟堂上有鏡心齋的棋子，天下四國的朝野上下，都有鏡心齋女子的身影若隱若現。

不談蠻夷之地的塞外草原，南苑國算是國師種秋的地盤，松籟國有神仙俞真意坐鎮，北晉既有鳥瞰峰陸舫，也有鏡心齋童青青，但是童青青幾乎從不露面，彷彿比陸舫更遠離人間。

關於童青青的江湖傳聞，一籮筐都裝不完，有說她年輕時是丁嬰的紅顏知己，因愛生恨，從此分道揚鑣；有人言之鑿鑿，說童青青其實是那個瘋子朱斂的嫡傳弟子，曾是北晉的公主殿下；還有人說童青青本是個美若天仙的男子，修了仙家術法，變得不男不女了，但是返璞歸真，得以容顏不老。隨著俞真意此次以匪夷所思的稚童容貌出關，有心人便開始揣測童青青是不是返老還童，世間再無絕色了。

魏衍對於這些，都不相信。

樊莞爾轉過頭，笑著解釋道：「我曾是松籟國的貧家女，被門內一位雲遊江湖的師姐相中根骨，代師收徒，將我帶去了鏡心齋。我當時才六歲，什麼都不懂，在那座亭子對著師父的畫像拜了三拜，就算完成了拜師儀式。門內珍藏很多謫仙人遺留下來的祕笈寶典，我那白猿背劍術就是其中之一，它不算鏡心齋武學。」她苦笑，「大概我才是那個江湖上最想見到『童青青』的人吧。」說到這裡，她又雙手合十低頭賠罪，「直呼師父名諱，莫怪莫怪。」

魏衍被樊莞爾這樣罕見的童心童趣逗樂，自然而然就想起了那夜走在橋上，她伸手拍打橋上獅子腦袋的情景。相比鏡心齋的樊仙子，魏衍更喜歡這樣的樊莞爾。

這個時候，下邊臺階上出現了一個太子府諜子。

魏衍飄落下去，片刻後回到屋頂，神色凝重道：「敬仰樓又開始作妖，剛剛出爐的榜單已經在外邊瘋傳，這會兒恐怕整個京城都聽說了最新的天下十人。」說到這裡，魏衍神色古怪，一一報上那十人，「魔教太上教主丁嬰、湖山派掌門俞真意、春潮宮周肥、謫仙人陳平安、南苑國國師種秋、磨刀人劉宗、臂聖程元山、金剛禪寺雲泥和尚、北晉龍武大將軍唐鐵意、游俠馮青白。」

最後三人，加上陳平安，四人之前從未上榜，全是新面孔。

樊莞爾怔怔問道：「我師父呢？陸舫呢？」

魏衍無言以對。他哪裡知道答案。

種秋在廢墟中起身後，一抖青衫，震落所有塵土。與此同時，在牆根「納涼」的簪花郎周仕和魔教鴉兒只覺得清風拂面，然後光線一暗，定睛望去，周仕如釋重負，鴉兒則心情複雜，既怕自己被這個不速之客瞧上眼，鬼迷心竅，淪為春潮宮的鶯鶯燕燕之一，又鬆了口氣，自己最少暫時性命無憂了。

在周肥現身後，那些個個都有江湖二流高手實力的春潮宮美人也紛紛落在不遠處，如天女散花。

周肥看著淒慘的兒子，搖頭道：「就這麼點出息，哪怕帶你回家，可你拿什麼去跟姜北海爭？你啊，還是再在這邊乖乖待上六十年吧，不然出去就是死，不是給姜北海玩死，就是被我氣得打死。六十年後，躋身這塊藕花福地的前三，我就來帶你走，連這都做不到你就老死於此吧。」

周仕滿臉錯愕，卻沒有太多失落，訥訥無言。

周肥斜瞥了眼兒子身邊的鴉兒，譏笑道：「是想著不出去也不錯，能夠跟心儀女子雙宿雙飛？」

被看破心事的周仕微微臉紅。

周肥伸手虛空一抓，鴉兒頓時被無形大手扯起。周肥再隨手揮袖，身邊浮現出一件青色衣裙，自動穿在了鴉兒身上。古怪衣裙附身之後，鴉兒的傷口以肉眼可見的速度痊癒，鮮血倒流回體內，一身氣機更是從決堤洪水變成了平穩河流。

周肥彎腰對著周仕說道：「你留下，你心愛女子卻要離開。我等你六十年，如果你完成約定，有資格隨我去往桐葉洲玉圭宗，你當天就可以迎娶這個小娘子；如果失敗了，下次在春潮宮見面，你就可以親眼看著她穿上嫁衣，然後喊她一聲娘親了。」

周仕匆匆忙忙站起身，斬釘截鐵道：「好！」

周肥笑容燦爛，摸了摸周仕的腦袋：「乖兒子。」

彈指之間就被決定了命運的女子如墜冰窖。

馮青白站得很遠，根本不敢招惹周肥。

周肥每說完一段話，他就默默挪步，離得更遠。謫仙人的「輕舟已過萬重山」，修士圖謀越大，捨棄得越多，開竅清醒得越晚。比如陸舫這種，因為他在桐葉洲就已是元嬰地仙，而且還是一名劍修，所以肯定是為了破心魔、叩心關而來。即便如此，陸舫一步步從懵懂無知的孩童到跟一個二流高手拜師學藝、自悟劍術，最終能夠在藕花福地的規矩束縛以及靈氣稀薄的巨大牢籠中一樣成為四大宗師之一的鳥瞰峰劍仙，馮青白自愧不如，遠遠不如。

他的謫仙人身分取了巧，雖然魂魄不全，跟陸舫一樣將肉身滯留於桐葉洲，但是大部分記憶都保留了下來，只是將藕花福地的一副他人皮囊當作一座暫住的客舍。歸根結底，陸舫是在直指本心，求道證道，馮青白是退而求其次，以術問道。而不知在桐葉洲真身是誰的春潮宮周肥多半與馮青白是一個類別的謫仙人，並且投機取巧更多，顯然來此不為大道，根本就是遊山玩水來了。可是來到藕花福地花天酒地將近五十年，周肥到底是誰？誰人有此魄力，有此財力？桐葉宗、玉圭宗、太平山、扶乩宗？

馮青白心中哀嘆不已，加上那個突兀出現的白袍年輕人，自己的運氣，實在是糟糕至極。以往藕花福地的機緣可沒有這麼難爭取，丁嬰、周肥、俞真意、種秋、陸舫，加上那個年輕人，任意一人放在之前每一個六十年當中，都是有望問鼎天下的第一人。尤其是暫時尚未出手的丁、周、俞三人，哪怕對上巔峰時期的南苑國開國皇帝魏羨、魔教開山鼻祖盧白象、女劍仙隋右邊、武瘋子朱斂，都可以掰掰手腕！

在跟兒子「閒聊」的周肥、依然在與種秋對峙的陳平安，加上他馮青白，一條街上站著三位謫仙人。

有兩人並肩走來，堵住了馮青白的退路。

臂聖程元山手持一杆鐵槍，死死盯住他。

磨刀人劉宗卻看了看周肥，又瞥了瞥更遠處的陳平安，似乎在挑選對手。

馮青白嘆了口氣，握緊手中長劍，頭疼至極。如果那座大靠山還不來，自己可就真要死在這裡了。哪怕靠山不來，那個好兄弟來了也成啊……

正想著，馮青白眼前一亮，會心一笑。

遠處走來一個氣質儒雅的黑袍男子，腰懸長刀。

馮青白笑著揮手打招呼：「唐老哥，來了啊？」

黑袍男子微微點頭。

程元山心中一緊，有些棘手——來者是北晉砥柱，龍武大將軍唐鐵意。身為當世第一名將，他極少衝鋒陷陣，世人只知這位出身豪閥的武人喜好用刀，可刀法深淺、修為高低無人知曉。除了用兵如神之外，唐鐵意更多被提及的，是一件閨閣趣事：傳聞此人染有眉癖，喜好讓妻妾畫出各種長眉，一經面世，北晉京城貴族婦人紛紛效仿。

程元山輕聲道：「劉老兒，別掉以輕心，唐鐵意此人，用刀極為霸道，擅長一刀分勝負，兩刀定生死。」

劉宗心不在焉道：「用刀的？我對他沒興趣。」他指了指遠處的陳平安，「那小子，歸我了。」

劉宗不再理睬程元山，徑直前行，一手輕輕梳理白髮，一手藏在袖中。

於是，變成了臂聖程元山一人對陣兩名高手。

程元山做出了一個出人意料的舉動，他提槍走到街旁，為唐鐵意讓出道路，伸手示意只管去與馮青白會合，他絕不阻攔。

唐鐵意路過程元山身邊的時候，還不忘轉頭笑問道：「真不接我兩刀？兩刀而已，很快的。」

程元山乾脆閉目養神。

馮青白有些佩服這位臂聖修心養性的功夫了。

唐鐵意走向馮青白，有些埋怨：「上次見面，說好了你只來這邊渾水摸魚，怎麼變成了打頭陣？」

馮青白哈哈笑道：「富貴險中求嘛。」

兩人在前年相識於北晉一座邊關郡城，當時唐鐵意剛剛率軍打退敵軍，機緣巧合下兩人一見如故，馮青白甚至還在唐鐵意麾下行伍，待了大半年時間，以斥候身分參加過一次大戰。如果不是馮青白執意要繼續遊歷山河，唐鐵意都要為他跟北晉皇帝討要一個將軍身分了。

馮青白看著熟悉的臉龐，好奇問道：「你怎麼來了？」

唐鐵意回頭看了眼不動如山的臂聖程元山，然後瞪了眼馮青白：「俞真人放出話來，要你的小命。連我都聽說了，你自己不清楚？現在多少人想要你這條小命，真以為只有一個程元山？」

馮青白抿起嘴，忍住笑。這裡頭當然大有玄機，這個故事，足夠讓重逢於異鄉的兄弟二人好好喝上幾壺美酒了。

唐鐵意雖是藕花福地土生土長的人物，可是哪怕在桐葉洲，馮青白都沒有遇上這麼對胃口的傢伙，性情豪邁、天資卓絕、驚才絕豔，任何溢美之詞都可以放在這個滿腹韜略的武夫身上。

文章只是小事，江湖不過如此。須知大文為韜略，大武為兵法，這就是唐鐵意的看法，恐怕整座藕花福地，就只有唐鐵意一人能夠作如是觀。

馮青白打算賣一個關子，笑道：「只要唐老哥不垂涎我的這顆腦袋……」

不等馮青白把話說完，視線就被鋪天蓋地的雪白刀罡遮蔽。

生命最後一刻，馮青白唯有茫然。

謫仙人馮青白當場被劈成兩半，左右半具屍體分別撞在街道兩側牆壁上。

唐鐵意緩緩收刀入鞘，正是那把消失多年的妖刀「煉師」，為四大福緣之一，與丁嬰頭頂的銀色蓮花冠、南苑國京城的青色衣裙、白河寺的羅漢金身並列。

唐鐵意神色不悲不喜，喃喃自語道：「方才在來的路上，聽說你躋身最新的天下十人了，墊底排第十。再就是，我竟然也上榜了，排第九。馮青白，你大概以為跟俞真意私底下有過一次開誠布公的對話就能夠活到最後。原本確實如此，我這次趕來，也的確是為了救你，可是千不該、萬不該，你第十，我第九，兄弟二人同時上榜。」他微微嘆息，「謫仙人也會死啊。」

撿起地上那把佩劍懸在腰間，有意無意，唐鐵意賣了一個破綻。

因為世間幾乎沒有一個頂尖高手見過他的刀法，見過的，都死在了他的刀下。

北晉朝廷在二十年前，皇帝陛下被江湖武夫差點刺殺成功後就開始喪心病狂，祕密抓獲了數十個一流二流高手，都被用來給這位龍武大將軍練刀，使得北晉國江湖黯淡無光，青黃不接。陸舫在鳥瞰峰不問世事，根深蒂固的鏡心齋重心在於向別國朝堂滲透，分明是志在天下而不在江湖，從不插手北晉國內的武林廝殺和江湖恩怨。

唐鐵意在北晉手握十數萬最精銳邊軍，閒暇時分就為美人畫眉，日子不要太逍遙。他確實如程元山所說，一生武學就只有兩刀，一刀無堅不摧，一刀後發制人，所以修為不如唐鐵意的一流高手必死，修為只要不是高出唐鐵意太多的宗師也很危險。

只可惜，臂聖程元山對於唐鐵意的那個破綻，沒有貪功冒進，只是默默退去。

面對這位北晉龍武大將軍，他並非沒有一戰之力，相反，他認為自己勝算更大。但是正面接下唐鐵意兩刀之後，自己必然受傷不輕，到時候，恐怕就輪到別人來割取自己的頭顱了。螳螂捕蟬，黃雀在後，彈弓在下。

唐鐵意猛然低頭望去，只見手中那把「煉師」刀鞘上的刻紋如水銀流淌滾動，散發出淡淡的五彩流螢，然後順著刀柄和手掌向上蔓延到了唐鐵意的肩膀、脖子。

唐鐵意始終沒有鬆開刀柄，等到那些光彩澈底沒入肌膚、筋骨，他才覺得這把近期偶然所得的煉師終於與自己融為一體。

遠處周肥嘖嘖道：「運氣真不錯，宰了個謫仙人，得了件認主的法寶，如虎添翼，名次肯定要再往前挪一挪了。」

周肥轉過頭，笑咪咪教訓兒子和鴉兒：「瞧見沒，做人就應該如此，直到最後一刻才出手，賺他個盆滿缽盈。所以說啊，越早蹦跳的，死得越慘。你們看看丁嬰和俞真意這兩隻老王八，露頭了嗎？沒有。嗯，還有個鏡心齋的老妖婆童青青躲藏得最深，誰都找不著她。我就納了悶了，哪有謫仙人來這兒廝混，彷彿天生就是為了逃命的，竟然連丁嬰這些年都找不到。趨吉避凶的本事，她天下第一。」

周仕苦笑不已。攤上這麼個性情古怪的老爹，他沒有變成一個瘋子已經很不容易了。為了幫助那個陸叔叔打破心魔，做了那麼多腌臢事，其實周仕看得出來，對於美色，甚至是權勢，父親從來沒有看上眼。當年他還是個孩子的時候，親眼見到陸叔叔闖入春潮宮，父親站著不動，任由對方一劍刺穿心臟。而在當時，兩人之間還有一個為了保護父親，決然赴死的婦人，正是陸叔叔最為敬重的師娘。

父親好似完全沒有受傷，隨手推開她，然後步步前行，任由那把劍一寸、一寸鑽出後背。父親眼中只有陸叔叔，幾乎與他面對面才停步，笑問道：「陸舫，醒了沒？」

周仕嘆了口氣。這就是父親家鄉的仙家修道啊，太過詭譎了。

穿上那件青色衣裙的鴉兒更是沉默。她的師父，也就是魔教教主、丁嬰唯一的弟子，去年被人重傷，回到宗門後，療傷無用，只能眼睜睜看著身軀腐朽，生機急劇流逝。只是這位鴉兒眼中的梟雄，他的臨終遺言很是奇怪：「真人行世，入火不熱，沉水不溺。那麼仙人呢？我也見過了。」

鴉兒作為魔教子弟，對於那些來路不明的謫仙人並無太多偏見和恨意，她甚至並不嚮往傳說中的飛升。她留戀人間及這個家鄉，只想著與姿容、天賦和野心都不輸自己的樊莞爾較勁，扶持二皇子登基，然後爭取四國一統，那麼她成為南苑國皇后、母儀天下也好，成為繼師爺爺丁嬰、俞真意之後的新一任江湖共主也罷，都能夠心滿意足。

這次敬仰樓和那個「老天爺」偏偏選中了南苑國牯牛山作為飛升之地，而她又好死不死被那位師爺爺找到了，淪為他老人家的馬前卒。她心中悲苦不已，忍不住抬頭看了眼那棟宅子所在的方向：『我的師爺爺，您老怎麼還不出山？』

唐鐵意已經離去，因為對上周肥，他沒有信心。即便擁有了完整的煉師刀，直覺告訴他，碰上周肥，必死無疑，就像之前那些淪為磨刀石的可憐蟲宗師對上他唐鐵意一樣，於是他準備去找臂聖程元山的麻煩。讓他懊惱的是，那傢伙竟然溜之大吉，斂了氣息，在這座京師如魚入水。

唐鐵意心中恨恨，若是在北晉京城，程元山就只能等死了，他完全可以調動一城禁軍大肆追捕落單的任何一位宗師。當然，丁嬰和俞真意，唐鐵意連殺死他們的丁點兒念頭都沒有，也不敢有。他這次悄然離開北晉來到南苑國，幾乎每一步都在那位俞真人的算計之中。可能還要更早，從他得到這把妖刀煉師開始。他並不嚮往什麼舉霞飛升，什麼仙人之鄉，這天下已經足夠讓他一展所長！

丁嬰和那個名叫曹晴朗的孩子，一個坐在板凳上曬太陽，一個站在灶房門口顫顫抖抖握著柴刀。丁嬰在得知童青青不在十人之列後，嘆了口氣，轉頭對孩子笑道：「沒你的事情了，那個婆姨真是……」說到這裡，饒是丁嬰這樣的大魔頭也有些哭笑不得，不知如何評價童青青才算準確。

丁嬰比世上所有人都瞭解鏡心齋童青青。一來兩人歲數相當，是同輩人，而且早就認識。丁嬰是魔教繼盧白象之後的又一位武學奇才，年紀輕輕就躋身天下後十人，所以很早就獨自闖蕩江湖。童青青當時身分類似現在的樊莞爾，只是比起步步為營、將無數英雄豪傑玩弄於股掌之中的樊莞爾，童青青是個不折不扣的膽小鬼，被逼無奈當上了鏡心齋下一任既定宗主，卻死皮賴臉待在宗門內，不願出去幫著宗門謀求天下。

丁嬰膽大包天，有一次偷偷潛入鏡心齋，去禁地湖心亭乘涼賞月，結果就遇上了在亭子裡嗚嗚咽咽的童青青。少女正靠著亭柱忙著埋怨她師父太狠心，要將她趕出宗門，埋怨師姐、師妹們太笨，習武都那麼用心了，竟然還打不過每天偷懶的自己，然後掰手指說著江湖上的那些高手如何厲害、如何凶殘，最後連二流高手都沒放過，一個個如數家珍，好像人人都是百年難遇的大宗師……丁嬰感覺自己真是見了鬼，天底下竟然還有這麼怕死的娘兒們！

童青青終究也是接近天下二十人的一流高手，終於發現了丁嬰，她也像是見了鬼，開口第一句話竟是帶著哭腔告訴丁嬰，只要不殺她，她就當作什麼都沒有看見。

童青青當然是一位美人，確實比徒弟樊莞爾、南苑國皇后周姝真動人。可丁嬰哪怕過了這麼多年，記得最清楚的，卻是童青青當時的神色——噙著淚水，噘著嘴，求著人，怯怯弱弱，像一隻林深處遇見持刀樵夫的年幼麋鹿。

丁嬰這輩子都癡心武學，從未有過男女之情，對童青青也無任何情愛漣漪，但是童青青的性子，以及那年她在亭子內的那副表情，丁嬰實在是難以忘記。

那一次相逢沒有風波，丁嬰去鏡心齋藏經樓偷了本祕笈，悄然遠遁。

童青青在丁嬰離開後就嚇得趕緊跑回自己院子，連通風報信都沒有。

後來丁嬰越來越有名氣，尤其是六十年前南苑國亂戰，丁嬰奪得那頂銀色蓮花冠，一舉成為天下第一人，之後斬殺十數位謫仙人，知道了一個又一個的祕密。

其間，一次偶然，丁嬰又見了童青青一面。那會兒，她估計是實在沒臉皮躲在鏡心齋了，總算開始行走江湖，但是萬事不順，又長得驚為天人，竟然被當時魔教三門之一的兵符門門主抓住。如果不是丁嬰剛好路過兵符門救下了童青青，估計這位仙子就要成為那頭肥豬的泄欲禁臠了。

丁嬰沒白救她，根本不用嚴刑逼問就獲知了鏡心齋許多機密要事，和她所有牢牢記下的十數門上乘祕法，其中大半是用來保命和逃命的功夫，要不然就是化腐朽為神奇的易容術。殺力巨大的那些，她過目不忘，輕鬆記下了，卻一樣都沒學……如果不是丁嬰不願多要，她都恨不得回鏡心齋再給他偷出幾部仙家術法，而且泫然欲泣地拍胸脯保證，能夠讓丁嬰天下無敵，神功蓋世，一統江湖……她大概忘了，當時丁嬰早已經是天下第一人了。

多年以後，童青青返回鏡心齋繼承宗主之位，丁嬰又去找了她一次，結果竟然沒有找到，便知道這個膽小鬼多半是修習了鏡心齋那門不傳之祕，能夠讓女子返老還童，而且功力會水漲船高，年紀變得越小，功力越深厚。前提當然是她會失去傾國傾城的姿色，但是對於童青青來說，估計這份代價真不算什麼。

果然如丁嬰所料，童青青最終躋身了天下十人之列，所以這次進入南苑國京城，丁嬰一直在留意所有內蘊靈氣的稚童，找到了六、七個，卻都不是童青青。有意思的是，這些孩子練武未必能夠成為一流高手，但是修習謫仙人的仙家術法必定一日千里，丁嬰當然沒興趣將她們培養成下一個俞真意或是周肥。

最後丁嬰找到了眼皮子底下的曹晴朗，哪怕他是一個男童。因為他突發奇想，覺得以童青青為了保命無所不用其極的性格，加上鏡心齋那麼多奇怪祕笈，尤其是幾部涉及魂魄轉移的仙術，說不定真有可能是藏在了曹晴朗體內，真正的肉身則隨便一藏，天大地大，活人依舊難免露出蛛絲馬跡，可一個「死人」就難找了。

只是一切都被那個榜單顛覆，童青青竟然不在十人之列，這說明童青青當下絕對不是稚童之身！顯而易見，膽小至極的童青青認定了熟悉她根腳的自己會來找她，她極有可能是上次登榜十人後立即逆向推演了那門仙術，增加了歲數，從而導致修為下降。丁嬰可以確定，今天之前的那個榜上十人，這一屆敬仰樓樓主周姝真動了手腳，因為這位南苑國皇后本就是鏡心齋弟子，但是周姝真沒有辦法決定最終榜單的名次，因為剛剛到手的十個人是某位「老天爺」決定的，這才使得童青青露出了馬腳。

此刻坐在院中，丁嬰哈哈大笑。他很好奇，這麼一位聞所未聞的謫仙人，在家鄉會是怎樣的一個修道之人。至於這會兒童青青以哪一個「身分」又鬼鬼祟祟地躲在了哪裡，丁嬰已經不再好奇，反正已經足夠有趣了。哪怕自己猜錯了真相，童青青能夠勝他丁嬰這一次，丁嬰也無所謂了。

他所求之事，是要占據天下最少八分武運，以純粹肉身白日飛升，完成前無古人、後無來者的壯舉，走得比朱斂和隋右邊都要更遠、更高！他要贏了這一方天地的「老天爺」，至少也要逼著對方不惜壞了自己的規矩，親自出手打殺自己，那麼他一樣雖死無憾。

丁嬰回首望了一眼窗口，笑著站起身：「不要著急，我會放你出去的，不過是你主人身死道消之時。希望你將來還能找到他的轉世，陪著他去爭一爭六十年後的機會，僅此而已了。」

陳平安站在溝壑邊緣，雙袖無風而搖。

磨刀人劉宗走向他，根本不在意程元山、唐鐵意以及馮青白那邊的變故。

用心之專一，劉宗是公認的天下前三，為此俞真意還曾離開湖山派找到他，勸說他棄了手中那把刀，腳下的武學之路只會更寬。只是劉宗沒有答應而已，說那把刀就是他的媳婦，丟不得，這叫糟糠之妻不下堂。向來不苟言笑的俞真意爽朗大笑，破天荒與劉宗喝過了酒，就此離去。

這不是什麼以訛傳訛的江湖小道消息，是俞真意一位嫡傳弟子親口所說。

磨刀人劉宗亦正亦邪，名聲不好也不差，從不濫殺無辜，只是死在他手上的人往往無比淒慘，越是高手宗師，死相越慘絕人寰，能夠讓人看得把膽汁都吐出來。

種秋已經走回街上，他、陳平安、劉宗，互為掎角之勢。

種秋笑道：「我與他這場架還沒打完，劉宗，你可以等我們分出勝負再出刀不遲，至於到時候你是與我過招還是與他交手，現在還不好說。」

劉宗眼神炙熱，出刀殺人之前，開始習慣性磨牙如磨刀，顯得十分瘮人。

他想了想：「可以，只要你們別嫌棄我趁人之危，有這份活到最後的信心就好。如果沒有的話……」他指了指陳平安，「種國師你現在可以離開，他留給我就行。我劉宗這輩子還沒給謫仙人開膛破肚過哩。」

對於同在一座城池的南苑國國師，劉宗是打心眼裡佩服的，之前在自家鋪子，也曾對程元山坦言過。

種秋指了指身上那件破碎不堪的青衫，微笑道：「你看我像是甘心收手的樣子嗎？」

劉宗嘆了口氣：「行吧，那我等著你們分出結果。」

種秋問道：「周肥也是謫仙人，為何不殺他？」

劉宗搖頭道：「我又不傻，眼前這個年輕人，跟你是一個路數的，剁起來一定刀刀到肉，感覺才好。那周肥會妖術，說不定死了連個屍體都沒有，我拚了老命，費那麼大勁，到頭來竹籃打水一場空，我不幹的。」

種秋無奈搖頭。

陳平安沒有理睬劉宗，向前攤開一掌，示意種秋可以再戰。

劉宗愣了愣，一跺腳：「哎喲，這模樣、這架子可真俊啊，虧得老子不是個年輕娘兒們，不然也要動心。不行不行，這要是給你去闖蕩江湖，還不得禍害數十上百個漂亮姑娘啊，該殺該殺，選你不選周肥，真是沒錯。」

種秋和陳平安好似都已經心定而「入道」，置若罔聞，古井無波。

劉宗驀然停下話頭。因為距離兩人最近的他，奇了怪哉，竟然好像聽到了「叮咚」一聲滴水聲。下一刻，一股磅礴罡風撲面而來，劉宗雖然紋絲不動，可是衣袖和頭髮都被吹拂得紛亂無比。

原來是種秋和陳平安對上了一拳，拳罡四散，兩人四周塵土飛揚，街面青石碎裂，呼嘯四濺。

劉宗抬手拍飛一顆快若床子弩箭矢的飛石，瞪大眼睛望去，不願錯過那一絲一毫的細節。好傢伙，這兩人出手，簡直就是要打得山崩地裂。

一襲青衫的種秋和一身白袍的陳平安，已經快到了身形分別如青煙白霧，兩人所到之處，天翻地覆。

一場凶險萬分的近身搏殺，兩個身影沒有一次拉開一丈距離，至多不到三臂間距，除去一人一臂，這意味著兩人哪怕被一拳砸中，都絕對只退出一臂距離！別人是螺螄殼裡做道場，這兩個瘋了魔的傢伙則是方寸之間摧城撼山，真是血肉之軀？

兩道縹緲身影幾乎毀掉了整條街道，但是好似約定一般，兩邊建築和高牆毫髮無損，雙方對於拳意的掌控真正達到了妙至巔峰的境界。

約莫一炷香後，周肥突然一拍額頭：「好你個種秋，成心搗亂啊。走了走了，實在是看不下去了，反正還有丁嬰和俞真意收拾殘局。」他雙手分別拎住周仕和鴉兒的肩頭，跟拎雞崽兒似的，一掠而走。那些春潮宮美人雖然一頭霧水，仍是跟著周肥升空飄遠。

街道盡頭，灰塵遮天蔽日。

拐角處，種秋笑著揚長而去，沿著另外一條大街離開。

這位國師雖然灰頭土臉，但是沒有半點頹喪之意，反而像是做了一件快意事。

陳平安則留在原先街上，獨自走出彌漫的灰塵，拳意與氣勢不見半點，就像是一個最尋常的年輕人，只是一步跨出，就來到了劉宗身前。

劉宗眨眨眼，問道：「能不能不打了？」

陳平安反問道：「你覺得呢？」

劉宗一本正經道：「我覺得可以啊，大家無冤無仇，路這麼寬，各走各的，沒毛病！」

陳平安稍稍偏移視線，望向宅子，點頭道：「那就可以吧。」

劉宗嘿嘿笑道：「走之前，能不能多嘴問一句，種國師跟你到底啥關係？」

陳平安想了想，給出答案：「同道中人。」

劉宗正要感慨什麼，陳平安沉聲道：「趕緊離開，跟上種秋，如果可以的話，幫他一起對付某個人。如果你相信我，就不要想著逃，只有和種秋聯手，才有機會活到最後。」

劉宗點點頭，二話不說就與陳平安擦肩而過，而且陳平安也上前一步，橫移一步，剛好站在了劉宗背後一線之上。

那邊，種秋站定，一個貌若稚童的傢伙站在了一把懸停於空中的劍上，擋住了種秋的去路。

陳平安這邊，小巷中緩緩走出頭頂銀色蓮花冠的丁嬰，在他雙指間，夾著一把不斷顫鳴的飛劍。

寂靜大街上，故人重逢。

種秋似乎早就料到俞真意會來阻攔自己，並無驚訝，笑問道：「那把玉竹扇子，做好了？以它作為將來湖山派的掌門信物，會不會感覺太柔了些？」

就像普通朋友之間的客套寒暄，就像那風雪夜歸人，問道：能飲一杯無？

俞真意問道：「已經三次了，為什麼？」這卻是在興師問罪。

種秋反問：「是問我為什麼救下陸舫，為什麼幫助那個陳平安？」

俞真意那雙如深潭幽暗的眼眸漣漪微蕩，顯然是破天荒地動了真火。他不說話，但是與主人心意相連的腳下飛劍光彩流溢，越發瑰麗迷人，像是一塊從天庭遺落人間的琉璃。

種秋瞥了眼俞真意腳下的仙家飛劍，收回視線，神色自若道：「你不是早就知道答案了嗎？」

俞真意微微嘆息，心頭泛起一些細懷情緒。這可不是他心腸軟了，而是事已至此，既然種秋過去這麼多年仍然執迷不悟，他便要硬起心腸了。

江湖上說俞真人和種國師早年是為了一個禍國殃民的女子而決裂，那真是太小覷了他們。當年兩人剛剛在江湖上聲名鵲起，是因為遇上了一位謫仙人而分道揚鑣。當時俞真意鐵了心要殺掉那位謫仙人，種秋卻認為他罪不至死，而且風險太大，根本不用孤注一擲。可俞真意依然孤身前去刺殺謫仙人，在生死之際，是種秋突然出現，替俞真意擋下了致命一劍，接著果然如丁嬰在南苑國對他們所說，謫仙人被殺後，從他身上跌落了兩份機緣，一部可修大道長生的仙家祕笈、一把無堅不摧的琉璃劍。

大雨滂沱之中，俞真意一手握住不知何種材質的金玉天書，一手提劍，仰天長嘯。

種秋黯然離去。

俞真意輕輕拋去那把仙人佩劍，說：「兄弟二人，可共生死，也要同富貴。以後這個天下的規矩，無論是廟堂之高還是江湖之遠，你種秋喜好讀書，便都由你來訂立。我俞真意嚮往大道不朽，修成了仙法，自會幫你守護，我要教世上所有謫仙人都俯首聽命，再不敢橫行無忌……」

種秋卻根本不等俞真意把話說完就徑直離開，任由那把價值連城的神兵利器摔在泥濘當中，任由俞真意的那番肺腑之言消散於大雨天地間。

劉宗離開了那條已經稀爛的大街，過了拐角，遠遠看到這一幕，頓時咋舌，猶豫了一下，仍是緩緩向前，既沒有畏縮不前，也沒有伺機逃遁。

劉宗相信陳平安說的話，相信眼前御劍的「稚童」，一個本該與丁老魔大戰八百回合的俞大真人會決心截殺曾是摯友的種秋。之所以相信，是因為那個年輕謫仙人竟然能夠讓種秋主動餵拳，幫著夯實某種境界，以便更好應對接下來的大戰。

種秋為人處世從不隨心所欲，一言一行必有其規矩。他是道貌岸然的偽君子，還是謀國謀天下的縱橫家？都不是。劉宗在南苑國京城待了這麼多年，種國師為人如何，可謂一清二楚，那是真正的文聖人、武宗師，將這個天下的外家拳境界頂峰以一己之力再往上拔高了一截。

對於正邪之分，種秋看得極其透澈，幾次朝堂輿論和江湖風評一邊倒的京城風波本該一殺了之，大快人心，還省心省力，可都是種秋悄悄收官，處理得那叫一個中正平和，讓冷眼旁觀的劉宗都要伸出大拇指讚一聲真豪傑。當陳平安說與種秋是「同道中人」時，劉宗就義無反顧地決定了，袖中那把刀，得出。除了意氣相投，也是為自己爭取一線生機。

他藏在袖中的那隻手，握緊了那把刀。

種秋看著踩在劍上御風而停的稚童，輕聲感嘆道：「俞真意，你有沒有想過，你如今跟那些謫仙人尚有差異，但是你如果一直在這條路上走下去，遲早有一天，你就是他們，再有一天，就會有另外一個趙真意、馬真意來殺你，他們覺得殺得天經地義。」

俞真意搖搖頭：「種秋，你還不知道吧，此次飛升之地依舊是牯牛山，但是人數已經變了，不再是十個人，而是只有三人，但是這三個人有資格從藕花福地的真實歷史上分別挑選出五個、三個和一個人一起飛升離開，不過這九人可能會淪為附庸傀儡。我推演過，丁嬰、我、周肥會是機會最大的最終飛升三人。」

俞真意之後將最終榜上十人說了一遍給種秋聽，沒了陸舫和童青青。

種秋直接問了一個最關鍵的問題：「你要離開？」

俞真意搖頭道：「我當然不會，第三聲鼓響之前，我不會登上牯牛山，自動放棄那個飛升機會，跟當年武瘋子朱斂一樣。只不過他是為了能夠第二次以肉身飛升，而我，是要向你證明當年殺掉那個謫仙人，我俞真意是對的，你種秋是錯的，我要這人間，我在世一天就安穩一天，你種秋的縫縫補補毫無意義。」

這番話很大了，可是俞真意說得輕描淡寫。

種秋笑道：「志不同，道不合。」

俞真意緩緩說道：「你現在還有最後一個機會，與我聯手，殺掉謫仙人周肥，丁嬰不會阻攔。到時候你就能夠活到最後，至於是否選擇去往牯牛山白日飛升，隨你。」

種秋問道：「那麼榜上其餘人等誰來殺？是你還是丁嬰？有些可不是謫仙人。」

好像兩人一直在雞同鴨講，各說各話。

俞真意勃然大怒：「別人說這蠢話，我只當是村婦之見，懶得計較！你種秋身為南苑國國師，難道不知道世間哪有不枉死的變局？」

種秋笑著點頭：「我自然知曉，這些年為了南苑國，我也做了許多事情，但是我現在只是在問你俞真意，不是在問什麼千年未有的變局，不是問這個天下，不是謫仙人的藕花福地，我只是在問你，松籟國涿郡揪欄縣城的俞真意。」

俞真意冷笑道：「冥頑不靈，你種秋從小就是這副德行，讀了再多書，練了再多拳，也還是那個茅坑裡的臭石頭。」

種秋笑了笑：「你俞真意倒是變了很多。」

劉宗聽得心驚膽戰。他還真害怕種秋點頭答應下來，反過來與俞真意合力絞殺連同他在內的榜上四人，那還不像是殺雞一般？除了俞真意已入化境，更別提種秋還是南苑國地頭蛇，哪怕他劉宗和程元山、唐鐵意、雲泥和尚聯手，依舊毫無勝算。

所幸，種秋不愧是那個令劉宗心生佩服的種國師！

他抬頭看了眼家鄉方向，有些傷感地道：「說了這麼多，你不過是想讓自己殺我殺得心安理得罷了。這一點，倒是從來沒變。」

俞真意站在飛劍之上，種秋沒有轉頭，朗聲笑道：「劉宗！在這京師當了這麼多年鄰居，不曾去串門，並非瞧不起你這磨刀人，君子之交淡如水而已。我種秋先出拳，你在旁壓陣，若是勝負懸殊，你能跑則跑，直接去找雲泥和尚，可別覺得丟人！」

劉宗愣了愣，喃喃道：「娘咧，不愧是種國師，這馬屁拍得我劉老兒舒坦，舒坦！」

與妙人為友，如醉鬼飲醇酒，哪有清醒的可能，豈有不醉的道理？

不怕死卻也從不找死的劉宗一步踏出——死則死矣，醉死拉倒！

俞真意的身體微微向前傾飄蕩而出，雙腳輕輕落在街上，隨手向前一揮袖，輕聲道：「走。」身後那把劍光澄澈如琉璃霞光的飛劍劃出一道巨大圓弧破牆而去，又破牆而入，風馳電掣，重新出現在這條街上，剛好繞開種秋，直衝他身後的劉宗。

俞真意閒庭信步，舉起雙手晃了晃，放在身後，笑道：「種秋，你不是被譽為『天下第一手』嗎？來，我不還手，你隨便出拳。」

種秋點點頭，然後突然問道：「能否出城一戰？」

俞真意笑道：「種大國師，你不用擔心殃及無辜，你根本就沒那個本事。」

種秋啞然失笑。這傢伙，修仙問道到最後，變成了一個口氣恁大的小娃娃，他種秋還真要領教領教所謂仙人的神通。

俞真意雙手負後，示意種秋可以傾力出拳，不但如此，他還腳尖一點，懸停空中，與種秋身高齊平，竟是要方便種秋出拳！

種秋對此並未惱火，反而越發神色凝重。

一拳遞出，停留在了俞真意那張稚童面容前三尺。

那一拳只能寸寸向前推進，極其緩慢，像是老翁登山，步履維艱。

兩人之間，短短三尺，卻是天地之別。

雙手負後的俞真意微微搖頭，眼神充滿了憐憫：「不承想種秋不過如此啊。」

一直到丁嬰出現，要為這亂局蓋棺論定，粉金剛馬宣還是沒有動靜，哪怕唐鐵意、程元山、周肥等數位宗師相繼離去，馬宣依然躺在原地。

江湖就是這樣，水深、水淺都能淹死人，何況老話還說了，善游者溺。

馬宣的這條命其實挺值錢，本該遠遠不止五百兩黃金。在藕花福地的武林中，這些黃金只能買二流高手，或是一位父母官的命。

看似擺脫了身陷重圍的險境，只跟丁嬰一人對峙，一人而已，但是陳平安的手心卻滲出了汗水。這與膽識和心境都無關，純粹是丁嬰出現後，殺機太過濃重。遇險則避是一個人的本能，只不過若是能夠迎難而上，才是真正的武道砥礪。

丁嬰有多麼難對付，只需要看他雙指之間的飛劍十五就明白了。

他微笑道：「這就是謫仙人所謂的本命飛劍吧？很新鮮的玩意兒，應該是第一次出現在藕花福地版圖上，而且以完整身體和魂魄進入也很罕見。怪不得你會惹來這麼多意外，但是沒關係，因為藕花福地有我丁嬰在。」

陳平安二話不說，吐出一口濁氣，擺出雲蒸大澤式拳架。

丁嬰環顧四周，右手雙指繼續禁錮住十五，然後向前探出左手：「聊完了天，就該動手了，我試試看能否一隻手殺你。」他瞥了眼陳平安的拳架，搖頭，「勸你還是換一個利於攻勢的拳架吧，我還是很希望見到一些讓人眼前一亮的武學，不然若是被我占了先手，就像你先前那打退陸舫和種秋的拳架一樣，你會毫無還手之力的。」隨即又對陳平安笑著招招手，「你先前最多只打到了十拳，肯定可以更多。我很好奇，最多可以有幾拳？你大可以放心使出，我都接了！」

陳平安果真換了神人擂鼓式的拳架，一身氣勢頓時從高山大城變成了潮水鐵騎。

丁嬰笑著點頭，依舊一手約束十五，只以一手迎敵：「來！」

剎那之間，只見陳平安原先站立的街道瞬間塌陷出一個方圓數丈的巨大坑窪，而那一襲白袍則已消逝不見。

丁嬰點點頭。夠快，難怪半步躋身御劍層次的陸舫會那麼狼狽。

丁嬰以掌心擋住了陳平安的拳頭，正要握住攥緊之際，拳勁一鬆，第二拳已經往他肋部而去。丁嬰心中了然，如果如自己猜測，此拳招，拳拳遞進，速度、勁道、神意，皆是如此，最巧妙之處，在於拳拳銜接，避無可避，只能硬抗，初看只是一個小山頭，但是如果有仙人以神通掀開大地千萬里，就會發現不起眼的山頭竟然有整條「來龍去脈」，儼然是天下祖山。

八拳之前，丁嬰腳步都不曾挪動絲毫，每次都剛好以手心抵住那一拳，身旁四周就像縈繞著一條雪白蛟龍，不見人影。

第九拳，丁嬰後撤一步，依舊以掌心擋下。看似最簡單的出手，卻蘊含著他從藕花福地各個宗門幫派搜集而來的九種武學精髓。不用說那自家花園似的鏡心齋，種秋傳授嫡傳弟子的拳法、俞真意的湖山派、鳥瞰峰和春潮宮、程元山槍術的雪崩式、八臂神靈薛淵等各大宗師的不傳之祕，丁嬰用各種法子都拿到了手，然後化為己用。有些已至武學頂點，就原封不動；有些尚有餘地，丁嬰閒來無事，就幫著完善一二。

第十拳，丁嬰橫移數步，卻仍有閒情逸致開口笑道：「你這拳法，唯一的美中不足，就是走了傷敵一千、自損八百的路數。我倒要看看你能撐到第幾拳，最後那一拳又到底有多厲害。」

陳平安只管出拳，心如沉入古井之底。

這一場架，沒有觀戰之人，因為不敢。

你們這些不怕死的，喜歡作壁上觀是吧，喜歡在旁邊指指點點、拍手叫好是吧，喜歡滿臉震驚好似白日見鬼了是吧，那我就將你們一巴掌拍成肉泥。

丁老魔是出了名的喜歡虐殺旁觀之人，所以太子魏衍那個瘦猴似的師父，才跑來沒多久，原本就在遠處藏著，見到是丁老魔親自出手後，第一時間就撤了。

不過丁嬰終究只有一個，此外諸如種秋、俞真意之流的山巔人物，雖然也不喜旁人隔岸觀火，但是大多不管。

可是觀看二流高手之間的生死廝殺是武林中人的大忌諱，因為誰都不希望自己的壓箱底本事給外人瞧了去，人多嘴雜，一傳十、十傳百，路人皆知，還怎麼叫壓箱底？江湖說大不大，尤其是躋身一流宗師之後，江湖就更小了。

雙方間距始終就在兩臂之內，但是第十一拳，丁嬰好似已經嘗到了神人擂鼓式的厲害之處，有意無意拉開了距離，被一拳打退出去一丈有餘。

當時陸舫被十拳打得重傷，一是倉促之下根本來不及應對，而丁嬰從一開始就蓄勢以待；二是陸舫一心修習劍術，功夫只在劍上，體魄遠遠無法媲美丁嬰。陸舫吃下陳平安十拳就像一支步軍在野外遇上一支精銳騎軍，一觸即潰，自然兵敗如山倒。同樣十拳，丁嬰是占據高牆巨城，兵力雄厚，故而並非陸舫與丁嬰的真實差距到了天壤之別的地步，說到底，丁嬰應對得如此輕鬆，還要歸功於陸舫和種秋的前車之鑑。

十一拳過後，丁嬰站在一丈外，趁著下一拳尚未近身，猛然抖袖，震散那些在手心盤桓不去的拳罡。

他戲謔道：「再來三、四拳，恐怕我就要受一點小傷了。」

第十二拳已至面門，丁嬰第一次出拳，與陳平安的神人擂鼓式對了一拳。

陳平安退去數步，但是神人擂鼓式的玄妙得到了淋漓盡致的展現。

他以超乎常理的軌跡，以更快速度遞出第十三拳，來不及出拳的丁嬰只得略顯滯後地抬起手肘擋在身前。肘尖撞在了胸口處，丁嬰砰然倒飛出去，但是長袍之內真氣鼓蕩，幫助卸去了大半拳罡勁道。

電光石火之間，察覺到對手好像稍稍慢了一線，丁嬰眯起眼，身形倒滑出去，在接下第十四拳的同時，微笑道：「先前在你住處，有個鬼靈精怪的小東西不知死活，試圖偷偷帶著飛劍鑽地來找你，被我發現了，不知道有沒有被震死、悶死在地底下。」

果不其然，陳平安雖然已經有所察覺，仍是沒有收手，第十五拳迅猛而來。

丁嬰再次倒退，夾住飛劍十五的雙指微微顫抖。

他不驚反喜，只是深藏不露。這位穩居第一人寶座六十年的丁老魔，看似自負托大，其實內心最深處比誰都想要獲得這一拳招的宗旨精義。極有可能，悟得這一拳，能夠讓他更有把握完成心中所想之事，硬撼此方天道！

丁嬰根本不在意開口說話會使得一身真氣劇烈傾瀉流逝，微笑道：「先前那四顆腦袋是我讓鴉兒和周仕拎出來給你看的。那個小孩子，如果我沒有記錯的話，叫曹晴朗，他遇上你這位謫仙人，真是不幸。」

哪怕是丁嬰都看不清陳平安的面容，但是他能夠清晰感受到陳平安的「一點」殺意，而不是怒意，甚至不是那種瘋狂流散的殺意，而是被刻意壓制成一條細線，再將一線擰成一粒。

這就有點意思了。此人心境，在丁嬰所見、所殺謫仙人當中，獨樹一幟。

丁嬰一生所學駁雜，無書不翻，曾在一本道家典籍中看到這樣一段話：「行於水中，不避蛟龍，此是船子之勇。行於山林，不懼豺狼，此乃樵獵之勇。白刃交於身前，視死若生，此乃豪傑之勇。知人力有窮盡時，臨大難而從容，方是聖人之勇。」

欲要從容，必先心定。什麼叫人力有窮盡時？就是當眼前這個陳平安，他認為小院那戶人家已死絕，那個小東西也可能死了，在這個前提下，不僅僅要知道一切愧疚、悔恨並無意義，只會自尋死路，唯有用心專精，而且知道之後，要做到。知已不易行更難。

陳平安沒有讓丁嬰失望，出拳沒有絲毫拖泥帶水，沒有任何束手束腳，恰恰相反，哪怕明知每一拳只會讓丁嬰更瞭解神人擂鼓式，出拳還是義無反顧，傷敵一千、自損八百，要麼丁嬰死在自己拳下，要麼自己經脈寸斷，神魂皆潰，血肉崩碎，堂堂正正死在最後一拳神人擂鼓式的遞出過程之中。

第十六拳！

丁嬰輕輕點頭，爽朗大笑，只見那頂銀色高冠的蓮花當中，有光彩如瀑布傾瀉而下，遍布全身。這一次，丁嬰只是退了三步而已，毫髮無損。

陳平安收拳，借一拳反彈之勢向後掠出數丈，站定後抬起手臂，以手背擦拭鮮血。

丁嬰完全沒有攻防轉換的念頭，笑問：「怎麼不出拳了？看你的氣象，至少還能支撐兩拳。」他揚起右手，「就沒有想過，萬一再多出一、兩拳，就能打得我鬆開雙指？」

丁嬰嘆了口氣，有些遺憾。如果不祭出那頂蓮花冠，直覺告訴他會有危險，極有可能真的兩敗俱傷。不過無須事事求全，這十數拳已經足夠讓他揣摩、鑽研。

看得出來，這一拳招，已經是那名年輕謫仙人殺力最大的一式。他已經覺得足夠了，接下來就該做正事了。

陳平安環顧四周。一切都是如此莫名其妙，但正因為如此，他才覺得心中不平之氣幾乎就要炸開，一如年少時，見過了躺在病床上的劉羨陽後，他默默走向那座廊橋。那種絕望的感覺，哪怕過了這些年，走了這麼遠的路，練了這麼多的拳，陳平安還是記憶猶新。

天大地大，獨自一人，然後遇上了某個大坎，你死活就是跨不過去，要麼憋屈死，要麼找死，還能怎麼辦？

此時此刻，腰間那只養劍葫仍是被封禁一般，初一無法離開。身上這件金體法袍還是死氣沉沉，而既是飛劍又是方寸物的十五始終被丁嬰牢牢束縛在雙指之間。

好在陳平安到底不是當年那個瓷窯學徒了，他吐出一口血水：「你是不是落了一樣東西沒管？」

丁嬰哈哈笑道：「你是說你放在桌上的那把劍？你想要去拿了再與我廝殺？可是在我眼皮子底下，你以為自己能夠走到那裡嗎？」

他自問自答，搖頭道：「只要我不想你走，你就走不出十丈。我已經可以確定，你只是一名謫仙人所謂的純粹武夫，根本不是劍修，否則這把小小的飛劍，我根本困不住。」

陳平安咧咧嘴，瞥了眼丁嬰頭頂的道冠：「天時、地利、人和都給你占盡了，是不是很爽啊？」

丁嬰瞇起眼，殺機沉沉：「哦？小子，不服氣？可你又能如何？」

「先前，你說了個什麼字來著，『來』？」陳平安一臂橫著伸出，「對吧？」

丁嬰默不作聲，報以冷笑，心想這個很不一樣的謫仙人肯定是想要垂死掙扎，靜觀其變就是了。

陳平安心中默念道：『劍來！』

從那院子的偏屋之內，僅是劍氣就重達數十斤的那把長氣劍瞬間出鞘。

彷彿是循著陳平安最後一次出門的大致足跡，彷彿是在向這方天地示威，長劍像一道白虹破開窗戶，離開院子，來到巷子，掠過巷子，進入大街，與丁嬰擦肩而過！既有彎彎曲曲，也有筆直一線，卻沒有絲毫消散的跡象。

當陳平安伸手握住那把長氣劍，劍身如霜雪，劍氣似白虹，長袍更勝雪。

在這個人間，一臂之內陳無敵。

一臂之外，猶有一劍。

丁嬰抬起手臂，頭頂銀色蓮花冠竟然如活物綻放開來，原本併攏的花瓣向外伸展，搖曳生姿。他將指尖那把袖珍飛劍放入其中，道冠恢復原樣，銀色的花瓣紛紛合攏。

他雙手負後，低頭凝視著那條近在咫尺的劍氣長流，覺得這一幕是生平僅見的美景。

丁嬰一邊俯瞰這條懸停人間的雪白溪澗，一邊開口笑問：「陳平安，是劍師的馭劍之術吧？你和馮青白之前都用過。是我掉以輕心了，沒有想到你能駕馭這麼遠的劍。不過沒關係，大局已定。再者，這麼一把仙人劍，你身為主人，竟然不真正握住劍柄，而是使了障眼法，虛握而已，是不是太可惜了？」他收起視線，轉身望向陳平安，「還是說，你其實也無法完全掌握這把劍？可惜可惜，這些似霧非霧、似水非水的東西，難道全是劍氣？劍氣消散極快才對。」

陳平安沒想到丁嬰的眼力這麼毒，這麼快就看出了自己跟這把劍的「貌合神離」。

當時在飛鷹堡外，陳平安曾經拔出過一次長氣，當時他整條胳膊的血肉都被劍氣一銷而空，白骨累累，還是陸臺用了陰陽家陸氏的靈丹妙藥才白骨生肉。

此次駕馭長氣來到身邊，當然不是陳平安的劍師之境出神入化到能夠駕馭這麼遠的長劍，而是陳平安和長氣朝夕相處，劍氣浸透體魄，神魂反過來牽引劍氣，哪怕兩人分開，依舊藕斷絲連。

丁嬰指了指自己的蓮花冠：「這會兒你拿到了劍，我則暫時失去了這頂仙人道冠的神通，一來一去，接下來算不算公平交手？」

陳平安虛握劍柄的五指微微加重力道，起始於小巷院落、終止於陳平安手心的劍氣長河瞬間歸攏，劍氣重新彙聚於劍身，手中長氣劍再也看不出異象。

陳平安「掂量」了一番長氣劍的重量，覺得剛剛好，比起飛劍十五裡頭的癡心劍要更重。陳平安自從老龍城獲得那部《劍術正經》，在渡船桃花島開始練劍以來，一直覺得它太輕，現在哪怕只是虛握長氣，卻也覺得合適——合適就好。

丁嬰直到這一刻，才將陳平安從陸舫、種秋之流提升到修習了仙術的俞真意。兩者區別就是任你陸舫劍術玄妙、種秋拳法無敵，在我丁嬰面前仍是稚童耍柳條、老翁揮拳頭，這個天下唯有攻守皆巔峰的俞真意才有機會傷到我。

陳平安重重呼出一口氣。在這邊唯一的好處，就是武人之爭，不會針對他換氣。

在浩然天下，武夫與錬氣士背其道而行之，需要先散去體內所有靈氣，提煉出一口純粹真氣，氣若蛟龍，遊走五臟六腑、百骸氣府，如一支邊軍精騎在開疆拓土，開闢出一條條適合真氣運轉的道路才算登堂入室，真正走上了武道。但是在這個天下，大概是靈氣稀薄的關係，武人根本沒有這份講究，也就少了那份淬錬，所以一開始的底子就打得差了。

江湖上許多武學宗師追求的返璞歸真，其實不過是武學之路走到一定高度幡然醒悟，才開始倒推逆流。可即便如此，這百年江湖，還是湧現出了丁嬰、俞真意與種秋這些天縱奇才，歷史上更有魏羨、盧白象和隋右邊的驚才絕豔。

丁嬰微笑道：「除了頭上這頂蓮花冠，你陳平安手中劍是我丁嬰第二樣想要拿到手的東西。」

陳平安以虛握之姿，手持長氣，以撼山拳六步走樁向前，其中蘊含了種秋大拳架頂峰之意。每一步幅度都有大小差異，但是練拳百萬之後，一切自然而然，拳意早已深入陳平安骨髓。加上種秋先前佯裝廝殺，實則暗中傳授的拳架「頂峰」本就有行雲流水的意味，兩者銜接，天衣無縫。

以丁嬰的眼光，陳平安這六步竟然瞧不出一絲一毫的破綻，是真正的天人合一，與大道契合。他本身就是百年難遇的練武奇才，又一甲子之間大肆收集、匯總天下武學，融會貫通，試圖編撰出一部要教天下武學成絕學的寶典，瞧見這平淡無奇的向前六步，丁嬰眼神熠熠，看來自己那部祕笈還有查缺補漏的餘地。

既然沒有機會一擊斃命，加上想著多從陳平安身上攫取一些天外武道，丁嬰乾脆就避其鋒芒，但是他很快就意識到這一退有些失策了。

第六步後，陳平安一身氣勢已經升到巔峰，拳意濃郁到了凝聚似水的地步，如一粒粒水珠在荷葉上滾走，日復一日背負長氣劍打熬神魂，原本那些緩緩浸入陳平安身軀的劍意就是那張荷葉的脈絡。

高高躍起，一劍劈下。

陳平安雙手握劍，劍鋒變豎為橫，一閃而逝。大街被那道劍氣分成左右，若是有人在街道兩側，就會發現一瞬間，街對面的景象都已經模糊、扭曲起來。

丁嬰已經退出三丈外，腳跟擰轉，側過身，雪白劍罡從身前呼嘯而過，如遊人觀看拍岸大潮。

側身面對第二劍的丁嬰拍掌，雙腳離地，身形飄蕩浮空，躲過攔腰而來的洶洶劍氣，一掌剛好落在長氣劍身之上，如磨石相互碾壓。

丁嬰皺了皺眉頭，手心血肉模糊，驟然發力，屈指一點長氣劍，身體借勢翻滾，向後飄蕩而去。

只是失了先機的丁嬰想要擺脫陳平安並不容易，陳平安下一次六步走樁，第一步踩在了離地寸餘的空中，第二步就走在了離地一尺的地方，步步登天向上，與此同時，鬆開長氣劍，化作一道白虹激盪而去，追殺丁嬰。

這當然不是說陳平安已經躋身武道第七境御風境，而是取巧，向長氣劍借了勢，憑藉一人一劍的氣機牽引，這才能夠御風凌空。

不過之前與種秋一戰，「校大龍」後初次破境，躋身第五境，那會兒的數步凌空成功跨過街上那條被陸舫劈砍出來的溝壑，屬於氣機尚未真正穩固，如洪水外泄而已，所以種秋正是看出了端倪，才會出拳幫助陳平安砥礪武道。

丁嬰一腳踩踏，腳下轟然炸裂，身體傾斜著去往空中更高一處，又是一踩，還是同樣的光景，以外放的罡氣凝聚為踏腳石，在落腳之前就「擱放」在空中，使得丁嬰能夠在空中隨心所欲地去往任何地方。這幾乎就是浩然天下的御風境雛形了，如果丁嬰能夠飛升離開藕花福地，成就之高，無法想像。

丁嬰之外的天下十九人，無論是當地武人還是謫仙人，在藕花福地這座牢籠之內，都以天人合一為山頂最高處，走到那一步都很吃力，耗費了無數心血。丁嬰不一樣，他只是因為藕花福地的最高處就只能是天人合一的境界，才年復一年地滯留原地，等著別人一步步登山，而他早已在最高處多年，俯瞰世間，了無生趣，所以丁嬰才會以這方天地的規矩和大道為對手。

這場驚世駭俗的天上之戰，陳平安是劍師馭劍的手段，招式則輔以《劍術正經》上的雪崩式，始終不讓丁嬰拉開距離，同時又不讓丁嬰欺身而近，進入兩臂之內。

兩人在南苑國京城的上空糾纏不休，不斷向城南移動。

劍氣與拳罡相撞，轟隆隆作響，如雷聲震動，讓整座京城的百姓都忍不住抬頭觀望。一襲雪白長袍的年輕人駕馭著一把好似白虹的長劍，那幅壯觀動人的畫面，像是下了一場不會墜地的鵝毛大雪。

看客之中，有被御林軍重重護衛起來的南苑國皇帝，有太子府繫著圍裙跑到屋外的老廚子、魏衍和樊莞爾，有街角酒肆外並肩而立的周肥和陸舫。那個已經註定走不到蔣姓書生住處的琵琶女癱坐在一處牆根下，瞥了眼頭頂的異象。

她充滿了遺憾，緩緩閉上了眼睛。真的有些累了，哪怕見到了心愛書生，敲開了小院門扉，又能如何呢，讓他看到自己滿身血汙的模樣嗎？還是算了吧，不見這最後一面，他哪怕聽了別人的言語，再覺得她是壞人，總歸還是一個好看的女子。

於是她歪著腦袋，笑著睡去。

南苑國皇后周姝真沒有返回皇宮，反而潛入了太子府第，身上多了一面銅鏡；小院內曹晴朗孤苦無助，丟了柴刀，蹲在地上抱頭痛哭；四下無人，枯瘦小女孩拎著一張小板凳晃晃蕩蕩拐入小巷，左右張望，充滿了好奇。

南苑國城南上空，陳平安馭劍越來越嫻熟自如。

劍鋒太銳，劍氣太盛，劍招太怪。

丁嬰六十年來第一次如此狼狽，只能專心防禦。他有些惱火，但短時間內無可奈何，乾脆就沉下心來。他倒要看看，這個年輕謫仙人的無瑕之境能支撐到什麼時候，只要露出一個破綻，他就要陳平安重傷。

其間，丁嬰也沒有閒著，一身駁雜武學隨手丟出，一拳歪斜打去，根本沒有對著陳平安，但是拳罡卻會炸裂在陳平安身側，可能是眉心、肩頭、胸膛，角度刁鑽，匪夷所思。這是丁嬰在拳法中用上了奇門遁甲和梅花易數，笑臉兒錢塘的詭譎身影在丁嬰這兒簡直就是貽笑大方。

丁嬰一手雙指併攏，屈指輕彈，一縷縷罡氣如長劍。一手掐道訣，有移山搬海神通，經常從地面上撕扯出大片屋脊和樹木，用來抵禦滾滾流動的雪白劍氣。

最終，兩人落在京師外城的高牆之上。

這條走馬道上，一個個箭垛連帶牆壁砰然碎裂，灰塵四濺，飄散在京城內外。

陳平安好像來到此地後，真正少了最後一點約束，澈底放開手腳，馭劍之術幾近御劍之法。長長一條走馬道被長氣的如虹劍氣銷毀殆盡。偶有間隙漏洞，剛要脫困的丁嬰就會被陳平安一拳打回劍氣牢籠之中。

堂堂天下第一人的丁嬰，登頂江湖甲子以來，第一次被人穩穩占據上風，壓迫得不得不被動防守，雖未受傷，但是雙手袖口已經出現數條裂縫。

陳平安身形輕靈，在不遠不近的距離上，在破碎不堪的走馬道上閒庭信步。

丁嬰顯然也打出了一股無名真火，長氣劍幾次被他的指尖點在劍身或是劍柄上，劍罡崩碎，激盪不已。只是它劍氣充沛，足可形成溪澗長流，這點損耗就如同巨石砸水，濺起水花在岸邊而已，根本可以忽略不計。

陳平安靈犀一動，站在一處兩邊斷缺的孤零零箭垛上，雙指併攏作撼山拳劍爐立樁，原本瘋狂縈繞丁嬰四周的長氣劍驀然升空十數丈，本就快到了極致的飛劍速度竟是以違反常理的更快勢頭名副其實地破空消失了，然後一道裹挾風雷的白虹從天而降，長劍裂開南苑國城頭，在牆根處破牆而出，轉瞬來到牆頭上的陳平安身邊懸停，嗡嗡作響。

塵土消散，丁嬰抬起手，右手袖口已經盡碎。

陳平安伸手虛握長氣的劍柄片刻，然後再次鬆開。

丁嬰大笑道：「六十年來，筋骨從未如此舒展過。」

陳平安問了一個相同的問題：「是不是很爽啊？」

上一次，丁嬰可以無動於衷，這一次，他的臉色可就有點掛不住了。他一跺腳，身形虛無縹緲起來，依稀可見雙手擺出一個不知名拳架的起手式。

陳平安身後則有身影模糊的蓮花冠老人，雙手十指掐一古老天官訣。

右手南苑國京城外的空中，丁嬰雙臂擰轉，在掌心之間搓出一團刺眼光芒；左側京師地界的空中，丁嬰雙臂伸開，五指如鉤，城牆上出現了兩條長達十數丈的裂縫。

陳平安虛握長氣，劍氣以雪崩式破陣，手中長劍以《劍術正經》中的鎮神頭式迎敵，一心兩用。

頃刻之間，整整一大段京城城牆上出現了一個長五丈、高六丈的巨大缺口，塵土遮天蔽日。

丁嬰站在缺口一側邊緣，淵渟岳峙的宗師風範。身後有雲霧滾滾，是丁嬰不再刻意拘束一身磅礴罡氣的結果。那些雲霧不斷聚散，最終凝成一尊雲霧神像的輪廓，如有神靈即將降世。

陳平安神色自若，站在另外一側，看也不看丁嬰造就的天地異象。他只是一手握住長氣的劍柄，一手雙指併攏，在劍身之上從左到右輕輕抹過——這是陳平安學文聖老秀才在山水長卷之中的那一劍，哪怕只有一分神似。

那把桀驁不馴的長氣劍竟然微微顫鳴，似乎在與陳平安共鳴，又似乎終於承認了陳平安，在對陳平安說：「你有何話要對這方天地講？只管放聲便是！」

在這之前，陳平安連長氣劍都握不住，故而只能算是劍氣近，而不是真正的劍在手。

當下，這才是真正的有一劍來此人間。

陳平安猛然間握住劍柄，那一刻，他左手指縫之間綻放出絢爛光明，像是升起了一輪明月，向四面八方潮水一般湧去，照徹天地。

本就是大日懸空的白晝，可此刻整座南苑國京城仍是越發明亮了幾分。

握劍之後，日月同在。

這把長氣劍當下並無劍鞘，可是陳平安依舊做出了拔劍出鞘的動作。

丁嬰驚訝地發現自己竟是無法跨過那道缺口，雖然震撼，倒也不至於驚懼，身後罡氣凝成的一尊三丈高神人像，俯瞰那渺小的一人一劍。

丁嬰心知肚明，自己退不得。他明明不動如山，卻在身前變幻出數十條胳膊，令人眼花繚亂，有佛家印，說法印、禪定印、降魔印、施願印、無畏印，每一法印皆金光燦燦；有道家法訣，三清指、五雷指、翻天印、天師印，每一法印都有罡風飄拂，雷聲縈繞。還有俞真意的袖罡、種秋的崩拳、鏡心齋的指劍、劉宗的磨刀、程元山的弧槍……那尊神靈亦是如出一轍，丁嬰有什麼法印、架勢，它便有，而且聲勢更大。

丁嬰一身武學修為集合了天下百家之長，俞真意站在了這個天下的道法之巔，陸舫站在了劍術之巔，種秋站在了拳法之巔，劉宗站在了刀法之巔……但是群山之巔的更高處，其實還站著一個早已懸空的丁嬰，使得丁嬰在這塊藕花福地如日中天。

這實在是太不講理。

陳平安唯有一劍，出劍而已。

一劍之後，神靈崩碎，萬法皆破，不見丁嬰。

第三章　何為天下無敵

城內那條街上，雙方一出手就打得蕩氣迴腸，此時仍是大戰正酣。一把琉璃飛劍如開了靈智的神物，竟然只是一把劍就能夠死死纏住磨刀人劉宗。劉宗那把名動天下的剔骨刀，用了一輩子都不曾磕壞絲毫，今日一戰，都沒摸著俞真意的一片衣角，就已經被飛劍砍得崩出好幾個缺口。他完全來不及心疼，因為一分心，就會死。

飛劍凌厲，速度極快，罡氣充斥方圓十數丈，劉宗身處其中，難免束手束腳。

俞真意不愧是真神仙，最少抵得上兩個劉宗，極有可能抵得上兩個種秋。

俞真意已經飄落在地上，就那麼雙手負後，任由種秋一拳拳打去，但是沒有一拳能夠澈底破開他的無形罡氣。寥寥數拳，只差寸餘就觸及俞真意臉面。

他的眉毛微漾，鬢角輕飄，但僅此而已。

種秋出拳不停，一次次無功而返，臉色如常，眼神明亮，並無半點頹喪灰心。可越是這樣，就越會讓人覺得心酸，好像世道不該如此，容易讓人生出一股憋屈憤懣之意。

種秋只是出拳，俞真意就如散步，一直隨意向前行走，最多就是繞過劉宗和飛劍的那處戰場，沿著街邊林立店鋪一一走過，抬頭看一眼店鋪匾額，看一看那些熬過了今年春雨的春聯。

俞真意笑問：「是不是後悔當年沒有收下那把仙劍？你挑選的道路只適合在人間走，若是登山，你走不到最高，哪怕再給你三十年時間，登上絕頂之後，你還是無路可走，到時候你只會後悔更多。種秋，從小到大，你都只在乎那些世人都不在乎的事情，在我看來，這不叫鶴立雞群，這叫傻。」

種秋一言不發。

俞真意已經拐入了寬闊御道之上，再往前走，盡頭就是南苑國的皇城，還有那座比松籟國皇宮還要恢弘巍峨的大殿，八條垂脊上都立有十個形象奇怪的仙人和走獸，為首一位騎鳳仙人，之後依次是龍、鳳、獅子、天馬、海馬、狻猊、狎魚、獬豸、斗牛和行什。有些位高權重的帝王將相可以見到真物，有些他們也見不到。

俞真意伸手指向前方：「記得咱們年少時，你從書上看到那些有關垂脊十物的描述就很好奇，說以後一定要親眼看看它們。最後你在皇宮外住了幾十年，還沒有看夠嗎？」

種秋終於開口說話：「俞真意，不要總覺得自己是如何了不起，修了仙，就不把自己當人，看什麼都居高臨下，想什麼人和事和物都是在追憶緬懷，要多看看人間當下的悲歡離合……當然，你已經聽不進去這些了。」

俞真意點點頭：「俗子之見。在其位、謀其政，修行亦是如此。種秋，不是你的道理不對，只是還不夠高，因為你站得太低了。」

種秋眼中閃過一抹傷感，停止出拳，望向皇宮。

俞真意也停下腳步，笑道：「如此輕飄飄的拳頭，種秋，難不成你好幾天沒吃飯了？

不然我在這兒等你半個時辰，你先吃飽喝好再來？」

種秋破天荒爆粗口：「老子怕一拳把你打出屎來！」

種秋果然還是那個種秋，讀書再多，真逼急了，不還是松籟國涿郡揪欄縣城的那個泥腿子？

俞真意一拍肚子，哈哈笑道：「翻了天上書，學了神仙術，走了長生橋，修了無上法，閉關之後，辟穀多年，還真沒有這屎屎屁。」

種秋嘆了口氣：「你其實是在等待那一場架分出勝負？」

俞真意點頭道：「看破了真相又如何，你又打不破我的罡氣。」然後又搖頭：「不是什麼分出勝負，是等那個叫陳平安的年輕人死。」

種秋突然轉過頭，低頭看著稚童模樣的昔年好友，笑意古怪。

俞真意仰起頭，問道：「怎麼？」

種秋說道：「還記得當年在馬縣令衙署牆外的那次嗎？」

俞真意想了想，神色恍然：「你若是不提，還真記不起來了。」

當年在家鄉，俞真意是不入朝廷流品的小小胥吏之子，種秋的門戶更是不如，兩人卻很小就成了最要好的朋友。俞真意嚮往江湖，種秋則仰慕讀書人，骨子裡都是不安分的。年少氣盛，種秋愛慕父母官馬縣令的千金，俞真意就幫著出了一籮筐的餿主意。那女子本就不喜歡種秋，後來就越發疏遠、討厭種秋。有次深夜醉酒後，兩人就對著縣衙署後院的門牆撒尿，不承想那女子剛要和婢女一起偷偷出門與一個負笈遊學的外鄉書生幽會，結果院門一開就撞到了那一幕。

縣令千金是個臉皮薄的，婢女是個凶悍的，竟然還瞥了眼俞真意和種秋襠下，滿臉嫌棄地撂下一句：「兩條小蚯蚓，大半夜晃蕩什麼呢？」

那之後，種秋和俞真意就再沒有去縣衙附近。

俞真意經種秋提醒，想起這些，並不覺得有意思，只是不知種秋為何要提及此事，難道有何深意？

種秋微笑道：「俞老神仙，如今你連小蚯蚓都不如了啊。」

俞真意臉色不變，眼神卻冷了下去：「種國師，敘舊結束了，不然咱們過過招？」

種秋一笑置之。

俞真意冷笑：「我們不妨賭一賭，劉宗如果可以不死，會不會像你一樣主動求死？」

種秋點頭道：「好啊，那我賭他不會獨自離去。」

俞真意正要抬手將那把琉璃仙劍駕馭入手，但是很快又放下胳膊，微笑道：「這個活命的機會，我偏偏不給那劉宗。」

種秋不再說話。兩人並肩而立，就只是南苑國種國師和湖山派俞掌門了。

俞真意突然說道：「你錯了，我的殺力不在那把劍上，只是覺得你還有挽救餘地，故意讓著你。就像當年，從小到大，我什麼都願意讓著你，還要照顧你的感受。」

種秋卻說了一句離題千里的奇怪言語，他轉頭望向南邊城牆，輕聲道：「俞真意，你的位置最尷尬，既不是驕陽也不是明月，這個天下少了你，反而還是那個完整的天下。」

枯瘦小女孩拎著那張小板凳，走到了唯獨沒有關上院門的那戶人家，看到了那個抱頭痛哭的曹晴朗。

她敲了敲院門，徑直跨過門檻，故意問道：「喂喂喂，有人嗎？沒人我進來了啊。」

曹晴朗抬起頭，滿臉警覺。小女孩隨手將小板凳丟在地上，左看右看，漫不經心道：「是你家的吧？我來還東西了。」

曹晴朗一把抓起地上那把柴刀，護在身前：「妳是誰！」

枯瘦小女孩還在張望，沒好氣道：「我跟那個穿白袍子的有錢人是一夥的，跟那個頭上戴著花帽子的傢伙不是一夥的。」她看到了那間偏屋，於是轉頭對曹晴朗說道：「先前我看到一對狗男女拎著四顆腦袋出門，丟在了街上，滾了一地的血，我好心把那些腦袋放在了一起，是你的什麼人嗎？你不趕緊去看看？」

曹晴朗的眼淚一下子湧出眼眶，撒腿跑向院門。

枯瘦小女孩突然攔住他，怒目相向：「站住！」

曹晴朗有些茫然，枯瘦小女孩問道：「你不謝謝我？」

曹晴朗愣了愣，欲言又止，滿臉淚水地跑了出去。

枯瘦小女孩倒是不敢攔著一個手持柴刀的傢伙，撇撇嘴，讓了讓道路，嘀咕道：「沒良心的狗東西，活該變成孤兒。」

她推開屋門，正是陳平安的住處。

床上被褥整整齊齊，桌上的書籍還是整整齊齊，還有一把空著的劍鞘。

沒能找到吃的東西，也沒能找到銅錢和碎銀子，枯瘦小女孩氣得走到桌前，把那一摞書都推下桌子，摔了一地。

突然，她眼睛一亮——書本賣了能換些錢啊！然後她盯著那把劍鞘嘆了口氣：『還是算了吧，偷偷賣了書，那個白袍子傢伙估計不會把自己怎麼樣，可要是賣了劍鞘，他多半會狠狠收拾自己，到時候就算自己年齡小也不管用了。』

她抱起那些書就往外跑，默默打定主意，將它們換成一大把銅錢後，就趕緊花出去，只有變成食物吃進肚子，他才要不回去！

周肥提著周仕和鴉兒的肩膀，重新找到了陸舫。他依舊在那間酒肆喝著酒，不光是街角酒肆沒了人，整條大街都空蕩蕩的，多半是南苑朝廷早就下了禁令，一旦有宗師之戰，就會將所在坊市戒嚴，具體規矩，依循歷史上的夜禁，這肯定是國師種秋的手筆。那位與陸舫曾經師出同門的貌美婦人軟綿綿趴在酒桌上，笑臉兒錢塘的頭顱和陸舫的佩劍大椿都放在了隔壁一張桌子上。

周肥鬆開手放開兩人，大步走入其中落座後，氣笑道：「你就只是把人家灌醉了？」

陸舫給他倒了一碗酒：「不然？」

周肥打量著陸舫：「總算沒讓我白費苦心，還是有那麼點成效的。」

比起之前那次見面的失魂落魄，這會兒陸舫已經緩過來，而且多出一絲絲凝如實質的精氣神，只差擰轉結繩了，足夠讓陸舫在藕花福地再活甲子，說不定還有機會肉身飛升，也算因禍得福。

至於藕花福地和浩然天下兩地，光陰長河的流逝速度很有意思，依舊是只看那個傢伙的心情。若是那人覺得看得有趣，藕花福地的甲子光陰於浩然天下不過五、六年，可若是他覺得乏味，那就要遭殃了。歷史上最坑人的一次是，等到有人在福地中歷盡千辛萬苦，好不容易飛升，發現自己重返浩然天下已是三百年後，差點當場道心失守。畢竟，哪怕是山上修行之人，三百年之久也足夠物是人非，可能想見之人早已不在人世，想殺之人卻早已享盡榮華富貴而死。

周仕和鴉兒挑了一張桌子坐下，各懷心思。周仕去翻出一罈南苑國特產竹渣酒，劫後餘生，應該與心儀女子小酌一番，至於六十年之約，立志於天下前十甚至是前三，周仕到底是周肥之子，加上春潮宮本就是藕花福地的山頂之處，周仕這份心智還是不缺的，有信心六十年後與她重逢，再攜手去往父親家鄉。

鴉兒如何想，周仕猜不透，但是不用多想，因為周仕無比相信父親的手段和底蘊，尤其是飛升之後，那就是蛟龍入水虎歸山。須知藕花福地不過是中等福地，而玉圭宗姜氏，也就是他父親「周肥」掌握的雲窟福地，卻是那個天下的第一等大福地。

周肥打熬、調教和馴服女子的功夫周仕一直學不來，周肥曾笑言那叫「假身真心」，是一門仙家神通，周仕只能學些皮毛不奇怪，但是足夠讓他馳騁花叢了。

陸舫問道：「那邊怎樣了？」

周肥提起酒碗跟好友碰了一下，抿了一口酒水，味道實在是糟糕得很，就趕緊放下，解釋道：「打得很亂。馮青白給他的好朋友唐鐵意宰掉了，程元山屁都沒放一個就跑了，種秋耍了心眼，沒有跟陳平安打生打死，分出拳法的高下之後，反而像是又切磋了一場，幫著陳平安穩固境界，因為那傢伙的武道有點古怪，差點一口氣衝到了六境瓶頸，種秋看出了一些端倪，慢慢將陳平安的武道境界一拳一拳打回了第五境。

種秋也在交手過程中靠著陳平安的那些拳架，大概是驗證了某些武學想法，如果此人能夠走出藕花福地，未來一個九境武夫是板上釘釘的了。」周肥下意識拿起酒碗，只是想到那滋味，哀嘆一聲，只得捏著鼻子灌了一口，「然後丁嬰和俞真意就露面了，一個堵住了陳平安，一個截下了種秋，我看這兩場架才是最凶險的，必分生死。」

陸舫隨手指了指背後那張桌子的周仕和鴉兒：「粉金剛馬宣和琵琶妃子，還有……笑臉兒錢塘，陳平安其實都沒怎麼動殺心，但是這兩個孩子，相信那個傢伙只要一有機會，肯定會殺的。呵，如此性情，倒是比馮青白更像一個古道熱腸的游俠兒。

不提你和童青青，這天下的人物，能入我眼者，就只有丁嬰和俞真意了。其餘的也就那樣，哪怕是種秋，給他一個四、五十年後的九境武夫好了，又能如何？」周肥擺擺手，「我才不管這些，這次就坐在這裡，等著牯牛山第二聲鼓響，我只帶走你身後那個叫鴉兒的小娘兒們，所以之後六十年，這個不成才的周仕還是要你多加照顧了。」

陸舫點頭答應下來，好奇問道：「你不打算招徠俞真意？六十年近水樓臺，終歸比桐葉宗要多出一些先機。而且按照你的說法，你名次墊底，只能帶走一人，就是這個魔教鴉兒了，俞真意卻能至少帶走三人。魏羨、盧白象、隋右邊、朱斂，哪個不是驚才絕豔的怪胎？東寶瓶洲的驪珠洞天，適合修道的胚子層出不窮，這塊藕花福地則盛產武道天才。你拉攏了俞真意，就等於姜氏麾下多出三個種秋。」

周肥伸出手指點了點陸舫：「你陸舫的良心總算沒有被狗吃乾淨，還曉得為我考慮一些事情。」

鴉兒第一次主動開口說話，怯生生問：「周宮主、陸劍仙，童青青到底是什麼人？」

周肥和陸舫都置若罔聞，因為鴉兒根本不知道玉圭宗姜氏家主、雲窟福地的主人和一個有可能躋身十一境的劍修的分量，如果鴉兒躋身藕花福地的十人之列，興許還有幾分與他們說話的資格。當然，這跟周肥和陸舫的本身性情冷漠也有關係。換成馮青白這類的謫仙人，也不會讓人如此難以親近。

城頭陳平安一劍之後，在這條筆直走馬道的最西端，丁嬰身前的長袍已經撕裂出一道大口子，露出了鮮血淋漓的一道傷口。他做出一個出人意料的動作——抬起手臂，摘下那頂蓮花冠，隨手丟在一旁的地上，至於那把飛劍會不會就此掙脫禁錮，重返主人身邊，讓敵人更加強大，至於少了道冠這件仙人法寶的庇護，會不會在勢均力敵的大戰廝殺中少了一門制勝手段，丁嬰毫不在意。

他捲起袖管，動作緩慢細緻。想了想，低頭瞥了眼那頂本就當作籌碼之一的蓮花冠，隨手一揮袖，將其遠遠拋向南苑國京城內的御道，隨後緩緩向前，步子與尋常人無異，不再有如山嶽般的罡氣神人，赤手空拳走向陳平安。

丁嬰覺得一身輕鬆，狀態從未處於如此巔峰。

與人打架，就該如此！打贏了天下第二人，自然就是天下第一人，很簡單的道理。這樣的道理，不管外人看得有多重，有多遙不可及，丁嬰仍是覺得太小、太輕，他根本看不上！一人之力，勝過天下十人的剩餘九人聯手，才是丁嬰真正想要的無敵。所以在漫長的歲月裡，唯有寂寞相伴的丁老魔才會去鑽研百家之長，去將各大宗師的武學拔高一尺，並非是丁嬰需要以此來作為護身符，而是他早就準備好了，要以自己隨手而得的一招輕鬆破去俞真意、種秋、劉宗這些大宗師的最強之手。

只不過現在冒出來一個天大的意外，丁嬰反而覺得這樣才對，剛好不需要那些花裡胡哨的招數了，還是太慢了。前行道路上，沒有足夠強大的對手，哪怕他站著等待，哪怕他回頭望去，都看不到第二個人的身影。更沒有人能夠追趕他，與他並肩而立，所以就只是天地寂寥，唯有丁嬰一人去與天爭勝。

那個叫陳平安的謫仙人來得好，有了這塊墊腳石，我丁嬰只會離天更近！

丁嬰快步向前，暢快大笑。

陳平安握住手中長劍，手心發燙，卻沒有被劍氣灼傷絲毫。

他覺得這第二劍可以更快。

南苑國南邊的城頭之上，從城牆一個巨大缺口處到最西邊，整條走馬道之上都充滿了雪白的劍氣洪水，滾滾向前。而西邊城頭有丁嬰一拳拳遞出，如天庭神靈在捶打山嶽，一拳拳打得迎面湧來的劍氣四濺散開。

丁嬰就這麼逆流向前，勢如破竹。

潛入太子府第之前，皇后周姝真——或者說是敬仰樓樓主又或者是鏡心齋死士，她身形隱匿於一處陰影中，望向南邊城頭的兩人之戰，感慨萬分。

雙方打得山崩地裂，即便翻開敬仰樓中那些灰塵最厚的祕密檔案，藕花福地也已經有很多個甲子不曾出現如此驚天動地的捉對廝殺了。寥寥兩人，卻像是兩軍對壘，打出了黃沙萬里和金戈鐵馬的氣勢。

南苑國開國皇帝魏羨是無敵的，在那個時代沒有對手，之後盧白象亦是如此，以一人之力壓得整個江湖無法喘息一甲子；女劍仙隋右邊更是寂寞得只能御劍飛升；武瘋子朱斂選擇與世為敵，一人戰九人，天下十人的榜上宗師真被他殺了大半。

丁嬰這一次，遇上了一個名叫陳平安的年輕謫仙人，好似日月爭輝，蒼天在上，所有人都只能伸長脖子看著，等待結果。

周姝真嘆息一聲，瞥了眼屋脊上的兩個年輕男女，沒有一掠而去徑直找上他們，而是身形悄然飄落在一條廊道之中，姍姍而行，遇上婢女、管事便繞過廊柱，貼在那些凡夫俗子的視線後方，或是飄上橫梁，如一根彩帶在搖晃前行。

她當下的身分，不適合出現在這座府邸。她雖是當今南苑國皇后，卻不是太子和二皇子的生母，甚至有關前皇后的病逝，一些影影綽綽的宮中祕聞，都與她有脫不開的關係。

周姝真身影在府邸驚鴻一瞥，剛好能夠讓魏衍和樊莞爾發現。兩人掠下屋脊，在花園見到了這位豔名遠播的皇后娘娘。

樊莞爾有些好奇和擔憂，因為不知周姝真為何要現身，而且是當著她的面出現在太子魏衍身前。這個周姝真，正是當年將樊莞爾找到並且帶去鏡心齋的那位師姐，之後周姝真很快就頂替了一個鏡心齋精心設置的秀女身分，順利進入南苑國皇宮，一步步成為皇后。

周姝真無奈道：「形勢緊急，來不及了。怪師姐辦事不力也怪丁老魔出現得太巧。」

魏衍看了看「母后」，再看了看樊莞爾，心頭霧霾沉沉。他不介意自己與樊莞爾同舟共濟，贏了魔教鴉兒扶持的那個弟弟，然後一步步走近那張龍椅，順利登基，最後與佳人聯手，謀求四國大一統。可如果說整個南苑國魏氏早就都被鏡心齋這些女人玩弄於手心，那麼自己坐了龍椅、穿了龍袍，意義何在？

周姝真卻顧不得魏衍已成雛形的帝王心思，對樊莞爾開門見山道：「當年之所以被師父安排來到南苑國京城，除了這個皇后身分，師父還需要我辦成一件事情，就是拿到那件青色衣裙，不早不晚，必須剛好在這次甲子之期的收官階段。但是我不敢太靠近丁老魔，根本不敢露面，就怕惹惱了他。」說到這裡，她對樊莞爾歉意一笑，「所以師姐只好退而求其次。周肥下山之前就揚言要將師妹妳當作戰利品，他覬覦妳的美色已久，於是我便讓人故意洩露天機給春潮宮，說妳對那件衣裙志在必得。周肥果然直接找上了金剛寺的雲泥和尚，因為以他的性格，妳一旦落入他手，只要妳開口，不管周肥搶奪青色衣裙的初衷是什麼，都願意將那件裙子拿出來贈予妳。」

樊莞爾仍是一頭霧水：「我得了那件衣裙又能如何？得了四大福緣之一，僥倖飛升？可是師姐之前不是說過，師父曾經留下叮囑，不許我刻意追求飛升機緣嗎？」

「只可惜現在那件衣裙竟然被周肥隨手送給了魔教鴉兒……好在師父也曾預料過這種情況，」周姝真鄭重其事地掏出那面銅鏡，「便要我到時候，將它交給妳。」

樊莞爾接過銅鏡，翻來覆去，左右轉動，看不出半點異樣。

周姝真搖頭道：「我鑽研了這麼多年，一樣看不出端倪，好像就只是一面普普通通的鏡子。」

周姝真轉頭對魏衍笑道：「殿下，不用擔心自己淪為我們鏡心齋的傀儡，我們並無此意也無支撐這份野心的實力。師父曾經說過，世間有丁嬰、俞真意和種秋三人，就是三座跨不過去的大山。尤其是前兩人在人間活著，鏡心齋的一切謀劃只是小打小鬧，於這個天下並無任何真實意義。」

還有一些言語，周姝真沒有說出口。為尊者諱，她不願意在魏衍這個外人面前，多說師父童青青的事情。其實童青青當年與弟子周姝真最後一次見面，還說了一些肺腑之言：「做了這麼多，只是因我怕死，所以想要知道這個天下的每個角落，有哪些人，做了什麼事，那麼我就可以避開所有危險。」

周姝真並不相信這是師父的真心話。師父修為那麼高，早早就是天下四大宗師之一。師父的習武天賦之高，外人不清楚，周姝真是知道的，僅次於大魔頭丁嬰！只要師父肯用心，天下前三必然是囊中之物，何況師父身後還有整個鏡心齋，又有四國朝野那麼多死士諜子，怕什麼呢？應該是這個天下怕她童青青才對吧？

魏衍細細思量，並不相信，或者說並不全信。

樊莞爾手持銅鏡，陷入沉思。

金剛寺的老僧人脫了袈裟，穿了一身世俗人的衣衫，有些不適。他要去皇宮，去跟皇帝陛下討要那副白河寺的羅漢金身。入宮前，在宮門口等待君主召見，他雙手合十，唱誦了一聲「阿彌陀佛」。入宮後，皇帝陛下在御書房親自等著這位老僧。

之前所有人都不知道這位金剛寺的講經僧，只是隨著最後的榜上十人浮出水面，才知道原來這位寂寂無名的續燈僧除了金剛寺的輩分，還有一身深不見底的佛門神通。

關於羅漢金身一事，魏氏皇帝沒有任何猶豫就答應下來。剛剛還俗的老和尚有些摸不著頭腦，他原本還想好了諸多說辭，比如他答應為南苑國魏氏效力三十年之類的。

臂聖程元山沒有去跟弟子們會合，那樣太過扎眼，很容易被人找到，但他又不好帶著一杆長槍隨便逛蕩，只得挑了一座石拱橋，在底下乘涼。

他打定主意，京城外牯牛山第二聲鼓響後，如果京城裡邊最少死了半數的榜上十人，他才會露面，否則寧可錯失此次飛升機會。

程元山無比希望榜上宗師盡皆死絕，至於這是否有違武道本心，他並不在乎，他只在乎結果。史書上千言萬語，除了鮮血淋漓的「成王敗寇」四個字，還有什麼？

一直想要拿程元山練刀的唐鐵意沒能找到他，只好作罷，想了想，當下最大的變數其實是自己的身分。一旦被揭露北晉國的大將軍在南苑國京城閒逛，會很棘手。雖說北晉與南苑關係尚可，但是南苑國野心勃勃，早就流露出要一統天下的聲勢，唐鐵意可不覺得自己會被客客氣氣禮送出境，要麼歸降魏氏，要麼暴斃於這座他國京城。

歸降南苑，對個人前程而言，當然不是什麼好事，可未必就糟糕至極，畢竟南苑才是厲兵秣馬的第一強國，但是唐鐵意在北晉的所有根基，家族、妻妾、兵權、聲望，就都成了泡影。南苑的文臣武將，對他一個外人能夠客氣到哪裡去？

唐鐵意到底是藝高人膽大，而且比起遲暮臂聖，才不惑之年的北晉砥柱大將軍顯然氣魄更盛，非但沒有像程元山那樣躲在僻靜處，反而挑了一間熱鬧喧囂的酒樓要了壺好酒，聽那說書人講故事。老掉牙的老故事唐鐵意也聽得津津有味，覺得以後成了南苑之臣，似乎也不壞。有朝一日，四國境內，皆言他唐鐵意的戎馬生涯。

唐鐵意喝了口酒，瞇起眼，有些心神往之。

周肥和陸舫還在那間街角酒肆喝著劣酒，等著城頭之戰的落幕。

隨著丁老魔和俞真意出手，原本已經離開局中的一個人物就重新變得有趣起來——鏡心齋大宗師童青青。

先前身披青色衣裙的鴉兒好奇詢問，周肥和陸舫不屑搭話，可是當鴉兒沉默下去，周肥卻又笑了起來，主動說起了這個極有意思的謫仙人。周肥像是想通了什麼，瞥了一眼鴉兒，對周仕解釋了一番童青青在別處的事蹟。周仕聽說之後，只覺得荒誕不經。

一個是一往無前的女劍修，一個是躲躲藏藏的鏡心齋宗主，兩人心性有天壤之別。父親周肥的家鄉有一個宗門叫太平山，山上的一位女冠天賦極高，運氣極好，福緣深厚，羨煞旁人。東寶瓶洲有個叫神誥宗的地方，有個年輕她一輩的女子與她有異曲同工之妙，所以被稱為此人第二。

這位女冠天生古道熱腸，性情剛烈，遇上不平事必追究到底，視生死為小事，違背修道之人的原有本心。恩師數次苦口婆心，她都只是收斂一段時間，最後還是故態復萌，人間有任何不平事，只要被她看到，那就要管上一管，而且次次都要找出幕後人才甘休。至於愛管閒事會不會耽誤了修行，她毫不在乎；會不會因此身陷險地，她更是要翻白眼。為此，太平山和桐葉宗、玉圭宗的關係都很僵硬，跟扶乩宗更是勢同水火，只是礙於書院的面子，雙方盡量克制著不出手。

一路打打殺殺，次次險象環生，竟然偏偏安然無恙，給她躋身了元嬰境，以至於連太平山隱世不出、碩果僅存的一位祖師爺，現任宗主的太上師叔都被驚動。

太平山金丹、元嬰這類俗人眼中的地仙多達九位，傲視一洲，但是竟然沒有一位十一境大修士，只有一位十二境仙人境的祖師爺支撐局面。反觀桐葉宗和玉圭宗，仙人境和玉璞境皆有，加上那個夫婦二人皆玉璞的扶乩宗，至少傳承有序，境界上不曾斷代，所以這位太平山女冠能否躋身上五境至關重要。她一旦成功晉升為玉璞境，再以她的天生福緣，那麼東寶瓶洲的風雪廟魏晉，最終成就都會被她壓上一頭。

這樣的人物，放在中土神洲都是鳳毛麟角的存在，因為大道可期，旁人清晰可見。簡單而言，就是有機會有一天站在那十人附近，甚至是擠掉某一人，占據一席之地。而那十人之中，有龍虎山大天師、有白帝城城主，最新一位，則是大端王朝的女武神裴杯。在十人之外，浩然天下其餘八洲，當然各自都有修為冠絕一洲的角色，比如南婆娑洲的醇儒陳淳安、皚皚洲的財神爺，可是比起中土神洲，總體氣象還是差得太遠。

那個枯瘦小女孩抱著一摞書籍飛快跑出了院子、巷弄，一路飛奔。

孩子年紀不大，可已經看過了不少壞人做著壞事，有些是對別人，有些是對她；看過偶爾的好人始終不得好報，也有些好人變成了壞人。她曾經遇上過一個大半天提燈籠逛蕩四方的老瘋子，說世道太黑，不提燈籠就看不到路，見不著人。

她跑得汗流浹背，抬頭看了眼太陽，天上就像掛著一個大燈籠，亮亮的，天地運轉，好像誰都缺不了它。不過她只喜歡冬天和春天的它，如果能夠一年四季天都不冷的話，她半點都不喜歡它，巴不得天上從沒有過它。有了它，天就太亮了，她做很多事情，很容易就會被人發現，比如偷吃東西。

經過一口水井的時候，小女孩停下腳步，坐在井口上休息了一會兒，大口喘氣，瞥了一眼水井，幽幽深深。她剛想要往裡頭吐口水，猛然抬頭，發現自己身邊站著一個高大老人，穿著大概是稱之為道袍的衣衫。她仰頭看著他，一動不動，好像自己動一根手指頭，甚至是心裡冒出一個念頭，就會死掉。從小到大，她從來沒有這麼害怕過一個人。

老道人身材高大，道冠和道袍樣式都極為罕見。光線映照下，他的肌膚散發著金玉的光澤，道袍一塵不染，好像他根本就不曾站在這兒。

老道人瞥了一眼枯瘦小女孩，伸出手臂，向天空中隨手一抓，而一直在偷瞥他的枯瘦小女孩哀號一聲，丟了懷中書籍，雙手死死摀住雙眼，已是滿臉淚水，乾瘦身軀滿地打滾起來。就在方才那一刻，她清清楚楚看到那個老頭子一手將太陽從天上抓到了他手中，夾在了指縫之間。她痛苦得用腦袋狠撞井壁，老道人無動於衷，既不覺得可憐，也不覺得厭煩，漠然而已。

人間悲歡，看過幾遍，與看過千萬遍，是截然不同的觀感。

老道人只是低頭凝視著雙指間的那輪日頭，它並非虛像，而是真真正正的實相，反而天上此刻那輪大日才是虛幻。

老道人將這顆「珠子」暫時收入袖中，抬頭看了眼南邊城頭。

這個「丁嬰」讓他有些失望，俞真意和種秋倒是還湊合，但這種湊合，不是俞真意和種秋本身表現有多好，而是老道人對他們的期望本就很低而已。

丁嬰不一樣。要知道，這個丁嬰無論根骨還是心性都是最接近那位道老二的器，或者說胚子，算是一個世間最接近真跡的贗品了。哪怕這樣的丁嬰，到了浩然天下任何地方，都是毫無懸念的十二境，但也止步於此了，瓶頸太過明顯。一件不錯的贗品，往往壞不到哪裡去，可再好又能好到哪裡去？

老道人還是覺得不滿意。魏羨、盧白象、朱斂三者合一，各取其長糅合在一起的丁嬰還是這般不堪。

就在他準備一袖子打爛那個丁嬰頭顱的瞬間，突然猶豫了一下，抬頭看天。

他站在藕花福地，看到的是蓮花洞天。

洞天福地相銜接，這樣的古怪存在，四個大天下裡只有兩處。

井口旁老道人與頭頂那位「俯瞰福地」的道人對視了一眼，於是蓮花洞天和藕花福地的邊境線就瞬間拉升出了一條寬達千萬丈的鴻溝。

老道人冷哼一聲，袖中那顆「珠子」將他的道袍袖子灼燒出了一個窟窿，但是那座蓮葉何田田的洞天之內，也出現了許多枯萎的蓮葉。

井口旁老道人收回視線，袖子很快恢復正常，相信那座蓮池也不例外。他腳邊的枯瘦小女孩還在地上哇哇大哭，那般近距離凝視太陽光芒的感覺已經遠遠深入到神魂更深處，如果不是不幸中的萬幸，剛好躲在老道人的「樹蔭」中，她的前生來世都會隨之腐朽，在一瞬間化作虛無。

老道人有些怨氣：「老秀才，你煩也不煩！」

他頭一次正視枯瘦小女孩。在他的凝視之下，原本拿腦袋撞井壁以求解脫的小女孩好似盛夏時分喝了一碗涼茶——而且還是富貴門庭裡那種白瓷大碗梅子湯，驀然沒了痛楚，大口喘氣，背靠著井口外沿，怯生生望向那個老神仙，被本能牽引，眼神快速移動，在尋找那顆「珠子」給老人藏在了什麼地方。

這叫不記吃也不記打，好在老道人對人間的態度，尤其是善惡，迥異於常人。對於小女孩不知死活的探尋不以為意，但是對於小女孩的身分，老道人已經心中有數，故而對那個口口聲聲「讀書人只有借東西」的老秀才更加厭煩。

早年兩人打賭，渾身酸氣的老秀才靠著耍無賴和撒潑打滾的潑婦行徑，贏走了他一件信物，要他以後若是遇上手持信物之人，一定要護得他的性命周全。老道人願賭服輸，答應下來，但是心中對於老秀才的怨氣可不小。

後來又見到了一次，切磋了一次道法，兩人坐而論道，講道理的那種，就在藕花福地和蓮花洞天的接壤邊境線上，不然一塊小小的藕花福地，哪怕靈氣稀薄，大道難以具象顯化，可依然撐不住兩人的大道之爭，說到底，還是老秀才要占那老不死的便宜。但是不知何時，除了這些，老秀才這個臭不要臉的玩意兒竟然偷偷在藕花福地布下了這麼一顆棋子，真是燈下黑。

老道人盯著眼皮子底下的這個小丫頭，視線清澈且冷漠，如大日高懸，從來不管人間冷暖，更不會計較世人的褒貶。他幾個眨眼工夫，就看遍了小丫頭的此生經歷。

果然如此。

老道人又看了眼某座府邸，冷哼一聲，怨氣稍稍減少幾分，略微思量，就知道了老秀才的大致用意，以心算稍加推演，覺得可行。

老道人破天荒有些猶豫，轉頭望向南方城頭，「咦」了一聲，竟是有些訝異。

他輕輕一彈指，擊中小女孩眉心處，她僵硬不動。再一揮衣袖，井口四周漣漪陣陣，老道人一步踏出，消逝不見。

在那方丈之地，光陰長河開始倒流，連同小女孩在內，其餘所有肉眼不可見的細微、天地運轉的規矩都開始倒轉，小女孩「撿起」了那些書，最後畫面定格在那個她想要往水井吐口水的動作上。她有些茫然，沒來由心中多了些懼意，搖搖頭，最終還是沒敢撒野，捧著偷來的那摞書，飛快跑開了。

滿目瘡痍的城頭之上，稀稀疏疏，站著一個個從城內趕來欣賞「戰場遺址」的宗師高手。俞真意和種秋暫時停下了生死搏殺，此刻俞真意在默默感受城頭上的氣息流轉，以及殘留天地間的純粹劍意。種秋則沒有這麼多心思，雙手扶在殘破不堪的一處箭垛上，舉目遠眺。

琉璃飛劍來到俞真意身旁，越是臨近城頭，飛劍破空速度就越慢，上了城頭後，微微顫鳴，好似有些畏懼。

磨刀人劉宗跟著琉璃飛劍來到走馬道，跳上一堵稀爛的牆頭，盤腿而坐。手中剮骨刀破損厲害，他伸出拇指，細細摩娑著亮如鏡面的刀身。

北晉龍武大將軍唐鐵意腰佩「煉師」緩緩登上城頭，挑了一塊空地站定，手握刀柄，氣勢磅礴。

相比之下，始終躲在橋底下納涼的臂聖程元山實在是辱沒了宗師身分。

囂張了一輩子，到最後給一把劍揍得如此狼狽，現世報嘍。

周肥和陸舫也一起來到南城頭，身後跟隨簪花郎周仕和魔教鴉兒。

鏡心齋樊莞爾也小心翼翼登上城頭，不敢從兩邊城道正大光明地轉入走馬道，是以，她用輕功踩著內牆壁登頂，挑選的位置，在種秋和唐鐵意之間。

城頭兩人之戰已經演變成了出城一戰，從眾人所立城頭到往南二十餘里的牯牛山一線之上，塵土飛揚，如有鰲魚翻動背脊，掀開了大地。

南城外驛路官道的商賈行旅早已散盡。丁嬰不但逆流而上，步步前行，一拳拳遞出，強行打散了陳平安的那條劍氣長河，還拚著一身傷勢，欺身而近，逼得陳平安不得不以劍招迎敵。丁嬰化腐朽為神奇，天下武學門派支流亦皆為他所用，所有招式與俞真意那些大宗師壓箱底的架勢似是而非，神意大有不同。

一掌直直拍向陳平安一人一劍，罡風卻會在陳平安背後砰然炸開。彈指之間，一縷縷劍氣如水渦旋轉，軌跡難測。

當時在將陳平安打落地面後，丁嬰衣衫襤褸，披頭散髮，沒有任何逗留，幾乎同時就跟著掠下城頭，始終將兩人間距維持在兩臂之內，絕不讓陳平安舒舒服服將劍術和劍意催發到巔峰境界。丁嬰可以斷言，眼前白袍謫仙人的每一劍，都能媲美歷史上女劍仙隋右邊的傾力一劍。當然，不包括隋右邊的飛升三劍。

那時候的隋右邊時來運轉，冥冥之中極有可能占據著天下近乎半數的武運，不可以簡單視為隋右邊了。因此丁嬰心知肚明，此方天道並不排斥武人以純粹肉身蠻橫飛升，甚至任由隋右邊汲取武運，故而隋右邊當年飛升失敗，形銷骨立，在墜回人間途中就已經白骨化塵，神魂灰飛，還是她差了實力，怪不得別人。

丁嬰一拳崩在陳平安劍身中央，劍身彎曲出一個大弧度，長氣的劍尖幾乎要刺在陳平安肩頭，陳平安不得不伸出併攏雙指，貼在劍尖處，扳回那個被丁嬰一拳砸出的弧度，身形順勢後退，蜻蜓點水，瞬間就在官道上滑出去十數丈。

丁嬰意外地沒有趁勝追擊，陳平安沒有任何慶幸，立即以《劍術正經》上的鎮神頭式散發劍氣，護住四周。

拳罡如虹，七、八條凝為實質的長虹激盪而至，撞在劍氣之上。

陳平安一次次碎步轉移，一次次雷聲大作，劍氣拳罡幾乎同時銷毀，發出一團團絢爛光彩，像是兩國邊境線上的兩支精騎同歸於盡。

丁嬰在遠處出拳不斷，根本談不上拳架招式，只是最簡單的出拳而已，隨心所欲。出拳的同時，輕輕一步，就拉近兩丈距離。等到陳平安好不容易抵消全部拳罡，丁嬰又已經貼身搏殺起來，打得陳平安無法換氣。

陳平安一直且戰且退，丁嬰一直氣勢凌人。

雙方各自的氣勢之巔，陳平安在於城頭第一劍。面對那一劍，便是丁嬰心高氣傲到了眼中只有老天爺的地步，都只能黯然而退，甚至連心性都開始出現變化。

丁嬰的氣勢頂峰，恰恰在於落在下風之時，在劍氣洪流之中逆流向上。

在那之後，陳平安開始走下坡路，但奇怪的是，丁嬰也沒能維持住那股氣勢和心態。散開的劍氣，哪怕看上去再氣勢洶洶如決堤洪水，丁嬰自信能夠抵擋，最多就是給陳平安一劍之後贏得喘息機會，使得丁嬰失去先機，可是凝聚為一線潮的劍氣，丁嬰只能避開鋒芒。

城外三里，官道附近一座小山丘。

丁嬰一手雙指彈開劍尖，一掌驟然發力，推在了陳平安胸口上，陳平安如斷線的風箏一般，竟是直接撞穿了那個山包，塵土沖天。

丁嬰這一掌威力之大，只要從陳平安一劍脫手就可以看出來。長氣劍被拋到了空中頂點後開始下墜，不出意外，就要落在靠近丁嬰這邊的山丘附近。

丁嬰眯起眼，看不清陳平安的慘狀，在不耽誤自己前掠的同時，其實有些猶豫要如何處置前方那把劍，是趁人病、要人命，將那把劍駕馭回來，丟回城頭，盡可能遠離兩人戰場，使得這年輕謫仙人無劍可握，還是以此作為誘餌，在一線之間以殺招伏殺陳平安？

不過陳平安直接讓丁嬰打消了所有念頭，他心中猛然警惕起來，毛骨悚然，立即停下身形，雙腳重重踩地，拉開一個氣勢恢弘的大拳架，拳罡如暴雨，急促砸在那把劍與山丘坡頂之間的地帶。哪怕丁嬰應對如此迅速，仍是有一抹雪白任由拳罡砸在身上，從山丘之頂高高躍起，探手一抓，已經落在他腳下的長氣拔高幾尺，剛好被握在手心。

為了最快衝過丁嬰的那一通拳罡暴雨，分明已經是強弩之末，可是一劍在手，陳平安仍是要遞出這一劍。至於一劍之威會不會大打折扣，說不定只能給氣勢正盛的丁嬰撓癢癢或是帶來一點可有可無的輕傷，陳平安根本不去想。

這個匪夷所思的世界，那條街上，每個人都莫名其妙地喊打喊殺，好像沒有誰在意過陳平安真正是誰，是好是壞，為什麼會出現在南苑國京城。這種糟糕至極的感覺，在當年陳平安見過了病床上的劉羨陽，獨自走向廊橋時就暗自發誓，這輩子都不能再有了，不能再像條狗一樣，對著老天爺搖尾乞憐，希望求來一個公道。

陳平安學了不短時間的《劍術正經》，但是真正抓住了神意的卻不是這部劍經，而是另外三劍。

齊先生在破敗古寺內一劍輕易劈開了粉袍柳赤誠的陣法；在與梳水國老劍聖宋雨燒並肩作戰那一次，陳平安曾經以此一劍斬金甲。

文聖老秀才山水畫之內有兩劍，劍靈那一劍，陳平安在南苑國城頭上已經學了一分神似，直接打得丁嬰差點自認天下第二。

陳平安對著中土那座大嶽穗山又有一劍。

這三劍之外還有兩劍，但是陳平安懵懵懂懂，因為與出劍之人不夠熟悉，距離遙遠，尚未領悟出足夠讓自己出劍的那點神意：一劍是風雪廟魏晉破開天幕，人未至、劍已到；一劍是墨家豪俠許弱的推劍出鞘寸餘，便有一座山嶽橫亙在身前。

陳平安手握長氣，當下一劍，就是齊靜春隨手一把槐木劍便破開柳赤誠的白帝城混元陣。

丁嬰內心再次出現一絲猶豫不決。又是這樣熟悉的一劍，裹挾著浩蕩天威，人間只管承受便是。城頭上，自己退了，這次是退還是不退？

丁嬰前方高空，陳平安一劍斬下，一道金線出現在天地間。

學了拳就要出拳，學了劍就要出劍，好歹讓別人聽一聽自己說了什麼。

剎那之間，丁嬰心思澄澈，人與心大定：『一劍退，兩劍退，劍劍都要退，我丁嬰到底要退到哪裡去？還如何跟老天爺掰手腕子！就當眼前這個名叫陳平安的謫仙人是那個老天爺，打死了眼前人，再打死那個更大的，便是天地清明、天人有別的嶄新格局！不如乾脆由我丁嬰來做一做這老天爺！』

丁嬰痛快大笑，雙手掐訣，神魂出遊，竟是陰神白日而遊天下。

這尊陰神一手負後，一手以掌心遮在頭頂，嗓音不大，卻在丁嬰的心湖間慷慨而言：『我若消散人間，丁嬰能否更強？』

這當然是自言自語。丁嬰並未出聲，只是有一個念頭猶如在心頭嗤笑：「修為如何，我可做不得主，規矩還是要講的，但是心智唯有更強。無須廢話，便是魂魄皆無，我丁嬰只存肉身又如何？該如何還是如何。」

片刻之後，陳平安手持長氣飄然落地，神色有些尷尬。

原來這一劍遞出，他的那一口純粹真氣本就已是強弩之末，勉力而為，但是這一劍的「意思」太大，陳平安當下的力氣太小，所以沒能提起來，只落得一個雷聲大、雨點小的結局，便是陳平安這種一旦打起架來不管天、不管地的傢伙，也覺得有些赧顏。

那尊打定主意被一劍劈散的陰神只是手掌與胳膊消失，疑惑望去，默默後退數步，退回丁嬰身軀。

雙方默契地休戰片刻，陳平安換了一口新氣，丁嬰更是需要安撫神魂。

正是這一瞬間，陳平安與丁嬰兩人的心性「大定」，如船拋錨入水。

井口旁的老道人這才來到城頭上，笑了笑，做出一個決定。

城頭上的宗師，哪怕是周肥這樣實力得到完整保留的謫仙人都沒有察覺到他的存在，唯獨樊莞爾，心有靈犀地往那邊瞥了一眼，但是並無發現，很快便收回了視線。

俞真意環顧四周，無奈道：「修行仙法，戰戰兢兢，本以為至少能夠與丁嬰一戰了，不承想還是遠遠不如。這方天地，到底丁嬰才是寵兒，修道之人，難道就真的沒有出頭之日？」

周肥嘖嘖稱奇：「丁老魔這是要獨占武運的意思啊。是丁嬰突然想通了什麼，獲得了這方天地的規矩認可？不至於吧，我們這些人可都還活蹦亂跳著呢，丁嬰怎麼可能獲得這麼大的運氣，又不是東寶瓶洲那個盧氏王朝，皇帝失心瘋了，眼見著國祚難續，乾脆破罐子破摔，將半國武運偷偷給了兒子……」他絮絮叨叨，偷著樂呵，反正看熱鬧不嫌事大。

陸舫問道：「北邊那小小東寶瓶洲的家長里短，你怎麼知道？」

周肥笑道：「老子畢竟是姜氏家主，怎麼可能完完全全不管浩然天下的事情，經常會有人托夢給我的。」

陸舫疑惑道：「這也行？」

「花錢啊。」周肥有些肉疼，氣呼呼道，「春宵一刻值千金算個屁，我這一年一夢，才叫做得讓人金山、銀山也空了。」

遠處，俞真意皺了皺眉頭，手中那頂銀色蓮花冠顫顫巍巍。那些花瓣突然打開，其中有一抹幽綠亮光掙脫束縛一閃而逝，往城南疾速掠去。

時來天地皆同力，四面八方皆有虛無縹緲的光彩往丁嬰湧去。丁嬰閉目凝神，接納這份浩浩蕩蕩的天地武運，而陳平安那一襲法袍金醴突然飄蕩起來，不再以雪白色示人，恢復了金色的真面目。不但如此，他腰間養劍葫內的飛劍初一一衝而出，而且遠處還有飛劍十五飛掠而至。

陳平安站在山坡之頂，手持長氣，劍氣流淌手臂，初一和十五縈繞四周，故友重逢，這兩個本來脾氣不太對付的小祖宗從未如此雀躍。

陳平安驀然握緊長氣，金醴大袖隨之震盪，獵獵作響。

小小山丘而已，卻猶人振衣千仞崗。

陳平安和丁嬰，山上、山下，各自登高一步，走到了嶄新的巔峰處，雙方無論修為還是心境，皆是如此。

丁嬰睜開眼睛，瞥了眼陳平安腰間，大笑道：「大戰過後，這酒我替你喝了便是。」

陳平安拍了拍腰間養劍葫，示意——有本事，事後請自取。

大戰再起。

這一次，不再糾纏於什麼兩臂距離，兩人忽近忽遠，方圓一里之內皆是充沛劍氣和渾厚罡氣。

雙方一路打到了牯牛山，飛沙走石，從山腳再到山上。

丁嬰被陳平安一劍從山頂劈向山腳，陳平安第二劍卻被丁嬰一拳打回山巔。

丁嬰緩緩登高，隨手一拳的拳罡就如身高百丈的神靈手臂，一次次砸在牯牛山上，陳平安一劍摧破而已。

得了天地武運的丁嬰甚至再次陰神出竅，變成一尊與牯牛山齊高的金身法相，雙手握拳，一次次捶打牯牛山。

陳平安本該換上那針鋒相對的雲蒸大澤式，可是手握長氣之後，就再無換上拳法的想法，哪怕人與劍都被那金身陰神砸得連同牯牛山山巔一起下降，仍是執意以劍對敵。

牯牛山的塵土早已遮天蔽日，不斷有巨石滾落，並且硬生生被丁嬰打出了一場場好似雪崩的山體滑坡，以及裹挾無數草木的泥石流。

高聳的牯牛山被一點一點打矮了，山頂那一襲金袍始終屹立不倒。

丁嬰真身走上最新的所謂山巔，塵土飛揚，昏暗無光。

陳平安一劍擋下陰神的一掌壓頂，順勢打爛了法相整隻手掌，金光崩碎四濺，牯牛山像是下了一場金色的大雨。

丁嬰一線筆直前奔，一拳砸中陳平安額頭。

一粒金光從牯牛山拋出一道弧線，重重摔在數百丈之外的大地上。那條纖細的金色軌跡，很像一座金色拱橋。

丁嬰神意圓滿的一拳迅猛揮出，亦是白虹掛空的萬千氣象，景色壯麗。

剛好這道白虹落地之處是那一粒金光，陳平安又被打退出去百餘丈。

丁嬰也惱怒極了陳平安的堅韌體魄，連牯牛山都被自己削平了整整數十丈，那傢伙竟然還能渾然不覺，出劍不停。

丁嬰怒喝道：「這一拳，死也不死！」他身後的那尊巨大陰神躍過牯牛山，一腳觸及地面後，身軀前傾，另一腳剛好踩在陳平安頭頂。

隨著兩人的瘋狂廝殺越來越酣暢淋漓，劍氣不斷在手心和手臂附近炸開，承受住丁嬰陰神一次次捶打的法袍金醴，那些靈氣幾乎就在陳平安頭頂崩裂。

陳平安心神全然沉浸在與丁嬰的一較高下中，甚至來不及去適應這些靈氣的變化，自然而然，好像它們的存在就是天經地義的。哪怕如有神靈將靈氣錘鍊入體的痛楚，陳平安也顧不上，只當是練拳一般無二的苦頭而已。至於那麼多紊亂的靈氣滲入肌膚、血肉和筋骨，再入竅穴氣府和魂魄心湖，陳平安更是無暇顧及。

山高水險，道阻且長。陳平安一心一意看著遠方，腳下道路的一些攔路石卻又彷彿自然而然就繞過了，道路還是那一條，沒有另闢蹊徑，故而那些攔路石就成了陳平安人生歷程的一段。

金身法相一腳踩踏下去，地面出現一個大坑。丁嬰擺出一個「想當然」的拳架，道法真意近乎「心意所及，便成真相」了——一手掌心朝天，橫在身前；一手握拳，重重捶在手心之上。

一拳敲下，風起雲湧，天幕陰沉，便有一道粗如數人合抱之木的閃電當空劈下。

陰神早已後退，雙臂環胸，冷眼旁觀。

一道道閃電砸入那個大坑中，綿綿不絕的閃電向彎腰站在坑底的陳平安當頭澆下，如一場場洪水漫過那件法袍金醴，迅猛流瀉而下。

丁嬰雙眼光彩趨於金黃，最後一次以拳捶掌，天空中彷彿雷池的雲海落下一道最為粗壯的雪白閃電，卻不是砸向大坑，而是緩緩降落，被那尊陰神法相握在手中，如持長劍，然後陰神開始前奔，將手中的「長劍」輕輕向前一拋，最後雙手握住這把雷電交加的「長劍」，站在那大坑邊沿，劍尖朝下，往坑底那人頭頂重重落下！

要知道，這一劍除了本身蘊含的雷霆之威，還有著丁嬰對於劍道的體悟。

丁嬰扯了扯嘴角，雙手負後：「我知道你來了，是不是陳平安死了之後，你才會真正露面？你確實大方，這個叫陳平安的謫仙人真是一塊最佳的磨刀石，怎麼，是怕我實力太弱，不值得你出手？」

城頭之上，俞真意臉色陰沉。

種秋呵呵笑道：「如何，還覺得自己是修道有成的神仙嗎？」

周肥伸手撫額，語氣幽怨，哀嘆道：「他娘的，咱們是在藕花福地啊，又不是在浩然天下，靈氣隨便你們揮霍，你們兩個也太……得嘞，老子回去以後，一定要找到那個陳平安，不管他當時境界如何，都要認識認識，最好是讓他擔任我姜氏的供奉……」

陸舫打斷好友的碎碎念，冷笑道：「前提是那傢伙沒死。」

周肥嘆了口氣，拿開額頭上的手掌，望向牯牛山：「難了。」

除了一道道閃電砸下，更有丁嬰遠遊的陰神法相手持一劍對著陳平安的頭顱刺下。毫無懸念，陳平安哪怕身穿法袍金醴，即便有初一和十五竭力阻攔，仍是被這一劍打得滲透地下極深。

在陳平安消失後，陰神手中「長劍」碎裂，劍意與雷電一起崩散在坑中，大坑與天上雲海遙相呼應，也是雷池蕩漾的模樣。

大局已定。

丁嬰心神緊繃，準備迎接那一位真正的對手。

果然，牯牛山之巔，丁嬰不遠處，有一個身材異常高大的老道人淡然道：「你們互為磨刀石罷了。」

丁嬰正要說話，老道人又冷笑：「找死。不過也無妨，這一世你還是有點意思的。」

浩然天下，純粹武夫，四境煉魂，五境煉魄。

肉身被那一劍打入地底下的陳平安，確實沒有起身再戰，但是大坑雷池之中出現了一位金袍飄蕩的年輕劍仙，意氣風發，雙指併攏，在身前一抹而過，便有一劍懸停在身前，與之前陳平安在城頭如出一轍。不同之處在於，這位金袍謫仙人之後還出現了一個腳穿草鞋、身穿麻衣的少年，面容相較謫仙人要更年輕一些。

一劍現世。

身前謫仙人陳平安微笑道：「我有一劍？」

剛好身後草鞋陳平安一衝向前，握住那一劍，高高躍起，一如當年劍斬大嶽穗山，朗聲道：「可搬山！」

這一劍去，哪裡還有什麼天下第一人丁嬰，世上澈澈底底再無丁老魔，因為整座牯牛山都沒了，被一劍夷為平地。

大坑之中，陳平安借助沒了閃電鎮壓的金體，一抖衣袍，破開大地束縛，將自己從泥地中「拔」了出來，那魂與魄的兩個陳平安皆返回身軀，沿著山坡緩緩走出大坑。

一個滄桑嗓音帶著點笑意，不知是譏諷還是促狹：「這一劍還不錯。」

陳平安摘下腰間養劍葫，仰頭痛痛快快喝了一口酒後，問道：「你就是陳老劍仙說的那位東海道人？這裡就是那座觀道觀？」

瞬間出現在陳平安身側的老道人笑著搖頭：「沒什麼觀道觀，我在何處，道觀就在何處。」

陳平安抬起袖子，抹了抹臉上的血汙，可是才擦乾淨，就又滿臉鮮紅，問道：「我能不能罵幾句？」

老道人微笑道：「自己看著辦。」

陳平安臉色不變，繼續擦拭鮮血：「老前輩道法通天，厲害厲害。」

老道人點頭道：「孺子可教。」

他忽然而來，忽然而去，就這麼將陳平安一個人晾在了大坑邊緣，既沒有跟陳平安說如何離開藕花福地，也沒有說這場觀道到底何時結束，至於什麼飛升福緣、天下十人，更是提也沒提。

不過老道人毫無徵兆地離開，雖然給陳平安留下了一個天大的爛攤子，但也讓他如釋重負，鬆開了那根幾乎快要繃斷的心弦，踉踉蹌蹌晃蕩了幾下，最後實在撐不住，乾脆就那麼後仰倒地。

沒了一口純粹真氣死死撐著，先前被丁嬰陰神一劍打入地底下的傷勢澈底爆發出來，陳平安就像躺在血泊當中，不斷有鮮血流溢而出，可他眼中的笑意，很濃郁。

有初一和十五護在身邊，丁嬰已死，四下無人，陳平安很奢侈地使出最後一點氣力，摘下養劍葫，顫顫抖抖放在嘴邊，強行咽下一口酒水。債多不愁，這點疼痛簡直就是撓癢癢，只是覺得這會兒不喝酒可惜了。

陳平安並無察覺，身上這件法袍金醴上，胸前居中那條金色團龍的雙爪之間，那顆原本雪白的碩大珠子裝滿了濃郁的雷電漿液，還有肩頭兩條較小金龍的爪下、頷下，兩顆稍小的珠子也有了幾縷閃電縈繞。只不過金醴的變化比起陳平安這副身軀翻天覆地的異象，不值一提——那是最徹底的脫胎換骨。

先前在雷池中浸泡，使得陳平安皮肉下的骨骼有了幾分金玉光澤，這是修行之人所謂「金枝玉葉」的徵兆，深根固柢，長生久視之道也。

陳平安渾渾噩噩，迷迷糊糊，好似半睡半醒地做了個夢，夢中有人指著一條滔滔江河問他要不要過河。

那人自問自答，說：「你如果想要過河，能夠不被大道約束，就需要有一座橋，到時候自然就可以跨河而過。」

陳平安不知如何作答，只是蹲在河邊自撓頭。本心在此，做不得假。

那人便說無巧不成書，又說：「你陳平安不是已經學了某人的聖賢道理嗎？難道讀書知禮，時時刻刻，事事人人，憋在肚子裡的那些道理只是一句空話？」

陳平安埋怨，不會隱藏情緒：「學了道理，與橋有什麼關係？」

那人也未明說為什麼，只說如何做：「你在心中，觀想一座橋的模樣，隨便哪一座橋都行。你年紀不大，走過的地方卻不算少。放心，只要是一座橋就行，沒有太多講究，哪怕是南苑國京城內的那些都無所謂。觀想之時，不用拘束念頭，心猿意馬，莫要怕它們，只管鬆開心念，越多越好，要的就是精騖八極，神遊萬仞。」

不知自己身處何方的陳平安在河邊「閉上」眼睛，沒來由想起了那座雲海中的金色拱橋，長長的，彷彿沒有盡頭。

陳平安看不見那個老道人，不管他怎麼尋找，都註定找不到老道人的蹤跡，於是陳平安就不會看到，那老道人瞥了眼長河上方繚繞的雲霧，臉色古怪，更聽不到老道人罵了一句「陳清都淨給自己找麻煩」，罵了一句「老秀才不是省油的燈」，最後稱讚了一個後輩的眼光和魄力，以及緬懷一個不算人的山河「故人」。

陳平安瞪大眼睛，看到自己腳邊到長河對岸依稀出現了一座金色拱橋的輪廓，但是飄忽搖晃，並不穩固。

手中多出一本書，上邊寫著某個老人的道德文章，記載著一位儒家聖人從未現世的順序學說。每一個字紛紛從書中脫離而出，金光熠熠，飄向了那座陳平安觀想而成的金色拱橋，一字如一塊磚石。只可惜書中仍有小半文字死氣沉沉，尤其是中後篇幅的書頁上，字字巋然不動。

不管如何，大河之上的金色長橋如人有了一股子精氣神支撐，終於結實了起來，但是距離最終建成，能夠讓陳平安行走渡河，還是差了一些，差了血肉，差了很多。這就像一個人若是光有魂魄而無肉身，那就是一副白骨，孤魂野鬼，見不得陽光，進不了陽間。再就是長橋之長以及雄偉程度出乎意料，所以那本書上的文字才會不夠用。

老道人吩咐道：「走上一走，試試看會不會塌陷。」

陳平安搖搖頭，憑藉直覺答覆道：「肯定會塌。」

老道人沒有質疑陳平安，一番思量，便走出自己打造的這方小天地。

然後，就沒有然後了。

大坑邊緣，陳平安猛然坐起身，哪裡有什麼長河，更沒有那老道人，天地茫茫而已。身邊兩把飛劍，初一和十五，雖然不是陳平安的本命飛劍，但是一路跟隨陳平安遠遊，朝夕相處，相依為命，早已心意相通——一個沉默，一個愧疚。

陳平安繫好養劍葫，伸出雙手輕輕拍了兩把飛劍，安慰道：「我們三個都還活著就很好了。再說了，下次我們肯定不會這麼憋屈，何況如果不是你們幫忙擋著，我可撐不到魂魄離體的那一刻……」

他止住話頭，因為發現初一和十五一個越發沉默，一個越發愧疚。

陳平安起身，一拍養劍葫，一邊走一邊嘀咕道：「你們先回這裡，咱們要趕緊入城，去找蓮花小人兒！這一路上未必順遂，沒了你們，我現在跟人打架真沒什麼底氣，如果不好好休養個十天半月，別說這個老魔頭，就是那個會御劍的孩子都輕鬆不了，稍後說不得就要你們倆幫著開道。」

兩把飛劍回到養劍葫內，陳平安獨自走向南苑國京城。

距離城頭越來越近，法袍金醴也逐漸從金色變回了白色。

陳平安心中了然，回望一眼。身後以牯牛山為中心的戰場靈氣盎然，盤桓不去，在這個天下，應該是最大的洞天福地了。當然，同樣武運濃郁。

如果不是急著返回城中尋找蓮花小人兒，其實待在原地，收益最豐。陳平安抬頭看了眼遠處的城頭，如果自己好處占盡了，很容易成為天下公敵。

至於在眾目睽睽之下入城會不會有危險，陳平安走在寂靜無人的官道上一步就能飄掠出十數丈，先前說那些話主要還是安慰失落的初一和十五，事實上這時候若是誰敢攔路，還要糾纏不休，那麼陳平安手持長氣，道理就只會在他這邊。

見識過崔姓老人在竹樓的那種身前無敵，與親手打敗一個「天下」無敵之人，是兩種境界。

牯牛山都給打沒了，何來的第二聲敲天鼓，又談什麼飛升之地。

京城牆頭，便是遊戲人間的周肥都有些心情沉重。總不至於大家這一甲子都白忙活了吧？

隨著那座天上雷池散去，撥開雲霧見大日，大放光明，樊莞爾舉起那面鏡子，熠熠生輝，鏡面上映照得她容顏絕美。就在要收起銅鏡之時，她突然發現鏡中的自己笑意吟吟，而自己分明沒有任何笑容才對。

鏡中「樊莞爾」笑著嘆息，樊莞爾心中便響起一個心聲：『癡兒。』

如遭雷擊。樊莞爾丟了銅鏡，雙手抱住刺痛欲裂的腦袋，滿臉苦色和淚水。

城牆遠處，鴉兒小心翼翼喊了一聲：「周宮主。」

周肥轉過頭，發現她身上那件青色衣裙已自動脫落，晃晃悠悠，如歌姬姍姍而舞，自顧自憐，旁若無人。

周肥冷笑道：「到了我手上，還想走？」

他伸手一抓，衣裙肩頭處凹陷出一個手印，依舊向右邊飄蕩而去，不斷撕扯，最後發出絲帛撕裂的聲響。

周肥手中多出一塊破錦緞，皺了皺眉頭：「裝神弄鬼，我倒要看看妳這老婆姨的神魂能躲藏到什麼時候！到底在圖謀什麼！」

周肥手中的破碎衣裙越來越多，他與陸舫都知道這個童青青在浩然天下的根腳：太平山的太上師叔祖為了將她過剛易折的心性扳回來，不希望她一往無前，處處豪賭，在將她丟入藕花福地之前，還以名副其實的仙人神通暫時顛倒了她的道心，使她變得彷彿天生怕死，希望她在兩個極端之間體悟大道，最終破開生死關，成功躋身上五境。

這一輩子的謫仙人童青青極其畏死，躲來躲去，是情理之中。可這麼一個怕死的人若是全然不去珍惜自己的習武天賦，肯定不合常理。那麼童青青的殺招到底是什麼，一定很有意思。

鏡心齋的老人，與童青青恩師同輩甚至更高一輩的，對童青青都寄予厚望。她過目不忘，要說博學，恐怕僅次於丁嬰，武學天賦更是驚才絕豔，如果不是性子實在太過綿軟怯懦，極有可能就是丁嬰之下的江湖第一大宗師。

看似正邪對立，實則暗中結盟的丁嬰一死，俞真意殺種秋的心思肯定就要淡了。而且已經得了丁老魔的那頂銀色蓮花冠，穩穩占據前三一席之地，俞真意又不願飛升，肯定不會畫蛇添足，以免成為眾矢之的，畢竟與丁嬰聯手設置這麼大一個局，針對所有宗師，俞真意已經犯了天大的忌諱。只是目前他的戰力無損絲毫，才讓人不敢與他撕破臉皮，談一談江湖道義。

至少種秋和磨刀人劉宗，還有躲躲藏藏的童青青，必然對俞真意印象極差，周肥其實並不願意在這個時候跟童青青撕破臉皮，但是這件青色衣裙以及雲泥和尚去跟南苑國皇帝討要的那副羅漢金身都是必須要拿到手的福緣。前者是為了帶走魔教鴉兒，用來磨礪兒子周仕的心性；後者是為了換取一件法寶送給陸舫，之後一甲子，春潮宮沒了他周肥，還可有鳥瞰峰劍仙與春潮宮同氣連枝，周仕的武道登頂之路就沒了後顧之憂。歸根結底，還是他這樣的大修士太難產下子嗣了，尤其是他們玉圭宗姜氏，一脈單傳都多少年了。

一個光頭老者背著一個大行囊登上城頭，快步如飛，正是脫了袈裟離了金剛寺的雲泥和尚。經過搗住腦袋蹲在地上的樊莞爾身邊，他好奇地瞥了一眼，不知這位鏡心齋的年輕仙子如此痛苦是為哪般，但是當他見到了周肥「手撕」青色衣裙的一幕，便怒喝道：「周肥！」

周肥譏笑道：「老禿驢，你真以為這衣裙當年找上你懷了什麼好心？不過是童青青這老妖婆的算計之一。給她糊弄了大半輩子，還要執迷不悟？衣裙是四件法寶福緣之一，這不假，可裡頭當真空無一物？童青青的魂魄早就藏在其中了！」

雲泥和尚不為所動，瞪圓了一雙眼睛，好似寺廟大殿內的金剛怒目：「要你管？說好了你帶著青青姑娘離開這天下，我給你拿來這副羅漢金身，你敢食言，我就敢殺你！」

周肥被他逗樂了：「你一個老禿驢，喊一件衣裙『青青姑娘』，好意思嗎你？」

雲泥和尚一時語塞，有些心虛。

周肥指了指遠方的樊莞爾，目露讚賞：「這個童青青的嫡傳弟子，鏡心齋未來主人，恐怕就是童青青這一世謫仙人的肉身皮囊！她當年先是返老還童，與俞真意一般無二，貌若稚童，再捨了境界修為不要，順流生長，成為樊莞爾這般的年輕女子，加上有敬仰樓幫她瞞天過海，你、我，天下人，甚至包括丁嬰，都給她糊弄了！」周肥哈哈大笑，「連自己也騙，童青青，算妳狠！罷了罷了，皆是外物。」他一揮衣袖，任由青色衣裙飄走。

沒了青色衣裙，就意味著想要那副羅漢金身，只能從雲泥和尚手中硬搶，但是周肥一番權衡利弊，竟是兩樁福緣都捨了不要，只要那第三大宗師的一個名額而已，一樣可以帶走魔教鴉兒。

在這塊藕花福地，對於在浩然天下是鍊氣士的謫仙人而言，一個是螺螄殼裡做道場，束手束腳，一個是巧婦難為無米之炊，無從下手。陳平安的出現，打亂了所有布局，丁嬰尚且能死，這天下還有誰敢說自己不會死？周肥擔心自己陰溝裡翻船，到時候連他都給人宰了。雖說不妨礙自己離開藕花福地，可是損失就有點大了。

目前最大的問題，在於天下十人當中只死了兩個——丁嬰和馮青白，這意味著還需要死掉五個，恐怕那封密信上的承諾才能生效。

陸舫不愧是這位姜氏家主的多年好友，很快就想通其中關節：「放心，之後六十年，有我盯著，周仕肯定可以躋身前三。」

周肥破天荒選擇主動退讓一步，雲泥和尚當然不願也不敢咄咄逼人，便跟隨那「青青姑娘」一起來到樊莞爾身邊。

樊莞爾雙手使勁揉著眉心，然後直起腰，拍了拍臉頰，啪啪作響。她伸出兩根手指撚住身前青色衣裙的衣領，抖了幾下，穿在自己身上後又一把扯開，隨手將它丟給那個摸不著頭腦的老和尚，笑道：「放心，你所謂的青青姑娘還在，你只要去牯牛山待著，她很快就可以恢復生氣。她本就是這件衣裙的真正主人，我的魂魄不過是借住了幾十年而已，而且寄居之後就被我自己封禁了，與死物無異，如此一來，才不容易被丁嬰發現。所以你這麼多年，對這件衣裙說了什麼，是佛話，還是情話，反正我一個字都沒聽到。」

雲泥和尚懷捧衣裙，有些臉紅。

樊莞爾瞇起眼，陷入沉思，不再理睬這個早早動了凡心的和尚。

記憶一點一點恢復，如一股清泉流淌進入心田，卻被她刻意擱置在心湖角落，先不去管，而是以純粹的「鏡心齋弟子樊莞爾」開始複盤。

師姐周姝真代師收徒，將年幼的樊莞爾接回去，在宗門禁地鏡心亭，樊莞爾只是對著那幅畫卷拜了三拜。她曾是天底下最想要見到「童青青」的人，於是周姝真最終送給了她一面銅鏡。她學了白猿背劍術，被江湖譽為「有無背劍，是兩個樊莞爾」，但是樊莞爾發現這門絕學的最後一劍在這天下好像根本就沒有人用得出來，既沒有那樣的劍，也沒有那樣的武夫體魄，只是當初周姝真仍然執意要她精研這門白猿背劍術。因此當初在白河寺，謫仙人陳平安才會感到奇怪，為何樊莞爾明明「近乎大道」，卻像是在負重行走，走得極其拖泥帶水，因為神魂缺了大半，如同一具行屍走肉，如何能夠靈動起來。

樊莞爾也曾在橋上詢問魏衍是否經常出現似曾相識的人和事，之後在太子府第，原本修為是天下第三的老廚子也一眼看出了樊莞爾的古怪，只不過當時老人誤以為她只是某位「謫仙人」的再次轉世，所以相對容易被「鬼上身」，身上才會縈繞某些氣息。

想到兩次鬼使神差地主動去找陳平安，樊莞爾咧嘴一笑：『好嘛，什麼樣的來頭，才有本事讓太上師叔祖答應讓她附身自己？涉險降臨藕花福地，就為了給那個陳平安示警？只可惜這方天地的規矩太大，想要鑽漏洞可不容易，所以那兩次，「樊莞爾」都只能乾瞪眼，無法說出半個字，而那個陳平安，大概也只是將自己當作了瘋女人？』

樊莞爾一腳踩在牆頭廢墟上，身體前傾，一條胳膊抵在腿上，眺望遠方，笑意濃郁。

當時在夜市上，陳平安旁邊一張桌子上的人看似是凡夫俗子在罵街，雙方拍桌子瞪眼睛罵的那些粗鄙不堪的話，真正的深意，當然是那個「事不過三」。

那些話一聽就知道是那個臭屁小道童的措辭，這次返回浩然天下，哪怕太上師叔祖攔著，她也要跟那個早就看不順眼的小屁孩好好說道說道。這九十來年，丁嬰幾次與自己巧遇，應該不是小道童擅作主張，可是那次給兵符門門主抓走，她敢斷言，絕對是那個最記仇的小王八蛋在捉弄自己，雖然有驚無險，可回頭想一想，也十分噁心人啊。

最關鍵的是，太上師叔祖壞了藕花福地的規矩，也害得「鏡心齋童青青」的所有謀劃付諸東流。小道童搶在童青青拿到銅鏡和青色衣裙的魂魄之前，迅速定下了最終的榜上十人，還是說一輩子都摳摳搜搜的太上師叔祖遇上了大財主，所以不在乎那筆錢財了，打算直接砸錢將自己拎出藕花福地？

樊莞爾，或者說童青青的視線中，那一襲白袍已經臨近城下。

不對，準確說來，她現在應該已是太平山道姑黃庭，不再是一團糨糊的牽線傀儡樊莞爾，更不是那個膽小怕死的童青青。

她「喂」了一聲，高高抬起手臂，向城外那個傢伙伸出大拇指。這是名動桐葉洲的太平山道姑生平首次敬佩一個比自己年紀小的男人。

陳平安抬起頭，看著古怪且陌生的樊莞爾，皺了皺眉頭。

他轉而望向種秋，兩人相視一笑。

在陳平安心目中，不管是哪裡的江湖，都該有宋雨燒和種秋這樣的江湖人在，那才算是江湖。

黃庭一挑眉頭，笑意更濃：「有個性，我喜歡！」

第四章　人間燈火點點

陳平安在城外停下腳步，而此時的城頭上，俞真意已經戴上了那頂銀色蓮花冠，身邊懸停有一把琉璃飛劍。他拿出了一把玉竹摺扇，每一支扇骨上都以蠅頭小字記載著一門武林絕學。

種秋神色釋然，雙肩鬆垮耷拉著，不像是平時的那個南苑國國師了。

神色肅穆的北晉大將軍唐鐵意，他的拇指一直在摩挲著煉師的刀柄。

除此之外，榜上十人在場的還有周肥、劉宗和正捧著軟綿綿青色衣裙的雲泥和尚。至於其餘幾人，程元山還在橋下躲著，馮青白已經死在了好兄弟的刀下，丁老魔則死在了陳平安手裡。

城頭上還有氣勢渾然一變的黃庭，她雖然不在十人之列，但現在恐怕連周肥都不敢挑釁她。當神魂與肉身融合後，她的容貌開始出現變化，本就絕美的容顏又增添幾分光彩，越發傾國傾城。

鳥瞰峰陸舫準備在藕花福地繼續逗留一甲子，既為自己的道心，也為好友之子，擔任他的半個護道人。

簪花郎周仕此時除了有離別在即的傷感，也有對六十年後的美好憧憬，而他所思所想的魔教鴉兒即將被周肥帶離，丁嬰一死，她是最心如死灰的一個。

當所有人看到那個年輕謫仙人停在城門外的官道上，俞真意眼神晦暗，臉上看不出任何情緒，種秋則會心一笑。

宰了丁老魔的人就該如此霸氣！就像是在說：「你們都看到了，與丁嬰一戰，我陳平安受了傷，誰想趁火打劫，儘管來，下了城頭，我們再分生死。」

劉宗唉聲嘆氣，背靠著牆壁，正犯愁呢。見過了牯牛山那場驚天地、泣鬼神的大戰，他是真沒精氣神去蹚渾水了，覺得沒啥意思。如果這次還有機會走下城頭，安然返回科甲橋的店鋪，以後就老老實實當個富家翁得了，最多挑一、兩個順眼的嫡傳弟子，除此之外莫作他想嘍。

唐鐵意眼中掠過一絲怒氣，只是猶豫片刻，乾脆閉目養神，眼不見、心不煩。

最後，陳平安就這樣徑直走過城門，漸漸遠去。

俞真意飄浮而起，踩在那把琉璃飛劍之上，就要去往牯牛山。那些從天下各處聚攏而來的充沛靈氣已經開始四處流散，他一個修道之人，豈能錯過這種千載難逢的機會。靈氣不同於虛無縹緲的天下武運，不挑人，只要有本事，誰都能攬入懷中。

唐鐵意盯上了精神萎靡的劉宗，沿著走馬道緩緩前行。

劉宗悚然，蹦跳而起，罵罵咧咧道：「好你個唐鐵意，敢把我當軟柿子捏？」

黃庭則盯上了周肥。春潮宮宮主在這塊福地的所作所為，鏡心齋童青青可以忍，她太平山道姑黃庭可忍不了！

樊莞爾眼中的普通銅鏡到了黃庭手上就大有玄機。她以氣馭物，將地上的銅鏡抓在手中，以手指重重敲擊鏡面，鏡面砰然碎裂，露出幽綠深潭一般的異象。

黃庭伸出雙指，好似拈住了某物，往外一扯，竟是被她扯出了一把帶鞘長劍！

她可是桐葉洲第三大宗門太平山的天之驕子，未來的宗主，只要躋身上五境，必成十二境仙人的黃庭！這要是還沒點家底，就太不像話了。

一瞬間，周仕和鴉兒面面相覷，因為都感覺到了如芒在背。

兩人猛然轉頭，剛好與那個望向城頭的白袍謫仙人對視。

周肥笑罵道：「丁老魔這個心比天高的傢伙，成事不足、敗事有餘，害慘我了。」他轉頭望向陸舫，後者亦是無奈：「除非此人跟你一起飛升，否則他留在藕花福地，周仕肯定危險。」

周肥捏了捏下巴。善緣難結的話，那就要另做一番打算了。

只是就在此時，所有人都情不自禁抬頭望天。

雲海破開一個金色大洞，一道光柱轉瞬落在城頭，只是眨眼工夫，恐怕除了城頭這些人，京城都不會有人注意到這一幕。

眾人視野中出現了一個矮小道童，手裡拎著一個小巧玲瓏的五彩撥浪鼓，卻背著一只巨大的金黃葫蘆，幾乎等人高，顯得極為滑稽。

黃庭看到這個小不點後，「喲呵」一聲，便不再管周肥了，大步走向他。

小道童瞥見殺氣騰騰的黃庭後，翻白眼道：「我這次下來可不是來打架的啊，妳要是太過分，惹惱了我師父，就不怕妳那太上師叔祖白白為妳護道這麼多年？」

黃庭若還是那個來藕花福地之前的太平山道姑，撂下一句「那是我家祖師的事情」，然後該出手時就出手。只是這會兒，她咧咧嘴，一臉「咱們到了浩然天下再走著瞧」的表情，小道童還以顏色，同樣咧咧嘴，不以為然。

跟小道爺我比靠山？一座太平山還是小了點吧？又不是中土神洲的龍虎山。

小道童潤了潤嗓子，挺起胸膛，大步走在走馬道上，嗓音不大，但所有人都聽得清清楚楚：「規矩有變，對你們來說是天大的好消息。最後一次上榜的十人，活下來的，都可以飛升；不願意飛升的，等我敲響第二聲鼓後，第三聲鼓響之前，自己離開城頭就行。當然了，哪怕不飛升，走下城頭的人還是能夠拿到一件法寶。記住啊，在城頭飛升之人，肉身會被留在這兒，只以魂魄去往另外的地方，保留所有記憶。別覺得從頭再來全是壞事，其中玄妙，以後自己體會。」

小道童趾高氣揚，走得大搖大擺，「榜上前三就更有福氣了，第二的俞真意如果選擇飛升，可以帶走三人；第三的周肥可以隨意帶走一人。我家老爺發話了，丁嬰除外。這些被帶走的人，肉身可以一起離開。嗯，好像很多人一頭霧水。不用奇怪，你們實力太差，根本沒資格參與其中，心存僥倖的話，就只有那個馮青白的下場。」

說到這裡，他對黃庭嘿嘿笑道：「妳說氣不氣人，本來妳實力可以躋身前三的。唉，人算不如天算，沒辦法的事情。誰讓你們太平山勾搭那兩個外人，先壞了規矩，我家老爺當時可是很生氣的。」

黃庭扯了扯嘴角，小道童歪著腦袋，凝視著她那張臉孔，火上澆油道：「黃庭，妳說妳咋這麼臭不要臉呢，在浩然天下，妳的模樣可沒有現在一半好看……」

小道童好像給人在後腦勺一敲，突然摔了個狗吃屎，也不覺得丟人現眼，站起身拍拍道袍，與黃庭擦肩而過的時候，做了個鬼臉，然後繼續說道：「最後說一條代代相傳的老規矩，今兒的事情，對外就不要輕易宣揚了，你們心裡有數就好。當然，實在憋不住，跟極少數人提及，不礙事。」

一口氣說完這些，小道童舉起撥浪鼓，輕輕晃蕩。

沒有任何天地異象，就是輕輕「咚」了一聲。

這就算是第二聲敲天鼓？俞真意踩在琉璃飛劍之上，對著小道童打了一個稽首：「拜別仙師。」

小道童面對這位外貌上的「同齡人」態度不太一樣，多了幾分正經，老氣橫秋道：「去吧，人各有志。我家老爺對你算不得失望，所以請好好珍惜下一個甲子。」

俞真意破天荒露出一抹激動神色，御劍去往牯牛山戰場遺址，大肆汲取天地靈氣，期望著出關之後再度破境，便是對敵陳平安，興許都有一戰之力。

種秋笑問道：「劉宗，你怎麼說？」

劉宗想了想，笑道：「鋪子以後勞煩國師幫我賣了吧，相信以國師的手段，早已曉得了我相中的那幾個年輕人，到時候分了銀子送給他們幾人。」

種秋點點頭：「不難。那麼就此別過？」

劉宗嘆了口氣，見種秋向他抱拳，趕緊抱拳還禮，忍不住問道：「種國師，你不一起離開？走了之後，說不定還有機會回來，可要是這次不走，就再沒有機會飛升了啊。」

種秋搖頭道：「吾心安處即吾鄉。」

劉宗始終抱拳，一直沒有放下。

種秋笑容和煦，輕輕按下劉宗的手後，轉身走下城頭。

小道童瞥了眼種秋的背影，搖搖頭。

唐鐵意快步跟上種秋，那雲泥和尚一步跨出城頭，飄落於城外，懷裡捧著青色衣裙，往牯牛山方向快速奔去。

城頭之上剩的人已經不多，周肥對陸舫說道：「先帶著周仕去躲一躲，最好離開南苑國越遠越好。我一旦離開藕花福地，沒人攔得住那個陳平安。」

陸舫和周仕沒有猶豫，就此掠下城頭，繞過牯牛山，去往南苑國邊境線。

到最後，城頭只剩下四人：背著巨大葫蘆的小道童、太平山黃庭、玉圭宗「周肥」和在藕花福地土生土長的劉宗。

小道童看了眼城中某座石橋下，那裡躲著臂聖程元山。不出現在城頭，程元山就等於竹籃打水一場空，無法飛升，也無額外的機緣。小道童滿眼譏諷，打了個哈欠，隨意搖晃撥浪鼓，第三聲鼓響。一道璀璨光柱激盪降落，將劉宗籠罩其中，整個人瞬間消逝不見，什麼都沒有留下。

小道童對周肥明顯刮目相看，多洩露了一點天機，輕聲道：「那個陳平安，不用擔心他在這裡胡作非為，呵，他還有苦頭吃呢。」

周肥一臉恍然，微笑道：「謝了。」

第二道光柱落在人間，周肥比劉宗滯留時間更久，身影模糊，還有閒情逸致對黃庭揮手作別。

小道童笑咪咪望向皺眉不語的太平山道姑：「是不是很憂心自己的處境？」

黃庭冷笑道：「你回去告訴我祖師，不用花錢，最多十年，隋右邊做不到的，我做得到，到時候就是我破境之時，我要以肉身飛升，返回浩然天下。」

小道童笑容玩味，腳尖一點，背著那麼大一個金黃葫蘆，開始懸空「飛升」，沒有光柱傍身，歪歪扭扭，好似狗刨一般，緩緩向天幕游去……

黃庭瞥了一眼就不願再看那幅畫面。這種幼稚勾當，也就那個小兔崽子做得出來。

南苑國京城內，枯瘦小女孩賣了書籍，買了兩件衣裳，用剩餘銅錢點了一大桌子只會在夢中出現的美食，狼吞虎嚥，生怕吃慢了吃大虧。她坐在椅子上，需要高高抬起屁股才能夾到桌對面的美味菜肴，她滿臉油膩，覺得自己從未如此幸福過。

曹晴朗被一隊官兵帶去了衙門，大堂外邊鋪著四條草席，蓋著四張白布。

孩子癡癡呆呆蹲在那裡，一言不發。

一座橋下，臂聖程元山還在苦苦等候，等著震天響的第二次鼓聲。

有個寒族書生聽說不遠處死了人後，被好友強拉著跑去湊熱鬧。那裡早已被百姓圍得水泄不通，書生只聽說是個漂亮女子，他想著等到她回來之後，一定要跟她說一說這樁慘劇，最重要的是要她少出門，如今兩人拮据一些不打緊的，不用她串門走親戚，跟人借錢為他購買書籍。

一路飛掠，回到了那條大街，拐入小巷後，陳平安腳步沉重。

入城之時，哪怕城頭上站著那麼多宗師，陳平安仍然以一種從未有過的無敵之姿，穿白衣、懸酒壺、持長劍，瀟灑而過。可是此時此刻，面對一座不過貼了廉價春聯的市井宅院，陳平安幾次抬手又都落下，沒有敲門。

陳平安並不知道，老道人就站在他身後看著他。

老道人要「知道」兩件事，你陳平安如何認識自己，又會如何看待人間。

終於，陳平安推門而入。

宅子裡沒有人，沒了絮叨埋怨的老嫗，自然就沒了她的罵天罵地，刀子嘴臭豆腐心；沒了看似純樸憨厚卻會偷書的婦人，她望向自己兒子的眼神永遠充滿了驕傲；沒了臭棋簍子老翁，也沒了背著包袱去碰運氣的漢子，他每次大清早出門之前都會躡手躡腳，估計是怕吵到要去學塾讀書的兒子。

陳平安在院子裡站了一會兒，回到自己屋子，將長氣劍放回桌上的劍鞘，發現桌上的書已經不見。陳平安蹲在地上，伸出手掌貼在地面，閉上眼睛，試圖找到一些蛛絲馬跡。

飛劍十五「嗖」一下飛出養劍葫，貼著地面疾速飛旋，最後劍尖朝地，指向一處，陳平安立即用雙手刨開地面——以他當下的武道境界，五指都可以削鐵如泥了。

大街上跟種秋一戰，躋身五境，之後又與丁嬰一戰。這兩塊磨刀石用來砥礪武道，比起在桂花島與老金丹劍修的切磋，無論是體魄還是心性都要強出太多。尤其是與丁嬰從城頭轉戰牯牛山，這種涉及武學大道根本以及「天下」武運的生死之戰，哪怕以落魄山竹樓的崔姓老人眼光來看，也會讚賞有加，要說一句「八、九境的純粹武夫都未必能夠打出那種氣勢」。

片刻之後，挖出一個將近等人高的大坑，陳平安雙手捧起奄奄一息的蓮花小人兒躍出大坑，將他小心翼翼放在桌上，先脫了身上那件法袍金醴裹成一團，像是個小草窩似的，把小東西放在法袍之中，之後趕緊從方寸物裡頭拿出一枚穀雨錢。

比起靈氣淡薄的小雪錢及以手觸摸依稀可以感覺到靈氣如水流轉的小暑錢，穀雨錢蘊含的靈氣最盛，如冰凍結。

陳平安將這枚山上神仙錢幣攥在手心猛然一握，之後微微鬆開，將粉末撒在蓮花小人兒身上。至於這枚穀雨錢能夠在仙家店鋪購買多少古怪精魅，多少在王侯之家、富貴門庭都難得一見的精靈，陳平安早已不是初出茅廬的江湖雛兒，不是那個泥瓶巷的泥腿子窯工學徒，所以一清二楚。如今他對這個世界的瞭解越來越多，驪珠洞天、大驪王朝、東寶瓶洲、劍氣長城、桐葉洲、藕花福地。

陳平安仔細觀察著蓮花小人兒，靈氣如泉水流淌全身，像緩慢滲入一塊乾裂的旱田，這讓他微微放下心來——只要還能汲取靈氣，就說明可以挽回。他伸出拇指，輕柔摩娑著小傢伙的素潔額頭。

安頓好蓮花小人兒，將坑重新填好，陳平安走出屋子，坐在簷下的一條小板凳上，摘了酒葫蘆，搖搖晃晃，也不喝酒。

脫去法袍金醴後，陳平安渾身散發出濃重的血腥氣。跟丁嬰拚死一戰可謂傷透了，正因為如此，才會被那麼多靈氣如海水倒灌，大量湧入陳平安的各大氣府竅穴。此時那些靈氣盤踞在一座座洞府內，像是一股股藩鎮割據勢力。因為不涉及之前一口武夫純粹真氣的行走路徑，這些個氣府城池像是關外之地，形成了「藩鎮」各自偏居一隅的格局，多卻零散，並未勾連在一起，所以不成氣候。陳平安不知道這是好是壞，但是暫時實在是沒辦法去解決。當務之急，是如何搭建好長生橋，以及離開這裡。

觀道觀竟然不是真正的道觀，而是老道人行走於人間何處，道觀就在何處，這讓陳平安哭笑不得。劍氣長城上那位結茅修行的老大劍仙為何不早早提上一嘴？

不過回頭想一想，當初進了南苑國京城，成天無頭蒼蠅般亂撞，心煩意亂之後，乾脆靜下心來隨便遊逛，是一種很不一樣的感覺。見過了市井百態，看似遊手好閒，但是讓陳平安想起了早年的學徒生涯。

在龍窯掙到的錢不足以讓人大手大腳，但已經能夠養活自己，不至於餓死，所以陳平安在實現溫飽以後，每次跟隨姚老頭進山採土大概就是這般心情，哪怕風餐露宿，山路難行，每天都精疲力竭，可他心不累，倒頭就能睡。然而自陳平安第一次離開龍泉護送李寶瓶他們去大隋求學，到莫名其妙闖入這裡，睡過幾個安穩覺？

陳平安隔三岔五就會起身去屋內看看蓮花小人兒的情況，發現雖然進展緩慢，卻是在朝好的方向一點一點痊癒，這才徹底放下心。那些近在咫尺的生離死別，哪裡是借酒澆愁可以擺平的，一個人總有酒醒的時候。

屋內可以放下心了，可是屋外呢？陳平安彎腰坐在小板凳上，等著曹晴朗回家。

從今往後，這條無名小巷的宅子，跟當年泥瓶巷的那棟小宅子沒什麼兩樣了。

陳平安站起身。

暮色裡，一個孩子走在小巷中。

院門沒關，他看到陳平安後，神色木然地低下頭，默然且漠然地走入自己的屋子。

陳平安欲言又止，最後還是什麼都沒有說，坐回板凳，一直坐到了深夜。

大暑時節，哪怕到了夜裡，微風拂面，還是算不得如何清涼。其間陳平安去探望蓮花小人兒的時候，無意間瞥見了一把做工粗劣的蒲草團扇，就拿著走出屋子。

後半夜，遙遙傳來更夫的敲更聲。曹晴朗走出屋子，拎著小板凳坐在陳平安旁邊。

陳平安遞過蒲扇，曹晴朗猶豫了一下，還是接過去了。

沉默片刻，陳平安輕聲道：「對不起啊。」

從頭到尾，曹晴朗沒有說什麼，沒有怪陳平安，也沒有說不怪，只是低頭嗚咽。

第二天，曹晴朗很晚起床，也沒有了晨讀的琅琅聲，陳平安便去了學塾，想要幫他打聲招呼，結果一路上行人寥寥，到了學塾，發現大門緊閉，連教書先生的面都沒有見到，不過陳平安發現沒有一個南苑國諜子出現在附近，想來應該是國師種秋的意思。

之後兩天，不斷有人家偷偷摸摸搬離這附近，狀元巷的青樓酒肆一夜之間就清靜了下來，門可羅雀。

這天黃昏，陳平安拎了張板凳坐在街巷拐角處。若是以往，這邊的棋攤子上會有兩個臭棋簍子廝殺得天昏地暗，旁邊無數個臭棋簍子在支昏招。

大街還是溝壑縱橫，斷壁殘垣，不堪入目。陳平安站起身，原來是種秋來了。

兩人沿著大街散步，種秋滿臉疲倦，微笑道：「京師這一塊坊市已經暗中戒嚴了，各路小道消息也被控制了下來。皇帝陛下和太子殿下都對你很好奇，想見你，被我勸阻了。不過你要是願意的話，隨時可以進宮，或是去我住處散散心。」

陳平安點頭答應下來。

種秋一襲青衫，雙鬢微白，短短數日，竟是有了幾分滄桑老態，可見這位國師當下心情並不輕鬆。他繼續道：「俞真意在牯牛山遺址搭建了一座小茅屋，要在那邊潛心修行。陛下提出要求，除非是俞真意將湖山派遷入南苑國境內，否則就要動用武力驅逐，俞真意不予理會。我希望陛下能夠再等等，但是陛下沒有同意，已經調動兵馬，很快就會有萬餘精銳圍住牯牛山一帶。」

陳平安想了想，問道：「那個鏡心齋樊莞爾呢？」

種秋先將樊莞爾的大略生平說給陳平安，無奈道：「我猜陛下應該是私下見了她，才有此決心和舉措，想著只要有她壓陣，加上滯留京師的北晉大將軍唐鐵意，當然，還要加上我種秋，形勢再差也差不到哪裡去。」說到這裡，種秋站在一處溝壑邊緣，正是當時陳平安以頂峰拳架「校大龍」御風而過，一拳將他擊飛的位置，笑了笑，「陛下多次拿話試探我，詢問你的心性和來歷，我既不好欺騙陛下也不好將你扯入這些俗世恩怨，只說你既不會扶持南苑國，但也不會幫著俞真意。閒雲野鶴，只在雲深處，是不會與雞犬為伍的，更不會與牠們爭食。」

陳平安抱拳致謝，種秋擺擺手：「換成是我，只會比你更加心煩。」

陳平安摘下酒葫蘆喝了口酒，種秋想起一事：「你住處那戶人家的慘事是我親自處理的，朝廷抓了不少魔教餘孽，可以確定，當時是丁嬰下令讓人行凶，大概是為了讓春潮宮的簪花郎周仕與你早早交手，沒辦法置身事外，以便水到渠成地扯出陸舫以及周肥。透過曹晴朗在衙門的口供，得知丁嬰之所以如此與你關係不大，是因為丁嬰誤認為曹晴朗與鏡心齋童青青有關。」

陳平安「嗯」了一聲，突然問道：「這裡到底是哪裡？」

種秋愣了一下，滿臉疑惑。

陳平安指了指身後的長氣，解釋道：「我是背著這把劍誤打誤撞進來的，兜兜轉轉找了很久，都不知道自己早就身在其中。」

種秋笑著介紹了一些關於藕花福地和謫仙人的歷史，陳平安這才了然。

老道人當時話只說了一半，觀道觀的確不存在，但其實可以說整塊藕花福地就是他的「觀道之地」。

一開始，陳平安察覺到不對勁的地方，是發現一洲之內竟然有兩個北晉國。要知道，蓮花小人兒就是在北晉寺廟內尋見的，起先陳平安還覺得可能是桐葉洲與東寶瓶洲風土不同，還專門去狀元巷書肆翻閱了許多稗官野史和文人筆劄，結果越看越奇怪，還不死心，又去了那家一看就是權貴之家的私人藏書樓，想要透過正史確定南苑國在桐葉洲的具體方位，結果還是雲遮霧繞，書上始終唯有四國歷史。

後來白河寺醜聞暴露，牯牛山四大宗師聚首，陳平安更覺得匪夷所思——竟然都喜歡用「天下」這個詞語。國師種秋是「天下第一手」，南苑是「天下第一強國」，鏡心齋的童青青是「天下第一美人」等等，不勝枚舉。

白河寺那一晚，丁嬰和周仕、鴉兒一起潛入大殿，尋找那副羅漢金身。在這之前，陳平安由於身邊就有心相寺老僧這麼一位鍊氣士，加上進入這座京城沒多久就遇到了那件喜歡在月色下翩翩起舞的青色衣裙，所以就沒有往深處想，只當是環境閉塞的一處「無法之地」，就像老劍聖宋雨燒所在的東寶瓶洲梳水國，武夫強盛。

如今細細思量，陳平安倍覺悚然，寒意陣陣，就像當初看了一眼那口水井。

雖然知道自己身處藕花福地，可是如何進入、何時進入，陳平安仍是百思不得其解。老道人只要一天不出現，那陳平安就始終不知道答案。

種秋身為國師，一場大戰過後，天下形勢變得雲譎波詭，還有無數事情需要他定奪，今天過來拜訪陳平安，一是防止出現誤會，二是來這邊散心、透口氣，所以聊完該聊的，種秋就告辭離去。

離別之際，陳平安帶著歉意道：「我暫時還無法離開藕花福地。」

種秋笑道：「沒關係，反正你陳平安也不像是個謫仙人。」

種秋離去後，獨自走在清冷大街上，神色黯然。

如果自己和俞真意當年遇上的第一個謫仙人是陳平安，會不會如今是另外一種結局？

陳平安拎起小板凳，走入晦暗的小巷，突然又瞇起眼。

院門外站著一個枯瘦小女孩，她下意識退了一步，抬起頭，仔細看了看那個傢伙的面容，好些醞釀好的說法竟是一個字都不敢說出口。

陳平安問道：「那些書呢？」

小女孩眨了眨眼睛，使勁搖頭：「我不知道啊。」

似乎是害怕陳平安不相信，她滿臉委屈道：「前幾天你跟那些壞人打得那麼厲害，而且當時一男一女就是從巷子裡走到大街上的，我哪裡敢回巷子，一直就老老實實坐在板凳上，後來見不著你，也等不到你，我怕壞人找上我，就趕緊跑了。」

陳平安揮揮手，示意她可以走了，不想再見到這個心機深沉的小女孩。

小女孩可憐兮兮道：「求求你了，讓我吃完飯再走吧？」

原來是聞到了飯香。陳平安沒理睬她，進門後就閂上了院門，竟是曹晴朗做好了一頓晚飯。這孩子聰明且孝順，雖然之前從未親自下廚，但是見多了娘親燒飯做菜，等到他自己獨力來做，雖然不會可口，但也能吃。

這兩天，都是曹晴朗自己做飯，陳平安從來沒有湊上去，往往是曹晴朗去了灶房就主動離開院子，今天也是如此。

以往回去的時候，曹晴朗肯定已經吃好飯，收拾了碗筷飯桌就回到自己屋子待著，偶爾晚上納涼才會出來坐一會兒，但是今天不一樣，曹晴朗坐在桌旁，吃得很慢，而且桌對面多擺了一副碗筷。

陳平安輕輕走入屋子，坐下後，細嚼慢嚥，沒有發出任何聲音。

院子裡噗通一聲，枯瘦小女孩站起身，拍了拍身上塵土，躡手躡腳來到屋子外邊，沒敢進去，就蹲坐在那裡，伸長脖子，看著桌上的飯菜。

曹晴朗想了想，還是去灶房給她盛了一碗米飯，走到她跟前將碗筷一起遞給她：「一起吃吧。」

陳平安放下碗筷，看著她。她便泫然欲泣，放下碗筷，一動不動。

曹晴朗無奈道：「沒事，吃吧。」

她仍是目不轉睛望著陳平安，陳平安拿起碗筷，不想看她。

她這才開始低頭扒飯，偶爾往菜碟子裡夾一筷子，跟做賊似的。

三人差不多時候吃完，曹晴朗起身收拾飯桌，小女孩瞥了眼陳平安，裝模作樣地幫著曹晴朗收拾起來。

兩個同齡人端著碗碟盤子一起回到灶房，枯瘦小女孩看了一眼院子，發現那個傢伙不在，便壓低嗓音埋怨道：「油水也沒有，還那麼鹹，你到底會不會做飯？恁大一個人了，能不能有點出息？」

曹晴朗啞然，看她不依不饒的模樣，只好說道：「下回我注意。」

結果陳平安突然出現在灶房門口，枯瘦小女孩立即閉嘴，剛要轉頭不認帳，假裝沒看到陳平安，已經看到他招了招手，而且眼神凌厲。

她只好耷拉著腦袋走出去，被陳平安扯著領子，提雞崽兒差不多，一手開門，一手將她放在外邊，關門前撂下一句：「再敢翻牆，我直接把妳丟到京城外邊去。」

這天夜裡，陳平安一直在閉目養神，曹晴朗出來乘涼沒多久就聽到院門外的咳嗽聲。他過去打開門，看到了蹲在地上的枯瘦小女孩，正仰著頭，雙臂環胸，笑咪咪道：「不用管我，外邊巷子裡更涼快哩。」

曹晴朗雙手撓頭，他是真怕了這個傢伙了。

陳平安抬起頭皺了皺眉。遠處一座屋脊上，月光皎潔，有個懸刀的男子，身穿黑袍，氣質儒雅，一手拎著一壺酒，對著陳平安微笑示意。

見陳平安沒有說話，他腳尖一點，往陳平安這棟宅子飄蕩而來。

陳平安趁曹晴朗還在門外，一拳遞出，渾然天成，那位堂堂北晉國大將軍唐鐵意被無聲無息的一道拳罡砸在胸口，直接倒飛出去，落回屋脊原處。

拳罡勁道，妙至巔峰，唐鐵意本身就是天下屈指可數的大宗師，沒有受傷，但是狼狽至極。他非但沒有惱羞成怒，反而對著陳平安歉意一笑，像是在說多有叨擾，為自己的不請自來而愧疚，就這麼轉身一掠而走。

對於此人，陳平安沒有太深的印象，也不願意過多接觸。他想了想，跟曹晴朗說不用等他回來了，走出巷子，去往狀元巷。

剛好養劍葫裡邊沒酒了，出去一趟也好。

大半夜，狀元巷的一棟酒樓內只有一桌客人，但仍是彩燈高掛。

那算是一桌家宴，因為廚子都是客人自己從家裡帶出來的。

整條狀元巷戒備森嚴，除了披掛甲冑的將士三步一崗，還有隱姓埋名的高手坐鎮，若是有人想要刺殺，除非是榜上十人的大宗師，否則連這些客人的面都見不到。

這桌客人分別是南苑國皇帝魏良、皇后周姝真、太子魏衍，還有二皇子和年紀最小的公主魏真。除了皇室眾人，席間還有換上了一身素雅道袍的太平山道姑黃庭，曾經的鏡心齋樊莞爾和童青青。

魏真繼承了父母的容貌，是個罕見的美人胚子，但是跟黃庭一比，還是會自慚形穢，本來挺活潑的她，今夜不太敢說話，一直依偎在母后身邊。她尤其仰慕這個美若天仙的道姑，能夠在她父皇面前表現得比種國師還要更……江湖！她這些年珍藏了許多禁書，都是兩個哥哥經不起她的哀求，從市井書坊搜羅而來的種種志怪演義小說。

江湖是什麼？她憧憬的江湖，就是在一個月黑風高夜，一對神仙眷侶殺入在武林中令人膽寒的壞人老巢，當天空泛起魚肚白的時候，賊寇魔頭們都已經授首，那對男女相視一笑，策馬離去，繼續馳騁江湖。

魏良笑問道：「外有俞真意，內有陳平安，當真沒事嗎？」

黃庭的答案不太客氣：「其實這兩個人在京城內也沒事，一個是修道之心異常堅定，一個是根本不稀罕搭理你們。只不過你們當皇帝的喜歡那套『臥榻之側豈容他人鼾睡』的措辭，你心裡彆扭，這個我能理解，加上我對俞真意也瞧不順眼，那就乾乾脆脆跟他打一架好了。我保證出十分氣力與俞真意交手，如果我輸了，所謂的南苑國精銳大軍都沒能留下俞真意，還給他闖入皇宮，殺了你們一大家子，那麼我只能在飛升之前，爭取幫你們報仇了。」

魏良搖頭苦笑，喝酒解悶。

其實最彆扭的還是周姝真，師妹變成了師父，又變成了太平山黃庭。

至於最失落的，恐怕就是太子殿下魏衍了。他心中愛慕的樊莞爾再也找不回來了，哪怕眼前道姑比樊莞爾還要姿色動人，可他反而喜歡不起來。

最忐忑不安的，則是與魏衍相貌酷似的二皇子。魔教從太上教主丁嬰到鴉兒，再到一大群潛伏京師的高手，被種國師聯手鏡心齋仙子和朝廷供奉來了個一鍋端，悉數入獄，而魔教三門勢力跟他這位天潢貴胄的魏氏皇子都有著千絲萬縷的關係。

這頓飯，二皇子吃得索然無味，如同嚼蠟。他有些羡慕妹妹的沒心沒肺，更嫉妒哥哥的洪福齊天。誰能想到，舉世無敵的老魔頭丁嬰會被人宰掉？那個叫鴉兒的臭娘兒們曾經還信誓旦旦對他說：「你老死了，我家師爺爺都未必會死。」

酒樓外傳來一陣不同尋常的騷亂，黃庭笑道：「貴客來了。」

魏良第一時間望向窗戶外邊，很是緊張，有些後悔沒有喊上國師種秋，畢竟種秋跟那人關係不錯。等了半天，才發現那人從樓梯口出現，竟是規規矩矩走了酒樓大門和樓梯。他沒有穿那扎眼的一襲白袍，而是一身南苑國尋常殷實人家的普通衣衫。

魏良穩了穩心神，站起身。

皇帝都起身迎客了，其餘皇室眾人都趕緊起身。

黃庭沒有擺架子，只是也未太過殷勤，站了起來，卻離開酒桌，走到了窗邊，像是把自己擇了出去，交給地頭蛇跟過江龍雙方自己看著辦，她誰也不偏袒。

魏良朗聲笑道：「我魏氏招待不周，鬧出這麼大陣仗，陳仙師恕罪。」

陳平安搖頭道：「陛下不用在意這些，這次風波，跟南苑國關係不大。」

魏良有些吃不准，擔心他話裡有話，而自己沒有領會深意。

陳平安已經開口說道：「我這次來，是想著既然陛下都親自來了，剛好有些話，我可以直說了。南苑國可以當我不存在，請陛下放心，如果不是丁嬰和俞真意主動找上門，可能這場架自始至終都沒有我的事情。」

魏良笑著點頭附和：「陳仙師是山上神仙，自然不願理會人間紛爭。」

陳平安突然也笑了起來：「你們南苑國京城風景挺好的，尤其是有樣吃食很不錯，我離開京城之前，肯定還會再去吃一次。」

魏良好奇地問道：「敢問仙師是何處何物？寡人可以……」只是說到一半，魏良就打住了話頭，舉起酒杯一口飲盡，「陳仙師才定下規矩，寡人這就壞了規矩，必須自罰一杯才行。」

陳平安摘下酒葫蘆：「可能還要麻煩陛下送兩罈酒給我。」

魏良哈哈大笑：「陳仙師你這貴客當得也太好糊弄了！」

皇帝說了個笑話，其餘人就都馬上跟著笑了起來。

陳平安略顯後知後覺，也笑了笑，否則就顯得太不近人情了。

黃庭雖然面朝窗外，可是嘴角翹起。

陳平安將養劍葫裝滿了酒就離開酒樓，卻沒有返回巷子住處，而是憑藉記憶去找了白河寺附近的那個夜市，吃了一大碗那個又麻又辣又燙的玩意兒。

「不吃辣，不喝酒，不喝著烈酒吃最辣的火鍋，人生還有什麼樂趣可言？」

這是宋雨燒說的。以前沒覺得多有道理，這會兒陳平安在熙熙攘攘的鬧市中，覺得老前輩的老話真是不騙人。

陳平安結了帳，離開熱鬧喧囂的夜市，緩緩而行，在寂靜無人處掠上一座屋脊，又去了那戶庭院深深官宦人家的私人藏書樓。這一次，他不是去查尋這個天下的歷史和堪輿，而是去尋找有關橋梁建造的書籍，可惜搜尋無果，就打起了工部衙門藏書和檔案的主意，一番權衡，想著還是有機會就跟種秋說一聲，請人家國師幫這個忙，應該不會太為難——

他還得跟種秋討要一個書生的消息。

出了書樓，陳平安最後在一棟高樓屋頂停下，坐下來喝酒，喝到最後，對著天空伸出了中指，天沒打雷。

陳平安收了酒壺，迎著清風，怔怔出神。

在離開飛鷹堡上陽臺和進入南苑國之間，遇到過一座紙人城鎮。

心相寺住持老僧曾經重複說了一句話：「你看著它，它也在看著你。」

那個當時還是樊莞爾的女子在白河寺和夜市兩次使勁盯著自己，眼神似乎有些熟悉，但她卻沒有開口說話，應該不是不想，而是不能。

細細思量，倍感悚然。陳平安嘆了口氣。

人間的燈火，天上的星辰。有人說過，後者可能是諸多神靈的屍骸。

是誰說的來著？陳平安拍了拍腦袋，想不起來了。今夜喝的酒其實不算多，但是偏偏醉得厲害。他後仰倒去，呼呼大睡。

一個老道人站在翹簷之上，瞥了眼正在酣睡的年輕謫仙人，想起之前看到的一幕，扯了扯嘴角。

小院內，年輕人跟一個孩子輕聲說著對不起的時候，其實滿臉淚水。

老道人自言自語道：「在你眼中，人間無小事嗎？」

他雙指本夾著一枚小雪錢，此時卻在他指尖一點一點消散。

他一步跨出南苑國京城，來到牯牛山遺址，悄無聲息，便是在此結茅修行的俞真意都沒有察覺到絲毫異樣。

簡陋茅屋外，俞真意在月夜下負手而立。湖山派高手和幾個嫡傳弟子都已經被他敕令返回宗門，近期不准拋頭露面。

這位貌若稚童的天下正道領袖此時頭戴那頂銀色蓮花冠，這是他跟丁嬰的盟約之一，事成之後，丁嬰要拿出這頂道冠給他。道冠名為「鉤沉」，是藕花福地歷史上最玄妙的法寶，除了能夠自主庇護戴冠之人的體魄、神魂，還能夠淬鍊肉身、平靜心境，更重要的一點是，這頂道冠可以幫助尋找潛藏四方的謫仙人。

俞真意本就粗略掌握了仙人掌觀山河的神通，先前在牯牛山之巔眺望南苑國京城，丁嬰、陳平安和陸舫之流在他眼中就是最為光彩奪目的幾盞「燈火」，如今有了這頂道冠，如虎添翼，俞真意有九成把握，只要自己這次成功脫離圍剿，以後的天下，所有謫仙人都會寸步難行。

俞真意身邊懸停著那把琉璃飛劍，袖中還有一件剛剛到手的仙家重器。

那個斜背巨大金黃葫蘆的小道童果然沒有食言，不願飛升、選擇走下城頭之人都可以拿到一件法寶，俞真意就在被夷為平地的牯牛山遺址找到了一部玉牒書，是古代帝王祭天封禪的「告天之文」，只是文字古怪，不見四國記載。俞真意知道答案多半會在敬仰樓或是鏡心齋，這兩處對於天外天的謫仙人瞭解最豐。

俞真意對於丁嬰的死沒有什麼感覺，更談不上傷感，最多就是惱火丁嬰的功虧一簣，使得他和湖山派的許多謀劃要做出很大的改變。

你與天門，我管世間——這就是丁嬰和俞真意的默契，大道互補，所以一正一邪的執牛耳者，最有可能打生打死的兩大宗師，私底下選擇了結盟，設下了南苑之局。兩人區別在於丁嬰想要殺掉除了他們之外的榜上所有人，俞真意則只針對謫仙人，周肥、童青青、馮青白，當然還有最後出現的陳平安。

俞真意開始在月色下散步，一呼一吸皆是修行，這也是他當初以大毅力、大魄力捨了一身巔峰武學修為的根源所在。

修道一事，首重心性，這才是俞真意憧憬的風景。武學境界太低，一輩子在泥濘裡打滾，那群江湖莽夫還渾然不知。程元山之流，貪得無厭，恨不得目之所及皆是我囊中物；唐鐵意之流，貪戀沙場權勢，夢想著有朝一日坐擁江山美人，最好死後還能青史留名，卻不知不得長生，皆是虛妄；劉宗之流，只在力氣上鑽牛角尖，不值一提。

只是可惜了種秋，這個昔年的生死之交，畫地為牢。

俞真意行走的方向隨意，步子的大小也沒個定數，小時與常人無異，大時一步飄出十數丈，但始終沒有在某個方向上走出去太遠，有些時候就沿著一條無形的大弧軌跡悠悠而行。這幅場景，讓那些個帶兵駐守各個方向的南苑國功勳武將一個個心驚膽戰，生怕自己倒了大楣，俞真意剛好從自己這個方向突圍。京城就這麼近，轉頭即可見，這意味著皇帝陛下對這邊的動靜盡收眼底，一旦俞真意打定主意在今夜破陣，誰敢怯戰、避戰？

沒誰覺得將近萬餘南苑京畿精銳興師動眾地圍剿一個「稚童」有什麼滑稽可笑。誰能想像，兩位宗師之戰就能夠打得一座牯牛山都消失，他們這些只是精通戰陣技擊的血肉之軀，死在沙場爭鋒上可以雖死無悔，死於這些神仙人物的彈指之間、一袖之下，可能連對方的影子都沒有見到，留下一大片、一大片的累累屍骨，這他娘的算怎麼回事？

俞真意當然不會在乎那些南苑國將士的所思所想，他現在真正上心的只有兩人：那個至今還沒有出手的黃庭，以及正面強殺丁老魔的陳平安。

至於為何陳平安不阻攔自己汲取此地靈氣，任由自己境界穩步攀升，俞真意百思不得其解。難道他與丁嬰一戰受傷太重，已是繡花枕頭？所以他在入城之時的停步其實是在故弄玄虛，蒙蔽了城頭所有人？

俞真意停下腳步，望向月下的城池輪廓，最終還是放棄了一探究竟的念頭。一旦陳平安與鏡心齋、種秋聯手才是真正的禍事，到時候以唐鐵意和程元山的牆頭草性子，一定會見風使舵，澈底倒向南苑國。

俞真意返回茅屋，伸出手，掌心輕輕在琉璃飛劍的劍身上抹過。

他如今是可以做到御劍遠遊的仙人風采，只是比起書籍上記載的真正逍遙遊差太多，無法升空太高，也無法御風太遠，實為憾事。

俞真意視線上移，看著那輪明月。

終有一天，我可以御劍在人間的頭頂俯瞰山河，比我高者，唯有日月星辰。

俞真意猛然降低視線，京城那座尚未修繕完畢的殘破城頭上有一個看不清相貌的人，但是俞真意眼中出現了一團明亮的光芒，極為礙眼。

他冷笑道：「這就來了嗎？」

城頭上，有個背劍的年輕女冠盤腿坐在一處箭垛上，一手端著個還熱氣騰騰的砂鍋，香氣彌漫，一手下筷如飛，一邊吃一邊念叨：「哎喲娘咧，這玩意兒真是好吃，就是實在太辣了些，不行不行，下次不能一口氣買兩碗了。」

下邊城門處有數騎疾馳而出，傳遞皇帝陛下親自頒發的一道軍令。

御林軍和三支京畿駐軍，除了負責鎮守京城南門的那一支大軍死守原地，其餘各自撤離駐地，向後撤出二十里，像是在給俞真意和城頭上這位容貌傾城的女冠騰地方。

黃庭埋頭狂吃，偶爾抬頭瞥幾眼牯牛山方向。

俞真意如果這會兒腳底抹油，她可沒轍，追不上的。

過了一會兒，黃庭將那只砂鍋放在身旁，一雙筷子輕輕擱放在砂鍋上邊，站起身拍了拍肚子，滿是後悔：「這一頓夜宵吃得有點過分了啊，還不得胖兩斤啊。唉，樊莞爾，飯碗？妳是飯桶才對吧……」

等到三支南苑精銳開始緩緩轉移駐地，女冠黃庭鋒芒畢露，死死盯住俞真意，抹了抹嘴，輕聲道：「估計打完這場架，就能瘦回來了。」

在屋脊上睡大覺的陳平安是給城外的巨大動靜驚醒的，舉目遠望南方，有兩抹璀璨劍光交相輝映，是俞真意的琉璃飛劍和黃庭的那把境中劍。

陳平安沒有返回住處去取長氣，而是從方寸物中取出原本屬於竇紫芝的長劍癡心以及飛鷹堡世代相傳的狹刀停雪懸在左右腰間，一掠而去，身影如縹緲雲煙。

種秋早已站在城頭上，陳平安來到他身旁問道：「這就打起來了？」

種秋點頭道：「黃庭本就是你家鄉那邊的修道中人，對於靈氣的感知遠超於我們。」

陳平安說道：「她是覺得再給俞真意這麼鯨吞靈氣會打不過？」

種秋無奈道：「哪裡，若是如此，黃庭早就出手了。按照她的說法，是故意等俞真意吃飽了才出手，省得俞真意輸了有藉口。」

陳平安實在無法理解那位太平山女冠的想法。生死廝殺，這麼錙銖必較的事情，怎麼到了她那兒，就會如此兒戲？反觀自己，大街一戰，從馬宣、琵琶女到錢塘，一直在試探這天下深淺的同時還要一次次隱藏實力，再到算計陸舫以及種秋和丁嬰，哪一步不走得縝密謹慎，哪一拳不出得穩穩當當？

雖然不理解她的想法，但是陳平安心胸之間還是有些佩服和羨慕的。行走江湖，若是可以做到不論生死和結果，好像就該這麼……不怕死。

陳平安跟種秋說了有關橋梁建造的書籍一事，種秋笑著答應下來，然後陳平安又講了琵琶女和姓蔣的書生一事。對於一國國師而言，尋找一個滯留京城參加科舉的讀書人一樣是小事，但是種秋卻沒有立即答應下來，而是問了一句：「你確定要見那個書生？」

陳平安道：「見不見，到時候再說吧。」

種秋這才點頭。

兩人一起望向牯牛山，俞真意和黃庭的聲勢越來越大，往往一抹森森劍光能夠長達十數丈甚至數十丈。

大概覺得有陳平安和種秋並肩而立的地方才是天底下最安全的地方，周姝真、魏衍、魏真以及一個白髮蒼蒼的老將軍在御林侍衛的嚴密護送下登上城頭，直奔兩人而來。

周姝真自然不敢在種秋面前擺架子，雙方不失禮儀地寒暄一番。魏真見到種秋後更是戰戰兢兢，沒辦法，種秋是她的授業恩師之一，她生平第一次挨板子也是拜種國師所賜。當時她哭得一臉鼻涕眼淚，找到了正在對弈的父皇和母后，結果兩人一個說打得好，一個說打得輕了。從此以後，魏真就畏懼種國師如豺狼虎豹。

老將軍能夠與天潢貴胄同行，想必是南苑國第一等顯赫顯貴。果然，種秋見到他後，直呼其名地打招呼：「呂霄，你怎麼來了？」

呂霄披掛一身甲冑，中氣十足，冷哼道：「外邊的京畿兵馬大半是我調教出來的大好兒郎，我卸甲歸家咋了，沙場陷陣是不行，我承認，可一身調兵遣將的本事還沒丟！你們攔著不讓我出城也就罷了，難道還不許我目送他們一程？」老人一拍城頭，惱火道，「你們這些個飛來飛去的江湖宗師怎麼就不肯消停點？一場架接著一場架打得大半個京城百姓都睡不好覺，尤其是那個穿白袍的什麼謫仙人，給吹噓得神神道道的，什麼丁老魔都是他的手下敗將，還長得俊俏非凡，害得我那倆孫輩一個勁兒問我認不認識他，一個說要拜師學藝，一個說要見識英雄豪傑。我認識他個大爺啊，我要是見著了那個白袍子，一定指著他的鼻子罵他個半死，別的不說，那名字取得真不咋的……」

種秋忍著笑，呂霄被他氣得橫眉豎目，正要破口大罵，種秋擺手道：「行了，皇后娘娘和太子殿下、公主殿下都在這，你就少噴點唾沫吧。」

呂霄悶悶收聲。

陳平安不說話，心想這老將軍是個耿直性子，可就是脾氣火爆了點。

呂霄瞥見他的視線，瞪眼道：「小子，瞅啥？敢笑話我？」

陳平安沒有還嘴，只是摘下酒葫蘆喝了口酒。

呂霄誤以為此人是江湖中人，既然能夠與種秋站在一起，那多半是武藝不俗的年輕高手了，人品肯定也差不到哪裡去，便語重心長道：「小子，瞧你模樣也是有些書卷氣的，一看就是個讀書種子。可不是我倚老賣老，我呂霄看人奇準，真心勸你以後莫要行走江湖了，不奢望你去沙場建功立業，更不用你馬革裹屍，只要多學學種國師，當然，是指學他文聖人那一面，什麼狗屁武宗師，有啥好的……」

陳平安無言以對，擠出笑容，尷尬點了點頭，又喝了口酒。

呂霄除了脾氣火爆，說話不太好聽，其實心腸還是很不錯的。

魏真在一旁摀嘴偷笑，她可是知道這個年輕人身分的。

哪怕是對江湖頗為厭惡的呂霄，親眼看到牯牛山的劍光熠熠、氣沖雲霄，仍是忍不住偷偷感慨了一句：「真神仙也。」但是強脾氣的老將軍不會放過任何機會去教訓那個誤入歧途的年輕人，轉頭勸說道：「瞧見沒，這才是宗師風範，給你小子一百年怕也不能有此境界吧？所以說啊，還是棄武從文好，若是哪天想明白了，願意投筆從戎，那更好，只要我那會兒還沒進棺材，你就來找我，我親自為你引薦，南苑國任何一支精銳邊軍，你小子隨便挑！」

他說得唾沫四濺，陳平安抹了把臉，嘆了口氣，只得自報名號：「我叫陳平安。」

呂霄「嘿」了一聲：「你叫陳平安咋了，又不是姓種，南苑國當大官的傢伙，我哪個不熟悉……」他驟然停下話語，板著臉點點頭，伸出大拇指，裝傻扮癡，「好名字！」然後彷彿什麼事情都沒有發生，默默地走到種秋身旁，再默默挪步，一直走到最外邊的魏衍身旁。

他打算近期都不要開口說話了，要修一修閉口禪。

陳平安又看了一會兒牯牛山之戰，說道：「我先走了。」

當然沒有人阻攔。

約莫一炷香後，看出了那場大戰的一些端倪，種秋笑著感慨道：「之前勝負還在五五之間，現在不如他多矣。」

周姝真尚且還看不出什麼，魏衍也差不多，至於呂霄和魏真更是一頭霧水。

呂霄納悶道：「國師，他就這麼走了？」

種秋笑道：「陳平安今夜只要願意出現在城頭，俞真意就不敢太肆意妄為了。」

說到這裡，種秋轉頭望去，心中嘆息：『不是說好了萬事不管嗎？』

陳平安悄然回到院子的時候，天還未亮。

這些天，蓮花小人兒一直蜷縮在法袍金醴之中，睡得越發香甜，陳平安也就沒有穿回金醴。進了屋子，發現小傢伙的呼吸越來越平穩，換了一個睡姿，陳平安幫著捲了捲金醴衣角。而後又走出去，見枯瘦小女孩坐在一張小板凳上，靠著柴房門睡著了，睡夢中還皺著眉頭，陳平安甚至可以從她的睡姿依稀看出年紀不大的她對這個世界充滿了戒備。他雙手握拳，輕輕放在膝蓋上，安安靜靜等著天亮。

老道人突兀出現，站在他身邊，開門見山道：「你既然背了陳清都的這把長氣劍，我就破例讓你以完完整整的皮囊和魂魄進入藕花福地。至於你為何而來，我當然算得出來，只是要我幫你重建長生橋，難是不難，可天底下沒那麼便宜的好事。」他伸手指了指曹晴朗的屋子，「之前聽說了你與那個孩子的一番話，關於對錯先後的道理，我便知道你跟老秀才的關係了。畢竟老秀才的順序之說，天底下我是第一個知曉的，一筆糊塗帳，也好意思誤人子弟！」說到這裡，他又冷笑，「所以我決定稍稍提高一點門檻，才有了那椿圍殺之局，並且讓丁嬰禁錮了那件方寸物。你要是本事不濟死在這邊，那麼長氣劍留下，我倒也不會太為難你，至多將你留在這裡幾十年，怎麼來還是怎麼回，不用擔心神魂、體魄。我與老秀才不對付，還不至於拿你撒氣，只不過規矩還是要有的。」

陳平安苦笑道：「原來如此。」

老道人嗤笑道：「後來有個陰陽家的高人，還是挺高的那種，一次出手，模稜兩可，剛好踩在我的底線上，我便忍了他，不與他計較。可他那個天生陰陽魚體魄的弟子不知天高地厚，兩次附身樊莞爾，試圖提醒你，告訴你離開藕花福地的方法，我便將你身上其餘兩件法寶廢了。」

陳平安問道：「是那座紙人鎮，以及……北晉國？」

老道人笑道：「你總算還沒蠢到家。這兩處皆是那人的手筆，挺有意思。至於他為何願意出手，你曾經在他手上吃過苦頭？」

陳平安額頭滲出汗水，是發自肺腑、油然而生的恐懼，比生死更甚！

生死之事，往往手起刀落一瞬間。陳平安這種畏懼，是那種好像置身於白霧茫茫的境地，一步走錯就會墜入懸崖，有個人就站在崖畔冷眼旁觀。

那個人，陳平安直到現在才真正記起來，是上次在飛鷹堡擦肩而過的憨厚漢子，漢子還對他咧嘴一笑；更是那個在自己小時候販賣糖葫蘆的漢子，那個笑咪咪的好人！當時他在飛鷹堡就覺得有些眼熟，可是死活記不起來。

陳平安記住的不是這個人的容貌，而是他的那種笑容。

從驪珠洞天，再到桐葉洲。

陳平安抬起手臂，擦了擦額頭汗水。

老道人問道：「終於記起是誰了？那麼想明白了嗎？」

陳平安點頭道：「想明白了。為何他會好心提醒我？是不希望我進入這塊他管不著的藕花福地，只不過忌憚老前輩，不敢明目張膽行事。」

老道人「嗯」了一聲：「比蠢笨好了那麼一點。你其實只說對了一半，那人如今對你並無惡意，否則就憑你那運氣，哪裡能找到蓮花小人兒。」

他又問：「我破得此局，別人當真破不得？可你直到現在才知曉真相，不奇怪嗎？」

陳平安搖搖頭，毫不猶豫道：「不奇怪。如果是以前，也會不奇怪，但終究是什麼都不懂的那種不奇怪，可這趟藕花福地走下來，聯想兩次出門遠遊遇上的那些人和事，想通了不少，就更不奇怪了。」

老道人點頭道：「那現在就是有點小聰明了。」

陳平安問道：「我什麼時候可以離開藕花福地？」

老道人笑道：「你應該先問什麼時候可以離開南苑國。」這次他沒有賣關子，「等到南苑國京城事了，我帶你去看看這天下。」

陳平安摘下酒葫蘆懸在空中，沒有去喝，實在忍不住，壯著膽子問道：「為什麼？」

老道人呵呵一笑：「本老前輩道法通天，很是無聊嘛。」

陳平安現學現用，跟老將軍呂霄學了裝傻扮癡的本事，假裝沒聽到老道人言語中的譏諷，等到他喝過了酒，小院已經不見老道人的身影。老道人總是神出鬼沒，陳平安也無可奈何。

天微微亮，靠著柴房門睡覺的枯瘦小女孩已經醒來，看到那白袍子的有錢人在院子裡散步，閉著眼睛像個瞎子，一手攤開，掌心朝上擱在腹部，一手握拳在胸口，步子很小，走得很慢，像是在猶豫要不要一拳敲在手心上。

她百無聊賴地等著，總覺得他會一拳砸下去。

『如果這傢伙眼睛真瞎了就好了，然後一拳下去，啪嘰一下，不小心把自己手掌打透了，就更好了。』一想到這個，枯瘦小女孩就有點樂呵，怕被他看穿，趕緊板起臉，故意打了個哈欠。

陳平安睜開眼，撤掉那個跟丁嬰依葫蘆畫瓢學來的古怪姿勢，今天之所以拎出來，是覺得當年遇上那個帶著兩個徒弟的目盲老道人玄谷子，所學雷法需要以重拳捶打氣府，跟丁嬰有點相似。

陳平安沒有去看小女孩，也沒有停下腳步，將一身拳意繼續沉浸在種秋悟出的頂峰大架之中，說道：「妳去看看曹晴朗的學塾開門了沒有，如果夫子還是沒有重新授業，就問一下附近的街坊鄰里到底什麼時候開課。」

小女孩討價還價問道：「能不能吃過了早飯再去？我餓，走不動路哩。」

陳平安淡然道：「回來之後再把灶房裡的水缸挑滿就有飯吃。」

小女孩凝視著陳平安的側臉，看他不像是在開玩笑，就「哦」了一聲，故意搖搖晃晃站起身，貼著牆根繞過陳平安走出院子，離開巷子後，在街巷拐角處蹲了半天，這才一路撒腿狂奔回到院門口，額頭已經有了汗水，彎下腰，雙手叉腰，對著那個還在走路的傢伙大口喘氣道：「還沒開門呢，我問過一位大嬸啦，說那夫子給之前的打架嚇破了膽，近期都不開門了。」

陳平安默不作聲，指了指灶房。小女孩哭喪著臉去了灶房，提了個最小的水桶，所幸水缸裡還有大半缸水，若是空蕩蕩的，她保管一次都不願意，出門後丟了水桶就跑。

她走到院門口的時候，聽到了曹晴朗的背書聲。背對著院子，她翻了個白眼，齜牙咧嘴，滿是不屑。

打水真是累死個人，雙手提著水桶回到院子的時候，小女孩還是貼著牆根，小心翼翼繞過那個人，一溜煙跑進灶房。她就只打了不到小半桶水，一路上嫌累又給倒掉了許多，等回到院子，水桶底部也就堪堪有寸餘高的井水。

她迅速轉頭看一眼，沒有看到那人，立即提起水桶，輕輕從水缸裡舀起半桶水，然後使勁抬起水桶，一個傾斜，嘩啦啦倒入水缸。

對這一切，陳平安洞若觀火，但是沒有當場揭穿她。

寧可花這麼多心思去偷懶，也不願意出一點力氣嗎？

曹晴朗背過了幾篇蒙學文章就開始去灶房燒飯，陳平安說他今天可能會很晚回來，曹晴朗點點頭。

陳平安離開巷子，途經狀元巷附近，丁嬰和魔教鴉兒先前下榻的宅院死氣沉沉，明顯已經棄用。心相寺的香火越發稀少，至於那座武館的晨練倒是比以往更加賣力，呼喝聲此起彼伏，教拳的老師傅嗓門尤其大，想來是之前那場大戰既讓老百姓感到可怕，覺得世道不太平，卻也讓江湖子弟神往——若是沒點大風大浪，還叫江湖嗎？

陳平安這次出門還是沒有穿上金醴，只穿了一身嶄新的青衫長袍。一是蓮花小人兒尚未痊癒，還需要如同一座小洞天福地的法袍；二是陳平安不願意招搖過市，甚至連養劍葫都留在了屋內，讓初一、十五護著蓮花小人兒，只不過腰間懸佩了長劍癡心和狹刀停雪，如此一來，就像是個喜好舞刀弄槍的游俠兒。

陳平安是去找種秋，要再麻煩這位南苑國國師一件事。當初被小女孩從屋子裡偷走的那一大摞書，雖然都是些尋常書籍，但他還是想要拿回來，因為每本書的扉頁上都寫了購於何地、何時。這些四處收集而來的書籍，對於陳平安而言，有著不一樣的意義，與儒家聖賢所說的「書中自有黃金屋，書中自有顏如玉」沒有關係。

世人皆知種秋就住在皇宮附近，但是具體的隱居位置少有人知曉，好在陳平安如今在南苑國名氣太大，很快就有一名被朝廷招徠的高手現身，畢恭畢敬領著陳平安去往種秋住處，是崇賢坊一處鬧中取靜的宅邸。

崇賢坊是真正的天子腳下，住在這裡的門戶非富即貴，大街小巷綠蔭濃郁，安詳靜謐中透著雍容氣象和森嚴規矩，與狀元巷的雞鳴犬吠、鶯鶯燕燕截然不同。

府邸沒有懸掛匾額，在崇賢坊也不算大，三進院子而已。陳平安向那個負責領路的高手道了一聲謝，獨自走入，發現裡頭並不冷清，有許多身穿官服的年輕面孔在忙碌，只是品秩都不高，都是些堪堪入流的底層官員而已。一間間屋子都坐滿了人，手持文書走門串戶的年輕人大多腳步匆匆，偶有並肩而行，也都在聊著事情，見到了佩刀懸劍的陳平安，只是瞥兩眼就不放在心上。

種秋站在二進主院的簷下微笑迎接，身邊還有一名正在稟報政務的青年官員，種秋大略給出答覆和建議，簡明扼要。青年官員見到陳平安後明顯有些好奇，只是國師並未說破陳平安的身分，他也不敢私下探究，告辭離去。

種秋帶著陳平安來到後院，與前邊朝氣蓬勃的忙碌氛圍又有不同，一牆之隔，別有洞天。牆角有一大叢芭蕉，濃綠得像要滴出水來，石桌上放著古舊的棋盤棋盒，應該就是這位國師的住處，既不寒酸也不豪奢，清雅簡潔。

種秋和陳平安在石桌旁相對而坐，種秋說，關於橋梁的書籍已經讓工部官員去收集整理了，至於那個蔣姓讀書人的履歷諜報，應該在今晚可以一起送給陳平安。

陳平安有些難為情，說了關於被盜走賤賣的書籍一事，種秋笑著答應下來。陳平安便主動開口，說這會兒京城動盪不安，還要麻煩種秋這麼多瑣碎事情，他願意做點什麼，希望種秋只管開口。種秋也不客氣，就說要請陳平安幫著指點一下他的兩名嫡傳弟子。

這並非種秋公器私用，而是他收的弟子出師之後都要投軍入伍，從士卒做起，至少在邊軍待滿十年。十年之後，是按部就班地在軍中進階還是離開邊軍遊歷武林，種秋就不再約束了，但是如果選擇闖蕩江湖，就不得對外宣稱自己是種秋弟子，一旦被發現，沒得商量，一身武學悉數收回。

留在種秋身邊的兩名入室弟子年紀都不大，尚未出師，天賦極好，心氣很高，人品當然沒問題，只是從沒有真正走過江湖，所以需要有人壓一壓他們的銳氣。種秋近些年壓力不小，為了應對甲子之約，尤其是防著丁嬰和俞真意兩人，很難專心傳授弟子武學，他擔心自己這兩個寄予厚望的弟子，終其一生，都只是種秋弟子而已。

陳平安自無不可，雖然他並不覺得自己有資格為人師，教給別人什麼東西。只是陳平安沒想到種秋會親自帶他去見兩名弟子，忍不住問：「不會耽誤國師處理事務嗎？」

種秋笑道：「要是我不在，事情就會變得一團糟，說明我這麼多年待在南苑國朝堂並沒有做好分內事，只會指手畫腳……」說到這裡，帶著陳平安從後院小門離開的種秋突然問道：「一朝宰執，在路上遇到路人爭執鬥毆，該如何處置？」

陳平安想了想：「若是不影響自己的正業，還是要管上一管。」

種秋又問：「然後呢？」

陳平安搖頭，種秋笑道：「這位官帽子頂天大的官員，按照你說的，在不妨礙本職事務前提下，確實可以管這些雞毛蒜皮的事情，但是最重要的是應該立即自省，轄境之內，為何街上會出現尋釁鬥毆一事。」

陳平安思量過後，深以為然。

種秋與陳平安走在僻靜的街道上，樹蔭深深，盛夏時分，京師許多坊市如蒸籠一般，熱得讓人無處可躲，在這邊卻讓行人倍感涼爽。

種秋感慨道：「這本是一個聖賢書上的典故，那位宰執與身邊人說，此事不該他管，應該問責於直轄官員，他不該越界行事。年少時初次讀書至此處，覺得振聾發聵，豁然開朗，但是書讀得越多，人事看得越多，就難免心存疑惑，百思不得其解。」

種秋沒有繼續說下去，陳平安也沒有說話，只是想著若是齊先生，或是文聖老秀才在這裡，一定可以為種秋排憂解難，講清楚那些道理。

種秋哈哈一笑，再無愁緒，與陳平安說起了正事：「俞真意已經返回松籟國宗門，帶上了悄悄出城的臂聖程元山。當時城頭眾人，除了飛升離去的周肥、鴉兒、劉宗，我們這些走下城頭的都有些收穫。

俞真意好像找到了一部金玉譜牒，雲泥和尚得了一截白玉蓮藕，唐鐵意所得何物，京師諜子並未查到，我則拿到一本五嶽圖集，所說之事都是神仙事，講述如何敕封五嶽，聚攏一國山水靈氣，只是我又不修習道法仙術，這本書對我來說並無意義，十分雞肋。」

種秋嘆了口氣，「程元山因為躲在城內錯過了鼓聲，最終兩手空空。他的那些弟子已經被驅逐出境，不過若是程元山本人跑得慢了，我會將他留在這裡，畢竟此人睚眥必報，這次在南苑國京城吃了這麼大一個悶虧，一定會慫恿草原騎軍南下叩關搶掠。」

這本仙家書籍還是個隱患，種秋竟然沒辦法將其毀去，只能小心藏匿起來。一旦俞真意獲悉此事，一定志在必得，說不定還會讓本來對人間事全然不上心的俞真意第一次生出扶持傀儡、爭奪天下的野心，為的就是能夠以天下正統的身分敕封五嶽，然後將五嶽靈氣收為己用，成為真正的陸地神仙。

種秋與陳平安說著天下大勢：「那位與俞真意打了一個平手的女冠黃庭已經將鏡心齋宗主之位傳給皇后娘娘，她本人則離開了京城，不知所終，只說要尋一塊風水寶地好好練習劍術。皇后娘娘很快就會『因病去世』，去坐鎮鏡心齋，為此陛下也無可奈何。敬仰樓近期出現了叛亂，與魔教三門殘餘勾結，皇后娘娘已經完全失去對其的掌控。敬仰樓對江湖放出話來，從今往後，敬仰樓不再評定天下十人。至於那個北晉大將軍唐鐵意，他還在猶豫要不要投靠我們南苑國。」

陳平安聽得認真，種秋感慨道：「如果是你站在了那個位置上，而不是一心與天道爭勝的丁嬰，該有多好。」

陳平安疑惑不解，種秋笑道：「反正是一句誇人的話，不用太較真。」

陳平安笑了起來，不是那晚在酒樓與皇帝魏良客氣應酬的那種。

與種秋相處，如入芝蘭之室。

種秋兩名弟子的住處與這裡隔著兩座坊市，占地頗大，掛了一間武館的名頭，並不對外，是種秋大弟子出錢籌辦。此人戎馬生涯二十年，當上了將軍，後來沙場陷陣，受了重傷，就退出邊軍。種秋弟子每次入京，不敢打攪師父，往往都會在這裡碰面。這些弟子年齡懸殊，年長者已年近半百，年齡最小的兩個弟子才是一雙十五、六歲的少年、少女。

結果等到兩人走到練武場，種秋啞然失笑。連同兩名弟子在內，十數人在那邊熱熱鬧鬧，有老將軍呂霄的孫子、孫女，還有兩名弟子在京城結識的好友，多是京城豪閥世族中品性醇厚且憧憬江湖的孩子，好幾個早早約好了以後要跟家族藉口負笈遊學，與種秋的兩名弟子一起闖蕩江湖。對於這些，種秋並不干涉。年少時的美好，哪怕帶著稚氣，勿要一味以老人的人生經驗去否定，更不可隨意打殺。

種秋看著這些孩子，有些時候也會為他們的頑劣而惱火，可更多時候還是覺得他們可愛，於是就會覺得這裡不是什麼藕花福地，沒有什麼謫仙人。

陳平安有些訝異，因為他在那些人當中發現了一個熟人，正是他之前逛蕩京城見到的那個與同伴縱馬大街的年輕女子。

沒人認出陳平安，畢竟他沒有穿白袍、懸朱紅色酒葫蘆。不過這些年輕人對國師種秋都敬且畏，當種秋出現後，一個個噤若寒蟬，兩名弟子也有些心虛。他們這些天確實有些荒廢武藝了，沒辦法，這些個朋友一股腦擁來，一個個雙眼放光地說著那位白衣劍仙的事蹟，都說他與他們師父關係極好，說不定在這裡守株待兔能等到那人出現。呂霄的孫子更是信誓旦旦地說他爺爺回家後紅光滿臉，因為那夜俞真意與太平山女冠黃庭城外一戰，名叫陳平安的劍仙就站在他爺爺身邊，兩人相見恨晚，把臂言歡，已是忘年交了，只可惜陳劍仙是神仙中人，忙得很，但是答應下來，只要有空就會去將軍府登門拜訪。呂霄的孫子不過十二、三歲，幾乎每天都要重複說起這一段，眉飛色舞，與有榮焉。他姐姐沒他這麼愛炒冷飯，但是眉宇之間亦是滿滿的期待和仰慕。

種秋轉頭望向陳平安，見後者點點頭，便對兩名弟子說道：「幫你們找了一位前輩，他會指點你們拳法，你們傾力出拳。」

陳平安有些無奈，壓低嗓音道：「先前不是說好了只與他們切磋，沒什麼指點嗎？」

種秋微笑道：「最後隨便聊幾句就可以了，這兩個小傢伙早就曉得如何對付我，我如今說什麼都不太管用，倒是你這個外人的話，他們說不定會奉為圭臬。」

一個身材高大的英武少年大踏步走來，問道：「師父，這位前輩是誰啊？又是刀又是劍的，為何能夠教我們拳法，難不成比師父你拳法更高？」

少年望向陳平安，眼神清澈：「前輩，可不是我瞧不起人啊，實在是我師父的拳法太高了，若是你教我刀劍，我不會這麼說的。對了，我叫闔實景，說話直，前輩別怪罪！」

一名少女在他身後緩緩前行，已經在尋找陳平安的破綻。只是她越走越慢，因為她驚駭地發現，那人只是那麼隨意站立，她卻根本找不出一點點拳架、站樁的漏洞，這種讓人難受至極的感覺，跟師父種秋給她的感覺太像了。

見高山而不見山巔，臨江河而深不見底。這個年紀不大的青袍男子必然是一位境界卓然的武學宗師！

少女正要開口提醒師兄小心，後者已經輕聲道：「已經看出來了，我又不是傻子。能夠跟咱們師父並肩而行，在咱們南苑國，有幾個傢伙擁有這份臉皮？」

少女問道：「聯手？」

閻實景沒有任何猶豫，沉聲道：「爭取撐過十招，師父看著咱們呢。」

兩人幾乎同時擺出一個拳架，蓄勢待發。

陳平安想了想，開始向前行走，六步走樁加上種秋的頂峰拳架而已。

兩人剛要前衝，陳平安一步踏出，就像一座山峰壓在兩人肩頭，二人身體動彈不得，好像稍有動作就會死。再一步，兩人身心皆是凝滯至極，閻實景正要咬牙向前，少女則想要橫移一步，避其鋒芒再作打算。

陳平安輕描淡寫三步之後，師兄妹二人的氣勢已經徹底崩潰。四步之後，兩人就已經踉蹌後退，汗流浹背，臉色慘白。

陳平安停下腳步，問道：「明知出拳不會死，為何不出拳？如果有一天，真的與人分生死，明知是死，是不是一樣一拳都不敢出？那你們是不是只有遇上旗鼓相當的對手，以及弱於你們的敵人，才會出拳？」

閻實景一屁股坐在地上，少女憤憤道：「前輩你是頂尖宗師，一上來就以勢壓人，天底下哪有這樣的切磋，這樣的傳授拳法……」

陳平安還是問道：「為何一拳都不出？」

閻實景低下頭。少女眼眶通紅，竟是哭泣起來，只是竭力與那個喜歡欺負人的陌生人狠狠對視。

陳平安意識到自己可能有些過分了，轉過頭，對種秋歉意道：「我很少跟人切磋，真正的江湖規矩也不太懂。」

種秋搖搖頭，若有所思，輕聲道：「我傳授弟子拳法，因為害怕他們犯錯，所以太過奉行『拳高莫出』四字宗旨，初衷是希望他們不要與人在江湖上作意氣之爭，不要仗勢凌人，出拳沒有輕重，更多是想著他們將來投身沙場，最少有十年的時間報效家國，所以門內弟子其實一直被我壓著心性，現在看來，不能說錯了，可終歸是扼殺了他們青出於藍而勝於藍的可能性。」種秋嘆息一聲，對陳平安笑道，「是得改一改。」

不承想，閻實景原本勉強承受得住外人如此羞辱，卻唯獨受不得自己視為父親的恩師「認錯」，而且還是為了他們。在他心中，師父種秋是世間真正無瑕的武宗師，還是文聖人。一怒之下，他猛然起身，卻不是偷襲陳平安，而是怒目相視：「你再來！」

陳平安一步跨出，卻不是「慢悠悠」的拳架走樁了，而是一拳砸向閻實景額頭，如有風雷撲面。

閻實景又後退了一步，陳平安問道：「你那一拳呢？」

闊實景茫然失措，失魂落魄。

陳平安嘆了口氣，轉身對種秋說道：「有人跟我說過，練拳，看似是修力，是要做那純粹武夫，可修心真的很重要，既然練拳，就不能再談什麼人之常情。就像種先生你說拳高莫出，我想了一下，很有道理，但是拳高莫出是種先生你這個境界和修為的人該做的事情，卻只是你弟子該懂的道理而已，懂了這份道理，是一回事，當下該如何做，是另外一回事，只有這樣，將來才能對誰出拳都問心無愧。」

種秋笑著點頭：「正是此理。」

他大致瞭解陳平安的脾氣，做一件事情，無論大小，務必追求盡善盡美，所以哪怕事先是真的忐忑不安，不知如何跟人切磋，如何教人拳法拳理，可一旦走出那第一步，陳平安就拿出了大街一戰面對圍剿時的那份認真。種秋是旁觀者，所以看得很清楚，可能陳平安自己都不知道，那一刻的他，是何等自信！甚至，會有一種「我出拳時，天下武夫只需仰頭感嘆一聲蒼天在上」的自負。

種秋其實有些好奇，如此平易近人的陳平安，是如何達到出拳之時的這種心境的，更好奇陳平安到底是怎麼練的拳。不管如何，這兩種陳平安，種秋都給予敬意。

陳平安有些不好意思：「只是我胡亂想的一些東西，不一定適合種先生你的弟子。」

種秋搖頭，正色道：「總有一些道理放之四海而皆準，你剛才說的這番話就適合所有習武之人。」

陳平安害怕那兩人從此習武之心如心鏡裂縫，小心醞釀著措辭，雖然不太擅長，還是盡量安慰道：「練拳之人，除了能吃苦，還要心定，出拳才能快而從容，一往無前，總有一天，無論是遇上我還是你們師父這樣的天下第一手，或是丁嬰那樣看似無敵的對手，你們都可以出拳更快。」他臉色認真地看著那兩個人，「身前無人，雙拳而已！」

兩人懵懵懂懂，迷迷瞪瞪，但是臉上的悲憤和心底的恐懼已經少了許多。

種秋輕輕點頭。這哪裡是教拳，分明是指出一條「武道」了。至於這兩個傻孩子將來能走多遠，或者能否走上這條武學登山路，既看天賦，也看機緣，他多說無益，其實說了也沒用。

收了拳的陳平安再沒有那種氣勢，看著兩個可憐兮兮的孩子，有些忐忑了，問種秋：「是不是講得太大、太虛了？」

種秋打趣道：「差不多可以了啊，你到底要我溜鬚拍馬到何時才肯甘休？」

陳平安哭笑不得。

種秋望向弟子二人，閻實景他們可就沒這份待遇了：「今天不用練拳，好好想一想為何不敢出拳，想明白了再練拳不遲。」

二人抱拳領命，種秋和陳平安一起離去。

等到國師大人和那個怪人離開後，這些年紀不大的傢伙很快就嘰嘰喳喳起來，多是安慰閻實景和那個少女，夾雜著一些驚嘆感慨。這些外人雖然都知道種國師的天下第一手，可畢竟誰也沒親眼見過種秋出拳，哪怕家中都有實力不俗的高手護院，但是眼界一個比一個高，所以今天看到了那人出手，一拳而已，仍是覺得不虛此行。

閻實景率先離開人群，他興致不高，蹲在臺階上，有些發愣。

少女跟朋友們閒聊之後，坐在小師兄閻實景身邊，為他打抱不平：「有什麼了不起，說來說去，那人還不是仗著本事高就對咱們指手畫腳，真氣人，當著師父的面呢。」

閻實景望向遠方：「我覺得他說的挺有道理，師父也認可。」

少女憤懣道：「我就不信他對上咱們師父、俞真意，還有那個丁老魔，也敢說這樣的大話。說得輕巧，出拳而已！」

閻實景握緊拳頭：「今後我不偷懶了，要好好練拳，還要每天求師父教我更高深的拳法，總有一天，我要那人收回今天所有的話！」

少女眼神熠熠，凝望著小師兄的側臉：「你肯定可以的！大師兄都說你是我們當中天賦最接近師父的人，如果之前多練五年，現在也能跟鏡心齋樊莞爾、春潮宮簪花郎周仕他們一較高下了。」

屋脊上，種秋陪著陳平安偷偷坐在上邊。也不知為何，陳平安竟然提議悄然返回，然後坐在這裡聽孩子們胡說八道。等聽到了閻實景兩人那番對話，種秋還是猜不出陳平安的意圖，但是這位國師有些遺憾和失落，只是對那兩個孩子還談不上太失望。

陳平安笑著起身，和種秋真正離開此地。

第五章　丟出觀道觀

回去的路上，陳平安跟種秋討教了許多這方天地的武學拳理，受益匪淺。

兩人在半路分道揚鑣，陳平安挑了一家街邊酒肆，要了一壺酒和兩碟佐酒小菜，酒是酒肆最貴的那種。

老道人憑空出現，就坐在陳平安對面，熱鬧的酒肆無一人察覺到不對勁。他身前出現一只酒碗，酒水自己從酒壺倒入碗中，伸手時，手中就多出一雙筷子，夾了一塊蔥炒雞蛋吃得津津有味，笑道：「是不是才知道你以前太多理所當然了，總覺得自己是個尋常人，只要別人願意努力，大多數都可以走到你今天這一步？是不是才發現，這很可笑？」

陳平安問道：「老前輩這麼空閒？」

老道人也如陳平安這般答非所問：「那你也太瞧不起教你道理、傳你拳法的人了。你要是一直依循先前的心境走下去，遲早有一天會成為那人一樣的處境，茫然四顧，孑然一身，到時候還不願意求人，唯恐牽連別人，哈哈，大概一個『死得其所』還是能夠撈到手的。」

陳平安點頭道：「如果我不夠好，現在就不是坐在這裡跟老前輩優哉游哉喝酒了，而是死在這裡，死得不明不白，等到下一輩子，哪怕僥倖開竅，但是等我離開藕花福地，不管外邊變成什麼樣子，我都會恨不得跟老前輩拚命。」

老道人喝酒，吃著下酒菜，隨口道：「那當然，既然進了藕花福地，如果本事不濟，死在陸舫或是丁嬰手上，除非是陳清都和老秀才聯手，我才會捏著鼻子放你出來，不然你就乖乖待在這裡轉世吧。所以，你應該敬自己一杯酒，敬自己活了下來。」

在陳平安內心深處，這個老道人比那個賣糖葫蘆的漢子好不到哪裡去。不是說老道人故意針對他陳平安，事實上陳平安知道自己根本沒有這個資格；也不是老道人的有些道理不對，陳平安只是純粹不喜歡那種感覺，甚至他們都不是山上人看著螻蟻的眼神，更像是一個人在看待自己養的雞崽兒，是養肥了宰掉吃還是繼續養著，只看他們的心情。不過也有可能是陳平安站得還不夠高，根本看不見他們眼中的人間風景。

陳平安喝了一碗酒。且不談江湖好不好，藕花福地的酒水是真不咋的。

陳平安慢慢喝著酒，竟是完全無視了老道人，很用心想著自己是怎麼走到今天的，從泥瓶巷，一直想到了曹晴朗門外的那條巷子。

原來人世間，每個人腳下都有無數條岔路，要善待自己，才能善待人間。

可是這很難啊。心中不平事，可以酒澆之，可世間那麼多不平事，又當如何？我陳平安以後，拳越來越高，劍越來越快，那麼本事越大，見到了別人的不平事，難道就要事事都去管一管？可要是不管，心裡的坎如何過？不也是一樁不平事嗎？會不會辜負齊先生，辜負了書上的道理，辜負了自己是李寶瓶的小師叔？但是我也要報仇，要完成與劍靈姐姐的約定；要練拳，成為七境武夫；要練劍，修了長生橋去當大劍仙；要讀書，要做齊先生那樣的人；我還要娶那麼好的姑娘做媳婦……怎麼辦呢？萬千道理不去想，醉倒再說！

陳平安噗通一聲，腦袋重重摔在酒桌上。睡夢中，好像有人問他見過最大的江河後覺得如何，他醉醺醺笑哈哈回答說水那麼大，魚兒一定大，以前小寶瓶總抱怨自己的魚湯太淡，下次一定釣一條大魚，加足夠的鹽！

老道人嘴角扯了扯，不再以道法從壺中汲取酒水，而是親手給自己倒了一碗酒，又問道：「那麼多高山，風光如何？」

陳平安一巴掌拍在桌上，依舊醉話連篇：「我不知道啊，不過書上有句話，我見青山多嫵媚……可是我走過很多山路，雨雪天氣難走，太難走了……」

老道人放下酒杯，望著陳平安，沒好氣道：「齊靜春怎麼教出這麼個酒鬼？」

陳平安醒來的時候已是月上梢頭，興許是自己懸刀佩劍，酒肆掌櫃沒敢趕人，捏著鼻子由著這麼個游俠兒占著茅坑不拉屎，陳平安便多給了他些銀子。天降一筆橫財，老掌櫃挺樂呵。

陳平安慢慢踱步回到狀元巷，青樓生意冷冷清清，百無聊賴的嬌豔女子們慵慵懶懶地趴在欄杆上，陳平安抬頭看了一眼，發現這些女子的脂粉梳妝淡了許多，卻比以往的濃妝豔抹似乎更好看一些。

一路上，多有女子在樓上搭訕和調侃，還有一個直接丟了繡帕給陳平安，嚷嚷：「俊小哥兒，上來坐坐，姐姐請你喝茶，坐姐姐腿上。」

她所在青樓和附近勾欄的女子頓時開始起鬨，葷話不斷。

陳平安輕鬆躲過了那塊繡帕，只是回頭看了眼，又回去撿起來，捲成團輕輕拋還給那名女子。街上青樓女子們先是沉默，然後哄然大笑起來。

陳平安心如止水，走回了那條巷子。街巷拐角處站著尋常市井裝束的一男一女，年紀不大，不到三十歲，但是呼吸綿長，氣息沉穩，在藕花福地應該屬於天賦好、底子也打得不錯的年輕高手，當然比起笑臉兒錢塘、簪花郎周仕這些天才，差距還是很大。

兩人自報名號，是國師種秋直接統轄的京師諜子。男子交給陳平安兩個包裹，裝了他們從鄰近一座坊市書肆搜集回來的失竊書籍，還有就是從工部衙門揀選出來那有關橋梁建造的書。女子則遞給陳平安一封祕密檔案，關於蔣姓書生和琵琶妃子。

陳平安發現這兩人交給自己東西的時候，無論是心境還是雙手都很不穩。他對他們笑了笑，道謝之後就走向曹晴朗那棟宅子。

當街擊殺粉金剛馬宣和琵琶女，之後差點擊殺鳥瞰峰陸舫，打敗國師種秋，最後打死魔教太上教主丁嬰。對於這些南苑國遊走在朝廷和江湖邊緣的諜子而言，就像當時老將軍呂霄在城頭上親眼見到俞真意和女冠黃庭巔峰一戰後，會情不自禁地感慨一句：「真神仙也」，陳平安如今在這裡，比起丁嬰聲勢最盛時猶勝一分。

等到陳平安緩緩走到院門，推門而入，年輕女子這才吐出一口氣，原來她始終憋著口氣不敢喘，細細微微輕聲道：「原來真的這麼年輕啊。」

男子有些無奈，沒說話。

女子笑道：「長得真好看。」說完之後，自己都覺得有些赧顏。

就在此時，陳平安突然退出院子，身體後仰，對女子伸出拇指微笑道：「好眼光。」

女子呆若木雞，便是那個不苟言笑的男子都有些措手不及。

等到關門聲輕輕響起，女子猛然捣住臉龐，狠狠跺腳。

男子嘆了口氣。其實她平時不這樣犯癡，擔任諜子七年以來，擅長潛伏，向來縝密沉穩，為南苑朝廷立下很多功勞，就連種國師都對她青眼有加，這次兩人負責盯梢北晉龍武大將軍唐鐵意，足可見種秋的信任。

院子裡，曹晴朗和尚且不知姓名的小女孩坐在小板凳上，兩個同齡人沒聊天，小女孩正在嗑瓜子，應該是跟曹晴朗討要的，瓜子殼隨手丟了一地。見到陳平安之後，她有些慌張，陳平安瞥了一眼地面，她立即將手中瓜子放入兜裡，然後收拾起來。

陳平安跟曹晴朗打過招呼後就去了屋子，點燃油燈，打開兩個包裹。被小女孩賤賣的書籍都完好無損，陳平安將它們重新疊放在桌上，工部衙門那些書籍則放在另外一邊，兩座小書山，一左一右，如門神拱衛。

陳平安打開那封祕檔，上邊詳細記錄了蔣姓書生和琵琶妃子的各自過往。快速看完之後，陳平安將祕檔重新放回信封，夾在一本書內，開始複盤這場莫名其妙的棋局。

這次進入藕花福地，雖然險象環生，但是收穫頗豐。

與武學大宗師種秋一戰，不但成功破開四境瓶頸，第二場交手，種秋當時還自降身分主動餵拳，幫助自己穩固五境境界。雖然說種秋也有自己的考量，猜測到丁嬰和俞真意極有可能聯手布局，不願讓他們得逞，但是不管如何，種秋無論是宗師氣度、武夫實力還是心性，都讓陳平安心生佩服。

之後與丁嬰一戰，酣暢淋漓，而且一波三折，陳平安第一次真正握劍迎敵，果然純粹武夫還是要在生死一線砥礪體魄，即便陳平安不清楚浩然天下其他武人的五境，但是自認自己的五境底子打得相當不錯。這是立身之本，陳平安再財迷都萬金不換。

退一萬步說，哪怕這趟藕花福地之行依舊搭建不起長生橋，那也不虧。比起之前希望去古戰場遺址或是武聖人廟碰運氣躋身五境，結果已經好了太多太多。

不過形勢一片大好之下同樣暗藏凶險，問題就在於被丁嬰的陰神金身從牯牛山之巔打到牯牛山之外的大坑中，尤其是最後的「雷池」底下，藕花福地被牽扯到牯牛山一帶的磅礴靈氣和破碎武運，海水倒灌，一股腦湧入陳平安體內，滲入魂魄，陳平安依稀察覺到自己的心湖上像是泛起了一陣霧靄，縈繞不散，雷電交織，如蛟龍蛇蟒騰雲駕霧，並且有一道道劍光在霧靄中一閃而逝，彷彿是在劍斬蛟龍。

所幸這些與純粹武夫一口真氣相衝突的靈氣在偏遠藩鎮割據，暫時沒有揭竿而起。畢竟在浩然天下，鍊氣士和純粹武夫從一開始就是截然不同的兩條道路，武夫要散盡體內靈氣提煉出宛若火龍巡狩四野的純粹真氣，而鍊氣士的第一步則是天地靈氣，多多益善，之後無非是去蕪存菁，開疆辟土，將一座座氣府竅穴打造成府邸城池，成為自身小洞天，如大江大河旁邊的巨湖，無論是洪澇氾濫還是枯水期，鍊氣士都能夠始終勾連自身和天地，靈氣源源不斷，最終辟出丹室，結成金丹客，之後溫養出陰神和陽神，最終成就一方地仙境界。

目前陳平安體內的格局就是純粹真氣與天地靈氣兩軍對壘，各自結陣，堪堪維持住井水不犯河水的局面。

陳平安收起思緒，拿起桌旁的養劍葫，喝了口酒。

真是毀長生橋容易，建長生橋難，一想到自己差點死在這兒，陳平安就難免後怕。即使藕花福地的一甲子不等於浩然天下的六十年光陰，可肯定會錯過跟寧姑娘的十年之約。十年之後，李寶瓶、李槐他們都該多大了，在這期間會不會被人欺負？還有去了書簡湖的顧璨呢？劉羨陽會不會衣錦還鄉，回到小鎮卻找不到自己？龍泉郡的落魄山竹樓和泥瓶巷祖宅，還有騎龍巷的鋪子怎麼辦？

陳平安站起身，很快院門口就傳來敲門聲。枯瘦小女孩邀功一般跑到陳平安偏屋，正要提醒陳平安有客來訪，屋門已經打開。陳平安看到那名南苑國女諜子站在院門外，捧有一個長條盒子。

他走過去，她輕聲解釋道：「這是琵琶妃子的遺物，國師剛剛命人拿來，讓我交予陳仙師。」

不等陳平安說什麼，她已經微紅著臉落荒而逃。曹晴朗看著這一幕，只是好奇，枯瘦小女孩則眼珠子滴溜溜轉起來，若有所思。

陳平安將那把琵琶放回屋子，曹晴朗回自己屋子挑燈夜讀，小女孩繼續坐在板凳上嗑瓜子，這次學乖了，瓜子殼沒敢天女散花似的胡亂丟地上，全在腳邊堆著。

陳平安走向板凳，發現曹晴朗將蒲扇留在了凳子上，輕輕拿起，落座之後，對小女孩說道：「妳可以回家了。」

枯瘦小女孩嗑著瓜子，眨了眨眼睛，搖頭道：「家？我沒有家啊，我就是個小乞丐，哪來的家。乞丐裡壞人可多了，經常打我，我年紀太小，吃不飽飯，力氣更小，可打不過他們。京城的好地兒都給他們霸占了，我爭不過，只能自己隨便找地方住，比如橋底下，有錢人家的石獅子上邊啊。」

陳平安問道：「妳爹娘呢？」

枯瘦小女孩嗑著瓜子笑道：「早死啦。我不是京城人，家鄉離這邊有好幾千里遠哩。遭了瘟疫，我那會兒還小，跟著爹娘逃難，娘親死在了路上，爹帶著我到了京城。京城裡的官老爺們還不錯，在城外搭了好多粥鋪，我爹是喝了一大碗粥後才死的。」

陳平安又問道：「妳今年多大了？」

枯瘦小女孩吃完了瓜子，伸出兩隻手掌，勾起一根小拇指晃了晃：「九歲啦。」

陳平安不再說話，枯瘦小女孩哈哈笑了幾聲：「我看著是不像九歲，對吧？沒法子，餓的，個子長不高。上回你看到送我小雪人的人沒，她才六歲多呢，個子就比我還要高一些了。這院子裡的小夫子，那個曹晴朗，歲數也比我小呢。」

陳平安輕輕搖晃蒲扇，顯得無動於衷，冷漠無情。

枯瘦小女孩其實一直在打量陳平安的臉色和眼神，見他這副模樣，她在肚子裡腹誹不已：『有錢人果然沒一個是好東西！從來不在乎別人的死活，明明是個很厲害的大人物，手指縫裡漏出一點銀子就能讓她過上好日子了，偏偏就是不肯。』

她已經九歲，卻瘦小得像是五、六歲的孩子。對此，陳平安並沒有覺得奇怪，因為他當年也是這麼過來的，一直到離開泥瓶巷和小鎮，去了姚老頭的龍窯當學徒，個頭才開始躥上去，在那之前，陳平安比同齡人要矮半個腦袋。

陳平安今天就一直沒有摘下癡心和停雪，於是哪怕坐在小板凳上，還是很有威嚴，這才是今夜讓枯瘦小女孩一直特別老實本分的原因。

蒲扇搖晃，清風陣陣，陳平安問道：「妳偷走那些書，賣了多少錢？」

枯瘦小女孩皺著臉，想要擠出一些眼淚，可是做不到，只好抬起一隻手掌，帶著哭腔喊冤道：「我真沒有偷書，我可以發誓，要是說了謊，天打雷劈，不得好死！」

陳平安笑問道：「妳說了謊，是誰被天打雷劈、不得好死？妳好像沒說清楚。」

枯瘦小女孩臉色微變，乾笑道：「當然是我啊，還能是誰？」

陳平安點點頭：「那麼妳是誰？姓什麼、名什麼？」

枯瘦小女孩彎腰低頭，用手指撥弄著那堆瓜子殼：「有個姓，還沒名字呢，爹娘走得早，來不及給我取名。」說到這裡，她抬起頭，笑臉燦爛，「不過爹跟我說過，我們家裡祖上有錢得很，出過很大很大的官，管著好幾千人哩。」

陳平安停下蒲扇，晃了晃酒葫蘆：「想不想爹娘？」

枯瘦小女孩脫口而出道：「想他們做什麼，模樣都記不得了。」大概是覺得這麼說會不討喜，她又立即改口：「其實還是很想的，這不，我就經常做夢夢到他們，可惜還是瞧不清他們的樣子。每次夢到他們，我早上醒過來的時候都一臉眼淚呢，可傷心啦。」

陳平安轉頭望向她，她又伸出手掌：「我發誓！」

陳平安問道：「妳真不怕有老天爺啊？」

枯瘦小女孩有些惱火，但是不敢頂撞這個傢伙，趕緊低下頭，嘟囔道：「有個屁的老天爺。」

陳平安站起身，放下蒲扇，走出院子，有一人站在街巷拐角處，頭頂銀色蓮花冠，稚童容貌和身高，斜背著一把長劍。

陳平安走到拐角處，那人已經退到街對面，算是表明一種態度：並非登門尋釁，而是有事相商。

俞真意微笑道：「我這次折返，回到南苑國京城，是為一公一私。公事是想要跟種秋商量一下，讓他交出那本五嶽圖集，我和湖山派可以遷入南苑國，並且不跟種秋爭搶國師之位。私事則是想問一問你手上有沒有謫仙人所謂的神仙錢，我願意拿東西跟你交換，只要藕花福地有的，我都可以幫你找到。」

陳平安反問：「我如果真想要，難道我自己找不到？」

俞真意搖頭道：「你何必虛耗光陰，我終究比你更熟悉藕花福地的四國江湖和廟堂。修道之人，光陰最值錢。」

牯牛山一帶的靈氣彙聚，那是老道人以通天術法將藕花福地所有靈氣移山倒海而來，絕非常態，可謂百年難遇，但是謫仙人的三種神仙錢卻是天地靈氣的具象化，一心證道長生的俞真意急需此物，並且也只有他出得起價格。

俞真意指了指身後背負的琉璃飛劍：「陳平安，除了這把劍可以拿來跟你換神仙錢之外，我還可以親自幫你收集遺落在藕花福地的謫仙人遺物，甚至可以幫你拿來唐鐵意、雲泥和尚等人新獲得的法寶。你是純粹武夫，丁嬰的魔教三門、童青青的鏡心齋這些武林聖地收藏了大量武學祕笈，說不定其中就有你能看上眼的。」

陳平安問道：「你這次入京，肯定是先找的我。我可以確定，你是真心想要做成這樁買賣，但你也想要借勢壓下種國師吧？一旦我點頭，種國師和南苑國就會有壓力。再者，你所謂的親自幫我搜集武學祕笈，何嘗不是以天下第一和天下第二的名頭壓下整個江湖，任由你找尋那些謫仙人的術法殘篇？不然的話，你俞真意一人，哪怕實力再高，還是不敢冒天下之大不韙。畢竟武瘋子朱斂和魔教丁嬰都是前車之鑑。」

俞真意沒有否認，點頭道：「可你還是會因此受惠，並且從頭到尾，根本不需要你拋頭露面，惡人我一人來做。」

陳平安拔出狹刀停雪，俞真意背後琉璃飛劍嗡嗡顫鳴，亦是準備出鞘。

他臉色陰沉，沒有想到陳平安如此不可理喻。

但是接下來，陳平安用刀尖在地上刺出兩個小洞，然後在兩點之間劃出一條弧線，收刀入鞘後，問道：「初衷是好的，你所希冀的結果也是好的，但這是你不擇手段行事的理由嗎？」

俞真意瞥了眼陳平安腳下的那條弧線，收起視線，淡然道：「成大事者，不拘小節。今日之失，他日之得，有大小之分，而且極為懸殊，我問心無愧，為何不做一做？在此期間，死掉榜上幾個十幾個人算得了什麼？你知道因為謫仙人，歷史上枉死了多少萬人嗎？不說那些慘絕人寰的戰事，只說你見過的榜上十人，周肥禍害了多少人？」

陳平安點頭道：「我翻了很多書，不敢說全部知道，但是知道不少，光是歷史上可能因為謫仙人而引發的戰事名稱，我現在就能報出六十多場。」

俞真意不再說話。道不同，不相為謀。

陳平安猶豫了一下，蹲下身，用手指加了兩條線，一條直線，一條位於弧線和直線之間，弧度更小。他站起身道：「我不苛求你俞真意當道德聖人，也沒這本事，目前都不好說你就是錯的，但是拋開這些不去管，我不會跟你做買賣。神仙錢我有，而且有不少，但是一枚都不會賣給你。」

俞真意瞇起眼：「哦？」

陳平安笑道：「怎麼，不爽了？很好，那麼我現在挺爽的。」

俞真意突然展顏一笑：「希望我們後會有期。」琉璃飛劍瞬間出鞘懸停在腳邊，他踩上飛劍，準備御風離開南苑國京城。至於種秋，不用去找了。如陳平安所揭穿的那樣，只有陳平安點頭答應，他才有機會說服種秋。

俞真意腳下飛劍才剛剛升空一丈，就聽那人笑道：「矮冬瓜，還是別後會有期了。」

俞真意猛然間殺氣四溢，調轉劍尖，冷冷盯著那個出言不遜的年輕謫仙人。

陳平安神色從容，問道：「給人罵一句矮冬瓜就覺得受到了奇恥大辱？修了道法，當了神仙，了不起啊？」

他的雙手其實已經按住了癡心劍柄和停雪刀柄。

俞真意冷哼一聲，御劍攀升，化作一抹長虹破空而去。

陳平安轉身走回巷子，那邊一個探頭探腦的傢伙趕緊掉頭就跑。

枯瘦小女孩一邊跑一邊惋惜，要是兩人都打得死翹翹了該有多好。

陳平安回到院子，關了門。灶房門口，小女孩坐在板凳上歪著腦袋裝睡，曹晴朗則已經熄燈睡覺。陳平安進入屋子，摘下刀劍，開始翻書，翻看那些有關橋梁建築的事項。

之後一直太平無事，南苑國京城是如此，整個天下好像也差不多。

就這樣，從夏天最後一個節氣，在陳平安的翻書聲中，慢慢悠悠到了立秋。

老道人不來找他，他就只能等著。

家鄉那座驪珠洞天，曾經是一顆懸掛在大驪版圖上空的珠子；倒懸山那塊破碎不堪的黃粱福地，也是神仙難尋入口處。天曉得藕花福地到底是什麼，在桐葉洲的哪裡。

巷子附近那座學塾還是沒有開門，枯瘦小女孩死皮賴臉在這邊待著，倒是學會了每天挑水掃地，雖然還是偷工減料，能偷懶就偷懶。

一般來說，立秋之後，市井人家就可以盼著中秋月圓了。尤其是孩子，都開始眼巴巴掰著手指頭算時日，闔家團圓吃月餅，望著掛在天上的那個大圓盤，歡聲笑語。

陳平安這天夜裡在院中乘涼，突然發現，自己、曹晴朗、小女孩，好像都不會期待那個中秋節。不過這段時間，曹晴朗笑容多了許多。他有些時候，會真的很煩那個嘴巴跟吃了砒霜一樣毒的小女孩，但是煩過之後，該怎麼相處還是怎麼相處。

他不記仇，偶爾還會跟她吵幾句，可曹晴朗哪裡是她的對手，有一次還給罵得眼眶發紅，氣得嘴唇顫抖，可當晚她跟他討要瓜子，他還是默默拿出來，說就剩下這麼多了。誰知小女孩來了一句：「沒了就趕緊去買啊，恁大個人了，還要我教你買東西啊？」又讓曹晴朗悶悶不樂了老半天，一晚上沒跟她說話。

小女孩哪裡會在乎這個，自顧自嗑瓜子，與他聊天，從來不管他搭不搭話，她只講自己想要說的。曹晴朗直翻白眼，最後實在受不了，就去屋裡看書，壯起膽子回頭瞪了她一眼，可她一回瞪，作勢起身要拎著板凳揍人，就嚇得他趕忙跑進屋子關了門，然後趴在窗邊，看到陳平安瞥了一眼那個壞丫頭，那個壞丫頭就趕緊端正坐好，解釋說是在跟他鬧著玩，他便開心笑了起來，開始挑燈看書，這也是陳平安沒有趕走小女孩的真正原因。

有一天清晨，突然下起了雨，小女孩拎著不知是井水還是雨水的半桶水，滿臉諂媚，回到院子後跟陳平安說學塾開了。

陳平安在這一天，撐著油紙傘，陪曹晴朗一起去學塾。

兩人走在小巷中，原本待在屋簷下躲雨的小女孩小跑到院門口，看到陳平安撐著那把雨傘悄悄歪斜向曹晴朗，兩人好像聊著天，曹晴朗說得多一些，陳平安就微微笑著，看著曹晴朗。

那一天，她在院門口站了很久。

人心不是街面，能夠一場大雨過後就一下子變得乾乾淨淨。

京城那場不論在帝王將相還是販夫走卒看來皆是神仙打架的風波依舊漣漪不斷：當時陳平安幫種秋教徒弟，閻實景那些湊熱鬧的朋友就是漣漪之一。老將軍呂霄走下城頭後跟孫子、孫女吹噓自己跟陳平安是忘年交也是，狀元巷附近許多戶人家的搬遷更是。丁嬰一死百了，俞真意御劍遠去，只留下種秋收拾殘局。

送了曹晴朗去學塾，陳平安原路返回，撐傘行走在依然寂寥冷清的大街上。

隨著朝廷逐漸放鬆對這座坊市的戒嚴，街道上已經可以見到稀稀落落的路人，但人氣還是很淡，多是一些膽子較大的江湖人士來此瞻仰戰場，對著街上那條被陸舫劈出的溝壑嘖嘖稱奇。至於牯牛山一帶則仍是禁地，附近出現了許多欽天監官員的身影，俞真意留下的那間簡陋茅屋也未拆掉。

一些武林豪俠瞧見了陳平安，只當是跟他們一樣來此仰慕宗師風采的人物。陳平安猶豫了一下，去往那間武館登門拜訪，門房見他不像「挑館子、砸招牌」的角色，又氣質不俗，便不敢怠慢，很快去跟館主通報。

教拳的老師傅親自出來迎接陳平安，聽說是慕名而來，頗為自得，隨從弟子亦是覺得臉面有光。主要是關於武館授拳的章法路數，陳平安說得頭頭是道，寥寥幾句就說到了老人心坎上，顯然事先是確實聽過武館名聲的。京城武館，真正的收入還是撈到幾條憧憬江湖且兜裡有銀子的大魚，有了這些不愁吃喝的富家子弟，武館才能有油水。吃得住苦、有天賦的弟子是裡子，來武館混個熱鬧的公子哥是面子，兩者缺一不可。

老師傅在正廳款待陳平安，讓弟子端上茶水，開始閒聊。聊到涉及武學根本的「校大龍」一事，老人沒有深談，也不會這麼不講究，隨便外傳細節，只是感慨哪有那麼容易找到好苗子，運氣好，三年五載；運氣不好，十年都碰不著一個。

老師傅還說練拳不單單是強身健體，更像是給學拳之人遞兵刃之舉，首重武德，不然教出來的弟子武藝越高，若是心性不佳，就喜歡仗勢凌人，就越能闖禍，一言不合，三兩拳就打死了人，最後還不是要連累門派和武館。

陳平安又問了一些外家拳拳理，老師傅起先藏藏掖掖，面有難色，陳平安故作恍然，說自己忘了正事，掏出了二十兩銀子放在手邊茶几上，說打算近期在武館學拳，但是不保證每天都來武館。老師傅眼前一亮，這才知無不言、言無不盡，跟陳平安說起了那些最爛大街的拳理。

陳平安一一記在心中，嘗試著跟《撼山譜》相互佐證。聽過了這些粗淺拳理，陳平安終於下定決心搜集這方天地的武學，從低到高，不用太多，以後練拳之餘可以隨手翻翻，說不定有意外之喜。就像之前撼山拳的六步走樁，融合種秋的頂峰大架，就成功讓陳平安一舉破開四境瓶頸，而且水到渠成，自然而然。尤其是那種丁嬰走入白河寺大殿、種秋第一次露面走向自己的「氣勢」，此方天地所謂的天人合一，陳平安覺得大有玄機，說不定返回浩然天下後，還有額外的裨益，而且極有可能，將來五境破六境，契機就在這其中。

陳平安猜測離開靈氣稀薄的藕花福地後，自己會陷入泥濘境地，狀況有點類似樊莞爾當初在白河寺大殿外，就是那種身負重石、拖泥帶水的遲滯感覺，又有點像是楊老頭當初在自己手腳上嵌入四張真氣符。

這是陳平安練拳以來第一次「活了」，開始嘗試著自己去想得失，迎敵期間悟得種秋的頂峰大架就是例子。

一開始練習撼山拳是為了吊命，那叫一個埋頭苦練，按部就班，不敢有絲毫偏差，六步走樁和劍爐立樁練了一遍又一遍，爛熟於心，融入魂魄。哪怕後來在竹樓被崔姓老人授拳，還是老人教什麼，我陳平安就學什麼。不是說這不好，而是拳練到這一步，若是崔姓老人看在眼中，叫半死不活，已經殊為不易，只是還不夠。想要更進一步，更非吃得住苦就能成，需要機緣去開竅，外人不能說，說了反而不靈。

但是陳平安沒有意識到，他練拳百萬之後才開此竅，可練劍一事，他卻早早學會了活學活用。齊先生在古寺那破開粉袍柳赤誠的一劍，劍靈在山水畫卷「出鞘」的一劍，自己劈向穗山的一劍，都已經是他的劍，阿良曾說他練劍一定比練拳更有出息便是此理。

教拳或者教劍之人，拳法太高，劍術太高，學拳、學劍之人就越難由死到活，其中艱辛坎坷，鄭大風就是一例明證：天資足夠好，境界已經足夠高，堂堂九境武夫，可直到老龍城那生死一線，才因為旁觀者陳平安的言語，悟出「弟子不必不如師」一理，從而破開瓶頸。

練拳要修心，陳平安兩次詢問種秋最得意的小弟子閻實景為何不敢出拳，為何種秋沒有對閻實景太過失望？並非種秋對他沒有寄予厚望，而是陳平安本身已經給出過答案。種秋可說「拳高莫出」四字，閻實景暫時說不得做不到。一樣的道理，「迎敵三教祖師，撼山拳意不可退」，陳平安經過千錘百鍊之後，可以說得到也做得到，但是閻實景不行，他如今抓不住其中精髓，所以不用強人所難。這其中的彎彎繞繞，需要自己出拳百萬、自己行走江湖，才能真正勘破。

透過閻實景和他小師妹的對話，陳平安已經明白自己的「不同尋常」。種秋弟子這樣的天之驕子，魔教鴉兒和簪花郎周仕無論是修為還是心性竟然都不如他，但陳平安目前仍未看清楚自己在藕花福地的舉世無敵，好在他已經模模糊糊感受到「天人合一」的跡象，這就是踏踏實實的一步，這是純粹武夫的一大步，浩然天下許多八境、九境武夫都不會有的心境機緣。

陳平安離開武館後，回到住處，枯瘦小女孩在屋簷下發呆，滂沱大雨轉為淅淅瀝瀝的小雨，她見到了陳平安後，咧嘴一笑。

陳平安發現她身上有些濕漉漉的雨水，假裝沒有看到，拿了裝有那把琵琶的包裹要去找姓蔣的書生，他的住處和這裡隔著三座坊市，並不算近。

等到陳平安離開院子，剛剛走出巷子，鬼鬼祟祟的小女孩便趕緊閂上院門，在屋簷下有模有樣「練拳」，是偷學陳平安模仿丁嬰和玄谷子的雷法架子，一手攤開朝天，一手握拳在身前，緩緩而行。

兩者門檻都極高，一個是這天下的第一人，一個涉及了鍊氣士的雷法，陳平安暫時都只有粗劣架子而無幾分真意，更別提一個連拳都沒有學過的小女孩。她學了這套「拳法」之後，便覺得有些無趣，改為其他架勢，都是當時她在大街上偷師而來的，有種秋的某一次出拳、陸舫劈開街道的一劍、陳平安的六步走樁。小女孩歪歪扭扭，不得其門而入，更別說學得皮毛了。

胡亂折騰了半天，小女孩呼喝聲中，來了一個氣勢洶洶的迴旋踢，結果把自己給摔得不輕，起身後就覺得餓了，一瘸一拐去灶房偷吃東西。她覺得自己已經學得了一身高明武藝，打算等曹晴朗回來後先拿他練練手，當然前提是陳平安不在場。

陳平安在一座屋頂上看著她胡鬧，皺了皺眉頭，默默離去。

之前她說自己九歲時，還隨隨便便伸出了雙手，其中一隻手掌彎曲了一根小拇指，而其餘四根手指極其筆直，而且她從水井那邊拎桶而回的時候，陳平安細緻觀察過她的呼吸和腳步。陳平安撐傘走在街上，決定以後不在小院練習走樁。

蔣泉是一名寒族子弟，寒窗苦讀十數載，腹有詩書，在家鄉是公認的神童和才子，只是輸在了科舉制藝上，如今雖然落魄，但並未怨天尤人，與同鄉合租了一棟宅子，每日依舊勤勉讀書，只是眉宇之間愁緒淡淡，讀書疲乏之後就會走出巷弄，在街角好似等人。

兩名同鄉知曉蔣泉的心結所在，今日便帶著他去鄰近一座坊市購買書籍。說是購買，其實三人都囊中羞澀，不過翻一翻某些版刻不多的聖賢書籍，遠遠瞅幾眼如絕色佳人的孤本、善本，解解眼饞罷了。

在掌櫃不耐煩的眼神當中，三人悻悻然走出書鋪，看到外邊站著一個持傘、背行囊的年輕男子。

男子望向蔣泉，問道：「是蔣泉嗎？我是顧苓在京城的親戚，有事找你。」

蔣泉滿臉驚喜，雀躍道：「我是我是，我就是蔣泉，她人呢？」

如今南苑國京城不太安生，她上次去找親戚借錢後就沒了消息，加上他所住臨近巷弄還死了人，衙門當時態度惡劣地驅散了旁觀眾人，捲了鋪蓋將屍體帶走，只聽說是個死相淒慘的江湖女子，有人猜測定然是死於恩怨仇殺，這讓蔣泉擔憂不已，日復一日，這些天連書也靜不下心來看了。

那人淡然道：「我們顧家在京城好歹是官宦門庭，雖說顧苓這一房，在地方上仕途不振，聽說還有人混了江湖，已經好些年沒臉皮跟我們聯繫，這次她主動找上門，一開口就借錢，家裡長輩不太高興。倒不是在乎這點銀子，只是覺得有辱門風，不願認這個親戚。

顧苓執意要借銀子，還信誓旦旦說你肯定可以高中，所以她很快就可以還上銀子，你還會將她明媒正娶。家裡長輩深知科舉不易，豈會相信你一個窮書生可以考中進士，便跟顧苓要了這把琵琶，才願意借錢給她，同時要求她答應一件事，只有等你考中了進士你們才能見面。如今她已經在返鄉路上，也絕對不會與你書信往來。」

那人摘下行囊遞給蔣泉，還掏出一只鼓鼓囊囊的錢袋：「裡頭有銀子五十兩，還有兩張銀票，節省一點開銷，足夠你撐到下一次春闈了，你要是沒信心考中，我其實也可以捎話給顧苓，你們倆私奔便是，一個捨了家風，一個捨了聖賢書，好歹能夠在一起過日子，我覺得總好過苦熬三年，到時候被家裡長輩光明正大地棒打鴛鴦。對了，家裡長輩氣憤她鑽牛角尖，私底下摔了琵琶，你以後有機會，可以再給她買一把新的。」

蔣泉愣在當場。他相信眼前這個年輕人真是富貴門庭走出的世家子弟，其實他內心一直在打鼓，站在此人身前，他有些自慚形穢。

蔣泉怯生生問道：「你為何幫我？」

那人答道：「我只是幫顧苓，不是幫你。」

蔣泉抱過琵琶，卻沒有接過錢袋子，好奇問道：「你不是顧家子弟嗎，為什麼願意偏袒顧姑娘？」

「既然顧苓那麼喜歡你，我就想來看看，你到底是個怎麼樣的人。」那人說完，沉默片刻，緩緩道，「書上說兩情若是久長時……」

蔣泉會心一笑，心裡有了一點底氣，像是在鼓勵自己，使勁點頭道：「又豈在朝朝暮暮！」然後又搖頭，「錢我就不要了，出去擺攤子，幫人寫家書、寫對聯什麼的，總能養活自己，沒理由收了這錢，讓顧姑娘在家族裡受氣，白白給人看輕了。不過還要麻煩你回家後寫封信給她，就說只管等我考中進士！」

說到這裡，蔣泉燦爛笑道：「說不定將來還能為她掙一個誥命夫人呢。」又趕緊擺擺手，「這句話你莫要在書信上說了，未必做得到的，我且放在心裡，真有那一天，我再帶她來找你，要她知道我今兒就有這份心思了。」

那人也是個怪人，仍是將錢塞給蔣泉，說了句怪話：「錢，你一定要收下，這是顧苓的心意，更是天底下最乾淨的銀子。」

其餘兩名同鄉也勸說蔣泉收下。

那人轉身離去，蔣泉高聲問道：「小兄弟，考中之後，我該怎麼找你啊？」

那人轉頭道：「你如果考中了，自會有人找你，告訴你一切。」

一場小雨又來到人間，蔣泉與兩個好友離開坊市，遠處，那個送信人就撐傘站在街邊一處屋簷下，目送他們漸漸行遠。

老道人出現在陳平安身邊，笑問道：「怎麼不直接告訴他真相？」

陳平安輕聲道：「什麼都不告訴他，什麼都告訴他，以及三年之後，不管蔣泉有沒有考中，都讓種國師幫我告訴他，我覺得第三種選擇，對他和對顧苓都會更好一些。」

老道人又問了個問題，直指人心：「那麼哪一種選擇，你心裡會最好受？」

陳平安回答道：「進入藕花福地之前會選第一種，行走江湖，誰都應該生死自負。這會兒，應該是第二種，可以求一個最簡單的問心無愧，不會留下任何心境瑕疵。至於為什麼選第三種，我也不知道，更不知道這樣做到底是對是錯。」

老道人笑道：「不知道對錯是吧？」

陳平安轉過頭：「怎麼了？」

老道人一手按住陳平安肩頭，說道：「接下來你就更不知道了。」

下一刻，彷彿是一天的拂曉時分，旭日東昇，南苑國京城的宮門之前，皇宮的開門人重重吆喝一聲。

老道人笑問道：「知道為何有此傳統習俗嗎？無論是浩然天下還是藕花福地，差不多都需要這樣。」

只得收起傘的陳平安搖頭，老道人說道：「皇宮需要藉著曙光降臨的時分喝退一些冤魂。你覺得是誰的冤魂？」

陳平安還是搖頭，老道人又道：「歷史上那些冤死的忠臣、枉死的骨鯁之臣、死諫而亡的國之棟梁。」

之後，藕花福地的光陰長河，一年、十年、百年，彷彿都只在老道人的一念之間。

下一刻，老道人帶著陳平安見到了一位皓首窮經的老夫子，下筆如有神，卻疏於約束子孫，去世的時候，畢生心血被子孫四處兜售無果，氣憤之下，乾脆付之一炬。

還見到了一位總算在晚年寫出了真正富貴詩詞的寒族宰相，他的文章不再被世族同僚譏諷為穿金戴銀穿草鞋。

另有一位官邸寒酸的中樞重臣，兩袖清風，有口皆碑，地方上的親戚卻欺男霸女，人人家纏萬貫，他寫出的每一封家書卻都苦口婆心，告誡家人要勤儉持家，要道德傳家，書信內容現世之後，在當世後世皆傳為美談。

一位大雪天在課堂外呵手取暖的北晉國皇子；一個在外橫行無忌、惡貫滿盈的紈絝子弟，到了家孝順奶奶，默默幫長輩搗好被角。

一位勵精圖治、變法改革的松籟國重臣，所用嫡系七、八人當中有大半數假借變法之名謀取私利、排除異己，或是揣摩帝心、暗中結黨，最終變法失敗。那位重臣入獄之後，猶然慷慨，只恨壯志未酬身先死。

一個走投無路的江湖少俠，父母死於仇殺，此後十數年歷盡坎坷，忍辱負重，復仇之時殺盡了仇家上下數十口人，快意恩仇。一個小女孩帶著一個年紀更小的孩子當時剛好捉迷藏，躲在夾壁之中逃過一劫，最後兩個孩子在墳頭磕頭，立志要報仇雪恨。

同樣是兩次關於折箱遞本的事故，同樣是牽涉其中、需要被朝廷問責的縣令，一名縣令私底下對那驛卒馬夫授予錦囊妙計，謊報說是路途上遭遇匪寇，還讓那驛卒以刀割傷自己，最終騙過了兵部審查此事的朝廷官員；另一個，明明是大雪寒冬，道路受阻，驛卒為了完成任務，強行渡河才讓遞本溺水受損，縣令據實上報，結果驛卒被杖一百，流千里，縣令被停俸一年，地方評為下評，五年之內升官無望。

之後更是詭譎，光陰長河開始倒流。

馮青白與唐鐵意稱兄道弟，在邊關城池上對坐飲酒，拍膝高歌。

陳平安還來到了南苑國京城外，見到了顧苓與蔣泉初次相逢。女子獨自站在大雪中，這一年，她遇到了一個讀書人，在她晦暗血腥的人生當中就像又下了一場雪，大地茫茫，乾乾淨淨，讓她誤以為自己就是天底下最好的女人。雖然明知道大雪定然消融，她還是那個壞女人，可是能夠有這麼一場相逢，都算老天爺沒虧待她。

一個枯瘦小女孩偶爾會去城外看幾眼某個小土包，青草依依。

陳平安最後看到自己，看自己看了一眼那口水井，看自己兩次去往私人書樓翻書看，看自己站在了小巷外院門口，抬起手臂又放下，幾次不敢敲門。他與曹晴朗撐傘去往學塾的時候，小女孩站在院門口死死盯著他們的背影，滿臉雨水，渾然不覺。

最終，陳平安獨自站在屋簷下，手中還拿著那把陪他度過了不知多少年的油紙傘，大街上還下著小雨，老道人已經不在身側。

對與錯，好與壞，是與非，善與惡，陳平安看了許許多多，沒有看出一個覺得天經地義的道理來，反而以往許多堅持的道理都沒了道理。

陳平安沒來由想起桂花島風波過後，見到了那位當年為陸沉撐船泛海的老舟子，看著自己說了一句：「你想要壞我大道。」

在這之前，哪怕明明知道簪花郎周仕不是真正凶手，他仍然下定決心，按照種秋事後說法，如果真有那五個名額，就用其中一個直接將周仕「收入麾下」，一拳打殺。

在這之前，他對那個枯瘦小女孩充滿了厭惡，卻不知為何，甚至不願深思多想。

不過也不是沒有半點收穫，他開始覺得自己多放了一枚雪花錢，哪怕那枚雪花錢挨著書中那句他認為極其優美的詩句。

雨後天晴，陳平安一路走到那口水井旁，站在那裡低頭望向井底。

正在此時，小院子裡的枯瘦小女孩仰頭看向刺眼的太陽。

觀道觀，道觀道。老道人坐在天上看著兩人。與藕花福地銜接的蓮花洞天，有位道人坐在池畔，看著三人。

按照某個弟子的說法，他只是閒來無事，便看看別人的小道而已。

陳平安突然收回視線笑了起來，離開水井旁，雖然什麼都沒想明白，但是想通了一件事情——那個惹人厭的小女孩，得教一教她一些為人的道理了。就從最簡單的教起，要是教不懂，教了還是沒用，那就不用再管了。可教還是要教的，教過之後，她至少知道了何謂善惡。往後再為惡，或是向善，就都是她自己的事情了。

老道人臉色陰沉，心情不算太好，就想著要將陳平安丟出藕花福地。

他竟然沒能贏了老秀才！

他一揮衣袖，陳平安一步走出了藕花福地，竟到了桐葉洲北晉國外的驛路上，身穿法袍金醴，腰懸養劍葫，唯獨沒有了背後的長氣劍。不過武道境界已是五境，並未與藕花福地一樣憑空消失，而且心意相通的飛劍初一和十五如今也在養劍葫內。

陳平安趕緊向四周張望，所幸看到了道路上不遠處，蓮花小人兒在探頭探腦，顯然小傢伙比陳平安還犯迷糊。

老道人站在他身邊道：「按照約定，你可以帶走藕花福地的五個人，其中四人我幫你選了。」

他手中拿著四支畫軸，隨手丟開，在陳平安身前依次排開，懸停空中。

一幅畫卷自行打開，上邊畫著一位端坐的龍袍男子：「這是南苑國開國皇帝魏羨。」

一名負劍女子——「隋右邊，捨棄武學，一樣有劍仙資質。」

「魔教鼻祖盧白象。」

「武瘋子朱斂。」

「這四人擁有完整肉身和魂魄，在這之前，你就用穀雨錢養著他們，每天丟入畫中即可，遲早有一天，他們吃飽喝足就可以走出畫卷為你效命，而且死心塌地，至於之後他們的武道境界如何，還是轉去修道成為鍊氣士，就看你這個主人的本事了。當然，前提是你養得起他們。」

老道人顯然不願與陳平安多說什麼，更不給陳平安插話的機會，一股腦說了這麼多，且不等陳平安詢問最後一人是誰，他伸手一抓，已經扯出一個枯瘦的小女孩，一拍她後腦勺，她摔了個狗吃屎，撲倒在道路上，抬起頭後滿臉茫然。

陳平安望向這個身材高大的老道人，問道：「長生橋怎麼辦？」

老道人臉色漠然：「底子已經打好了，之後自己摸索。」

陳平安再問道：「那把長氣劍呢？」

老道人望向遠處：「我自會還給陳清都。」

陳平安將那四幅畫收入飛劍十五當中，與老道人拱手告別。

老道人心情不佳，一步返回藕花福地，瞥了眼與福地接壤的蓮花洞天，發現那傢伙已經離開池畔，這才笑了起來。

陳平安跟枯瘦小女孩大眼瞪小眼，他嘆了口氣，問：「妳叫什麼名字？」

枯瘦小女孩是個心大的，雖然不知道發生了什麼，拍了拍身上塵土後，仍是笑呵呵回答道：「之前不是說了，我只有姓，爹娘沒來得及幫我取名字，我就自己取了個名字，一個字，就叫錢，我喜歡錢嘛。」

陳平安問道：「姓什麼？」

枯瘦小女孩挺起胸膛回答道：「裴！就是下邊有衣服的『衣』的那個『裴』，聽我爹說在家鄉是大姓哩！姓裡頭有衣服，名裡頭有錢，多吉利。」

陳平安一拍額頭。姓裴名錢，裴錢，賠錢……難怪自己不喜歡她。

總算離開了深不見底的藕花福地，老道人離開後，陳平安第一件事就是去詢問北晉國現在的年份，他真怕書上所謂的「山中一甲子，世上已千年」，不然給老道人坑了十年幾十年的，又沒了長氣劍，估計想要報仇都找不到人。

好在問過北晉官道上的商賈之後，陳平安鬆了口氣——從光熹六年變成了光熹七年而已。這會兒桐葉洲也是秋季，與藕花福地的節氣大致相當，臨近中秋的樣子。

陳平安對北晉已經有了心理陰影，不敢再多逗留，一路往北而去。之前久聞太平山的大名，還想著去遠遠瞧上一眼，現在已經絕無此念，加上和周肥、陸舫以及馮青白這撥謫仙人的關係可不算好，陳平安現在就想著找一處仙家渡口直奔東寶瓶洲。

雖說當初離開家鄉，楊老頭提醒過五年之內不要返回，但是不回家鄉，還有許多地方可以去，比如范二在的老龍城、張山峰和徐遠霞遊歷的青鸞國、宋雨燒的梳水國、顧璨的書簡湖、李寶瓶他們求學的大隋書院，地方不少。總之，桐葉洲不宜久留。

陳平安收起那把從福地隨手帶出來的油紙傘，兩人行走在官道旁，裴錢一直在好奇張望：「這是哪裡？不是南苑國吧？」

先前陳平安與人問話，她一句都聽不懂。

陳平安點點頭。多出這麼個小拖油瓶，也是陳平安想要立即離開桐葉洲的原因。帶著她不比先前與陸臺結伴遊歷，一旦遇上打家劫舍的山澤野修會很麻煩。不過一想到陸臺，陳平安心頭陰霾更甚。

那個賣糖葫蘆的漢子！

山上錬氣士，尤其是躋身地仙後，往往可以神人掌觀山河，雖然不比老道人在藕花福地那麼無所不知、無所不在，可到底不是什麼讓人感到輕鬆的事情。關於這門神通仙術，將來回到家鄉，一定要跟崔姓老人或是魏檗仔細詢問一番，有哪些門道和講究，又有哪些禁忌和約束。

裴錢繼續問道：「是你家鄉？神仙居住的地方嗎？」

陳平安啞然失笑，搖搖頭：「不是我家鄉，也不是什麼仙境。」

裴錢見他不願多說的樣子，也就不再刨根問底，抬起雙手揉了揉眼睛。

陳平安問道：「怎麼了？」

裴錢揚起腦袋，燦爛一笑：「總覺得怪怪的，可是什麼都記不起來了，方才還在曹晴朗家裡打掃院子呢，咻一下就跑到這裡來了。」

陳平安瞥了她一眼，她立即改口：「是打掃完院子，坐板凳上嗑瓜子哩。」

兩人走出二十餘里，裴錢已經累得氣喘如牛，皺著臉苦兮兮，說腳底磨出泡來了。

陳平安在一座驛站旁租賃了一輛馬車，談妥了價格，約好在北晉的邊境郡城停馬，大概兩天路程。

桐葉洲的北晉跟藕花福地的北晉大不相同，久無戰事，無論是驛路管理還是通關文牒都很寬鬆，只要兜裡有銀子，哪怕不是官員，都可以下榻驛館。

裴錢第一次坐馬車，十分新鮮，坐在車廂裡晃晃蕩蕩，十分愜意，時不時就掀起車簾子望向外邊的風景。入秋之後，官路不遠處，經常能夠看到一片片金燦燦的柿子樹林，看得她直流口水，恨不得讓陳平安要那車夫趕緊停下馬車，讓她去偷個十斤、八斤回來。

陳平安趁著她往外張望的間隙，取出那四幅畫卷，發現軸頭都不一樣。一幅是防蟲的紫檀木，一幅白玉，還有兩幅材質不明，畫卷四人栩栩如生。

南苑國開國皇帝魏羨是尋常的皇帝掛像坐姿，身穿金色龍袍，但是身材並不算魁梧，反而有些瘦小，加上龍袍寬鬆，就顯得有些不搭；飛升失敗的隋右邊是負劍之姿，英姿颯爽，畫中人如與看畫人對視；魔教魁首盧白象披掛鮮紅甲冑，雙手拄刀在身前，比魏羨更像一位人間君主；死在丁嬰手上的武瘋子朱斂身形佝僂，雙手負後，瞇著眼，像是個市井坊間的小老頭兒。

這四幅畫卷只吃穀雨錢？問題在於，想要畫卷中的某人走出來得吃掉多少枚穀雨錢？再者，忠心耿耿這個說法有待商榷。退一萬步說，陳平安一個純粹武夫，連法袍金醴和癡心、停雪都被他視為身外物。好在這次在藕花福地被老道人帶著遊歷天下，陳平安對世事人情瞭解更多，無形中對於東寶瓶洲的「天下大勢」以及驪珠洞天在大驪版圖的處境、地位，都開始用另一種眼光去看待，對於「身外物」一事，想法不再那麼極端，不然按照以前的脾氣，這四幅畫都有可能被陳平安直接以天價賣了。

裴錢伸長脖子看著隋右邊的畫像，輕聲道：「這位姐姐長得真漂亮呢。」

陳平安不予理睬，輕輕收起四幅畫卷，沒有當著裴錢的面收入方寸物之中，暫時擱放在腳邊，心中感慨：『這四位祖宗太難養了，哪裡有初一和十五好，有個養劍葫，別說是穀雨錢，相依為命這麼久，多次並肩作戰，一枚雪花錢都沒有花，鍊劍、養劍都無須花心思。』

其實陳平安擁有一方斬龍臺，是世間鍊養飛劍的最佳磨石，只是陳平安哪裡捨得那方篆刻有「天真」、「寧姚」的斬龍臺少去絲毫，好在初一、十五從未因此事跟陳平安鬧過脾氣。陳平安打算日後返回龍泉郡還是爭取向聖人阮邛購買一方小小的斬龍臺，總不能虧待了它們。這筆開銷，陳平安不會節省，哪怕可能到時候就不是穀雨錢，而是要用上金精銅錢。

陳平安看著裴錢，裴錢也看著他，憂心忡忡，生怕他把自己一腳踹下馬車，人生地不熟的，她還不得給人欺負死？在南苑國京城，她好歹熟門熟路，哪些門戶的東西可以偷，哪家孩子的物件可以搶，誰不能招惹，誰需要討好，她心裡都有小算盤，到了這邊，馬上就要入冬了，一場大雪嘩啦啦砸下來，她不餓死也會凍死。她親眼見過很多沒能熬過大雪天的老乞丐、小乞兒，他們凍死的模樣醜得很。

裴錢知道陳平安不喜歡自己，就像知道他很喜歡曹晴朗一樣。她也沒想過要他喜歡自己，只要他管吃管喝就行，最好能送她一大堆銀子，至於喜歡不喜歡的，值幾個錢？

車夫是這一行的老人，熟悉路途，陳平安和裴錢夜宿於一座驛館，車夫自己就在車廂對付一宿。陳平安要了兩間末等屋舍，裴錢住在隔壁。陳平安又跟驛館購置了一些吃食裝在包裹內，方便斜挎，再放入一些普通的書籍，否則出門在外，兩手空空，太惹眼。

給了裴錢一份食物，陳平安去自己屋子，摘下刀劍，點燃桌上那盞油燈，掏出刻刀和一枚翠綠小竹簡，開始以蠅頭小字記錄此次藕花福地之行的見聞。

敲門聲響起，陳平安過去開門，看到裴錢站在門外，怯生生道：「烏漆麻黑的，有些怕。」

陳平安覺得有些好笑，心想妳一個膽子大到敢爬上富人家門口獅子背睡覺的，住在屋子裡反而會怕？不過陳平安還是讓她進了屋，她乖巧地關上門，陳平安示意她坐在桌對面，緩緩道：「這裡叫桐葉洲，是一個很大的地方。我們要去東寶瓶洲，我家鄉就在東寶瓶洲北邊，從明天起妳開始學東寶瓶洲雅言和我家鄉的大驪官話。」

裴錢笑容燦爛，使勁點頭：「好嘞！」不是她想學什麼狗屁雅言官話的，而是眼前這個傢伙的言下之意，分明是要帶她去他家鄉，這豈不是意味著自己一路上可以混吃混喝，衣食無憂？

但是陳平安接下來的一番話如冷水澆頭，讓她臉色陰晴不定，滿是腹誹抱怨。

陳平安拿起刻刀，繼續在魏檗贈予的青神山竹簡上刻字，低下頭，一筆一劃，刻得一絲不苟，同時對裴錢說道：「從明天開始，我除了教妳雅言和官話，還會教妳識字。如果妳學得好，就能頓頓吃飽飯；學不好，就少吃。」

裴錢苦著臉：「我很笨的。」

陳平安「哦」了一聲：「那我倒是可以省錢了。」

裴錢偷偷瞥了眼陳平安，見他不像是在開玩笑，立即笑道：「我會用心學的。」說到這裡，她趴在桌上，小聲問道：「能給我買幾件衣服嗎？」

陳平安頭也沒抬：「等到天冷了，會給妳加一件厚些的衣裳。」

裴錢嘀咕道：「秋天了，天氣已經很涼了。而且你瞅瞅，我鞋子都破洞了，真的，不騙你。要是我一不小心生病了，你還要照顧我，很麻煩的……」說到這裡，她抬了抬腳。鞋子是真破，果然露出了黑黝黝的腳趾。

陳平安放下刻刀，用手指輕輕抹去那些細不可見的竹子碎屑：「回去睡覺，明天還要早起趕路。」

裴錢不再說什麼，默默起身離開屋子，回到隔壁後，關上了門，立即笑顏逐開，而後又立即板起臉，不讓自己笑出聲，撲在被褥上，一通歡快翻滾，最後望向天花板，踢掉腳上的破鞋子，想起陳平安那副模樣，學著他默念了一句「回去睡覺」——當然，她沒敢說出聲，然後做了鬼臉。

睡覺前，她跳下床去點燃了桌上油燈，這才一覺到天明。

不點白不點，有錢人就該這樣。

陳平安在隔壁屋子裡，在足足三枚竹簡上寫了密密麻麻的「藕花福地之山水遊記」，吹滅了燈盞，開始練習六步走樁，配合《劍術正經》上的種種握劍手勢，依然是虛握。

步伐無聲無息，如魚在水，拳意盡收，神華內斂。比起當初陳平安在龍鬚河畔打拳，此刻一身拳意流淌全身，已是天壤之別。

陳平安如今練拳已經完全可以分心想事。《撼山譜》上在走樁和立樁之後其實還有睡樁「千秋」，陳平安早已知曉拳理和架子，如今已經覺得不難上手。關鍵是睡樁的精髓偏偏在於一個「大夢如死」的四字說法上，會使得一個人的魂魄如古井死水，獲得徹底的休養生息。陳平安兩次出門遠遊，一次比一次走得遠，都不敢睡得太死，所以一直耽擱下來，只能等回到龍泉再說。

這次離開藕花福地實在是太倉促了，不然陳平安一定會盡量收集那裡的上乘武學，如今回想起來，丁嬰走的武學路子其實沒有錯，真正站在了群山之巔，堪稱藕花福地武學的最高峰。想要走到這一步，除了自身感悟，一樣需要觀看矮處山峰的風光，相互佐證，查缺補漏，最終成為自身拳意，那才是真正的拳高天外。

這與讀書的道理何其相似？與工部書籍上的建造橋梁之法也有異曲同工之妙。

不知不覺，窗外天邊已經泛起魚肚白。陳平安如今練一整晚拳都不會出汗，這恐怕也是躋身五境後魂魄大成的方便之處。不過身穿法袍金醴，出不出汗都無所謂。

在陳平安練拳的時候，傷勢已經痊癒的蓮花小人兒就坐在桌邊打瞌睡。離開藕花福地之後，小傢伙好像有些心事。

陳平安停下拳，坐在桌旁，小傢伙耷拉著腦袋。陳平安笑著揉了揉他的腦袋，沒有說什麼。安慰人，實在不是陳平安擅長的事情。

他又拿出四幅畫卷攤放在桌上，開始思考到底要不要「押注」。

以往陳平安對於運氣一事畏懼如虎，如今心結解開不少。

其實驪珠洞天破碎墜地後，尤其是被掌教陸沉算計了一次，與神誥宗賀小涼牽連在一起，大隋之行否極泰來，運氣奇好，之後在鯤船上與賀小涼分道揚鑣，運氣依舊不差。再者，如今他身家可不算薄，不說跟陸臺同行的巨大收益，只說老龍城與鄭大風做伴的那尊陰神，花了整整十枚穀雨錢向他購買了一枚奮勇竹的小竹簡，好像就為了買上邊「神仙有別，陰陽相隔，魂以定神，魄塑金身」這句話。陳平安不奢望能夠「養活」四幅畫，揀選其中一幅，好似那小賭怡情，還算妥當。

亂象已起，陳平安的確需要有些幫手幫忙看護著家業。

崔姓老人，陳平安不敢奢望，一個教拳、一個學拳而已，再不能多求什麼。

魏蘗終究是山嶽正神，有他自己的職責所在。

青衣小童和粉裙女童兩個小傢伙道行還淺，而且陳平安對待他們更像是兄長看待兩個孩子，這是心性使然，與年紀無關。真攤上大事，陳平安非但不會讓他們涉險，反而只會讓他們遠離是非之地。

對於四位畫中人，陳平安就沒有這麼多負擔，至於相熟之後如何相處，那就到時候再說。

四幅畫卷，陳平安不知道先選誰，但是很篤定先不選誰，那就是隋右邊。要是以後給寧姚知道了自己身邊跟著個從畫中走出的女子，而且還花了不少穀雨錢，這還了得？所以陳平安先將這幅畫收入飛劍十五當中，然後將盧白象的也收了起來。一看就是桀驁不馴之輩，而且開創了藕花福地最大的地下勢力，陳平安好不容易把他請出來後，萬一是那周肥之流的梟雄魔頭，無視倫理，大逆不道，難道又把他關押回畫卷？天底下沒有這麼不把錢當錢的道理，穀雨錢可不是雪花錢，哪怕是雪花錢也不行。

收起了第二幅，就只剩下魏良的老祖宗和那個看似和藹的武瘋子朱斂了，後者曾是那頂銀色蓮花冠的主人，這讓陳平安心裡有點打鼓。跟丁嬰一戰，差點把命丟在牯牛山，那是陳平安生平最為凶險的一戰。

陳平安盯著兩幅畫，猶豫不決。

蓮花小人兒默默坐在他身前，一樣在認真打量著兩幅畫像。

陳平安拿不定主意，笑問道：「你覺得哪個順眼些？」

蓮花小人兒轉過頭，只有一條胳膊的小傢伙指了指畫卷，然後指了指自己，似乎在詢問陳平安真的要他來挑選嗎？

陳平安笑瞇起眼，點點頭。小傢伙麻溜兒站起身，沿著兩幅畫卷的邊緣，瞪大眼睛，跑來跑去，還會趴在桌面上打量兩個畫中人，很是認真可愛，看得陳平安直樂呵。

小傢伙最後蹲在地上，指了指身邊的那幅魏羨畫像。

陳平安哈哈笑道：「那就是他了。」

小傢伙起身後，快步跑到桌沿，扯了扯陳平安的袖子，有些擔心，應該是害怕自己選錯了。

「沒事，反正都要選的，選錯了也沒關係。」陳平安伸出手指撓了撓他的胳肢窩，小傢伙咯咯而笑。

陳平安取出一枚穀雨錢，雙指拈住，輕輕放在繪有南苑國開國皇帝的畫像上。

當穀雨錢觸及畫卷，立即如冰雪消融化開，畫卷表面很快鋪滿了一層穀雨錢的靈氣，霧靄濛濛，如湖澤水氣，然後猛然蕩漾四散開來。

陳平安再看那魏羨畫像，多出了一分「生氣」，尤其是連經斷緯的華貴龍袍之上，金光閃動。只可惜他看不出更多端倪，到底需要耗費幾枚穀雨錢仍是一團迷霧。

陳平安打定主意，十枚穀雨錢丟入其中，如果還是沒有明確跡象，就當打了水漂。

小心翼翼收好畫卷，陳平安在腰間懸好癡心、停雪，挎上那棉布包裹，出門去隔壁喊裴錢繼續趕路。結果敲了半天門，小女孩才磨磨蹭蹭、睡眼惺忪地打開屋門，看到陳平安之後，有些不情不願。

陳平安在她穿戴好後，見她走向自己，便指了指床鋪，她一臉茫然。

陳平安說道：「收拾好再走。」

裴錢委屈道：「咱們付了錢才在驛館住下的，你花了好多銀子哩。」

陳平安沉默不語，裴錢只得轉身去收拾被褥。

陳平安瞥了眼桌上那盞油燈，皺了皺眉頭。

之後乘坐馬車一路往北，車夫熟稔路線，多是掐好了時間，讓兩位客人住在驛站和一些城鎮客棧，沒有風餐露宿的機會。

陳平安開始教裴錢雅言、官話，以及東寶瓶洲和大驪王朝一些大概的風土人情，再就是拿出一本購自狀元巷書肆的儒家典籍教她識字，剛好讀書認字的同時是以雅言、官話訴說，一舉三得。只是裴錢學得不太上心，不過字已經認識了百餘個。

一看她就是個不喜歡讀書的，明顯更喜歡在車廂裡睡懶覺，哪怕什麼事情都不做。陳平安不理她，只要讓她睡覺，她就能睡上大半天，醒了之後就掀開車簾子欣賞風景，看完之後再睡，也算本事。

此後一路多雨水，慢慢悠悠，馬車終於到了那座北晉邊境郡城，陳平安付完另外一半銀錢，帶著裴錢開始步行。

因為天氣轉涼，又經常下雨，陳平安還是給她買了一套厚實衣裳和新靴子，只是沒有立即給她，她便每天眼巴巴望著陳平安的斜挎包裹，甚至破天荒要求她來背好了。

北晉境內的尋常城池門禁不嚴，只要讓車夫打點關係，沒有戶籍和通關文牒的裴錢也可以捎帶著順利入城，但是邊關不同，陳平安就開始帶著她跋山涉水。裴錢跟吃苦耐勞的李寶瓶一個天、一個地，哪怕陳平安細緻照顧著她的腳力，她仍是叫苦不迭，一次次擠出眼淚，饒是陳平安脾氣再好，不煩也煩了。

換上新衣服、新靴子後，裴錢好了幾天，結果她那一身衣裳因為從不知珍惜，很快就給山野小路上的鉤鉤刺刺弄破了許多，她就故態復萌，在陳平安答應到了下一座城鎮給她再買一身後才有了精氣神。只是北晉國邊境線綿長，山路難行，裴錢一天到晚黑著臉，每次被陳平安要求以樹枝在地上練習寫字都故意寫得如蚯蚓爬動，讓她寫一百個字，就絕不多寫一個字。

在這期間，陳平安又「餵養」了三顆穀雨錢。

因為現在陳平安走路就是練拳，幾乎一呼一吸皆是淬鍊體魄，所以他看似將所有精力都放在了劍爐立樁上。

只有到了陳平安練習劍爐立樁的時候，裴錢才有勁頭，也不敢靠近，就站在遠處，默默看他站在原地，木頭一般一動不動，久而久之，裴錢也覺得乏味無趣了。

第六章　山水之爭

這天夜裡，陳平安帶著裴錢露宿一處荒郊野嶺。

上次在邊境郡城，除了給裴錢專門準備的牛皮小帳篷，陳平安還買了魚鉤、魚線，自己在山上找細竹做了根釣竿，便開始在溪畔夜釣。

深夜時分，陳平安轉過頭，遠處山林中紅光閃動，很快出現古怪一幕。

有那四角懸掛大紅燈籠的八抬大轎，抬轎的好像都是成長於山野的精怪，敲鑼打鼓的角色則是一眾陰物鬼魅，為首是一個腰佩鏽劍的白骨骷髏。

轎子旁邊還有一個打扮得花枝招展的老嫗，穿著喜慶的鮮紅衣裳，脂粉濃重，兩團腮紅，臉色慘白，只是她四周縈繞著一股股黑煙。

陳平安如今熟稔山上事，知道這多半就是所謂的山神娶親了。他不願橫生枝節，就假裝什麼都沒有看到。只是沒有料到裴錢竟然在這個時候醒來，鑽出牛皮帳篷後，揉著眼睛，呆呆望向那支迎親隊伍。

陳平安放下釣竿，來到裴錢身邊。

那邊的老嫗已經笑望裴錢，眼神中充滿了玩味。她抬起一條纖細胳膊，轎子驟然而停，連同白骨劍客在內，所有山精鬼怪都齊齊望來，陰氣森森。

陳平安拱手抱拳，主動向這支迎親隊伍表達歉意。

鳥有鳥道，鼠有鼠路，尤其是陰陽有別，世間有序。

就像這場偶遇，若非裴錢犯了忌諱，明目張膽地投去視線，那麼這支山神娶親的隊伍根本不會在意陳平安和裴錢的存在，過去就過去了，這也是世間許多樵夫、漁民世世代代臨近山野湖澤依然少有災厄的原因。

老嫗見陳平安頗為識趣，點點頭，再次揮手，浩浩蕩蕩的迎親隊伍重新開始敲鑼打鼓，繼續前去迎娶山神夫人。

裴錢差點就闖下大禍，可陳平安這次倒是沒有責怪她。她不是修行中人，不諳修行規矩情有可原，這是他教導無方，怪不到她頭上。但是如果陳平安早早說了道理，她還是這般莽撞，就兩說了。

陳平安輕聲問道：「妳看得見它們？聽得到鑼鼓聲？」

裴錢小臉慘白，點頭道：「聽見動靜就爬起來了，還以為是做夢，太嚇人了。」

陳平安伸出一根手指輕輕抵住裴錢眉心，幫著她安穩神魂。一旦不小心遇上汙穢陰物，凡夫俗子即便無法看見，對方也無害人之心，可若是世人本身陽氣不盛，魂魄就很容易飄蕩不安，無形中傷了元氣根本。世上坊間的諸多鬼怪之說，比如有人中了邪，一病不起，往往就是因為這類狀況，屬於陰陽相沖。

所幸裴錢並無大礙，陳平安告誡道：「雖然不清楚妳為何看得見它們，但是以後再遇上，一定要視而不見、聽而不聞，不然很容易惹上麻煩，被對方視為挑釁。幸好今晚這支迎親隊伍根腳偏向正統，身分類似陽間官吏，才沒有跟我們一般見識。」
裴錢心有餘悸，只拚命點頭。
陳平安問道：「妳在南苑國這些年，可曾看到城內城外的孤魂野鬼？」
裴錢哭喪著臉，使勁搖頭道：「以前我沒有見過這些髒東西啊，一次都沒有！」
陳平安若有所思，叮囑道：「遊歷在外，上山下水，不許冒冒失失地稱它們為『髒東西』。」
裴錢「哦」了一聲：「記下了。」
陳平安嘆了口氣，安慰道：「繼續睡覺吧，有我盯著，不會有事了。」
裴錢哪裡還敢睡覺，死活要跟著陳平安去溪畔。她這下子算是徹底老實了，病懨懨的，連帶著再不敢要什麼新衣裳、新靴子了，覺得跟在陳平安身邊能混個吃飽喝足就已經是最幸福的事情。
陳平安重新拿起釣竿，裴錢則拿著一塊石子在地上圈圈畫畫。
一朝被蛇咬，十年怕井繩，裴錢這會兒都不敢抬頭看四方，總覺得陰暗處隱匿著那些恐怖瘮人的奇怪東西，問道：「你給我那本書上說非禮勿視、非禮勿聞，是不是這個道理啊？」
陳平安忍俊不禁。看來她得吃過苦頭才學得進東西，雖然這句聖人教誨不應該如此注解，但是也不願否定她好不容易琢磨出來的書上道理，便說道：「這句話道理很大，妳這麼理解，不能說錯，但是遠遠不夠，以後讀書識字多了，就自然會明白更深。」

裴錢想著多跟陳平安聊天，才能壓下心頭的恐懼，隨口問道：「那為何書上還有一句『子不語，怪力亂神』？明明你方才就說了很多。是夫子們的道理錯了，還是你錯了？」

陳平安微微一笑：「只要多看書，到時候就知道是我錯了，還是聖賢道理錯了。」

裴錢有些不樂意，悶悶不說話，沉默了半天，終於憋出一個問題：「你是不是打不過它們？」

陳平安啞然失笑：「既然我們有錯在先，跟我打不打得過它們，有關係嗎？」

裴錢抬起頭，眼神熠熠：「要是打得過，你就不用跟人低頭道歉了啊，它們給咱們道歉還差不多，給咱們主動讓道。比如它們敲鑼打鼓的，吵死個人，就要向我道歉，願意賠錢就更好了。」

陳平安問道：「我就算打得過它們，跟妳又有什麼關係？」

裴錢愣了一下，擠出笑臉：「我們是一夥的啊。」

陳平安始終盯著溪水和魚線，好似自言自語：「對錯可沒有親疏之別。」

從頭到尾，他都沒有明確給出答案，關於自己能否勝過此處山頭的那些山水神怪，怕的就是她知道真相後，心中忌憚全無，沒輕沒重。

對於在家等待新娘子的那位山神的大致修為，陳平安心裡有數。

無論是世俗衙門的縣令還是管轄陰冥之事的城隍爺，若是出巡，必有儀仗，其中就有鳴鑼開道的習慣，若是品秩升上去，響聲就會更大。這次因為是迎親隊伍，絕大多數連綿不絕的鑼鼓喧囂多是喜慶，也未讓鬼差持有「肅靜」、「回避」木牌以及最風光矚目的那個官銜牌，但是每隔一段時間，還是會有官場上的講究，比如依循禮制鳴鑼九下。

以此開道，大概也是那位「山神」的門面使然，在跟四方鄰里和轄境鬼魅們擺譜呢。這說明那位山神死後官身算是一位府君，除了山神廟和泥塑金身，還有資格開闢自己的府邸，在東寶瓶洲和桐葉洲都算是一方世外山水的封疆大吏了，類似青衣小童的那個擔任御江水神的兄弟，至少相當於鍊氣士六境的修為，說不定就是七境觀海境。

至於陳平安能否打得過，很簡單，俞真意身在靈氣稀薄的藕花福地，就已經修出了龍門境的修士境界。陳平安又為何願意押注四幅畫卷？除了看重開國皇帝魏羨、武瘋子朱斂等人當下的武學境界，更在意這些人的資質。

事實上，周肥對此早有明言，種秋有望在三、四十年中躋身武道九境。周肥的真身可是玉圭宗姜氏的家主，還是玉璞境鍊氣士，眼光不會有錯。只不過「有望」二字遠遠不等於板上釘釘，畢竟武道之路並不順暢，說夭折就夭折。即便如此，陳平安一開始的決定，一幅畫卷押注十枚穀雨錢，用以購買「有望」二字，絕對物有所值。

裴錢不知道釣魚有什麼意思，一坐就大半天，還沒什麼收穫，開始沒話找話：「你家鄉那邊經常會遇到這麼多奇奇怪怪的傢伙嗎？那像我這樣的人豈不是很危險？以後我一定不會離你太遠。」

陳平安專注於釣魚，也是一種修行。

無論大魚小魚，輕啄魚餌，魚線微顫，傳到釣竿和手心，然後甩竿上魚，這跟迎敵武夫罡氣，只有勁道和氣力大小之分，並無本質區別。巧勁，一切功夫只在細微處。陳平安故意揀選了一根纖細竹竿，溪澗水潭釣魚還好，若是到了大江大河，釣七、八斤以上的大魚，在較勁過程當中，只要稍不注意，魚線就容易繃斷，釣竿甚至會折斷。這很像當年燒瓷拉坏，陳平安喜歡這種熟悉的感覺。

雖未理睬小女孩，但是陳平安沒來由想起了自己，細細推敲琢磨，才發現自己跟她其實沒什麼兩樣。在泥瓶巷，或者說在當年自己懵懂無知的驪珠洞天，就像她在南苑國京城，那種危機四伏，不在什麼山水神怪和仙人修士，而是在一日三餐，在貧窮困苦，在一次偶染風寒，在冬日嚴寒。離開了驪珠洞天，就像她離開了藕花福地，天地更加寬闊，但是更多無法想像的危險也接踵而來，風雨更大，一個人說死就死。

兩人處境相似，但是行事風格大不一樣。

裴錢不知道惜福，稍稍有了些銅錢，第一時間就是大手大腳花出去，而陳平安對於每一份來之不易的盈餘都會小心翼翼呵護著。

裴錢喜新厭舊，身上的衣裳、鞋子只要舊了、破了，就轉頭開始希冀著天上掉下一份新的。對於別人的施捨，她從不覺得難為情，甚至會祈求別人的恩賞，而不知感激。陳平安對於當初泥瓶巷街坊的每一份憐憫和幫助，至今難忘，一筆一筆記在心頭，對於償還恩情更是小心翼翼，唯恐過猶不及，害了別人家的淳樸家風和風水氣數。

裴錢憊懶，不知上進，喜歡撒謊，為了活下去，覺得自己做什麼都是對的，而且對於如何活下去這個難題，她選了一條看似最輕鬆、其實長遠來看並不輕鬆的捷徑。她內心深處對於一切美好的事物充滿了敵意，只要是她得不到的，就寧可毀掉。

裴錢對這個給予她惡意的世界報復以自己最大的惡意，她擅長察言觀色，能敏銳感知別人的善惡，但是這份難得的老天爺賞飯吃的技能被她用來欺負更弱小之人、諂媚更強大之人。所以，很少討厭一個人的陳平安，是真的討厭裴錢。只不過現在陳平安與她朝夕相處就開始看著她，再來回頭看自己。

藕花福地，種秋一直在擔心俞真意成為他們最深惡痛絕的那種謫仙人。

陸臺曾經說過，不近惡，不知善。

陳平安當然不願意把裴錢帶在身邊，是老道人強行將她丟出藕花福地。

如果可以選擇，他更願意帶走曹晴朗；如果種秋願意卸下擔子，陳平安更願意帶著種秋來看看浩然天下的風景，而不是什麼魏羨、朱斂。

在大環境已經註定無法改變的前提下，明明讀書識字、學會雅言官話是生存必需，可裴錢始終不願意付出自己的努力。陳平安很難想像，如果自己跟她更換身分和位置，她會怎麼選擇。內心無比憎惡和嫉妒宋集薪，表面上卻依附這個有錢的鄰居？眼睜睜看著劉羨陽被人打死？每天以欺負顧璨為樂？在龍窯跟所有人一樣，盡情挖苦那個娘娘腔？討好齊先生、阿良、文聖老秀才？

即使這樣的一個「陳平安」，依然在光陰長河中有幸遇上了他們，其結果也無非是一次次擦肩而過，萍水相逢罷了。

所以姚老頭說得太對了，世間種種善緣和機會，無非是自己一雙手抓得住和抓不住，小的都會從指縫間漏掉，哪來的本事去爭更大的？

可是，又有一個但是。自己記得起爹娘的善良，後來又牢牢記住了姚老頭的寥寥幾句言語。她呢？好像沒有人教過她一些對的事情。可自己如今教了她不少，她不還是這般沒心沒肺，稟性難移？

陳平安有點煩。當年帶著李寶瓶、李槐和林守一去大隋，後來又多出崔東山、于祿和謝謝，陳平安都沒有這麼鬱悶過。

陳平安收起了釣竿，裴錢托著腮幫問道：「怎麼不釣魚啦，還沒有魚兒上鉤呢，魚湯可好喝啦，魚乾也好吃的。」

陳平安欲言又止，最終還是把一些言語咽回肚子。他本想跟她開門見山說一些事情，例如：「若是曹晴朗在這裡，只要他願意學，我可以大大方方教他拳法，一心一意教他劍術。曹晴朗就算是想要成為修道之人，我都可以幫他。穀雨錢、法寶，只要我有的，都可以一樣一樣、按部就班地送給他。但是妳，哪怕妳有習武的天賦，我卻是連撼山拳的六步走樁都不願意讓妳多看一眼。」

陳平安想起了那次阿良的出現。之後一路相伴，他是不是也這麼看著自己，眼光就像自己現在看著裴錢，或是當時在院子裡看著曹晴朗？

陳平安突然問她：「想學釣魚嗎？」

裴錢小聲道：「可以不學嗎？我每天還要背書和練字呢，怕學不好你教的東西。」

陳平安笑道：「不想學就不學，回去睡覺吧。如果沒有意外，等下還會有迎親隊伍返回，帶著新娘子去見山神府君，妳到時候記得裝睡就行了。明天起，包裹和釣竿都交給妳來負責。」

裴錢想到今夜還有那些髒東西經過，就沒敢拒絕陳平安，猶猶豫豫回到帳篷，翻來覆去好半天才淺淺睡去。陳平安想了想，還是在她帳篷外邊悄悄張貼了一張靜心符。

約莫一個時辰後，以八抬大轎迎娶新娘的隊伍熱熱鬧鬧原路返回，比起之前聲勢更高漲，後邊跟隨了許多假扮「娘家人」的山野精怪，添個熱鬧而已，有些已經幻化人形，還有一些依然以真身行走山野，其中就有一隻通體漆黑的蜘蛛，大如磨盤，還有兩隻在林間疾走如飛的魁梧猿猴，以及一個滿臉血汙、身穿下葬時衣裳的女鬼。它們見到了在溪畔翻書看的陳平安，蠢蠢欲動，只是隊伍中有不少鬼差壓陣，才打消了這些苗頭。

陳平安突然站起身。遠處一個手持燈籠的婢女，身穿石榴裙，腳不踩地飄蕩而來，見到了陳平安後，施了一個萬福，柔聲笑道：「這位貴人，我家府君今日大喜，方才嬤嬤讓奴婢來捎話給貴人，有無興致參加今夜喜宴？貴人且寬心，我家府君大人素來以公正嚴明著稱於世，貴人赴宴，非但不會折損絲毫陽壽，還會有禮物相贈。」

陳平安搖頭笑道：「委實是不敢叨擾府君大人，還望姑娘代我謝過府上嬤嬤的盛情邀請。」

婢女並未生氣，婉約而笑：「那奴婢就祝願公子一路順風，方圓八百里內，有任何麻煩，公子都可以報上我家府君『金璜』的名號，可保旅途順遂。」

陳平安笑著拱手相謝：「在這裡恭賀府君大喜。」

婢女嫣然而笑，姍姍離去，飄起一陣陣嫋嫋香風。

老嫗聽聞陳平安不願赴宴後，一笑置之，只是可惜這個年輕人錯過了一樁天大福緣。自家府君是出了名的出手大方，所有赴宴物件今夜都可以喝上一杯蘭花釀，帶走一小截千年參精。別人是擠破腦袋也要來府上慶祝，這傢伙倒好，還不知道稀罕。罷了，總不好拿刀架在人家脖子上，求著人家收下禮物。

八抬大轎上，一條白如蓮藕的手臂輕輕掀起刺繡精美的簾子。新娘子鳳冠霞帔，頭戴紅蓋頭，不見容顏。她透過紅紗望向外邊的老嫗，老嫗躬了躬身微笑道：「小姐，可是有事吩咐？」

軟糯嗓音透過紅紗傳出：「還要多久才能停轎入府？」

她是一個出身書香門第的尋常女子，數年前與那「微服私訪」郡城的府君偶遇，一見鍾情。只是想要被一位山神明媒正娶，陽世之身會有損她的陰德和府君的功德。她癡心於他，盡孝三年，在府君的暗中幫助下，為家族鋪好一條青雲路。之後她不惜割腕自盡，以陰身嫁入金璜府邸，可謂名正言順，不僭越合禮儀，被傳為美談。

一座建在山坳之中的富麗府邸燈火輝煌，宴席之上觥籌交錯，通宵達旦。

娶妻之人身穿金色長袍，氣勢威嚴，高坐主位，身邊是新娶夫人，小鳥依人。

白骨劍客在這座山神府邸內地位極高，只可惜它不過是一具骷髏，自然飲不得酒，一直肅立於大殿一根梁柱下。金璜府君在酒酣之際抬頭瞥了眼殿外的天色，對白骨劍客悄悄使了一個眼色，後者會意點頭，離開大殿。

金璜府君冷笑道：「諸位，喜酒已經喝過了，接下來就該輪到某些人喝罰酒了。本府好心款待朋友，但是你們當中不少人竟然膽敢勾結一個不入流的淫祠水妖，試圖攻打我金璜府邸，真當我半點不知情嗎？」

大門轟然關閉，金璜府君轉頭對自己的夫人溫柔一笑，拍了拍她的冰涼手背：「莫怕。」他有些歉意，「這次是我虧待妳了，一場婚宴給辦成了這般模樣，唉。」

女子並不畏懼這位山神夫君，打趣道：「難不成還要我再嫁妳一次？以後的百年、千年，對我好一些便是了。」

金璜府君爽朗大笑。娶妻如此，夫復何求。

除了白骨劍客領著蓄勢待發的一支府邸精銳，還有在別處休養生息的一夥人馬，竟是鍊氣士居多。兩軍會合，離開這座前一刻還笙歌旖旎的山神府邸，去截殺那支試圖在拂曉時分奔襲府邸的兵馬。而大殿內，許多看似醉成爛泥的府邸輔官、鬼差立即坐直身體，從桌底下拿出兵器，虎視眈眈。

北晉邊境線往北不但山脈綿延，還有一座號稱八百里水面的巨湖。其中有座大島，立有一座不被朝廷認可的淫祠，規模很大，香火鼎盛。一隻湖中大妖自立為水神，北晉鄰國朝廷束手無策，只能聽之任之。兩百年來，那座水神府與金璜府邸一直相互仇視，衝突不斷，只是誰都沒有實力離開自家地盤絞殺對方。

這是一場名副其實水火不容的山水之爭。勝者，必然打爛對方金身，毀去神廟，斷絕香火；敗者，就此沉淪，只要金身破碎銷毀，意味著連來世都成奢望。

兩場大戰，金璜府邸大殿內的虛與委蛇和山坳外的狹路相逢幾乎同時揭開序幕。

大殿內有金璜府君親自坐鎮，立即就有人見風使舵，磕頭求饒，廝殺得零零落落，局勢一邊倒。山坳那邊，一名披掛金甲、內穿墨綠長袍的男子帶著麾下數百湖中精怪與山神府這方廝殺得驚天動地。

懸佩鏽劍的白骨劍客生前是一位七境武夫，死後魂魄凝聚不散，雖然不復巔峰戰力，可依舊殺氣騰騰，在水妖大軍之中如入無人之境。

水神站在一駕水中龍馬拖曳的大車之上，手持一杆鐵槍，篆文古樸，是一件遺留湖底的仙家法寶。它數百年來橫行無忌，強取豪奪，雖然塑造金身比金璜府君要晚上百年光陰，更不被朝廷視為正統，但是境界修為猶勝金璜府君，這次更是藉著金璜府君娶親之際籠絡了一大批山野精怪，重金賄賂，整體實力已經穩穩壓過對方一頭，這才敢離開大湖率軍上岸，勢必要將那座金璜府邸一網打盡。

此次山神和水神的大道之爭，就看誰的道行更高、謀劃更遠了。

陳平安一大早就喊醒了裴錢，兩人粗略吃過乾糧就開始趕路，有意繞開了金璜府邸那個方向。

突然，陳平安一個箭步，飛快掠上一棵大樹枝頭，登高望遠，臉色凝重。

一場山神娶親的盛宴，為何殺得如火如荼？

十數里外的一處戰場，有金甲男子施展術法，大水漫地。他站在一條巨大的青魚背脊上，手持鐵槍。

白骨劍客已經失去了一條胳膊，哪怕他竭力廝殺，還祕密籠絡了一撥鍊氣士，可對上這隻能夠呼風喚雨的大水妖，它與眾多扈從仍是落了下風，只不過金璜府邸占了地利，所以雙方皆是傷亡慘重。

一名金袍男子離開大局已定的府邸正殿，走出門之後，大步向前，身形暴漲兩丈、三丈、五丈，等到他來到山坳口外，已是十丈高的璀璨金身，縱身而躍，一下子就跨過了廝殺慘烈的戰場，一拳砸在那隻青魚精怪的頭顱之上。

陳平安不再繼續觀戰，飄落回地面，沉聲道：「走了。」

裴錢試探性道：「我好像聽到了打雷聲呢，耳邊一直轟隆隆的。」

陳平安想了想，拿出一張早就畫好的寶塔鎮妖符，雙指拈住，往裴錢腦袋上稍靠右的位置輕輕一拍，不會遮住她的視線，提醒道：「只管趕路，它不會掉下來的，但是也別去撕它。有了它在，尋常妖魅鬼怪見到妳也會自行退避。」

恰在此時，戰場那邊傳來雷聲崩裂的巨大嘶吼聲。

裴錢嚇得打了一個激靈，哭喪著臉，有些腿軟走不動路，顫聲道：「我怕，腳不聽話了，走不了了。」

她是真怕那些她覺得會吃人肉的山野鬼怪，並不是做樣子給陳平安看。

陳平安有些無奈，又拿出一張陽氣挑燈符，讓裴錢拿在手裡：「這兩張符籙都是神仙之物，肯定能夠庇護妳。」

裴錢瞥了眼在眼前晃蕩的寶塔鎮妖符，又看了眼手上那張陽氣挑燈符，抽泣道：「不然再給我一張吧，我兩隻手都可以拿著的。」

陳平安只得再給她一張挑燈符，裴錢一手一張，走了兩步，晃晃蕩蕩，還是沒啥力氣，著實嚇得不輕。

陳平安道：「妳手上兩張符籙值好多銀子，拿好了。額頭上那張更珍貴，隨隨便便就能在南苑國京城買棟大宅子。妳要是能夠自己走路，穩穩當當跟著我趕路，我可以考慮送給妳一張。」

裴錢泫然欲泣，皺著黝黑臉龐，滿臉委屈道：「不騙人？」

陳平安點點頭。裴錢深吸一口氣，「嗖」一下就跑了出去，雙臂攤開跟挑水似的，死死攥緊兩張陽氣挑燈符，額頭上還貼著張鎮妖符，很是滑稽。

她跑出去一段路程後，沒見著陳平安，立即轉頭帶著哭腔道：「你倒是快一點跑路啊！要是咱們給逮著了，你塊頭大，肯定先吃你的……」

陳平安抹了把臉，默默跟上。好嘛，裴錢這個名字沒白取。

這次裴錢沒敢偷懶，跑得飛快，也沒喊累。

陳平安拿出一把癡心掛在腰間，與養劍葫一左一右相呼應。斜挎包裹，手裡還拿著釣竿，配合著裴錢的奔跑腳步，始終與她並肩而行。他其實不擔心他們的安危，只要不身處戰場中央，就不會有什麼風險。

裴錢步伐緊促，奔跑速度時快時慢，但是為了逃命，所有機靈勁兒應該都用上了，竟是一鼓作氣跑出去兩、三里山路。須知山路難行，遠勝市井坊間。之後她沒有停下休息，而是不用陳平安督促，就自己以步行姿態前行，等到緩過來之後再開始撒腿奔跑，如此反復，讓暗中觀察她的陳平安愣了很久。

不得不承認，裴錢的習武天賦很好。這可不是驪珠洞天那個陳平安的眼光，而是打殺了丁嬰之後的五境武夫陳平安的。

可是修行一事，就像當初阮邛對待陳平安的態度那樣，只要不視為同道中人，法不輕傳一字一句，做不得師徒。就算是藕花福地狀元巷旁邊武館的教拳老師傅，都會堅持門內弟子若無武德，則絕不傳授其高深拳法的原則，讓其能養家糊口足矣。

陳平安更是沒有半點傳授裴錢拳法的念頭。心性遠遠跟不上修為，練了拳，修了上乘道法，除了欺凌他人、為非作歹、憑自己心意定他人生死，還能做什麼？俞真意被說一句「矮冬瓜」就要殺人，高人居高位，彈指揮袖，對於山下俗人可就是生死大事了。

人力終究有窮盡，不論裴錢天賦有多好，到底還是個九歲大的孩子，身體還孱弱，在跑出七、八里後已經筋疲力盡，一步都挪不動了。她站在原地，開始傷心乾號，淚眼朦朧地望著陳平安那一襲白袍，第一個想法，就是這個傢伙肯定要拋下她不管了。

以己度人，裴錢已經說不出話來，但是她很怕這個人一走了之。

陳平安蹲在裴錢身邊，裴錢立即趴在他背上，抱著他的脖子，滿臉淚花兒。

陳平安緩緩行走在林間小路上，輕聲道：「只要妳不做壞事，我就不會不管妳。」

裴錢使勁點頭，不用自己奔跑，有了膽氣，精氣神就也好了幾分，抽泣道：「好嘞，我今兒起就要當大好人。」說完之後，她就把整個小臉蛋往陳平安肩頭狠狠一抹，來來回回兩遍，總算擦乾淨了鼻涕眼淚。

陳平安齜牙咧嘴，趁著她暫時卸下心防，笑問：「妳總說我有錢就要給妳銀子，這是為什麼？我有沒有錢跟妳有什麼關係？我有一座金山、銀山，就一定要給妳一枚銅錢？」

裴錢直截了當道：「對啊！幹嘛不給我，你不是好人嗎？你給我幾十兩銀子，不就是頭上拔根頭髮嗎？我知道你是好人，好人就該做好事呀。」

陳平安想了想，換了一個方式問：「如果妳很有錢，而我沒錢，妳會隨隨便便送給我銀子嗎？」

裴錢默不作聲，心想我不用銀子砸死你就算好的了，砸完以後，我還要把一個個大銀錠兒全部撿回來帶回家，全都是我的！而且我連收屍都不會給你收。

只是這些心裡話，她可不敢當著陳平安的面說。

但是想著想著，她倒是總算意識到一點：想要從這個傢伙手裡白拿銀子，不太可能。他哪裡來那麼多讓人討厭的道理呢，真是書上讀出來的？她就覺得書上的每個字都挺討厭的。

兩人一時無言。

趴在陳平安溫暖的後背上，裴錢沉默了很久，小聲問道：「你是好人，天底下的好人就是你這個樣子的，對吧？」

陳平安沒說話。

不遠處山林震動，有龐然大物滾走，聲勢驚人，不斷傳來樹木折斷的聲響，剛好直奔陳平安這邊，竟是一頭斷去犄角的青色水牛，鮮血淋漓，背脊上皮開肉綻。

這畜生的背脊高度比青壯男子還要高出一個腦袋，它以人聲咆哮道：「死開！」

陳平安其實已經料準了它橫穿小路的方向，所以停下了腳步。雖然那頭水牛渾身凶煞氣焰，好似有無數冤魂縈繞纏身，顯然不是一場戰事積攢而來，可陳平安當下還是沒有想要出手。

凶性大發的水牛眼眸猩紅，竟是也改了路線，凶悍撞向那個惹眼的傢伙。即便它是強弩之末，凡夫俗子在這一撞之下也肯定粉身碎骨。

陳平安伸出手繞過肩頭，從裴錢額頭摘下那張寶塔鎮妖符，丟向這頭被打回原形的畜生，之後瞬間拔劍出鞘，一劍斬去。

青色水牛被鎮妖符鎮壓得前衝滯緩，心知不妙，剛要繞道，一道劍罡就當頭劈下。

砰然一聲，眼大如銅鈴的龐然大物直接被一劍劈成兩半。

收劍歸鞘，駕馭那張靈氣不剩的鎮妖符返回手中，收入袖中。

陳平安看也不看那兩半屍體，背著裴錢繼續前行。

遠處那位迅猛趕來的金璜府君也是傷痕累累，匆忙停在水神屍體附近，手中持有腳邊這隻大妖的法寶鐵槍。

這位山神咽了咽口水，雖然滿腹震驚，卻無太多畏懼，倒是有幾分發自肺腑的敬意，臉色肅穆，抱拳道：「恭送仙師。」

陳平安腳步不停，只是轉過頭，對著那位一身正氣的此地神祇笑著揮了揮手：「舉手之勞，不足掛齒。下次再有這種宴會，你們府上可莫要隨便邀請別人了，雖是好心，可修行路上，最怕意外。不過我以後再經過此地，肯定會叨擾府君，與府君討一杯酒喝。」

福禍看似遠在兩端，其實只在一飲一啄間。

金璜府君汗顏道：「本府受教了。」

陳平安背著裴錢走出十數里後，把她放下來，一大一小，一高一低，兩兩對視。

裴錢一臉茫然，裝起了傻。

陳平安伸出手，裴錢皺著臉將兩張挑燈符拍在他手心：「就不能送給我一張嗎？我跑了那麼遠的山路，最後實在是跑不動了啊。」

陳平安緩緩前行：「那就以後做得更好一些。」

裴錢「哦」了一聲，默默走在他身邊。

鐵石心腸。什麼大好人，我呸，是我瞎了狗眼哩。

陳平安一把擰住她的耳朵：「一天到晚在肚子裡說人壞話可不好。」

裴錢踮起腳尖，哎喲喲嚷著：「不敢了、不敢了。」陳平安這才鬆開手。

片刻後，陳平安又扯住她的耳朵，她眼眶通紅，信誓旦旦道：「這次是真不敢了！」

又走出去十數步，陳平安剛伸手，裴錢就一屁股坐在地上，號啕大哭。

陳平安自顧自向前走，裴錢見他根本沒有停步的意思，趕緊停下哭聲，站起身，畏畏縮縮向前走。為了讓自己不在肚子裡罵那個傢伙，她找了一個能夠管住自己念頭的法子，就是開始碎碎念叨著那些書籍上的內容，真是淒淒慘慘。

陳平安不再管她，行走在茫茫鬱鬱山林間。

想起了那一方山字印，陳平安越發沉默。

不知道是不是錯覺，曹晴朗總覺得光陰流逝得很快，以前是大江大河緩緩而走，如今是山間溪澗嘩嘩而流，甚至會讓人聽得到流水聲。這不，眨眼間，秋去冬來，一下子就迎來了今年的初雪，而且下得跟鵝毛似的。

曹晴朗坐在床上望向窗外的茫茫大雪，愣愣不敢相信，穿了衣衫、鞋子趕緊推開門，第一件事，竟是想要告訴那個人，下大雪了。只是望著那間偏屋的門口，曹晴朗撓撓頭，終於記起那個人已經離開很久了，可他還是經常會覺得，那人會坐在院子裡的小板凳上，清晨也好，半夜也好，一出門就能見著，話也不多，就是笑望向自己。

希望是瑞雪兆豐年。曹晴朗抬手呵了口氣，有些冷，得加件衣服。縮著退回屋子，添衣之後，端端正正坐在爹親手做的一張小木桌前，翻開一本書，開始朗誦聖賢文章。

在秋末時分，學塾換了一個教書先生，更加嚴厲，好像學問更大一些，道理講得明明白白，便是學塾最不喜歡讀書的同窗都聽得懂，很厲害。

曹晴朗背完書，搓手焐暖，有些擔心。家中餘錢不多了，爹娘去世後，官府給了一筆撫恤銀子，但是沒有一次給他，而是每月定時拿過來交到他手上。

曹晴朗沒有多想，只當衙門辦事都是這般，而且他沒了爹娘，在南苑國京城又沒有親戚，以前想要吃什麼、買什麼都只需要跟長輩說一聲，現在要他自己去精打細算了，每一枚銅錢都花得小心翼翼。這種滋味並不好受，可是沒辦法，日子總得過。

好在在他最難熬的時候，那個人就住在家中，讓孤零零守著這棟宅子的他悄悄有了些念想。

曹晴朗換了一雙適合雨雪天氣出門的黃麂皮靴，只是在穿靴子的時候，他忍不住哭了起來。這是娘親在大年三十買的，往後呢？

好在曹晴朗很快就收拾好情緒，去灶房隨便墊了墊肚子，就準備出門去學塾。在屋子裡裝書的時候，曹晴朗有些怔怔出神。那人說好了一有空就會給他做個小竹箱的，書上說君子守信，一諾千金，那麼他應該是真的有急事吧，就是不知道下次見面是什麼時候了。

曹晴朗拿起一把油紙傘，背著行囊走出院子，驚訝地發現院門外走過一個熟人，竟是學塾的種夫子，一個很奇怪的姓氏。老夫子一身青衫，同樣手持油紙傘，見到了曹晴朗，停下腳步，問道：「這麼巧，你住在這兒？」

曹晴朗想要放下傘，對偶然路過家門口的種夫子作揖行禮。

種夫子擺手道：「不用，大雪天的。」

種夫子學問深，可是傳道授業解惑的時候不苟言笑，所有人都挺怕他，曹晴朗也不例外，只是比起同窗，尊敬更多而已。這位學塾先生說無須揖禮，曹晴朗下意識就聽從他的言語，之後一老一小各自撐傘，走在積雪深深的小巷裡。

種夫子自然聽說過曹晴朗家裡的情況，畢竟在學塾，很多街坊鄰居的孩子就是他的玩伴和同窗，看曹晴朗的眼神就不一樣，還有一些個竊竊私語，曹晴朗只是假裝沒看見、沒聽到，所以種夫子問道：「如今獨自生活，可有什麼難處？」

曹晴朗笑著搖頭道：「回先生，並無。」

回答得一板一眼，措辭和氣度都不似陋巷孩子，難怪會被裴錢譏諷為小夫子。

種夫子點點頭，又說：「你終究年歲還小，真有過不去的坎，可以與我說一聲，不用覺得難為情。人生難處，書裡、書外都會有很多，莫說是你，便是我，這般歲數了，一樣有求人相助的地方。」

曹晴朗「嗯」了一聲：「先生，我曉得了，真有難事，會找先生的。」

猶豫了一下，曹晴朗有些羞赧：「有人上次帶我去學塾路上便說過了與先生差不多的言語，他告訴我將來一個人讀書和生計，求人是難免的，別人不幫，不可怨懟記恨，別人幫了，務必記在心頭。」

種夫子破天荒露出一抹笑意：「那個人是叫陳平安吧？」

曹晴朗愕然：「先生認識？」

種夫子點頭道：「我與他是朋友，不過沒想到你們也認識。」

曹晴朗頓時開心起來。陳平安是種夫子的朋友啊。

種夫子板起臉教訓道：「可別覺得有了這一層關係，你讀書不用心，我就不會給你吃板子。」

曹晴朗趕緊點頭。

一老一小，夫子與學生，走在官府已經修復平整的那條大街，步履艱辛，行走緩慢。

曹晴朗膽子大了一些，詢問先生是如何與陳平安認識的，種夫子只說是意氣相投，雖然認識不久，但確實當得起「朋友」二字。

大雪紛紛落人間，不願停歇，曹晴朗心裡暖洋洋的，與先生一起走到了學塾門口，轉頭望去。

最後一次見面也是離別，那人就站在那裡停步，說過了那句話後，他一手撐傘，目送自己走入學塾。

種夫子在前方轉頭問道：「怎麼了？」

曹晴朗搖搖頭，燦爛而笑，轉頭快步走入學塾。

種夫子在學堂落座後，等到所有蒙童都到了，才開始傳授學問。

老夫子雙鬢霜白，一襲青衫，語速緩慢，與稚童們說聖賢道理的時候，儼然有一番幾近聖賢的浩然氣象。

南苑國京城一座庭院深深的官宦世家，這戶人家的私人藏書樓在京城頗有名氣。有個庶子身分的少年經常來此翻書，只是藏書珍貴，家規不但禁止持燭上樓，不許拿書外出，許多孤本、善本的木匣都貼有封條，而且不許任何人擅自打開。

今天少年有些悲憤，心中積鬱，來此其實不為看書，只是想找一處清淨地散心。

對京城所有學子舉辦的縣試、府試兩次大考，少年都過了，獲得了童生身分，可是成績並不突出，所以沒有成為秀才，只是有資格參加院試，這讓他對娘親很是愧疚。一同參與縣府兩試的兩位兄長都一舉成為秀才，素有神童美譽的少年雖然有些疑惑不解，不知為何文章平平、學識遠不如自己的他們成績反而更好。

他之前只當是自己臨場發揮不佳，而兩位嫡兄長剛好表現更出彩，但是今天無意間聽到兩位醉酒兄長道破了天機，竟是他們父親私底下打點了考官關係。因為三人的爺爺曾是京城老禮部尚書，桃李滿天下，主持過多次南苑國會試，京城縣府兩試的主考官見著了他們爺爺，要分別敬稱一聲「座師」、「房師」，這可是官場頂天大的「師生」關係了。少年堅信這等齷齪事爺爺絕不會去做，定然是兩位兄長的那個父親打著幌子，不惜有損家風，謀取私利。

這也就罷了，少年雖是庶子，可生在世族高門，多少知曉些官場陰私，但是根據兩位兄長得意揚揚的談論，那個長房大伯為何要故意打壓自己，摘了自己本是囊中之物的秀才功名？少年站在書樓頂層，看著那麼多書架和書籍，慘然而笑。偌大一個享譽京城的書香門第，除了他這個庶出子弟，如今還有幾個家族同齡人願意來此翻書、讀書？那麼多的珍稀書籍，年復一年被束之高閣，無人問津，難道不可惜嗎？

少年抬起手背，擦拭眼淚：「讀書有屁用，狗屁的庭前玉樹……」發過牢騷後，少年還是開始找書看。院試還是要考的，聖賢書還是要讀的，哪怕不為自己讀書，不為自己考取功名，也不能讓娘親再失望了。只是今天心情煩躁，他便想著先翻一本經義之外的書籍來看，一路揀選，最後在書樓角落挑出一本近乎嶄新的文人筆劄，然後愣了一下。

他剛翻開扉頁就覺得有些不對勁，手指挑開一頁，發現裡邊竟然有一枚錢幣，與南苑國制式銅錢有些出入，篆文陌生，而且並非銅鐵之錢，似玉非玉，晶瑩剔透。錢幣夾在書籍之中，使得兩張書頁微微有些印痕，印痕處剛好有一句讀書人都知道，卻未必人人相信的老話：「書中自有黃金屋，書中自有顏如玉，書中自有千鍾粟」。

少年有些奇怪，猶豫了很久，將錢幣默默收入袖中，想著拿回去給娘親看看，不承想這一拿差點就釀成了大禍！

少年有次在家塾求學時，拿出來放在手心摩挲，被兄長無意間瞧見，竟然誣陷說是少年偷了自己的案頭清供之物，鬧得沸沸揚揚，驚動了不理俗事多年的爺爺。再往後，常年潛心道家術法的老尚書收起了那枚錢幣，當天就調動了府上所有信得過的管家管事，花了足足兩天一夜的工夫，才仔仔細細翻遍了書樓萬卷藏書，可是一無所得，沒有找到第二枚錢幣。

老尚書下令所有人退出書樓，誰都不許對外聲張此事，否則一律逐出家族。老人獨自在書樓思考許久，找到那個戰戰兢兢的孫子，帶著他重返書樓，將那本當初夾著錢幣的文人筆劄一起交給他，微笑道：「若是有兩枚這樣的錢幣，你便沒有這份仙家機緣了。放心收下吧，就該是你的，以後專心讀書，這棟書樓所有書籍都對你開放，任你自取，而且可以帶出書樓翻閱。」

因禍得福的少年接過書籍，一頭霧水。

老尚書又說了一樁密事，語重心長道：「前朝神童出身的兩位年少狀元郎，在科舉一事上勢如破竹，卻都官聲不佳，其中一人更是晚節不保，故而本朝對此深有忌諱。這次你落選秀才，不是你大伯所為，他還沒有那份歹毒心腸，也不敢有，我還沒死呢。其實是我的意思，為的就是壓一壓你，熬一熬性子，以後好在官場厚積薄發。歸根結底，官場不是下棋，先手下得太漂亮，在本朝未必是好事。」

在心情激盪的少年離開後，老人轉身拿出另外一本書，其中亦有印痕，只是卻無錢幣，但是印痕處是一句聖賢教誨：「有匪君子，如切如磋，如琢如磨」。

因為只有一枚錢幣，少年無形中獨占了所有福緣。

冥冥之中自有天意，這甚至讓一心憧憬仙法的老尚書都不敢搶奪。宦海沉浮了大半輩子的老人帶著一份由衷的恭敬和佩服感慨道：「世外高人，真乃神仙手也。」

山路途中，陳平安給自己做了一只大竹箱。照理來說，那只棉布包裹，還能放置不少物件，可是陳平安還是讓裴錢背著包裹，拿著那根青竹釣竿，再給她做了一根行山杖，小巧順手。

之後山水迢迢，陳平安好像從一開始的匆忙趕路，離開桐葉洲，著急返回東寶瓶洲的家鄉，變得再次沉下心來。這可害苦了、累慘了裴錢，那叫一個抱怨連連，只是比起最早認識時的直來直往、言語刺人，不知是讀過了一些書，還是擔心被陳平安一個惱火就丟下不管，即便是怨言，裴錢也學會拐彎抹角了，只是陳平安對此從來當作耳旁風。

隨後一路，兩人見識了許多景象，讓裴錢大開眼界。比如某次秋夜遇上了無數流螢，像是掛滿了小燈籠。趁著陳平安不注意，她就用那行山杖一頓劈裡啪啦，打得屍橫遍野，陳平安一轉頭，她就立即收手，裝模作樣埋頭趕路。

他們還走過了一片古怪至極的密林，土壤肥沃，樹枝舒展，掛滿了各種飛鳥走獸的乾癟屍體，裴錢嚇得扯住陳平安的袖子才敢走路。陳平安入林之前，掏出了一張陽氣挑燈符拋向山林，發現那張普通材質的符籙驀然點燃，只是燒得緩慢，陳平安就徑直走入其中。

裴錢求著陳平安給她一張符籙做護身符，陳平安置若罔聞，告訴她，如果怕那些古怪東西，就大聲背書，聖賢道理是可以辟邪的。裴錢將信將疑，仍是一邊攥緊陳平安袖口，一邊竭力背誦那本書上的內容。

其實那本儒家典籍很薄，上邊的所有字她都認得了，書也讀完了，她先前就想要換一本新鮮的，不想再翻來覆去只看一本書了，太沒勁。可是陳平安偏偏不許，要她一遍遍讀書，不只是看，還要讀出來。清晨時分，他練習劍爐立樁，她就要開始讀；黃昏時，他還是練習立樁，她還得讀；到最後，還真給她將所有篇章都背得滾瓜爛熟了。

等到兩人走出了密林，都沒有任何異樣動靜。裴錢滿頭大汗，是讀書讀累的，嗓子都啞了。一直到兩人走出十數里，一棵棵大樹才開始瘋狂搖晃起來，像是在宣洩怒氣。

隨後兩人還經過一座山谷，瀑布下的水潭旁彩蝶紛飛，讓人眼花繚亂。裴錢趁著陳平安煮飯，以迅雷不及掩耳之勢打殺了十數隻彩蝶，挑了隻最漂亮的，「啪」一下，夾在了書頁之中，結果挨了陳平安結結實實一個栗暴，痛得她蹲在地上抱頭哀號，額頭紅腫，吃飯的時候都沒個好臉色。

兩人還遇到了砍柴下山的樵夫，還吃了人家一頓飯。陳平安想要給些錢，憨厚純樸的那家人如何都不答應，陳平安只得作罷，走出籬笆院子前，要裴錢跟人道謝。飯沒少吃的裴錢不太樂意，只是無意間瞥見陳平安的眼神後，立即乖乖跟人鞠躬道謝。

兩人走出了綿延大山，又遇大河，裴錢第一次看到了拉著大船的縴夫。烈日之下，那些男人喊著號子，看得她目瞪口呆，然後偷著樂呵，好像天底下過得慘兮兮的人還真不少哩。很快，她就收起笑臉，要是給那個傢伙瞧見了，又沒好果子吃了。

上次不過是拾取柴火稍稍少了點，他就要饑腸轆轆的自己只許吃一小碗米飯。唉，這個陳平安真是難伺候，有錢的大爺就是欠揍，等她用手中行山杖偷偷練出了絕世劍法，一定要打得他哭爹喊娘，到時候看他還怎麼用眼神瞪自己。

在山吃山，在水吃水。行走在河邊，裴錢突然想要釣魚了，便要陳平安幫她做一根釣竿，可陳平安理都沒理她，她只好自己拿著柴刀去劈了根粗壯青竹，砍倒之後，才意識到這哪裡是做釣竿，做竹篙還差不多，哭喪著臉挑了根細的。

好在陳平安這個守財奴、吝嗇鬼倒是沒太過分，給了她魚鉤、魚線。只是兩人同樣是釣魚，隔著沒多遠，陳平安漁獲不斷，還有條得有裴錢一臂長的大鯉魚，可她從頭到尾就沒個蝦米咬鉤。難道連水裡的傢伙也看人下菜碟，狗眼看人低？裴錢恨不得跳進水裡，用釣竿砸死所有魚蝦。

那晚上，那一大鍋魚湯吃得裴錢眉開眼笑，忐忐忑忑跟陳平安要求吃三碗米飯，說今兒釣魚花光了力氣，得拿大米飯補補，魚湯她會少喝一點的，不會跟他搶就是了。她本以為陳平安不會答應，不承想那傢伙竟然點了頭。這一頓飽餐，魚湯澆入米飯，世上再沒有比這更香噴噴的美味了吧，反正吃得她肚子滾圓。

後來，她又跟著陳平安釣了一次魚，還是胡亂拋出和甩起釣竿，魚鉤依然沒有半點動靜，倒是那個傢伙釣上了一條極大的青魚，光是較勁就花了最少一刻鐘。看著陳平安在岸邊跑來跑去，她直翻白眼：『你一個會劍術又會仙法的傢伙，被一條蠢魚這麼戲耍，不跌份嗎？』她又看著自己「穩如山嶽」的釣竿，埋怨那些躲在水底下，完全不給她半點面子的傢伙，重重嘆了口氣，只覺得空有一身好本事，奈何天公不作美，害得她英雄無用武之地。她打算這輩子都不再釣魚了，花了那麼多耐心和氣力，沒有收穫，還釣他幹嘛？

那天午飯，陳平安破天荒跟裴錢聊了一些釣魚的技巧。道理聽得懂，可是裴錢還是不願意學，但是陳平安說下次釣魚他會親手教她，她這才沒有扔掉那個釣竿，試探性地提了一句：「魚湯是好吃，可是頓頓吃，有些吃膩歪了，不如咱們吃點別的吧？」

陳平安回了她一句：「好啊，妳去找東西來。」

裴錢裝傻：「我年紀太小，有心無力呢。」

第二天釣魚，陳平安沒有用他那根釣竿，拿了裴錢的釣竿，等待了半天，捨了那些小魚啄食魚餌不管，在一條七、八斤重的大魚咬鉤後猛然提竿。釣竿繃出一個漂亮的弧度，在旁邊打了半天哈欠的裴錢立即瞪大眼睛。陳平安讓她趕緊接過釣竿，由她來對付這條大魚，裴錢一個蹦跳起來，拿過竿子後，接下來一幕，看得陳平安不忍直視。

雙手死死抓緊釣竿，靠著結實粗壯到不講理的那根青竹竿子，裴錢咬牙切齒，二話不說就開始拚了命往後拽。陳平安之前說的那些門道，什麼慢慢遛魚，收線放線，不著急讓大魚見光，一點點卸去魚兒的勁道，要牠嗆幾次水，裴錢一句都沒聽進去，就想靠蠻勁把牠拖上岸。好好一個本該優哉游哉的釣魚，給裴錢折騰得像是在跟人拔河。

魚不小，又在水中，還是條有勁的青魚。相反，裴錢則力氣不大，一個不小心，就踉蹌幾步，竟是連人帶釣竿都給那條大魚拖進了水裡。她曾經還笑話陳平安胡說八道，天底下哪裡會有魚兒嗆水的道理，這會兒就輪到她自己嗆水了。

裴錢不會游泳，但是一股狠勁上來後，竟是死都不願意鬆手，最後還是陳平安把她從水裡拎上岸，釣竿已經被大魚拖曳而走。這一次，裴錢沒有哭得撕心裂肺，落湯雞似的小女孩站在岸邊，張大嘴巴，無聲而泣。

魚兒沒了，今晚的魚湯沒了，釣竿也沒了，哪怕知道還有乾糧，餓不著她，還會有飯吃，可她自己都不知道為何這麼傷心。

陳平安幫她擦去臉上的淚水和河水，卻也沒有安慰她，只是想起自己小時候的場景。沒有遇到擅長釣魚的劉羨陽之前，不知道裡頭的講究，不會挑時段，不會挑地點，釣魚經常無功而返，大太陽天，一個下午能把人曬得皮膚生疼，大概也是這般心情吧。

之後那頓飯，當然就只有醃菜和米飯了。去小帳篷換了一身衣裳，吃飯的時候，裴錢悶悶不樂。

陳平安笑問道：「膽子怎麼突然這麼大了，不怕淹死在水裡？」

裴錢低頭扒著米飯，含糊不清道：「不是你在旁邊嘛。」

陳平安打賞了她一個栗暴，她猛然抬頭：「為啥這也打我？我都要傷心死了！」

陳平安笑道：「吃妳的飯。」

裴錢冷哼一聲，轉頭望向河水。自己好不容易親手做出來的釣竿沒了，有點傷感。

陳平安說了一句：「我那根釣竿，送妳了。」

裴錢有些疑惑，見他不像是在開玩笑，咧嘴笑道：「那我以後經常借你釣魚啊，我大方著呢。」

陳平安給氣笑了。就她這份伶俐勁兒，怎麼就不願意用在讀書寫字上邊兒？

陳平安只在夜深人靜她酣睡的時候才會趁著守夜默默練習六步走樁和《劍術正經》。他們經過一座小城鎮，添了些東西，陳平安給裴錢買了一身新行頭，裴錢歡天喜地。當晚睡在一間小客棧，裴錢已經很久沒睡床鋪了，開心得在床上打滾，但是她猛然間發現視窗蜷縮著一隻白貓，盯著自己。

她跳下床，嚷嚷著「造反啊，敢瞪我」，拿了斜靠桌子的那根行山杖就去戳那白貓。白貓還真被她說中了，要造反，非但沒有被驚嚇逃走，反而在窗口上輾轉騰挪，身形靈活，躲過一次次行山杖的襲擊，偶爾對著裴錢低聲嘶叫幾聲。

裴錢氣喘吁吁，撐著行山杖瞪大眼睛：「何方妖孽？速速報上名號，饒你不死！」

裴錢當然是逗著玩，可是那隻白貓竟然「瞥了眼」自己，口吐人言：「瘋丫頭片子，腦子有毛病吧？」說完就轉過身去，縱身一躍，就此離去，嚇得裴錢丟了行山杖，就去隔壁使勁敲門。

陳平安開門後，裴錢顫聲道：「剛才有隻貓，會說人話！」

陳平安點頭道：「我聽到了。」

瞧著陳平安毫不驚訝的模樣，裴錢怔怔道：「這又不是在大山裡頭，也有妖怪？」

陳平安坐回桌旁，繼續翻看那本倒懸山購買的神仙書，點頭道：「市井坊間多有精魅鬼怪，並不稀奇，大多數都不會驚擾世人。一些大戶人家還會豢養許多有意思的精魅，比如有些富貴女子的嫁妝之中會有好多種小傢伙，生有翅膀，能夠飛掠空中，如婢女、丫鬟一般，幫主人梳妝打扮、塗抹脂粉。」

裴錢委屈地坐在桌對面，趴在桌上：「不會嚇死人嗎？我剛才就差點嚇破了膽子。」

陳平安笑道：「大千世界，無奇不有，等妳走過了更多山山水水，就會見怪不怪。」

裴錢感慨道：「這樣啊。」

陳平安隨口道：「之前我們見過的在山頂泉水煮茶的老翁，還有在溪畔洗頭的女子，其實都是山中精怪，也沒有傷人之意，反而嚮往世俗人間的生活，妳不是跟他們聊得挺投緣嗎？」

裴錢目瞪口呆。老頭兒和藹可親不說，那個梳洗完頭髮的漂亮姐姐還用樹葉吹了一支曲子給她聽呢。裴錢皺著臉，膽戰心驚。

陳平安笑道：「就他們不是人，其餘遇到的，都跟我們一樣。」他們這一路，其實還遇到了督促百姓鋪路造橋的地方官員、遊山玩水的膏粱子弟和名士文豪，以及裴錢看得眼睛發亮的花魁。還有那一人一馬行走江湖的游俠兒，高坐馬背，臉色倨傲地跟陳平安他們問路，把裴錢氣得不輕。

裴錢突然問道：「那個小不點呢？」她說的是蓮花小人兒。

陳平安笑道：「他可不願意見妳。」

裴錢站起身去自己屋子，從包裹裡拿了那本書，回到陳平安這邊陪他一起看。她暫時不敢回去，害怕那隻白貓回來報仇。她如今劍術練得還不行，想要斬妖除魔還沒啥底氣。

陳平安合上書，悄然拿出那幅畫卷。如今已經砸下去九枚穀雨錢了，仍是沒能讓這位南苑國開國皇帝走出畫卷，這讓他有些無奈。他攤開畫卷，手中拿著一枚穀雨錢，想著這是最後一枚，若再沒有結果，就只能作罷了。

拿穀雨錢填一個無底洞，他陳平安的錢又不是天上掉下來的。

陳平安將第十枚穀雨錢「丟入」畫卷中，仍是如同泥牛入海，霧氣升騰是有，可也就只是這樣了。

裴錢已經放下那本破損褶皺的書籍，站在陳平安身邊。他並不刻意遮掩此事，所以畫卷吃錢的場景裴錢已經看了好多次，看到陳平安又一次失望，她笑嘻嘻道：「我要是改姓鄭，會不會更好一點？」

裴錢，賠錢；鄭錢，掙錢。

陳平安嘆了口氣，就要收起畫卷。轉頭望去，打開通風的窗戶上站著一隻白貓，牠沒有看陳平安，而是對著裴錢譏笑道：「小丫頭，妳吃屎去吧。」然後一閃而逝，去隔壁桌子上拉了一坨屎。

裴錢一頭霧水，陳平安哭笑不得。還真記仇，這倒是跟裴錢如出一轍。

陳平安突然心中驚悚，站起身，一把將裴錢拉到身後。

一個斜背著巨大金黃葫蘆的小道童坐在窗臺上，笑咪咪望向陳平安。

白貓跳到他肩頭，蜷縮而踞。

陳平安在南苑國京城遠遠看過一眼小道童，後來與種秋交談，知道這個傢伙的大致身分，稱呼老道人為「我家老爺」，是負責藕花福地的敲鼓飛升之人。

小道童瞥了眼陳平安腰間的養劍葫，嗤笑道：「品相一般般嘛，算不得最拔尖，比我的這只養劍葫差了十萬八千里。」

陳平安面無表情問道：「找我有事？」

小道童自顧自道：「你們東寶瓶洲不是有兩只最好的養劍葫嘛，你怎麼沒撈到手？」

正陽山仙子蘇稼落魄之前，曾經擁有一只紫金葫蘆；風雪廟陸地劍仙魏晉也有一只銀白色養劍葫，後來到了阿良手上，又被阿良送給了李寶瓶。

小道童雙手撐在窗臺上，搖晃著雙腿：「世間有七只養劍葫，是道祖親手栽種的一根葫蘆藤上結成，最為珍稀。養出來的飛劍，分別數量最多、成形最快、最堅不可摧、最鋒芒無匹、最養主人體魄、飛劍最小，真正殺人於無形。至於最後一只，就是我背著的這個了，知道有什麼玄妙嗎？」

陳平安不答話，裴錢躲在陳平安身後，雖然很好奇，但是絕不敢探頭探腦。

小道童見陳平安當啞巴，覺得有些無趣，肩挑白貓，輕靈跳下窗臺，走到桌旁，指了指那幅捲起的畫軸：「我家老爺對幫你挑選五人，以及匆忙趕你走有些過意不去，便破例讓我來說些事情給你聽。一是那把油紙傘，你好好收著，別隨意丟棄了，有它在身邊，你就會被遮蔽氣機。二是你挑選的第一幅畫卷，我會提醒你一次，只有一次，直接告訴你所需穀雨錢的數目。比如這幅畫有魏羨的，就是……」他笑著伸出兩隻手，肩頭上那隻白貓懶洋洋提起一隻爪子，他又笑，「十一枚。」

說到這裡，小道童有些遺憾，又有些幸災樂禍。關於四幅畫所需穀雨錢的總數，是他家老爺定下的，但是具體分攤到每一幅需要多少，則是他的安排了，這些內幕，陳平安不會知曉。小道童本以為陳平安一定會選擇武瘋子朱斂的，那麼陳平安就有苦頭吃嘍。沒想到那個蓮花小人兒從中作梗，無意中幫陳平安挑了魏羨。

陳平安問道：「那你為何現在才告訴我數目？」

小道童嬉笑道：「只要在你投入最後一枚之前告訴了你答案，就不算壞規矩，我家老爺不會責怪的。」

他看到陳平安沒什麼惱羞成怒的表情，越發無趣，揮揮手：「就這些了，希望咱倆以後都沒有見面的機會，看到你就煩。」

陳平安不以為意，問道：「最近有沒有可以去往東寶瓶洲的仙家渡口？」

小道童很不願意告訴陳平安，可一想到自家老爺的脾氣，只得報上地點，不敢造次。看到陳平安身後探出的那顆小腦袋，他冷哼一聲，似乎十分不滿，不願意多看她一眼，一個後掠，帶著肩頭的白貓一起從窗口消失。

陳平安重新打開畫卷，丟入第十一枚穀雨錢，毫不猶豫。

霧氣彌漫，籠罩整個房間。陳平安拉著裴錢後退，離著桌子有五、六步遠，養劍葫內初一和十五已經蓄勢待發。

有一個身穿龍袍的矮小男子從畫卷中「拔地而起」，站在桌上，然後走到凳子上，再走到地面上，看著陳平安，板著臉說道：「魏羨見過主人，以後殺敵，但憑吩咐。」

陳平安點了點頭，兩人相視無言，氣氛凝滯，有些尷尬。

魏羨突然說道：「主人好重的王霸之氣。」

陳平安無言以對。

裴錢覺得自己算是長見識了：『娘咧，這傢伙也太臭不要臉了吧？』

魏羨環顧四周，緩緩道：「主人有無不惹眼的衣衫？我換一身，今夜去那外邊逛蕩逛蕩，領略一下浩然天下的大好山河，主人何時動身趕路了，我自會出現。」

陳平安拿出一套嶄新衣物給他，魏羨脫了龍袍換上，單手撐在窗臺上一躍而出，跳上牆頭，消失在夜色中。

裴錢問道：「大晚上的，看啥大好山河？」

陳平安無奈道：「這我哪裡知道人家是怎麼想的。」

一夜無事。

裴錢回到自己屋子，看到桌上那坨屎，氣得咬牙切齒。

第二天啟程，魏羨果然出現在客棧外。在那之後，魏羨就不再說話了。

魏羨身高還不及陳平安，很難想像這是一位開國皇帝，還是那代的天下第一大宗師，武力卓絕，被後世譽為沙場陷陣萬人敵。

久而久之，裴錢就習慣了魏羨的存在，因為當他不存在就可以了。

在冬末時分，三人臨近一座邊陲小鎮，再往北，就是桐葉洲勢力較大的大泉王朝了，而小道童所說的那座仙家渡口，就在大泉王朝的最北端。

行走在邊境，看到小鎮之前，裴錢哀求陳平安：「再給我一張符籙吧，就是會發出金光的那張，咻一下就擋住了那頭青色大水牛。」

陳平安只是在深思著事情。

裴錢不願甘休：「又不是要你送我，我只是貼腦門上，就能走得快了。求你了，咱們不是在趕路嗎，你就不想我走得快一些，早點回到那個什麼大驪龍泉？」

「啪」一聲，符籙果真貼上了裴錢的額頭，還是歪斜貼著，恰好不擋她的視線。

裴錢立即笑開了花，果真快步如飛。自己腦門上貼著一座南苑國京城的大宅子呢，怎麼會感覺累？貼著它走路，就好像在自家大宅子散步哩。

跟在兩人身後的魏羨看了眼裴錢，大概心情與那隻白貓差不多，覺得這個丫頭片子腦子有毛病。

陳平安腰間懸佩長劍癡心和狹刀停雪，摘下養劍葫喝了口酒。身後魏羨從一開始的步履略顯沉重到現在的輕鬆自如，裴錢看不出蛛絲馬跡，陳平安則心知肚明。

當三人走上一座山坡，發現不遠處塵土飛揚，有百餘騎且戰且退，地上已經有數十具屍體，像是在拚死護著一個老人。

陳平安眼中，看得更多的是追殺那些騎軍的兩名鍊氣士，其中一人是劍修。而在魏羨看來，更多注意的還是那支騎軍，眼中有些激賞神色，自言自語道：「百戰之兵，下馬為銳士，上馬則鐵騎，應該就是大泉王朝的姚家邊軍了。」

裴錢如今可不怕這個矮小漢子了，納悶道：「你咋知道這些的，平日裡你四處逛蕩，就為了打聽這些？」

魏羨置若罔聞，眼神炙熱。

南苑國曾經以鐵騎甲天下著稱於世，硬生生打得草原騎軍退回塞外，差點向南苑國納貢稱臣，此全為魏羨一人之功。

陳平安突然轉頭，沉聲問道：「姚家邊軍？確定？」

魏羨板著臉，連說話的意思都沒有，浪費他口水。

山坡一震，陳平安轟然而起，從天而降，剛好將逃亡的鐵騎和兩名鍊氣士雙方攔腰截斷。他曾經答應過齊先生，或者說答應過那片唯一願意飄落到他手上的槐葉，所以他今天遇姚而停。

雙方對峙，只是姚家鐵騎換成了從天而降的陳平安。

劍修輕聲說了「不急」二字，那名扈從便耐著性子，腳尖蹍著泥地，百無聊賴。

那名中年劍修身穿素白麻衣，一場實力懸殊的廝殺使得他沒有沾染半點血跡。他容貌俊逸，只是眼眸狹長，嘴唇單薄，使得整個人的氣質略顯刻薄。他並無佩劍，一把本命飛劍與劍客佩劍等長，出竅殺敵之時如有火龍盤踞，那支姚家鐵騎的刀槍與之觸碰，根本擋不住，好似被刀切豆腐。他身旁的扈從是一名身材魁梧的純粹武夫，身披神人承露甲，也就是山上俗稱的「甘露甲」。

陳平安對這類兵家甲丸並不陌生，曾經就從那個古榆國國師身上剝落下一件，後來在倒懸山又購置了一件品秩極高的破碎甘露甲，被陸臺修繕如新，但是一直沒有機會穿戴，畢竟他身上的金醴法袍更加珍稀。

兩人配合嫻熟，劍修駕馭本命飛劍殺敵，武夫護在劍修身側，防止姚家鐵騎的漏網之魚近身搏殺劍修，以及幫劍修遮擋那些手弩或是馬弓的箭矢。好幾次箭矢攢射而來，角度刁鑽，這名純粹武夫乾脆就以身軀遮擋那幾支箭矢的路線，最後不過是在雪白甘露甲表面濺起一點火花而已，這點甲丸儲藏的靈氣損耗恐怕都不用花費一枚雪花錢，而對方往往要付出一條鮮活性命的代價。

山澤野修最喜歡富貴險中求，一遇上機緣就敢鋌而走險，那些突然被尋見、發掘出來的上古真人茅廬、仙家府邸、洞天福地破碎後的大小祕境，必然有野修蜂擁而去，為了爭搶一件靈器法寶，打得腦漿四濺，圖什麼？還不是為了獲得這種碾壓他人的快感，要麼倚仗神兵利器殺人，要麼憑藉護身法寶刀槍不入、術法不侵，讓對手心生絕望。

劍修在戰場上閒庭信步，一把飛劍，方圓百丈內，劍光如虹。武夫如影隨形，嚴密護住其四面八方。

中年劍修人如其劍，乾脆俐落，不做絲毫多餘舉動，可那魁梧武夫就不同了。本身性情暴戾，又不能放開手腳追殺鐵騎，廝殺得不夠酣暢淋漓，所以每次劍修重創姚家精騎，使其跌落馬背，只要在兩人行進路線上，那武夫就一腳踩爛其頭顱或是踩凹其胸膛，模糊血肉和破碎甲冑攪在一起，慘不忍睹。

而此時天上掉下了一個人，中年劍修停下腳步，以一洲雅言笑問道：「是大泉劉氏的新供奉？」

桐葉洲，山水多阻絕，按照那本神仙書記載，相較於東寶瓶洲，更加十里不同音，百里不同俗，所以各國上層人士，尤其是禮部衙門官員，往往精通桐葉洲雅言。

那魁梧武夫沒好氣道：「先生廢這話做什麼，直接宰了便是，不過是個七境以下的武夫，這般年輕的武學天才，殺起來更痛快。」

劍修笑道：「憑空多了一條大魚，不正合我意嗎？」

雖然他停下腳步與陳平安交談，可他的那把飛劍懸停在姚家鐵騎逃亡方向的最前邊。這場追殺，除了先前兩人合力偷襲，驚險斬殺掉姚家鐵騎的那名隨軍修士，此後劍修一直就是駕馭飛劍，先殺最周邊的姚家鐵騎，率先突圍之人先死，這就是他的遊戲規則。

一個老人披掛甲冑，與四周騎卒並無兩樣，應該都是大泉王朝的邊軍制式輕甲。他摀住腹部，指縫間皆是鮮血。雖然處境淒涼，可老人始終神色自若，並無半點頹喪怯懦，哪怕麾下精銳護著他，死傷慘重，大好兒郎沒有凱旋，甚至沒有轟轟烈烈戰死邊關，而是死於這種骯髒的廟堂黨爭中。

老人眼眸深處有愧疚和哀傷，但是沒有半點流露在臉上。戎馬生涯數十載，見慣了生生死死，加上為將者慈不掌兵，這位權傾南方邊境的老將軍鎮定異常。

剩下的百餘姚家鐵騎死死護住老人，並沒有因為刺客的強大便心生怯意。

姚氏治軍，法度森嚴。例如姚氏子弟，無論嫡庶，年少時就已弓馬熟諳，十五歲之後都要投軍入伍，一律從底層斥候做起，姚氏男子死於邊關戰事者不計其數，以至於姚氏寡婦的說法傳遍數國。

陳平安沒有轉身望向那支騎軍，而是問了老將軍一個奇怪問題：「將軍姓姚？祖上與東寶瓶洲北邊大驪王朝的姚氏可有關係？」

老將軍皺緊眉頭：「大驪王朝？不曾聽說。」他稍作猶豫，「不過我大泉姚氏先祖的確來自東寶瓶洲，具體何處，先祖對此諱莫如深，當初命人撰寫家譜，只提到了『龍窯』二字以及一些家鄉的風土人情，而且明言不許後世子孫去東寶瓶洲尋祖訪宗。」

陳平安再問：「將軍的先祖可曾提及什麼街巷，或是……一棵樹蔭茂盛的大柳樹？」

老將軍雖然很想點頭，興許就可以與這個怪人攀上關係，說不定就能贏得一線生機，可是光明磊落的耿直心性不由得他如此行事，況且涉及祖先籍貫，後世子孫哪裡好去胡亂攀扯，沉聲道：「沒有說什麼街巷，也沒有什麼柳樹，只說故鄉的槐花滋味不錯，代代相傳，我大泉姚氏祖宅大院就種植有一棵千年老槐。」

陳平安這才轉過頭，對他笑著點了點頭：「明白了。」

老將軍越發疑惑：『這孩子到底明白了什麼？』

劍修似乎也在等待什麼消息，眼角餘光一直飄忽不定，彷彿得到了想要的答案，便打趣道：「你們倆拉完家常了沒？完了咱們就辦正事。」

陳平安雙手按在癡心劍柄和停雪刀柄上，問道：「是有人花錢買凶殺人，你們則收錢替人消災？」

劍修一臉無奈道：「你話很多啊。」

陳平安笑道：「不常見的，你們剛好碰上了。」

姚家鐵騎當中，有一名與老將軍面容有幾分相似的少年騎卒，看看那個凶神惡煞、殺人如割麥子的劍修，再看看一襲白袍、兩袖清風的年輕人，腦子有點不夠用了。

一名與老將軍隔了兩個輩分的年輕驍將總算有機會喘口氣，與主公說幾句話。先前只能一路逃亡，眼睜睜看著一個個袍澤死於飛劍之下，實在是狼狽不堪。這個及冠之齡的年輕驍將，臉上被劍修飛劍割裂出一道血槽，皮開肉綻，十分淒慘，可是他全然不在意，只是輕聲問道：「將軍，以那名歹人劍修展露出來的飛劍神通，不應該讓我們放出信號給三爺和九娘的。」

老將軍一直盯著陳平安的背影，聽到身邊親信的問題之後，冷笑道：「我們既是目標之一，更是誘餌。」

年輕驍將顯然是姚家鐵騎的嫡系，知曉許多邊軍和朝廷內幕，小心翼翼道：「那麼朝廷之前祕密借調我們大半數軍中修士去參與金璜府君和松針湖水神之爭……」

老將軍低聲感慨道：「這也算是幕後之人的陽謀了，既能讓南邊敵國內耗元氣，也為我們這次遇襲埋下伏筆。這絕不是一個繫露馬氏可以做到的……」

陳平安轉頭問道：「敢問姚老將軍，為何被這兩人追殺？」

老將軍笑道：「可能是沙場恩怨吧。」

這場陰謀涉及大泉朝堂一些密事醜聞，他當然不願多說。

姚家邊軍一向對歷代劉氏皇帝忠心耿耿，遠離廟堂紛爭，誰當了皇帝就聽命於誰，不摻和任何風波，但是最近十年間，出現了一個無可奈何的意外。

按照祖訓家規，姚氏女子不得外嫁世族豪門，只與地方士族通婚聯姻。可是老將軍的年幼女兒當年與一個遊歷至此的年輕人一見鍾情，男子品行、才學俱佳，兩人還曾並肩作戰，出生入死過。本該是喜結連理的好事情，只是老將軍當時恪守家規，不贊同此事。

他女兒不愧是姚氏女子，便默默承受下這份相思之情，給那人寫了一封絕交信，不承想那男子竟然再次來到邊關。大雪天，堂堂吏部天官嫡長子在姚氏祠堂外跪了一天一夜，姚家上上下下皆動容不已，最後實在是沒理由拆散這對鴛鴦，老將軍就答應了女兒與他的婚事，但是老將軍這一輩沒有任何一人赴京參加婚宴。

其後，姚姑娘也沒有回過娘家一次，老將軍與那位位高權重、執掌天下官吏升遷之路的親家更是從無書信往來。可即便如此「不近人情」，依舊撇不清姚姑娘姓姚的事實，只是一次破例而已，十年後就帶來了家族覆滅之隱患。

先是去年，老將軍的那位尚書親家被廟堂死對頭繫露馬氏暗中指使言官大肆彈劾，之後被龍顏震怒的皇帝狠狠申飭一番，嚇得他回到家後就立即動筆，上書一封，措辭淒涼，

「體態孱弱，垂垂老矣，猶然不如稚童，牙齒所餘不過三兩顆，與『鮮』字無緣已久」，主動要求告老還鄉。皇帝陛下不准，但是老尚書在吏部衙門的聲勢跌落谷底。

只是這次除了根深蒂固的黨爭，真正麻煩的地方還是牽扯到了儲君，京城又多了很多不講規矩的外鄉人位居廟堂要津推波助瀾。有意思的是，三位皇子都很出類拔萃，各有所長，放在大泉任何朝代都是毋庸置疑的太子人選。

京城官員的起起伏伏、邊陲將領的東跑西調，讓人目不暇接。連遠在南方邊境的姚家鐵騎都沒辦法置身事外，大泉王朝最近這些年的暗流湧動，其中凶險可想而知。

劍修廝殺只在一瞬間，那柄懸停在姚家鐵騎周邊的本命飛劍從馬隊中間一掠而過。好在劍修為了追求極致速度，揀選了一條路上沒有障礙的最快路線，不然恐怕這一劍又要刺透好幾顆頭顱。

陳平安推劍出鞘，雙指併攏作劍訣，駕馭竇紫芝這把耗費家底的法劍癡心抵禦從背後迅猛而至的劍修飛劍。

劍修心一沉。年紀輕輕的不速之客不但是一名劍師，那把佩劍竟然能擋住自己本命飛劍燈燭，難不成還是件深藏不露的法寶？不然以燈燭的鋒芒，江湖上所謂的神兵利器根本就經不起一擊，可那把佩劍好似連一個缺口都未曾崩開。

魁梧武夫有些幸災樂禍：「先生，還不急嗎？」

劍修並未動怒，微笑道：「試試此人深淺，就當陪他玩一會兒，我有自保的本事。」

「如此甚好！」身披甘露甲的純粹武夫猙獰大笑，一腳踩出一個坑窪，暴起前衝，在

五、六丈外對著陳平安就是一拳遞出，拳罡洶湧，罡氣碗口粗細。

陳平安一手負後縮在袖中，在駕馭癡心一次次抵御劍修飛劍之際抬起手臂，以掌心迎向那道拳罡，五指一抓，拳罡竟是直接被他捏碎。

魁梧武夫哈哈大笑，倒也沒有半點慌張神色，本就是試探性一拳，五成功力都不到：「先生，道行不算淺了！至於到底有多深……」他輕喝一聲，驟然加速前衝，眨眼之間就來到陳平安身前數步外，右手猛然掄起一臂。這一拳遞出之時，快若奔雷，他的整個右側肩頭都綻放出雪白光彩。

砰然一聲，陳平安依然用手掌擋下了武夫的一拳。

魁梧武夫眼中流露出一絲不解——眼前年輕人竟然紋絲不動？

雖然疑惑，但沒有耽誤抬腳的一記狠辣膝撞。武夫搏殺，尤其是高手之戰，念頭急轉的同時，每次出手還要發乎本能，甚至要快過「心意和想法」，這才算真正登堂入室。

陳平安背後那隻手離開袖子，輕輕一拍眼前白甲扈從的膝蓋，一肘捶在此人胸口，打得他身體向後飄蕩而出。只是那一拳猶然被陳平安握在手心，於是那人又被一扯而返，陳平安一拳砸在那人心口外的甘露甲上。

魁梧武夫轟然倒飛出去，摔在十數丈外的地面上。他身負兵家甲丸，傷得不重，更多的是體內氣機的震盪，嘴角滲出一絲血跡。

手掌一拍地面，他重新起身，吐出一口帶血絲的唾沫，左右咧嘴，埋怨道：「先生，他娘的這傢伙到底是劍師還是橫錬體魄的外家拳宗師？」

劍修站在他身後，笑容玩味：「你還不許一個武學天才兩者兼具啊？」

魁梧武夫深吸了一口氣，轉頭看了眼山坡頂上的魏羨，心情不再輕鬆，對劍修說道：「那這小子就真是該死了。先生，你玩夠了沒有，咱們可千萬別陰溝裡翻船，這傢伙可不是一個人來的。」

劍修點點頭：「大泉劉氏和姚老兒的香火情應該就這麼點了，既然如此，那就可以開始起網了。」他吹了一聲口哨，極其尖銳。片刻之後，他的身形往一側迅猛狂奔而去，一招手，本命飛劍不再糾纏陳平安，由實轉虛，沒入他胸前，如魚線入深潭，轉瞬不見，返回竅穴溫養。

那身披甘露甲的武夫扈從一愣之後，二話不說就開始跟著劍修逃遁遠去。

陳平安雖然不清楚為何兩名刺客就此離去，但也沒有攔阻。

劫後餘生的姚家鐵騎更是蒙在鼓裡，面面相覷。

老將軍權衡一番，翻身下馬，對身邊攙扶他的年輕騎將下令道：「派遣一伍斥候出去偵察情況，其餘人就地休整。」

五名邊軍斥候如撒網一般，策馬向四面八方游弋而走。

陳平安緩緩走向魏羨和裴錢，老將軍欲言又止，終於還是沒有出聲，想要道一聲謝，只是剛要開口就扯動腹部傷口，只得閉嘴，對著陳平安的方向遙遙抱拳，算是無聲致謝。

對方能夠仗義出手，以一己之力攔下兩名穩操勝券的刺客已算仁至義盡，他可沒那臉皮提出得寸進尺的要求。

半炷香後，一支騎軍疾馳而至，除了十數騎滿身鮮血的姚家邊軍，更多還是二十餘個陌生面孔，不是雙眼神光湛然、肌膚晶瑩如玉的鍊氣士，就是氣勢磅礴的武道宗師。這些人眾星拱月般嚴密護著一個身穿錦袍的男子，三十歲出頭，面如冠玉，顯然是這些高手的主人。

臨近老將軍所在的姚家邊軍，男子擺擺手。很快，騎隊分開，男子一騎獨出，勒韁而停，朗聲笑道：「姚老將軍，所幸我沒有來晚。」

老將軍正要起身作答，那人已翻身下馬，握著馬鞭使勁揮了揮：「老將軍有傷在身，不用多禮。」

老將軍仍是執意起身相迎。

男子加快腳步，徑直牽馬來到老將軍身前，輕聲道：「姚氏這樁禍事，歸根結底，還是因我和李錫齡而起。這次我既然剛好在邊境，就沒理由袖手旁觀，希望老將軍理解，若非情況緊急，我是絕不會露面的。」

老將軍轉移了話題，沉聲道：「殿下千金之軀，豈可輕易涉險。」

男子笑道：「姚將軍身為征南大將軍，我大泉正二品高官，出生入死幾十年，就不值錢了？」

老將軍苦笑道：「殿下！」

男子揮揮手，笑道：「來都來了，做也做了，老將軍的教訓我也聽過了，是不是可以打道回府了？這些刺客未必沒有後手。」

老將軍無奈一笑，道：「全憑殿下吩咐。」
男子突然以手中馬鞭指向對面山坡：「那撥人是？」
老將軍解釋道：「若非他們拖延時間，我撐不到這會兒。有些墨家游俠兒的風采，殿下不用多想，萍水相逢，咱們不用畫蛇添足了。」
男子點頭，突然一拍腦袋，趕緊從袖中拿出一只小瓷瓶，拔出塞子，頓時香氣彌漫。他倒出一顆墨綠丹丸在手心，遞給老人：「這是皇宮裡頭珍藏的療傷祕藥，老將軍吞下即可。」
老將軍不疑有他，道了一聲謝，毫不猶豫拋入嘴中，吞入腹中。
男子笑意更濃，親自攙扶老將軍，走向他帶來的一輛馬車。
山坡之頂，陳平安目送他們離去，拿出那枚兵家甲丸遞給魏羨，後者沒有立即接下。
陳平安解釋道：「這是兵家甲丸，名為『神人承露甲』，灌入真氣，身上就可以披掛甲冑，跟先前那武夫差不多，可以自行抵禦刀劍和術法。除非被一次性穿透，或是反復捶打某一處，一般來說，靈氣耗盡之前，就是護身符，對付劍修的本命飛劍，卓有成效。」
甲丸的品秩高低，往往跟儲藏靈氣多寡直接掛鉤，所以大致分為三種，被山上戲稱為水窪甲、池塘甲、大湖甲。
神人承露甲位列第三等，幾乎都是水窪甲的品相，但是倒懸山靈芝齋售賣的這一件極為特殊，極有可能是一副祖宗甲，即最早一撥甘露甲，為兵家大師精心打造，可謂寒門貴子了。

魏羨推回陳平安的手，笑道：「無功不受祿，回頭我立了功，再拿不遲。」

陳平安笑著收起來。

裴錢滿臉期待道：「他不要，送我唄？」

陳平安根本沒理她。

此後三人路線與姚家鐵騎不在一個方向上，他們趕往那座依稀可見輪廓的邊陲小鎮。路上，魏羨難得多說了幾句，一口氣問了三個問題：「公子是想做那道德聖人，求三不朽？」

陳平安忍俊不禁，笑著搖頭道：「當然不是。」

要是真有此志向，陳平安當初早就認了文聖老秀才當先生了，尤其是桐葉洲之行，使得陳平安越發堅定。

魏羨又問：「那公子是想謀取大勢，爭王爭霸？」

陳平安啞然失笑，指了指自己：「就我？」

魏羨最後問：「那就是獨善其身，證道長生？」

陳平安反問道：「你問這些做什麼？」

魏羨閉口不言。陳平安也不願多說什麼，一行三人就此沉默。

第七章　人間路窄

進入邊陲小鎮之前，途經一座孤零零的客棧，店外掛著皺巴巴的破舊酒招子。陳平安晃蕩了一下酒葫蘆，就決定去添些酒。陳平安喝得出來酒水的優劣，黃粱福地的忘憂酒、桂花島的醇釀都喝過，路邊街角酒肆的酒水更是沒少買，沒那麼計較。

客棧外邊趴著一條瘦竿子似的土狗，曬著大太陽，遠遠見著了陳平安三人就站起身，齜牙咧嘴吼叫起來。

這算什麼待客之道？一個小瘸子拎著刀就跑出來，以刀尖指著那條狗，氣勢洶洶道：「再嚷嚷，就取你狗頭！」

土狗病懨懨趴回地上。

小瘸子舉頭望去，看到了三個稀罕客人，趕緊將刀藏在背後，笑道：「客官別怕，我們這兒可不是黑店，保證是清白人家做的正經買賣！」

他似乎擔心客人掉頭就跑，先下手為強，轉頭對著裡邊大堂喊道：「老闆娘，來客人啦，快點抹乾淨桌子，有妳最喜歡的俊俏公子哥，還是讀書人！」之後他又趕緊轉過頭，彎腰伸手：「客官們請裡邊坐，我們這兒老闆娘祖傳土法燒造的青梅酒，還有我師父最拿手的烤全羊，千里邊境獨此一家，別無分店！」

陳平安三人走入客棧。

一樓大堂喝酒吃飯，桌子不多，想來是生意冷清的緣故，二樓可以住人。

此刻大堂並無客人，就一個腳踩長凳的婦人嗑著瓜子，斜瞥向小瘸子所謂的讀書人。她一開始是沒抱希望的，小瘸子就是糞坑裡泡大的小蛆兒，哪有什麼見識，這輩子都不會曉得「俊俏」二字怎麼寫。

婦人身著一件紅底黃色團花對襟寬袖袍子，袍子質地不俗，樣式也好，就是年月實在有些久了，像是鋪了一層油脂。她的面容豐滿紅潤，身段婀娜，儘管已有三十多歲，仍是不輸那些十五、六歲的少女。

婦人眼前一亮，嬌膩嫵媚地「哎喲喂」一聲，丟了一捧瓜子在地上，隨便拿繡花鞋撥了撥，劃拉到桌子底下，使勁扭擺著纖細腰肢，跟一條蛇似的，往陳平安那邊扭去。

到了跟前兒，一巴掌輕輕搭在陳平安的肩頭，順手一捏——瞧不出，老娘撿到寶了，模樣好看不說，還是個身上有勁兒的，不是那些中看不中用的繡花枕頭。

陳平安見她得寸進尺，還要往自己胸口拍去，這才橫移了一步，讓她一巴掌拍空，笑道：「掌櫃的，我要買三、五斤酒，不吃飯、不住宿，買了酒就走，聽夥計說這兒有祖傳的青梅酒，不知道是怎麼個價格？」

婦人悻悻然收回手掌：「公子這麼急匆匆去那狐兒鎮？真不是我為了招徠生意才嚇唬公子，那兒經常鬧鬼鬧妖，能夠害人鬼迷心竅，今年更厲害，好些商賈和旅人都遭了禍，死人是不曾有，可瘋瘋癲癲的，一雙手之數總得有了。所以啊，公子、你還是在我們客棧住下，青梅酒要幾壺有幾壺，不貴，最好的五年釀，兩壺才一兩銀子，再來一隻烤全羊，吃飽喝足，晚上就住我們這兒，到時候……」說到這裡，婦人眉梢帶著春意，微微一挑，「姐兒我親自給公子端洗腳水去。」

裴錢在一旁流口水，聽到「烤全羊」三個字，就走不動路了。她抹了一把嘴，輕輕扯了扯陳平安的袖子。

陳平安想了想，問魏羨：「能喝酒？」

魏羨點頭道：「海量。」

陳平安轉頭對老闆娘笑道：「住就不住了，但是可以在客棧吃頓飯，除了飯桌上喝的酒，額外給我備好五斤青梅酒，我要帶走。」

婦人對那小瘸子一揮手：「給老駝子挑一隻羊去，記得肥瘦得當，用點心，別一天到晚總想著天上掉下個便宜師父，傳授你絕世武功，這樣的好事砸不到你頭上。趕緊滾。」

少年嘟嘟囔囔，一路飛奔離去。

三人落座，剛好空著一條長凳，婦人便去櫃檯拿了幾碟子零嘴吃食，放在桌上後，坐在了陳平安對面，問：「聽公子口音，不像是我們大泉人氏。是那負笈遊學的讀書人吧，北晉那邊來的？」

陳平安笑道：「更南邊一些來的。」

婦人身體前傾，彎腰抓過一把從狐兒鎮買來的乾果，沉甸甸的胸脯重重壓在桌面上，發現那個年輕公子哥始終笑望著自己的臉龐，眼神清澈，讓她有些訝異：『天底下還有不吃腥的貓？』

她嫣然笑問：「咱們先喝點小酒？我可以陪公子悠著點喝，等到烤全羊上桌，剛好微醺，到時候撕下金黃油油的羊腿，那滋味真是絕了。」

陳平安點頭說好。婦人去拿了一罈酒和疊放在一起的四只大白碗，揭了泥封，倒酒入碗。青梅酒呈現出琥珀色，尤其乾淨，並不渾濁，光是看一眼就有些醉人。

婦人頗為自得，笑著介紹這祖傳青梅酒分半年釀、三年釀、五年釀，最差的半年釀，曾經有個遊歷至此的京城豪俠，牽著一匹高頭大馬，喝了以後都要伸出大拇指稱讚不已，說大泉京城都不曾有如此美酒。

裴錢一臉天真無邪，問道：「京城來的人還只喝半年釀啊？」

婦人給噎得不行，趕緊補救：「那位豪俠起先只是為了嘗個滋味，後來便與你家公子一樣，買走了好幾斤五年釀的青梅酒。」

裴錢皮笑肉不笑，故作恍然道：「原來是這樣啊，大泉京城人氏可真不豪爽，買點酒水而已，還要先嘗過再說，不如我……爹，要買就直接買最貴的五年釀……」

陳平安一個栗暴砸過去，砸得裴錢雙手抱頭，又順便將裴錢身前那一大碗青梅酒挪給另外一邊的魏羨，讓這位自稱「海量」的南苑國開國皇帝一人兩碗，想必不在話下。

裴錢揉著腦袋，委屈道：「我就不能喝一小口嗎？走了這麼遠的路，我口渴，嗓子眼要冒煙啦！」她嘴唇乾裂，幾乎要滲出血絲來，如果不是腦門上貼著那張鎮妖符讓她綻放出驚人的體力，她肯定撐不到走來這座客棧。

有錢能使鬼推磨，有符能使她趕路。說到底，還是因為錢。

陳平安笑道：「誰跟妳說喝酒解渴的？等會兒自己跟老闆娘求一碗水。」

裴錢瞥了眼那個花裡胡哨的老娘兒們，冷哼一聲，雙手環胸，轉過頭。

婦人不以為意，起身去端了一碗茶水過來，輕輕放在裴錢身前：「喝吧，不收錢。」

裴錢立即雙手捧起碗，咕咚咕咚，一口氣喝完。

不喝白不喝，她是討厭這個老女人，又不是討厭眼前這碗茶水。

陳平安和魏羨對視一眼。陳平安嘆了一口氣，心想這個掌櫃也不是省油的燈，喜歡記仇，一點不比裴錢差。這不，方才那碗茶水當中，她背對他們的時候，就往裡邊偷偷吐了一口唾沫，擰轉手腕，稍稍晃蕩一下，端到桌上，了無痕跡。

不過青梅酒的味道真是一絕，除了沒有蘊含靈氣，已經不輸給那艘島嶼渡船上的桂花釀，事後一定要裝滿養劍葫，實在不行，再讓魏羨隨身攜帶幾罈——既然敢說海量，一定是愛酒之人了。

陳平安小口喝著見之可親可愛、入喉如火炭灼燒、入腹卻能暖肚腸的青梅酒，心情都跟著好了起來，問道：「掌櫃的，可曾聽說過姚家邊軍？」

婦人隨口道：「這當然，邊境混飯吃的，誰不知道姚家鐵騎的威名？不是跟公子你吹牛，我這客棧曾經就有一位姓姚的小將軍帶著一撥隨從吃過了整隻烤全羊才離開，丟了好大一塊銀錠在桌上。不過這些當兵打仗的，哪怕只是吃飯喝酒也嚇人，我都不敢靠近，總覺得他們身上帶著殺氣。」

陳平安問道：「姚家邊軍口碑很好？」

婦人笑道：「好不好，我們這些老百姓哪裡知道，根本就沒機會跟這些貴人打交道。不過呢，口碑不差是算得上的，畢竟我在這邊開客棧十來年了，沒聽過什麼姚家人欺負誰的傳聞，聽得最多的就是姚家人誰誰誰又立了大功、得了朝廷封賞、升了大官，誰誰誰戰死在南邊的北晉國哪裡了，他的媳婦果然又成了寡婦……大致就是這麼些小道消息，聽來聽去，實在是膩歪了。」

陳平安點點頭，對於這一支從驪珠洞天遷徙到桐葉洲的姚氏有了個大致印象。

魏羨已經喝完了一大碗，這會兒是第二碗了，滿臉漲紅，不過眼神明亮：「邊軍既不擾民，也不養望，擺明瞭是要跟皇帝表態，沒有藩鎮割據的念頭，這是明智之舉，不然一榻之外皆是他鄉的皇帝哪敢放心。」

婦人愣了一下：「這位大爺，你說的啥？」

魏羨喝了一口酒，一拍桌子：「馬蹄所至，皆是國土，這酒好喝！」

自稱海量的南苑國皇帝說過了這番豪言壯語就醉成一攤爛泥，趴在桌上醉死過去，鼾聲如雷，這下子不住客棧也得住了。

之後小瘸子和一個駝背老人將一大盤烤全羊合力端上了桌，陳平安難得吃這麼飽，裴錢更是吃得十二分飽，到最後差不多是強行撕下羊肉往嘴裡塞了。陳平安細嚼慢嚥，吃得慢，喝酒也不快。

老闆娘坐在櫃檯一邊，陳平安先前邀請她一起吃飯，她婉言拒絕了。陪著喝點小酒無妨，可要是厚著臉皮跟客人一起吃飯，也太不厚道了，沒這麼開客棧做買賣的。

裴錢吃得挺起肚子，繞著桌子開始散步，不然太難受。

陳平安要了樓上三間相鄰的屋子，把魏羨攙扶上樓，丟在床上。好在魏羨酒量不行，酒品還不錯，喝醉了就睡，不發酒瘋，不說酒話。裴錢去了中間那屋，關上門，開始打飽嗝。陳平安摘了竹箱，放在自己屋內就出門，準備下樓跟老闆娘多打聽一些大泉王朝的風土人情，然後就發現客棧來了一位客人，鬍子拉碴的，身穿青衫長袍，約莫三十歲樣子，坐在一張桌子上，癡癡笑望向櫃檯邊冷著臉的婦人，桌上沒有酒、沒有菜，連一碟子吃食都沒有。下邊樓梯口坐著那個店夥計小瘸子，滿臉嫌棄地望著男人；大堂灶房門口懸掛的布簾子那邊，駝背老人坐在一條長凳上，蹺著二郎腿，抽著旱煙。

陳平安不著急下樓，趴在欄杆上。

先前阻攔兩名追殺姚家邊軍的刺客，其中那個劍修分明是留有後手的，陳平安察覺到遠處那若隱若現的暴戾氣息，應該是一隻道行不淺的大妖，至少也與劍修境界相當。只是它最終卻驟然出現、驟然消逝，是被一股浩然正氣給強行鎮壓，所以劍修才會倉皇退去，身披甘露甲的武夫扈從也只得一起逃命。

陳平安看到那衣衫不整的青衫男子，第一感覺此人有可能就是那個瞬殺大妖的隱匿人物，要麼是桐葉洲「宗」字頭門派走出的天才修士，要麼就是……如周巨然那樣，出身儒家書院！

陳平安很快就吃不准了，因為那人被老闆娘嫌煩、被小瘸子白眼、被駝背老人無視，而且囊中羞澀，又被客棧知根知底，想要打腫臉充胖子都沒有機會，一時間悲從中來，望向婦人，癡情道：「九娘，我不嫌棄妳是寡婦又有孩子，真的……」

陳平安一拍額頭。且不說這個男子的身分和修為，只說在男女情愛一事上，比他還不如，活該不招人待見。哪有這麼跟女子說話的？哪裡是什麼情話，分明是往那婦人心窩上捅刀子啊。

果不其然，本來還只是冷漠示人的婦人，抬起頭死死盯住那個王八蛋，咬牙切齒道：「信不信我去羊圈拿一簸箕糞過來倒在你頭上！」

青衫男子趴在桌上，手腳亂舞，尤其是一雙手跟抹布似的，傷心傷肺：「九娘，妳怎的如此絕情，這讓我怎麼活啊！我不就是窮嗎，可是文章憎命達，讀書人不窮不行啊，不然寫不出妙筆生花的千古文章啊……」

小瘸子狠狠吐了口唾沫：「千古文章你大爺，就你那些打油詩，我一個沒念過書的聽著都覺得噁心。」

駝背老人似乎被嗆到了，顯然也對那人的「千古文章」心有餘悸。

青衫男子驀然開竅一般，立即坐直身體，笑望婦人：「九娘，妳莫不是怕耽誤我的錦繡前程，所以不願跟我在一起？沒關係的，世俗眼光，我並不在意……」

婦人實在受不了了，冷聲道：「小瘸子、老駝背，都給我動刀子，誰能砍死他，我給他十兩銀子！」

駝背老人還沒動作，小瘸子已經撒腿狂奔，去灶房拿刀了。

青衫男子站起身，正了正衣襟，飛快轉身，一溜煙跑了。

陳平安不再下樓，返回自己屋子，關上門後，拿出了第二幅畫卷放在桌上——武瘋子朱斂。

人世間的隱士游俠，大多性情古怪，不可以常理揣度。

陳平安對那個深藏不露的青衫客並不好奇，就像先前磨刀人劉宗所說，大夥兒腳下的這條路這麼寬，不是羊腸小徑，更不是獨木橋，大家各走各的，沒毛病。

客棧外，邋遢落魄的青衫男子沒有走遠，其實就蹲在客棧門口，身邊趴著那條瘦狗。他轉頭看著狗，覺得自己活得比牠還不如，一時間就想要吟詩一首，可搜刮肚腸半天也沒能作出一首被小瘸子譏諷為「打油詩」的佳作。他在心裡安慰自己，沒關係，文章天成，妙手偶得，不用強求。

客棧二樓，陳平安正在猶豫要不要再請出朱斂，原因是他想要在這大泉王朝多待一會兒，身邊只有一個魏羨，最多護住裴錢，很難搭把手，一旦身陷藕花福地那樣的險境，各方皆敵，他擔心會忙中出錯。

他自從成功請出魏羨後就再沒有去動第二幅畫卷，不是心疼穀雨錢，畢竟十一枚穀雨錢就能換來一位南苑國開國皇帝，歷史上的陷陣萬人敵，曾經的天下第一人，陳平安沒偷著樂就算很把持得住了。

當時之所以敲定底線在十枚穀雨錢上，不是陳平安覺得魏羨之流只值這個價格，而是那會兒他害怕最後一次見面彷彿心情不佳的老道人給了畫卷，自己卻根本養不起。老道人既不壞規矩，又能噁心人，他總不能一直賭下去。穀雨錢畢竟是三種神仙錢中最珍稀的，一枚就等同於百萬兩銀子，一座小銀山了。吞併盧氏王朝後的大驪王朝號稱國力冠絕東寶瓶洲北部，一年稅收才多少？六千萬兩白銀。當然，這只是大驪宋氏擱在檯面上的銀子。

這些天按兵不動，是因為他從背著那只金黃養劍葫的小道童言語當中，嚼出了不同尋常的意味——那傢伙分明是要坑自己一把，而且就在武瘋子朱斂這幅畫上。老道人估計是礙於臉面，只給陳平安挖了一個小坑，小道童便使勁刨出了一個大坑。

陳平安將剩餘的穀雨錢都堆放在手邊，拈起一枚，輕輕丟入畫卷中。

雲霧升騰，百看不厭。

一樓大堂，駝背老人敲了敲煙杆，站起身來到櫃檯，瞥了眼門外：「那個落魄書生可不簡單。」

婦人心不在焉地撥動算盤：「三爺，你都嘮叨過多少回了，我心裡有數，不會當真惹火他。」

駝背老人手肘抵在櫃檯上，吞雲吐霧，沉聲道：「要是真喜歡了，改嫁便是，要是妳爹不答應，回頭我給妳撐腰。」

婦人一跺腳，惱羞成怒道：「三爺，你瞎說什麼呢，我怎麼會喜歡他！」

駝背老人淡然道：「不挺好嘛，雖然不曉得來歷根腳，可我都看不出深淺的年輕人，在大泉邊境能有幾個？刮乾淨了鬍子，說不定模樣還是能湊合一下的。」

婦人直接忽略了後邊那句話，抬起下巴，朝樓上陳平安房間點了點：「能有幾個？三爺，這個穿白袍子、掛紅葫蘆的年輕外鄉客人連同他那貼身扈從，您瞧出來高低深淺沒？沒吧？店裡、店外，這不就一下子三個了？」

駝背老人板著臉，撂下一句話就要回灶房給自己搗鼓一些吃的犒勞犒勞五臟廟：「好心當作驢肝肺，活該守寡這麼多年。」

婦人早已習慣了他的脾氣，輕聲喊住他：「不管如何，樓上那三人都是恩人，你可別擅作主張給人下藥。上回那倆游俠兒給你剝光了衣服，連夜丟到狐兒鎮大門口，好好兩個大老爺們兒，給你害得變成了黃花閨女似的，差點上吊呢。」

駝背老人扯嘴角道：「又不是惡貫滿盈的主，我給人家下藥作甚。我倒是怕妳給那後生下藥，迷倒了，為所欲為。」

婦人作勢揮了一巴掌：「狗嘴裡吐不出象牙。」

駝背老人是個喜歡較真的：「妳去問問門外的那條旺財，牠能吐出象牙來不？」

婦人頂了一句：「我又不是狗，跟旺財可聊不上天，不像你。」

駝背老人用煙杆點了點婦人：「誰以後看上妳，他家老祖宗的棺材板都要壓不住。」

婦人可不在乎這些個言語，混跡市井、經營客棧這麼多年，招待八方來客，話裡頭帶葷腥的、帶刀子的、帶醋味的，什麼沒見識過？她壓低嗓音：「那隻大妖該不會是給此人打殺的吧？」

駝背老人搖搖頭：「若真是松針湖水神麾下頭號大將，呵呵，就只有地仙之流才有此通天能耐。這個吊兒郎當的讀書人肯定不簡單，可還不至於這麼強，又不是書院那幾位做大學問的老夫子。那些儒家聖賢做了這等義舉不會藏頭藏尾的，也無須刻意隱瞞不是？」

婦人陷入沉思，駝背老人最後勸說道：「行了，好話不說兩回，最後跟妳嘮叨一次，我覺得那落魄讀書人除了窮了點、醜了點、嘴巴賤了點、為人沒個正行了點，其實都還可以的，好歹是個青壯漢子……」

婦人黑著臉，從牙縫裡蹦出一個字：「滾！」

駝背老人臉色如常，轉身就走，滄桑臉龐就像一張虯結的老樹皮，要是有蚊子叮咬，估計老人稍微皺個眉就能夾死牠。

雙手負後，左手搭著右手腕，右手拎著老煙杆，駝背老人好似自言自語道：「大晚上的，大冬天哪來的貓叫春，奇了怪哉，小瘸子今兒還問我來著。」

婦人臉色微紅，咬牙切齒，罵道：「老不正經的玩意兒，活該一輩子光棍！」

小瘸子剛收拾完飯桌，聽到駝背老人和老闆娘最後的對話，一臉好奇道：「老闆娘，到底咋回事？咱們客棧也沒養貓啊，是從外邊溜進客棧的野貓不成？要是給我逮著了，非一頓揍不可。我就說嘛，灶房經常少了雞腿、饅頭什麼的，應該就是牠饞嘴偷吃了。老闆娘妳放心，我肯定把牠揪出來……」

婦人從櫃檯後邊拿出一根雞毛撣子，對著小瘸子的腦袋就是一頓打：「揪出來，我讓你揪出來！」她還不解氣，繞過櫃檯，對著腿腳不利索的少年就是一陣追殺，打得小瘸子都有些健步如飛了。

婦人隨手丟了雞毛撣子，猶豫了一下，躡手躡腳上樓，放慢腳步，來回走了一趟，沒能聽出什麼動靜來，回到一樓大堂，發了會兒呆，去簾子後邊老駝背的地盤，在灶房拎了塊巴掌大小的乾肉，又拿了一小壺半年釀的青梅酒，走到客棧外，看到那個蹲在狗旁的落魄讀書人，「喂」了一聲，在對方抬頭後，拋了酒肉給他，冷聲道：「一兩銀子，記在帳上了，不是白送你的。」

直到婦人跨過門檻走入大堂，青衫男子才收回視線，唏噓道：「旺財啊，你知道這叫什麼嗎？這就叫最難消受美人恩啊。」他撕下一小塊肉給腳邊的旺財，然後摸了摸自己的鬍子，「這要是刮了鬍子，還得了？」

在婦人走上二樓的時候，陳平安輕輕按住畫卷，轉頭望向門口，所幸婦人沒有敲門打攪。等到她走下樓梯，陳平安才開始繼續砸錢。

他一口氣往畫卷中砸下十二枚穀雨錢，依舊沒能讓朱斂現身。他拿起手邊養劍葫，才記起進客棧前就沒酒了，只能輕輕放下。

老龍城宋氏陰神支付那支竹筒，掏出十枚穀雨錢；飛鷹堡陸臺分贓，付給陳平安二十枚；加上倒懸山之行的收入，陳平安總計擁有二十九枚穀雨錢。為了魏羨，給畫卷吃掉了十一枚，剩餘十八枚，當下桌上就只有六枚了。

武瘋子朱斂暫時依舊在畫上「擺譜」，不肯走出，那麼其餘兩幅又得讓他掏出多少？陳平安嘆了口氣，瞥了一眼畫上那個笑咪咪的老頭兒。再往裡頭丟，自己可就真要傾家蕩產了。雖說雪花錢和小暑錢積攢了不少，可那只是數字而已，真正折算成穀雨錢後，就嚴重縮水了。陳平安有些無奈，收起畫卷藏入飛劍十五當中，打開門，下樓去喝酒解悶。

先前為了背魏羨上樓，忘了往養劍葫裡裝酒。晃著空蕩蕩的「姜壺」，陳平安想著那個背負巨大金黃葫蘆的小道童，心中腹誹：『說了世間其餘六只「最」如何的養劍葫，小道童背著的那只該不會是最能裝酒水吧？』

陳平安這會兒並不清楚，還真給他不小心猜中了——事實上算是只猜中了一半。那只名為「斗量」的金黃養劍葫確實裝著天底下最多酒水中的水，正是那東海之水，為此整座東海水面下降了數尺。故而有個窮秀才都要忍不住嘖嘖稱奇，外加最後半句馬屁：「小小葫蘆，可養千百蛟龍也，道祖善，大善，老善了。」當然，也有可能是因為與老道人坐而論道，毀壞了蓮花洞天的好些荷葉，才說這句話討個巧。

中土神洲，那座被譽為儒家「斯文正宗」的文廟中，那些至今還高高矗立在神臺上的泥像聖人肯定做不出這種事情，壞了人家東西，還要賣個乖耍無賴。可他這個神像被搬出文廟的老秀才做得那叫一個自然而然，真是比白玉京內的道家仙人還自然。

到了樓下，老闆娘笑靨如花。

俊俏、有錢、氣質還好，婦人越看陳平安越養眼。

陳平安要了一斤五年釀的小罈青梅酒，當著老闆娘的面倒入養劍葫。

在婦人眼中，養劍葫就只是個朱紅色酒葫蘆而已，摩娑得光可鑑人，不值錢，但一看就是最少兩代人的心愛之物，才會給用成了老物件。她單手撐著腮幫，側過身，坐在長條凳上，轉過頭望著倒酒時手很穩的年輕人，兩頰微紅，酒暈尚未褪去，笑問道：「公子用碗喝酒不更省事？要是給你喝完了這一斤酒，不還得再往葫蘆裡裝一次？」哪怕如此，她還是自己拎了壺酒過來，自飲自酌，沒忘記捎來三碟子佐酒菜，當然，還有兩雙筷子。

陳平安笑道：「我也就這點酒量了，喝完就算，不用再裝。」

婦人笑道：「你那朋友的酒量是真好。」

陳平安有些汗顏，心想魏羨你好歹是一個開國皇帝，也太丟人現眼了些。

他看似隨意地問道：「姚家邊軍既然在邊關名聲這麼大，老闆娘可曾知道姚家如今有哪些大人物？」

婦人一挑眉頭：「喲，公子，你該不會是北晉國的諜子吧？」

陳平安指了指樓上：「有我這樣的諜子嗎？身邊帶著個這麼會喝酒的朋友，還跟著個孩子。」

婦人點點頭：「倒也是，北晉國如果都是公子這樣的諜子，哪來這麼多仗好打，早天下太平了。」

她有些喝高了，伸長胳膊，夾了兩次也沒能夾住一盤碟子裡的醬肉。

陳平安輕輕將碟子推過去些，她嫵媚瞥了眼，乾脆放下筷子：「與你說些也無妨，好教你們這些南邊蠻子曉得我們大泉邊軍的厲害。」她打了個酒嗝，沒覺得有什麼難為情，「那位半輩子都在馬背上的姚老將軍是我們大泉的『征』字頭大將軍之一，膝下有三兒兩女，可惜兒子死了兩個，女兒死了一個。年紀最小的女兒嫁去了京城，難得的好人家，都說是天作之合，神仙姻緣。孫子、孫女一大把，最有出息的有兩個，孫子叫姚仙之，聽說十歲就入伍了；孫女叫姚嶺之，更了不得，習武天賦好到整個邊境都聽說了。」

陳平安好奇道：「怎麼都以『之』字命名？」

婦人笑道：「『之』字輩嘛。」

陳平安越發疑惑：「定輩分那個字，不應該在中間嗎，難道你們大泉不一樣？」

婦人沒好氣道：「我哪曉得那富貴姚家的祖宗規矩，還不許有錢人有點怪癖啊？」

陳平安試探性問道：「姚家鐵騎名聲這麼大，在你們大泉肯定有不少眼紅的人吧？」

婦人白了一眼：「你問我，我問誰去？問皇帝陛下啊？」她自顧自笑了起來，媚態橫生，「那也得皇帝老兒瞧得上我的姿色，納我入宮。歲數大就大了，好歹是當皇帝的，說不定床架子都是金子做的……」興許是總算說到了些讓人開懷的事情，婦人舉起酒杯，朗聲道，「人間路窄酒杯寬，我九娘陪公子走一個。」

陳平安眼睛一亮，舉杯笑道：「這句話我得記下來，說得好！走一個！」

兩人各自飲盡碗中餘酒。

門檻上坐著的青衫客偷偷望著他倆，滿臉幽怨碎碎念。

「好狗不擋道！」一個大嗓門響起，落魄書生被人一腳踹了個東倒西歪。

三名腰間挎刀的男子先後大踏步走入大堂，為首一人身材壯實，大冬天還故意露出一些胸膛肌肉，坐在了陳平安左邊的長凳上。漢子手底下兩人熟門熟路去拎了酒和碗過來，坐一張長凳，一張桌子瞬間坐滿了。

壯漢偏偏不要陳平安遞過來的白碗，搶過婦人身前那只酒碗，倒了一碗青梅酒，酒水四濺，一口喝完，抹了把嘴，突然一手摀住肚子，滿臉惶恐，一手顫抖著指向婦人，顫聲道：「這酒不對勁……酒裡有毒……」桌對面兩個年輕人頓時按住刀柄，臉色微白。

婦人沒好氣道：「馬平你腦子裡有屎吧？是不是今兒午飯屎吃多了，剛好屎裡有毒，然後把你腦子給吃壞了？」

馬平嘿嘿一笑，恢復正常臉色：「開個玩笑而已，咋還罵上人了。」

他身邊兩個年輕同僚嚇得趕緊喝酒壓驚。

馬平瞥了眼礙事的陳平安：「小子，何方人氏？通關文牒拿出來！」

婦人剛要說話，陳平安已經從懷中掏出關牒，輕輕放在桌上。

馬平拿起，看著上邊鈐印著大大小小、密密麻麻的朱印，嘖嘖道：「印章還真不少，走了這麼遠的路？」

陳平安笑著點頭。

馬平看他這副模樣就來氣。見慣了狐兒鎮老百姓的卑躬屈膝和諂媚笑臉，來了這麼個不會溜鬚拍馬、點頭哈腰的，關鍵是模樣還挺俊，就想著找個法子收拾收拾，好教他知道自己才是狐兒鎮這一片的地頭蛇，便是下山虎遇上了他馬平也要乖乖蹲著，過江龍就老實盤著，沒有跟客棧九娘眉來眼去的份兒。

婦人突然問道：「聽說鎮裡邊又鬧鬼了？這次是誰魔怔了？」

一說到這檣晦氣事，馬平就沒了興致，將通關文牒丟還給陳平安，喝了口悶酒，甕聲甕氣道：「真他娘邪性，以往都是禍害外鄉人，這次竟然是小鎮自己人遭了毒手。只有一條胳膊的劉老兒知道吧，開紙錢鋪子的，經常幫人看風水的那個糟老頭兒。他澈底瘋了，就這天氣，大白天不穿衣服在大街上瞎跑，還說自己太熱，哥兒幾個只好把他鎖了起來，沒過幾天就一屋子屎尿，臭氣熏天，今兒才清醒一點，總算不念叨那些怪話了，兄弟們這不就想著趕緊過來跟九娘你討要幾碗青梅酒，壯一壯陽氣，沖一沖晦氣。」

婦人皺眉道：「這可咋整？上次你們從郡城重金請來的大師不是給了你們一摞神仙符籙嗎？你當時是怎麼跟我吹牛來著，說是『一張符來，萬鬼退避』。」

馬平轉頭往地上狠狠吐出一口濃痰：「狗屁的大師，就是個騙子，老子給他坑慘了，韓捕頭這段時間沒少給我小鞋穿。」

他吐出一口濁氣，擠出笑臉，伸手就要去摸婦人的小手兒。婦人不動聲色地縮回手，沒讓他得逞。他笑咪咪道：「九娘啊，妳覺得我這個人咋樣？多少算是個狐兒鎮有頭有臉的人吧？掙錢不少，家世清白，還練過武，有一身使不完的氣力，妳就不心動？九娘啊，可別抹不下臉，妳馬大哥不是那種古板的人，不在乎妳那些過往。」

婦人呵呵一笑，之後馬平幾次藉著酒醉的幌子想要揩油，都給她躲過了。

馬平和兩個同僚要了一桌子菜，喝得七葷八素，吃得滿嘴流油，看樣子是明擺著打秋風來了，最後竟然還賴著不走，去了樓上睡覺，說是明兒再回狐兒鎮。

陳平安早早坐到了隔壁桌子，婦人在小瘸子收拾的時候也坐到陳平安旁邊，長長呼出一口氣，像是有些乏了，苦笑道：「這個馬平是狐兒鎮捕快，他家世世代代做這個行當，跟官府衙門沾著點邊而已。那麼個屁大地方，所謂的官老爺，官帽子最大的也不過是個不入清流的芝麻官，其餘都是些胥吏，算不得官，可一個個架子比天大。」

裴錢聽到了外邊的動靜，輕輕打開屋門，蹲下身，腦袋鑽在二樓欄杆間隙裡頭，偷偷摸摸望著下邊那倆傢伙，結果好不容易才拔出來，一路小跑下樓梯，剛靠近酒桌，就聽到婦人在跟陳平安抱怨官場上的小鬼難纏，說那些捕快經常來客棧混吃混喝，她只能花錢買個平安，不然還能咋樣。

裴錢偷著樂呵，嘴巴咧開，忍了半天，最後實在是憋不住了，捧腹大笑：「花錢買平安，買個平安……哎喲，不行了，我要笑死了，肚子疼……」

陳平安站起身，來到裴錢身邊：「疼不疼了？」

被扯住耳朵的裴錢立即停下笑聲，可憐兮兮道：「肚子不疼了，耳朵疼……」

婦人一頭霧水，不知道那個賊兮兮的枯瘦小女孩在笑什麼。

陳平安跟婦人道別，一路扯著裴錢的耳朵往樓梯口走去。

裴錢歪著腦袋踮著腳尖，嚷嚷著「不敢了」。

陳平安走上樓梯就鬆開了裴錢的耳朵，到了房間門口，轉身對裴錢吩咐道：「不許隨便外出。」

裴錢揉著耳朵，點點頭。等陳平安關上門後，她站在欄杆旁，剛好與那個仰頭望來的婦人對視。

裴錢冷哼一聲，蹦跳著返回自己屋子，使勁摔門。

客棧外，夕陽西下，有人策馬而來，是一名豆蔻少女，紮馬尾辮，長得柔美，卻有一股精悍氣息，背著一張馬弓，懸佩一把腰刀。她將那匹駿馬隨手放在門外，顯然並不擔心會走失。

落魄書生還在門外逗弄著那條狗，少女看了眼他，沒有上心，走入大堂，左右張望，看到了滿臉驚訝的婦人之後，她有些不悅，停下腳步，對婦人說道：「爺爺要我告訴妳，最近別開客棧了，這裡不安生。」

婦人在少女跟前再沒有半點媚態，端莊得像是世族門第走出的大家閨秀，豎起手指在嘴邊，示意隔牆有耳，然後輕聲道：「嶺之，我在這邊待習慣了。」

姚嶺之憤憤道：「不知好歹！」

婦人笑問：「要不要喝點青梅酒？」

姚嶺之滿臉怒容：「喝酒？」

婦人也自知失言，有些羞愧。

姚嶺之冷聲道：「給我一間屋子，我明天再走，妳仔細考慮。」

小瘸子戰戰兢兢領著她登上二樓，在老闆娘的眼神授意下，專門挑了一間最乾淨素雅的屋子給她。

在那串輕盈的腳步聲徹底消失後，陳平安將僅剩的六枚穀雨錢疊在一起，一枚一枚丟入畫卷之中。當第三枚穀雨錢沒入畫面後，陳平安站起身，緩緩後退幾步。

一個老人彎腰弓背，從畫卷中蹣跚走出。他跳下桌子，對陳平安瞇眼而笑，轉身伸手摸向畫卷，但摸了一個空。就連裴錢都偷偷摸過一把的畫卷，對於朱斂而言，近在咫尺，卻遠在天邊，虛無縹緲，不可觸及。

朱斂倒是沒有氣急敗壞，笑呵呵道：「果然如此。少爺，這就是你們浩然天下的仙家術法嗎？」

陳平安點點頭：「算是。」

這個習慣性佝僂著身形的老人似乎與傳聞中那個走火入魔的武瘋子完全不像。老人臉上總是帶著笑意，神色慈祥，在藕花福地，此人差點將整座江湖掀了個底朝天。後來居上的丁嬰同樣是天下第一人，就擁有極其鮮明的宗師氣勢，這大概也跟丁嬰身材高大，不苟言笑，並且戴著一頂銀色蓮花冠都有一定關係，眼前這個名叫朱斂的武瘋子就差了很遠。

相較於魏羨的什麼話都憋在肚子裡，朱斂似乎更加認命且坦白，開誠布公道：「如今到了少爺的家鄉，光是適應浩然天下的氣機流轉就得花費好些天，想要恢復到生前的巔峰修為更不好說了。嗯，按照少爺這裡的說法，我目前應該是純粹武夫的第六境。」說到這裡，他頗為自嘲，「有可能一舉破境，有可能滯留不前，甚至還有可能被這邊的靈氣倒灌氣府，消耗真氣，修為給一點點蠶食。不過，我有一種感覺，除了七境這道大門檻，之後成為八境、九境武夫，反而不是什麼太大問題。」

朱斂說得很開門見山，比那個悶葫蘆魏羨確實爽快多了。他走到窗口，推開窗，閉上眼睛深吸了一口氣，自言自語道：「這個七境，有點類似藕花福地武人的後天轉先天，是最難跨過的一步。只要躋身武道第七境，相信此後修為攀升不過是年復一年的水磨功夫而已，不敢說肯定九境，八境絕對不難。」他轉頭微笑，「當然了，只要適應了這邊濃郁靈氣的存在，我對上一個底子一般的七境純粹武夫，打個平手，還是有機會的，不至於被境界壓制，見了面就只能等死。至於同境之爭，只要不是公子這樣的，勝算極大。」

陳平安喃喃道：「關隘只在七境嗎？」

朱斂坐回桌旁，一根手指輕輕敲擊桌面：「我願意為公子賣命三十年，希望公子在那之後能夠給我一個自由之身，如何？」

陳平安笑著搖頭：「我並不知道如何恢復你的自由之身。」

朱斂愕然，陷入沉默，盯著那幅畫卷。

陳平安猜測畫卷本身類似驪珠洞天的本命瓷器，任你是上五境的玉璞修士也要被人拿捏。一想到這裡，他就笑了笑。

魏羨爛醉如泥，躺在床上說起了夢話：「身無殺氣而殺心四起，帝王之姿也。」

敲門聲響起，陳平安收起最後三枚穀雨錢和畫卷，正要去開門，朱斂竟然代勞了。

裴錢眨著眼睛，然後迅速離朱斂遠遠的，跑到陳平安身後。

朱斂關上門，轉身笑呵呵道：「小丫頭根骨真好，是少爺的閨女？」

裴錢使勁點頭，陳平安搖搖頭，然後轉頭問道：「找我有事？」

裴錢看了看朱斂，搖頭。

朱斂識趣，笑問道：「少爺，可有住處？」

陳平安道：「出了門，右手邊第二間就是了。不過魏羨住在那裡，你要是不願意與人同住，我幫你再要一間屋子。」

「行走江湖，沒這些講究。」朱斂擺擺手，然後伸手揉了揉下巴，若有所思，「少爺先選了那個南苑開國皇帝？」

陳平安點點頭，叮囑道：「你們兩個，可別有什麼意氣之爭。」

朱斂笑道：「萬人敵魏羨，我仰慕得很，敬他酒還來不及，豈會惹他不高興。」說完就走出屋子，輕輕關上門。

只留下一道縫隙的時候，朱斂突然問道：「敢問少爺為我花了多少錢？」

陳平安答道：「十五枚穀雨錢。」

朱斂笑道：「讓少爺破費了。」

裴錢在朱斂離開後猶不放心，去門上了屋門，這才如釋重負。

陳平安問道：「魏羨每天板著臉妳都不怕，朱斂這麼和和氣氣的妳反而這麼怕？」

裴錢輕聲道：「就是怕。」

陳平安又問道：「什麼事情？」

裴錢道：「我覺得那個老闆娘不是啥好人，加上一個小瘸子，一個老駝背，多怪啊，這兒會不會是黑店？天橋底下那說書先生講的那些故事，其中就說到黑店最喜歡給客人下蒙汗藥，然後拿去做人肉包子了。」

陳平安氣笑道：「別胡思亂想，趕緊回去看書。」

裴錢唉聲嘆氣地離去。

陳平安已經沒心思去翻剩餘兩幅畫卷了，盧白象、隋右邊，剛好一個不太敢請出山，就怕請神容易、送神難，另外一個更不敢。

想起裴錢對魏羨、朱斂兩人的觀感，其實她的直覺半點沒錯。

魏羨看人的眼神是從高處往低處，畢竟是青史留名的一國之君；朱斂看人的眼光則像是活人看待死人，眼神晦暗，幽幽如深潭，臉上掛著的笑意更別當真。

客棧門檻上，落魄書生背對著大堂，抬頭望向天邊的絢爛晚霞，輕輕拍打膝蓋，拎著酒壺，每喝一口青梅酒就嘮叨一句：「雲深處見龍，林深時遇鹿，桃花旁美人，沙場上英豪，陋巷中名士……」

「砰」一聲，他摔了個狗吃屎，倒也沒忘記死死攥緊酒壺。原來是小瘸子一腳踹在他後背上，怒氣衝衝道：「沒完沒了，你還上癮了？忍你很久了！」

他狼狽起身，拍了拍身上塵土，沉聲道：「你知道我是誰嗎？」

小瘸子瞧著忽然有些陌生的窮酸書生便有些心虛，硬著頭皮喊道：「你誰啊？」

這位青衫客一本正經道：「你喊九娘什麼？」

小瘸子愣了愣：「老闆娘啊。」

青衫客又問：「那麼老闆娘的夫君又是你什麼人？」

小瘸子差點氣瘋了，飛奔出門檻，拳腳並用對著這個只知道姓鍾的王八蛋一頓追殺。

男人高高舉起酒壺四處躲閃，一邊逃竄一邊喝酒，挨了幾拳幾腳都不痛不癢。

夕陽西下。

關於書生，曾有讖語，是連書生自己也不當真的一句話。

鍾某人下山前，世間萬鬼無忌。

大日墜入西山後，暮色便深沉起來。藉著最後一點留戀人間的餘暉跟小瘸子追逐打鬧的青衫客停下身形，望向南邊道路盡頭。小瘸子趁機捶了他肩頭一拳，他晃了晃，沒有理會。小瘸子有些好奇，跟隨這個書生的視線一起望向遠方，並無發現，以為書生是故意打岔，正要繼續飽以老拳，讓他以後都不敢再調戲老闆娘，卻驀然心頭一震，趴在地上，耳朵貼地，臉色凝重——是一支騎軍，數目還不小。

狐兒鎮除了驛卒偶爾經過，從無大隊騎軍露過面，鎮上的年輕人們為了瞻仰姚家鐵騎的風采，經常結伴去往遠處的掛甲軍鎮，才有機會遠遠看上幾眼。鐵甲、戰馬、輕弩、戰刀，這一切在狐兒鎮貧家子弟眼中，就是天底下最有男兒氣概的人，小瘸子也不例外，只是狐兒鎮同齡人不愛帶他一起玩兒。

此時小瘸子把青衫客晾在一邊，去了大堂跟老闆娘通報一聲。

婦人打著哈欠說：「曉得了，這些軍爺肯定瞧不上咱家客棧和狐兒鎮，多半是連夜行軍，去往北邊的掛甲軍鎮，不用在意。」

小瘸子「哦」了一聲，立即跑出客棧，爬上屋頂，伸手遮在眉宇間舉目遠眺。趁著天未全黑，勉強還能看見東西，他想要近距離見識一下邊軍鐵騎的裝束，下次再被老闆娘使喚去狐兒鎮購置油米，好跟那些同齡人顯擺顯擺。

道路遠方依稀可見塵土飛揚，大地上的沉悶震顫越來越清晰。

可是天色不等人，小瘸子有些著急，趕緊爬下屋頂，去了大堂，詢問老闆娘能不能掛上燈籠。

婦人瞪眼：「這麼早掛燈籠，火燭錢算誰的？」

小瘸子拍胸脯說：「算我的，實在不行先記在老駝背的帳上。」

婦人點點頭，小瘸子歡天喜地地去掛了兩盞大紅燈籠在客棧外，剛要爬上屋，就發現有一騎稍稍繞出官道，悄無聲息地出現在了客棧外邊，身上披掛甲冑，極為鮮亮華美，不同於姚家邊軍的樸素樣式。

那名騎卒摘下頭盔捧在胸前，臉色漠然問道：「是不是有賣青梅酒？」

小瘸子咽了口唾沫，膽戰心驚道：「回軍爺的話，有的。」

那名騎卒沉聲道：「一炷香之內，讓掌櫃騰空整個客棧，然後準備五桌吃食，拿出最好的青梅酒，所有開銷，一文錢都少不了你們，若是青梅酒果真有傳聞那麼好喝，還有重賞！記住了，進了客棧後，我們會有人專門查看房間，若是還有誰滯留其中，殺無赦。我們離去後，所有住店客人自可入住。」

騎卒重新戴上頭盔，撥轉馬頭，疾馳而去。

小瘸子臉色呆滯，青衫客獨自蹲在客棧門口，那條土狗已經回窩，可他還是沒有個落腳地兒，見少年還在發呆，提醒道：「趕緊給九娘說事去，惹惱了這些京城貴人，客棧會開不下去的。」

小瘸子趕緊飛奔進大堂，發現婦人已經在跟駝背老人碰頭合計這事，小瘸子一到，剛好當這個出頭鳥，讓他去跟樓上客人們說明情況，勞煩他們趕緊先離開客棧，省得有血光之災。小瘸子有些為難，婦人大手一揮，說火燭錢免了，小瘸子立即衝上二樓。

第一間屋子就住著陳平安，小瘸子跟他稟明情況，他無所謂，笑著說其餘兩間屋子他來打招呼，要小瘸子直接去其他屋子喊人。小瘸子道了一聲謝，匆忙離去。

裴錢打開門，桌上點著油燈，一本書攤開在那邊。

她笑著說：「我正在讀書呢。」

其實裴錢一直在聽朱斂、魏羨那邊的牆根，只是聽到敲門聲後才從包裹裡拿出書籍，跟陳平安裝模作樣。

陳平安沒有揭穿她的小把戲，要她收拾一下包裹，說要暫時離開客棧。

隔壁屋子，朱斂已經打開門，跟陳平安笑著說：「魏羨開了門後就又去睡覺了，我去喊醒他？」

就在朱斂剛要轉身的時候，滿身酒氣的魏羨已經坐起身，揉了揉眉心，對兩人說道：「醒了。」

馬平在內的三個狐兒鎮捕快一聽說是騎軍經過，罵罵咧咧，仍是乖乖離開屋子。

紮馬尾辮的少女姚嶺之站在欄杆外。她住在二樓廊道最盡頭一間屋子，這會兒瞪著大堂一樓的婦人：「妳的客棧就這麼招待客人？真是長見識了，在邊境上，竟然還有人敢在姚家鐵騎的眼皮子底下這麼不講道理。我倒要看看，到底是何方神聖，能夠一句話就把人趕出客棧！」

她單手撐在欄杆上，直接從二樓跳下，看得馬平三人眼皮子直顫：『哪來這麼個硬把式的小娘兒們？』

婦人苦笑，欲言又止。

駝背老人拿著煙杆，想了想：「我去說一聲好了，咱們開門迎客，哪裡還分貴賤。」他徑直走出客棧，身影消逝在茫茫夜色中。

婦人對著二樓兩撥客人歉意道：「等會兒你們待在各自屋內就行了，今晚的事情，是我們客棧對不住各位，事後送你們每人一罈五年釀青梅酒。」

姚嶺之拔地而起，返回二樓，砰然關上門，馬平三人悻悻然返回屋子。

陳平安讓魏羨和朱斂先到他房間坐一會兒，裴錢當然不用多說。

婦人讓小瘸子出門，喊那個姓鍾的書生進來去二樓挑個房間，省得他在門外晃蕩，礙人眼。

他挑好後就趴在欄杆上，婦人伸出手指朝他晃了一下：「滾進屋子。」

書生擔憂道：「九娘妳姿色如此出眾，那些軍爺兵痞會不會見色起意啊，喝過了酒，更容易酒後亂性……」

婦人笑道：「到時候你不正好英雄救美？萬一我眼瞎了，說不定會以身相許呢。」

書生擺擺手：「趁人之危不是君子所為。九娘妳放心，我們讀書人都有一身浩然正氣外加一肚子聖賢道理，只要我站在這裡，他們喝再多的酒都生不出邪念來……」

沒等婦人說什麼，遠處那間屋子的姚嶺之已經打開門，抽刀出鞘一半，發出悅耳的鏗鏘聲，對書生厲色道：「色胚閉嘴！」

很明顯，她的刀子比小瘸子的拳腳要管用得多，書生立即進屋，屁都沒放一個。

越是如此，姚嶺之對樓下婦人就越失望。一年到頭就跟這些男人廝混在一起，賠笑、陪酒，與那些青樓女子有什麼不同？

進了屋子，姚嶺之趴在桌上，一時間悲從中來，竟是嗚咽抽泣起來。

婦人站在櫃檯後，嘆息一聲，給自己倒了一碗青梅酒。

噗通一聲，婦人抬頭望去，只見那書生跳下了二樓，摔在地上，起身之後，走到櫃檯旁邊，笑道：「九娘就當我是帳房先生好了，離妳太遠，我不放心。」

他笑容溫柔，讓婦人愣了一愣，回答道：「可是你長得這麼醜，靠太近，我噁心。」

書生如遭雷擊，蹲在地上抱著頭。原來那些才子佳人的卿卿我我，那些有跡可循的男女情話都是騙人的啊，屁用都不管。

駝背老人率先走入客棧，身後跟著一行人。大概是對方比較講理，既沒有驅逐二樓的客人，也沒有一股腦擁入五大桌子人。

為首一人是個身穿大紅蟒衣的中年男子，面白無鬚，氣勢凌人。他身後跟著兩人，一個披掛篆有雲紋的銀色甲冑，行走時鐵甲錚錚，一個古稀之年，身穿錦袍，頭戴高冠，仙風道骨，之後還有七、八人，應該皆是心腹扈從。

蟒衣男子三人坐一張桌子，其餘扈從坐兩張。扈從中有一個其貌不揚的年輕人，腰間懸掛一枚玉佩，看到婦人後，笑了笑。

客棧外是足足七、八百精騎，還有十數輛馬車。每輛馬車中都有一名囚犯，左右兩旁各有一人看押，看押之人無一例外全部是大泉王朝的中五境鍊氣士。

駝背老人皺著臉。他實在沒有想到是這麼些人。

這撥客人可不是賣他一個糟老頭子的面子，而是賣姚家一個面子而已，而八萬姚家鐵騎和征南大將軍的面子不過是讓他們從五桌人變成了三桌人而已，就這麼點大。至於為何不驅逐二樓客人，是其中有個年輕扈從隨口提了一句，說是人多一些，喝酒熱鬧，然後那名不可一世的蟒衣宦官便笑著答應下來。

那名身披銀色甲冑的武將望向婦人，吩咐道：「先上青梅酒，飯菜趕緊跟上。」

駝背老人掀開簾子，去灶房忙碌，小瘸子開始往三張桌子上送酒。

客棧一樓，氣氛凝重，幾乎只有倒酒的聲音。

突然有人舉起手，跟婦人打招呼，笑道：「老闆娘，勞煩妳親自給兄弟們倒碗酒。聽說青梅酒是妳祖傳的法子，由妳親手釀造，當然要親自倒才行。」

這一桌扈從有了年輕人起頭，頓時沒了顧忌，哄然大笑。

婦人拿起一罈青梅酒，笑著就要過去倒酒。只是不知為何，身體緊繃。開客棧這麼多年，江湖上的三教九流都見過了，便是山上神仙鍊氣士也見了不少，可當她與那個年輕扈從對視的時候，竟然有些畏懼，好像凡夫俗子黑夜遇鬼，從內心深處泛起一股無力感。

書生突然一把拉住婦人，高聲笑道：「九娘今天身體不適，我這個帳房先生來給貴客們倒酒，行不行？」

年輕扈從像是聽到天底下最大的笑話，環顧四周：「兄弟們，你們說行不行？」

等到所有人都說不行，年輕扈從才望向青衫書生：「不行，怎麼辦？不然還是讓老闆娘親自倒酒？倒個酒而已，又不用你的九娘陪咱們去掛甲軍鎮，對吧？」

身穿大紅蟒衣的宦官置若罔聞，頭戴高冠的老仙師則微微一笑。

姚嶺之打開門，臉色鐵青道：「不行！」

年輕扈從站起身，顯得有些鶴立雞群了。他抬起頭，笑問道：「為何？」

姚嶺之只是與此人對視便有些內心惴惴，下意識按住刀柄，口不擇言道：「這裡是姚家的地盤！」

姚嶺之並不知道，在她握住刀柄的剎那之間，一樓在座所有扈從就都生出了殺意，那名坐在蟒衣宦官和高冠仙師旁邊的銀甲武將更是殺氣騰騰。

年輕扈從始終伸長脖子望向二樓，卻好像將一樓所有動靜都看在眼裡，伸出一手，輕輕下壓，示意所有人不要輕舉妄動，微笑道：「可是整個大泉王朝都是我家的地盤啊，怎麼辦？難道你們姚家要造反？」

婦人拎著酒罈走出櫃檯，先對少女沉聲道：「嶺之，退回房間去！」然後對那個年輕扈從施了一個萬福：「九娘這就給公子倒酒。」

年輕扈從嘴角翹起，死死盯住婦人的那張臉龐，指了指二樓的少女：「妳們母女一起來吧，如何？」

婦人臉色慘白。

二樓有房間打開，走出一個白袍年輕人：「我覺得不如何。」

年輕扈從轉過頭，望向那人，眼神玩味道：「哦，你算哪根蔥？」

這一次是一樓有人幫陳平安回答了：「你又算哪根蔥？」

是那個姓鍾的落魄書生。

年輕扈從哀嘆一聲：「得嘞，今兒晚上一個個跟我過不去，不願意趕走客人的客棧、不願意倒酒的老闆娘、口出狂言的姚家女、穿白袍就以為自己是劍仙的外鄉人、穿青衫就覺得自己是儒家聖賢的讀書人……」他望向婦人，又看了眼姚嶺之，笑道：「沒關係，妳倆今晚可以嘗試著救一救姚家，如果我心情好了，說不定可以幫著把姚家拉出火坑。」

婦人深吸一口氣，像是下定決心，轉頭對那落魄書生說道：「鍾魁，此事與你無關。我也知道你有一些本事，所以接下來你能走就走，別管我們了。」

然後她抬頭望向陳平安，正要說話，陳平安已先笑道：「老闆娘，先前有句話怎麼說來著？」

婦人有些疑惑，一時間沉默不語。

陳平安自言自語道：「人間路窄酒杯寬。」

路窄，所以會遇到與那片槐葉有關的姚家人。

路窄，所以也會遇到這些，恨不得其他人都走上死路的傢伙。

可是沒關係，這兒的青梅酒好喝。

陳平安輕聲道：「今天要麻煩四位了。」

眾目睽睽之下，他身後的那間屋子裡走出四人。

南苑國開國皇帝魏羨在前板著臉道：「無須客氣。」

武瘋子朱斂隨後彎腰走出，站在陳平安另外一邊，雙手負後，笑呵呵道：「少爺這話多餘了。」

一個背負「癡心」長劍的絕色女子站在魏羨身旁，正是藕花福地的女劍仙隋右邊。

她容顏清冷道：「謝過公子借劍。」

最後是身材魁梧的魔教開山之祖盧白象，他雙手拄刀，站在朱斂身側，微笑道：「主公，這刀不錯。停雪，名字也好。」

最後的最後，一個柔柔弱弱的聲音響起：「爹，我呢？」

陳平安有些無奈，說道：「回屋子讀書！」

裴錢「哦」了一聲，輕輕關上門，大嗓門讀書，書上那些聖賢道理給她讀得震天響。

一樓書生聽著二樓書聲，二樓除了書聲之外，還有陳平安、魏羨、朱斂、隋右邊、盧白象。

一座邊陲小小客棧，今夜魚龍混雜。

姚嶺之在那五人走出屋子後，呼吸都沉重起來，這讓她覺得匪夷所思。

面對那個年輕扈從的恐懼，更多是一種雜糅諸多複雜情緒的直覺，例如柔弱女子面對心懷叵測的男人、下位者敬畏無形的權勢、秉性純良之輩先天會遠避鬼蜮之徒，但是姚嶺之望向同一層樓那五人的窒息卻很直觀：同一座山林，兔鹿見虎羆；同一條江河，魚蝦遇蛟龍。姚嶺之擔任邊軍斥候已經有三年之久，有過兩次命懸一線的生死之戰，她沒有任何一次心生退讓，照理而言，不該有此感覺才對。

她是姚家這一代最出類拔萃的武學天才，不過十四歲就已經躋身四境，且有望破開瓶頸。十五歲的五境武夫，哪怕是十七歲的五境，都當得起「天才」二字。放眼大泉王朝，無論是軍伍還是江湖，姚嶺之都是一等一的璞玉，稍加雕琢就能大放光彩，沒有人懷疑她未來可以順利躋身御風境，成為雄鎮一方的武道宗師。尤其是行伍出身的高手，殺力尤其巨大，這一點毋庸置疑。江湖上，宗師往往捉對廝殺，多是旗鼓相當的較量；沙場上追求的是一夫當關，是百人敵、千人敵。

姚嶺之手心攥緊一顆銀錠模樣的物件，正是價值連城的兵家甲丸，而且是比被山上鍊氣士譏諷為「水窪甲」的甘露甲品相更高一等的「池塘甲」——金烏經緯甲，是名副其實的仙家法寶，邊軍姚氏對姚嶺之的期望之高，可見一斑。

年輕扈從看著那二樓五人，一拍桌子，佯怒道：「仗著人多嚇唬我？」

他說這話的時候，眉眼帶笑。客棧內三桌人，屋外還有數百精騎，大概是自己都覺得有點厚顏無恥，忍不住笑出聲。

兩桌扈從模樣的軍中精銳也跟著樂呵起來，全然沒將二樓的動靜當一回事。雖說樓上那些人氣勢很足，甚至有些震撼人心，可又如何？江湖莽夫而已。

大泉王朝的江湖人早就斷了脊梁骨，不過是一群趴在廟堂門口的走狗，搖尾乞憐。而親手折斷、敲碎整個江湖脊梁骨之人，今天剛好就坐在客棧酒桌上。

善者不來，來者不善。

名喚九娘的客棧老闆娘並沒有因為陳平安的出現而鬆口氣，心情越發沉重。三爺先前已經報上了名號，對方還如此咄咄逼人，分明就是衝著「姚」字而來。一旦起了糾紛，就怕對方借題發揮，到時候為難的還是姚家。

駝背老人在簾子那邊向婦人點點頭，婦人苦澀一笑。對方根本就是醉翁之意不在酒，說不定就是唯恐天下不亂，要將整個姚家拖下水。

明知道姚家在如今的風雲變幻中宜靜不宜動，而她和客棧則只能是能忍則忍，可她此時又不好勸說二樓眾人退回去。人家好心好意幫你出頭，你反而要人家當縮頭烏龜，她實在做不出這等事。

鍾魁疑惑道：「這些人是？」

婦人苦笑道：「京城來的貴人，惹不起。」

鍾魁「哦」了一聲，猶豫了半天，正要說話，婦人無奈道：「鍾魁，算我求你了，別搗亂了，現在事情很麻煩，我沒心情搭理你。」

鍾魁嘆息一聲，果真閉上嘴巴。

陳平安俯瞰一樓大堂，問道：「欺負老闆娘一個婦道人家，不厚道吧？」

年輕扈從笑嘻嘻道：「出來做生意，給客人倒幾杯酒，怎麼就欺負了？」

陳平安指了指年輕扈從的心口：「捫心自問。」

年輕扈從先是一怔，隨即端起酒碗痛飲了一大口，抹嘴笑道：「這話要是書院楚老夫子說出口，我肯定要好好掂量掂量，至於你，配嗎？」

陳平安笑道：「道理就是道理，還分誰說出口？你不就是欺軟怕硬嗎，相信只要是拳頭比你硬的，有沒有道理，你都會聽吧？」

年輕扈從點點頭：「這些話，我聽進去了，確實有道理。」他隨手摔了那只酒碗，高高舉起手臂，五指張開，輕輕握拳，「那就比一比誰拳頭更硬？我倒要看看，在大泉境內有幾人敢跟我掰手腕子。」

婦人擔心陳平安年輕氣盛，率先出手，到時候吃了大虧還要理虧，趕緊出聲提醒道：「公子別衝動，這些人是奉命出京，有聖旨在身的，你要是先出手，有理也說不清了。」

年輕扈從眼神陰沉，轉頭望向婦人：「閉嘴！一個破鞋寡婦，有什麼資格插話？知道我是誰嗎！」

婦人臉色鐵青。

年輕扈從指了指她，再點了點二樓陳平安等人，冷笑道：「姚氏九娘暗中勾結他國江湖人士，試圖劫下囚車，罪大惡極。」

姚九娘悲憤欲絕，終於怒罵道：「你個小王八蛋到底是誰！」

年輕扈從伸手指向自己，一臉無辜：「我？小王八蛋？」他咳嗽一聲，正了正衣襟，微笑，「按照姚夫人的說法，高適真就是那個老王八蛋了，哈哈，妳說好笑不好笑？回到家裡，我一定要把這個笑話說給高適真聽。」

姚九娘與駝背三爺對視一眼，心頭俱是一震。

中國公高適真！大泉王朝碩果僅存的國公爺，深得當今陛下倚重。

大泉承平已久，劉氏國祚兩百年，開國之初，外姓封爵，總計封賞了三郡王七國公，但是能夠世襲罔替至今的也就申國公一脈而已，其餘都已經摔了老祖宗用命掙來的飯碗。申國公膝下唯有一子，屬於老年得子，正是小國公爺高樹毅。這傢伙在京城是出了名的跋扈王孫，一次次靠著祖蔭闖下大禍，偏偏一次次安然無恙，皇帝陛下對待高樹毅之寬容，諸位皇子公主都比不上，所以京城官場有個說法，叫作「小國公爺出府，地動山搖」。

這麼個惡名昭彰的膏粱子弟，怎麼可能參與此次南下之行？皇帝陛下雖然優待中國公一脈，可是以陛下的英明，絕不至於如此兒戲。大泉王朝最不怕惹火上身的人恐怕就是這個無法無天的高樹毅了，戰功彪炳的大將軍宋逍兼領兵部尚書，在嫡長孫被高樹毅欺負之後，也只能罵高樹毅一句「攪屎棍」。

二樓，魏羨輕聲給陳平安解釋了一下中國公的背景。陳平安點點頭，就在所有人以為他要知難而退的時候，轉瞬之間，他就從二樓縮地成寸，來到了那位小國公爺身前。

客棧外的道路上，一名坐在馬夫身後的騎卒正嚼著難以下嚥的乾糧，偶爾拎起水壺喝兩口。他抬起頭，看到客棧後邊飛起一隻信鴿，立即有人飛奔而來，肩頭停著一隻通體雪白的神俊鷹隼，等待騎卒下令。

騎卒擺擺手：「不用理會。」那人默默退下。

騎卒正是那個最早來到客棧傳遞消息之人，他身旁的車夫腰杆挺直，一動不敢動。

一個老人掀起簾子笑問：「殿下，為何不跟著一起進客棧？」

騎卒笑著搖搖頭。律己是一門大學問，馭人，對於他們這些生於帝王家的人而言，自幼耳濡目染，又能以史為鑑，反而不難。

車輛裡邊盤腿坐著兩名鍊氣士，一老一少，負責看著一個分量最重的犯人，押送往大泉京師蜃景城。與騎卒說話之人是一個身穿青紫道袍、頭戴魚尾冠的耄耋老者，一手持繩索末端，一手捧拂塵。

犯人披頭散髮，滿身血汙，垂首不語，看不清面容。一襲金袍破碎不堪，手腕和腳踝處被釘入金剛杵一般的器物。除此之外，脖子上還被一根烏黑繩索綁縛，正是老修士手中握著的那根。犯人最淒慘的還是眉心處被一柄飛劍透過頭顱，劍尖從後腦勺穿出，就那麼插在此人頭上。這名重犯是一位正統敕封的山水神祇，曾是七境巔峰鍊氣士，在其轄境則至少是八境修為。他在一方山水中稱王成聖，對上九境金丹都有一戰之力，只是不知為何，淪落到這般田地。

車廂內除了道門老者還有個年輕女子，望向那名騎卒的眼神秋波流轉，雖未言語，其中意味卻也盡在不言中了。她的容貌只算清秀而已，只是氣態卓然，肌膚勝雪，比起凡夫俗子眼中的美人更經得起「細細推敲」。畢竟在山上修士眼中，人間美色，歸根結底，還是一副臭皮囊，皮膚粗糙，種種異味，細看之下皆是瑕疵。

騎卒突然轉過頭望向客棧，似乎有些意外。

道袍老者流露出一抹驚訝：「好驚人的武夫氣勢，人數如此之多。小小邊陲客棧這般藏龍臥虎？難道真給小國公爺歪打正著了，是北晉高手孤注一擲，要來劫持囚犯不成？」

女子試探性問道：「要不要我去提醒小國公爺一聲？」

騎卒搖頭笑道：「咱們腳下已是大泉國境，除非姚家謀逆造反，不然哪來的危險？」

道袍老者眼中精光閃過，並未作聲。片刻之後，他正要說話，騎卒已經跳下馬車，徑直往客棧行去。

在騎卒遠去後，那個來自山上仙家的年輕女子輕聲問道：「師父，小國公爺這麼逼著姚家人，殿下又不約束，真不會出事嗎？」

道袍老者擺擺手道：「天底下誰都會造反，就姚家不會，國之忠臣當久了……」他嘴角泛起冷笑，「可是會上癮的。」

那名囚犯仍然低著頭，快意笑道：「談及骨鯁忠臣和邊關砥柱竟然以笑話視之，你們大泉王朝就算一時得勢，又能如何？」

「還敢嘴硬！」道袍老者一抖手腕，繩索瞬間勒緊犯人脖頸，犯人渾身顫抖起來，咬緊牙關，抵死不發出任何聲音。

客棧內，異象突起。一襲白袍毫無徵兆地出現在大堂，小國公爺高樹毅察覺到不妙，正要悚然而退，但是眼前一花，肩膀已經給那人抓住。

另外一桌三人，除了宦官依舊飲酒，對此視而不見，高冠仙師和銀甲武將已經猛然起身想要救下高樹毅，卻又各自停步，因為有一把來自二樓的猩紅長劍懸停在兩張桌子間，劍尖直指高冠仙師。而銀甲武將停步後轉頭望去，二樓有人橫移數步，滿臉笑意，握住刀柄，手中狹刀停雪將出未出。

魏羨翻過欄杆，落在一樓門檻處，像是要獨自一人攔阻外邊數百騎。

朱斂蹲在了欄杆上，笑咪咪低頭，盯上了那名最鎮定的宦官。

大紅蟒衣的宦官看著不過而立之年，實則已是八十歲高齡，是大泉王朝的武道大宗師之一，被譽為大泉皇城的守宮槐。在他成名之後，素來鬼魅橫行的大泉皇城再無任何奇怪傳言，全部銷聲匿跡。不過這名大宦官真正厲害之處，還在於他當年籠絡了一大批江湖爪牙，將大泉王朝境內十數個頂尖武林門派一個接一個剷除乾淨。三年之間，整個江湖掀起一場腥風血雨，無論正邪，都對這個老太監展開了多次刺殺，但是無一例外，有去無回。

與宦官同桌兩人，高冠仙師名叫徐桐，是大泉境內第一仙家門派草木庵的現任主人，擅長雷法，可以敕令鬼神，詔為己用。他還是醫家高人，精通煉丹，所煉丹藥是大泉王朝權貴公卿瘋搶之物。

銀甲武將許輕舟是大泉軍中屈指可數的頂尖高手，不到四十歲，一身橫鍊功夫就已經登峰造極，腰間佩刀「大巧」更是一件兵家重寶，可謂攻守兼備，每次沙場陷陣必身先士卒，所向披靡。

高樹毅運轉氣機，掙扎了一下，毫無用處。他非但沒有懼意，反而笑意更濃：「你們姚家真要造反啊？」

陳平安微微加重力道，高樹毅一陣吃痛，依舊竭力維持笑臉。

陳平安對他說道：「我就是個過路人，你這麼喜歡招惹我，那麼宰掉你後，我往北晉國一逃就是了。至於姚家不姚家的，你們愛怎麼潑髒水，我可管不著。」
這種鬼話，誰信？
高樹毅齜牙咧嘴，額頭滲出汗水：「有本事你就殺我嘛。」
陳平安盯著他，高樹毅以極其輕微的嗓音對陳平安輕聲道：「你知不知道，我看上那對母女，是她們的幸運，否則姚氏被抄家之後，她們很快就要被送去教坊司了，成為人盡可夫的官妓，到時候你倒是也可以嘗嘗滋味。」
他這話剛說完，陳平安一拳已至，直接砸在他額頭上，勢大力沉，巨石攻城一般。
高樹毅腦袋往後一蕩，雖然腰間玉佩亮起一陣五彩光華，瞬間彙聚在額頭處，但是仍然被這一拳打得當場暈厥過去，口吐白沫，那塊護身玉佩也出現了一條條裂縫。
由於肩膀始終被陳平安扯住，高樹毅的腦袋就像秋千一般蕩去又晃回，陳平安第二拳又砸向此人，牽一髮而動全身。
「啪」一聲，大宦官重重放下筷子，嗓音陰柔道：「年輕人，差不多就可以了。」
雖然對那個城府深重的小國公爺印象相當一般，可總不能就在自己眼皮子底下讓人給活活打死。
在他出聲後，徐桐和許輕舟如釋重負。
可陳平安沒有收手，高樹毅那塊祖傳玉佩砰然碎裂。
這時高樹毅反而清醒過來，滿臉漲紅，眼眶布滿血絲，臉色猙獰道：「狗雜種，我一定要你和姚家一起死無葬身之地！」

大宦官猛然起身，震怒不已。多少年了，還有人敢在自己面前這麼放肆？

姚九娘尖聲喊道：「停手！」

陳平安轉頭望去，婦人輕輕搖頭，眼神流轉，充滿了焦急，欲言又不敢明言，只好搗糨糊道：「公子有話好好說，坐下慢慢聊，相信小國公爺只是跟我們開玩笑的。」

惱羞成怒的大宦官蓋棺論定：「不用聊了，你們姚氏與北晉合夥謀反，死不足惜！」

言語之間，他雙指併攏在桌上一抹，陳平安腰間養劍葫掠出初一和十五，分別擊碎快若閃電的那雙筷子。陳平安第三拳打得高樹毅整個人砰然倒飛出去，門口魏羨挪開，任由這位小國公爺的屍體摔在客棧外邊。

那名騎卒剛好走到門外不遠處，看著地上那具屍體，一時間還有些沒回過神來，顯然不敢相信這是真的。

陳平安轉頭對婦人說道：「知道姚老將軍為什麼會差點死於刺殺嗎？因為你們太好說話了，明擺著有人覺得就算死了老將軍，所有姚氏子弟都不敢怒不敢言。」

姚九娘好像沒有聽進陳平安的話，神色癡癡，喃喃道：「死了，就這樣被你打死了，中國公一定會瘋的，皇帝陛下也一定會龍顏大怒，姚氏完了。」

那個在客棧當廚子的駝背老人亦是茫然失措，姚嶺之更是滿臉驚駭。

客棧內，只迴蕩著裴錢有氣無力的讀書聲。

這個時候，鍾魁拍了拍姚九娘肩膀，明明背對著陳平安，嗓音卻清晰地響起於陳平安心湖間：『你只管殺，我管埋。』

第八章　總有道理無用時

陳平安對鍾魁的話將信將疑。

老道人曾領著他在藕花福地看遍人間百態，他大致熟悉了官場架子。這麼個爛攤子，陳平安一出手就做好了流竄南方的打算，說不定還會被大泉王朝的鍊氣士追殺萬里。鍾魁哪怕出身桐葉洲山上仙家大宗，比如桐葉宗、玉圭宗、扶乩宗和太平山這四大勢力之一，仍是很難應付當下的棘手局面。至於鍾魁來自某座儒家書院的可能性，陳平安認為不大，因為在他的印象中，書院的賢人君子，除非涉及一國正統，否則不願意也不可以隨便插手世俗王朝的「家務事」。

不管如何，鍾魁的好意，陳平安還是心領。只是他沒有冒冒失失望向鍾魁，以免露出蛛絲馬跡。因為他最忌諱之人是那名身穿大紅蟒衣的宮中宦官，一身靈氣凝聚到了傳說中「滴水不漏」的境界，只在丹田處如有一盞燈籠懸掛氣府之中，隨著每一口綿長的呼吸，一明一暗，光芒持久，晦暗短暫，尚未能夠長久光明，可即便不是真正的金丹地仙，恐怕也只有一線之隔。

雖說一步之差，天壤之別。唯有結成金丹客，方是我輩人。可這種話，是成就地仙境界的山上神仙才有資格說的，對於所有中五境鍊氣士和御風境之下的純粹武夫而言，這種金丹半結的存在依然高高在上，舉手投足，威勢驚人。

客棧外，或者說是門口魏羨視野中，一個個鍊氣士飄掠而來，落在年輕騎卒身旁，其中就有先前車廂內的耄耋老仙師與那個年輕女修。

在十數名鍊氣士之後，是迅速散開陣形的數百精騎，將客棧包圍得水泄不通。一張張朝廷特製的弓弩，每次離開武庫都需要向兵部衙門報備，無論是折損、毀壞還是遺失，都需要層層把關，仔細勘驗。

年輕騎卒蹲下身。多年好友死不瞑目，瞪大的眼睛裡充滿了驚駭和疑惑。騎卒輕輕撫過這位小國公爺的臉龐，讓他閉上了眼。

顯而易見，騎卒才是這些人裡的地位最崇高者，地上這具屍體——已經淹死在江湖中的高樹毅，實則是此人的伴讀。事實上，除了高樹毅，客棧內還有兩個年輕人也是皇子伴讀，他們皆是勳貴世家之後，為的就是有朝一日，皇子稱呼能換一個字變成太子，若是能夠直接從皇子換成皇帝當然更好。

年輕騎卒便是大泉王朝三皇子劉茂，雖然他的兩位兄長各自在文官、武將中擁有很高的威望，可劉茂卻是當今天子最寵溺的皇子。市井傳聞，這位皇子殿下少年時便喜好偷偷出宮遊歷，每次回宮都帶著一籮筐的江湖故事和鄉野趣聞，總能把皇帝劉臻逗樂，加上劉茂生母又是劉臻最心愛的妃子，早早病逝，所以對於劉茂，劉臻很是呵護。大概是愛屋及烏，對於高樹毅這些老臣子送往三皇子府的伴讀也極為優待。

劉茂站起身，讓人背走高樹毅的屍體，對著客棧說道：「我很奇怪，你既然想要救姚氏，為何還要執意殺死申國公之子？為何不等一等，等到客棧信鴿將消息傳遞給姚氏，讓姚老將軍出面解決此事？殺了高樹毅，還有商量的餘地嗎？」

魏羨斜靠大門，覺得有點意思。征南大將軍姚鎮剛剛遇襲，受了不輕的傷勢，即便得到客棧消息，也未必能夠親自趕來，多半是派遣一名姚氏嫡系子弟和心腹前來與瘋狗一般亂咬人的高樹毅斡旋。眼前這位深藏不露的大泉皇室子弟之所以故意要在客棧停留，美其名曰慕名而來喝那青梅酒，明擺著是一個順手牽羊的局，欲牽之羊自然是姚家鐵騎的領頭羊，遠在邊陲、手握大軍的姚鎮。

高樹毅的桀驁跋扈不全是裝出來的，由他跳出來跟姚鎮之外的所有姚氏子弟交惡，分寸剛好。若是姚鎮親臨，高樹毅就不合適了，畢竟他不是申國公高適真，還與姚鎮差了輩分。但是姚鎮之外，都是高樹毅可以肆意拿捏的軟柿子，所以不論姚氏來多少人，都只是添油而已，自耗元氣，形勢只會步步惡化。

魏羨敢斷言，今年已經錯過數次大典的皇帝劉臻要麼病危，要麼極有可能遭遇變故，對朝堂澈底失去了掌控，原本需要各皇子孔雀開屏的太子之爭直接變成了龍椅之爭，自然而然就會變得殘酷血腥起來。姚氏若不曾嫁女入京城豪閥，不曾因為女婿李錫齡而與吏部尚書攀扯上關係，依循以往的祖訓，確實有機會繼續穩坐邊關，坐等雲譎波詭的京城廝殺水落石出，到時候姚鎮要麼派遣嫡子進京覲見新帝以表忠心，要麼乾脆就是新帝直接南巡邊境，收買姚氏人心。

劉茂的這些話其實不是說給陳平安聽的，而是故意說給姚九娘和駝背老人聽的。一旦他們聽進去，那麼客棧局面就更有意思了：你陳平安拚命護著姚家，若是姚氏不解風情，反過來埋怨你多此一舉，陷姚氏於大不忠，仗義出手的陳平安還能有一腔熱血嗎？俠義心腸，歷來受得起刀山火海的摧殘，江湖投緣，千金一諾，可換生死，卻唯獨經不起一杯忘恩負義酒。

劉茂又冷笑道：「你難道是要逼著姚氏造反？只會逞一時之快意恩仇，當真是江湖豪傑嗎？」

果不其然。

人心最經不起推敲試探，而且世人往往如此，在事情沒有徹底糜爛之前，哪怕已是身處絕境，仍然總懷揣著一絲僥倖。

家主姚鎮雖然遭遇陰險刺殺，可終究只是負傷，而姚氏的親家吏部李老尚書當初上書請辭，皇帝陛下在奏章上回了一句頗為諧趣的答覆：『鮮才去一半，辭官為時尚早』，然後命人往李府送去了幾尾貢魚。

姚氏鐵騎的戰力依然是南方諸軍中的佼佼者，誰都不敢輕視。

跟隨朝廷祕密滲入北晉境內的姚氏隨軍修士想必已經返回家主姚鎮身邊。

姚家的乘龍快婿李錫齡，據說有望進入位於桐葉洲中部的儒家大伏書院。

姚氏與李家在大泉朝野上下是國之棟梁，是清流高門，哪怕兩家聯姻，老百姓都不會覺得是什麼野心勃勃，而是天作之合，是大泉王朝國力鼎盛的錦上添花，是當之無愧的一樁美談。既然如此，姚氏怎麼可能說亡就亡了？

九娘臉色微變，駝背老人臉色陰晴不定，姚嶺之更是望向那一襲白袍，秀麗臉龐上不由自主地流露出了複雜神色，既有發自肺腑的感恩，又有情難自禁的埋怨。倒不是說她貪生怕死，而是姚氏邊軍自大泉劉氏立國起，姚家祠堂內那些層層疊疊、密密麻麻的靈位牌坊每年都還在增加。這些戰死沙場的先人除了帶給後人慷慨赴死的勇氣，無形中也是一種壓力——姚氏之清白，容不得後世子孫有半點玷汙，容不得什麼白玉微瑕。

這是人之常情。姚氏子弟可以死，姚家聲譽不可損，否則有何顏面去面對列祖列宗？悲壯且可敬。

三皇子劉茂的兩次問話，陳平安都沒有理會。

劉茂第三次開口：「看樣子，你是不會回心轉意了，那就讓客棧裡邊的無關人等退出來，如何？這些年輕人都是我大泉劉氏的王侯子弟，勳貴之後，沒有躺在祖蔭和功勞簿上享福，而是親身涉險，深入敵國腹地殺敵，他們最不應該死在這裡。」

曉之以理，動之以情，還有江湖道義。客棧內兩桌年輕扈從人人義憤填膺，對陳平安怒目相向，尤其是跟高樹毅同坐一桌的三人，雙眼冒火，恨不得一刀剁掉陳平安的腦袋，日後提頭去給高樹毅上墳賠罪。

魏羨轉頭望向陳平安，等待答案——是放人，還是殺人。

陳平安對魏羨吩咐道：「別放走一個人，但是他們只要不靠近大門，就別管。」

魏羨笑著點頭。

蟒服宦官是唯一一個當著三皇子劉茂的面還能夠自作主張的權勢人物，以宦官獨有的陰柔嗓音冷聲道：「殿下，這就是一幫不知好歹的玩意兒，懇請殿下允許老奴與許將軍、徐先生出手拿下這撥北晉賊子。劍修又如何，不過是多出一、兩把飛劍的廢物而已。」

姚九娘正要開口說話，鍾魁已經搶先安慰道：「九娘，事已至此，反正已經不可能更加糟糕，還不如靜觀其變。這會兒妳說什麼都毫無意義了。」

躲在灶房門口簾子那邊的小瘸子使勁點頭：「姓鍾的這輩子就這句話還有些道理。」

駝背老人轉頭怒道：「已經是個瘸子了，還想要再變成啞巴？」

小瘸子噤若寒蟬，立即閉嘴。

客棧內，包括陳平安在內五人都是純粹武夫，本就擅長近身廝殺。對方除了武將許輕舟，蟒服宦官和徐桐都是鍊氣士，又有兩桌屬於他們自己人的年輕扈從，只會束手束腳。

姚嶺之突然對著陳平安喊道：「你不要再殺人了！不然我們姚家會被你害死的！」

二樓房門打開，裴錢死死盯住她，憤憤道：「臭丫頭，閉上妳的臭嘴，再敢對我爹指手畫腳，我就用爹教我的絕世劍術戳死妳！」然後裴錢轉向一樓：「爹，書讀完一遍了，咋辦？」

陳平安背對二樓：「再讀一遍。」然後補了一句：「再敢瞎喊，以後不是讓妳讀書，而是吃書了。」

裴錢使勁點頭：「好嘞，爹！我都聽你的。」

在裴錢關上門的一瞬間，敵我雙方所有人幾乎同時出手。

二樓隋右邊駕馭那柄法寶品相的長劍癡心，以弧月式抹向徐桐的脖子。

徐桐腳踩罡步，令人眼花繚亂，不但一次次躲過了癡心，而且雙指掐訣，雙袖靈氣充盈，一身法袍之上浮現出五彩雲篆的霧靄畫面。同時，他身邊出現了一尊尊黑甲武將，它們空有盔甲，裡邊卻無身軀，但是靈活異常。癡心雖然能夠輕易刺穿那些鎧甲，卻彷彿完全無損這些符籙甲士的戰力。有一次長劍穿透一尊甲士的「面門」，它竟然雙臂抬起，十指攥緊劍刃，滋滋作響，濺出一大串火光。

以兵家甲丸護身的許輕舟與手持狹刀停雪的盧白象在電光石火之間同時前踏，刀鋒相敲，雙方刀尖像是都流淌出一條銀色絲線，剎那之間互換了位置。

客棧門外，鍊氣士手中七、八件仙家靈器齊齊朝著堵在門口的魏羨劈頭蓋臉砸來，在夜幕中格外璀璨光彩。

魏羨手心猛然握緊那顆神人承露甲的甲丸，將真氣灌注其中，瞬間身披甲冑，與許輕舟如出一轍。

出拳如龍，快若奔雷。一身凝如瀑布傾瀉的渾厚拳罡，加上一件上品甘露甲的庇護，魏羨卻不是硬撼那些仙師兵器，只是將其紛紛打偏，雙方之間，那些法寶牽扯出來的一條條流螢在魏羨身前七歪八斜，鏗鏘作響。轉瞬過後，魏羨就被那些光彩包裹其中，但他反而越戰越勇，氣勢暴漲。

客棧內，隋右邊神色淡漠，一手雙指併攏豎立於胸前，駕馭癡心主攻徐桐，白皙如羊脂的另外一隻纖手輕輕擰轉手腕，一樓酒桌上那些筷子如得軍令，半數變成了一把把「飛劍」，見縫插針，越過那些甲士刺殺徐桐，剩餘半數飛掠到二樓她身側，懸停四方，應對徐桐雙掌之下神出鬼沒的雷法，每一次交鋒，就會有一支筷子化作齏粉。

武瘋子朱斂始終默默蹲在欄杆上，不言不語，無聲無息。

他眼中，只有陳平安和那個蟒服宦官。

真正能夠決定結局的這兩個人極有默契，一出手就傾力而為。

以方寸符縮地而至，陳平安第一拳就是神人擂鼓式。那位大泉王朝的守宮槐則是陰神與陽神同時出竅神遊，兩尊法相虛無縹緲，卻有神人威嚴。

陳平安不但一拳被阻，心口處還被宦官其中一尊陰神探臂而入，所幸身穿法袍金醴，雖然心口處傳來痛徹心扉的撕裂感覺，仍是不動如山。一跺腳後，魂魄分離，也出現了三個陳平安，其餘兩個再度分別以神人擂鼓式筆直而去。

神人擂鼓式的精髓就在於兩拳之間的罡氣牽引，如天空上的日落月升、世人的生老病死，規矩極大，必然而至。

躋身第五境的陳平安，經過藕花福地的牯牛山一戰，已經能夠做到魂魄分離，一分為三，可惜只能堅持一口氣的光陰。不過配合很不講道理的神人擂鼓式，只要遞出一拳就足夠，就顯得綽綽有餘。

一拳擊中宦官後，如沙場擂鼓聲，瞬間就是十數拳，拳拳到肉，沉悶聲響起。

陳平安的魂魄重新歸位，畢竟不是正統鍊氣士，魂魄離體時間太久會傷及本元。

反觀蟒服宦官的第一次出手，姚九娘和姚嶺之這些人震撼於這位大宦官的修為之高，竟然能夠同時陰神出竅、陽神遠遊，這分明是地仙修為，但也品出一層匪夷所思的意味：

不是說這位大泉守宮槐是武學大宗師嗎，怎麼變成了修道長生的山上神仙？

宦官錯算了一招，就是沒想到陳平安身上那件袍子品相如此之高，竟然硬生生擋住了自己那尊陰神伸臂剮心的殺手鐧。大泉江湖有數位大宗師就死在這一手上，不會真正出現鮮血淋漓的畫面，但是會使得一個人的「心田」乾裂，瞬間扯斷心脈與所有竅穴的聯繫，斃命之後，人死如腐朽枯木，有點類似一拳打斷長生橋的手段。

宦官被視為武道大宗師，並非什麼拙劣的障眼法故意蒙蔽對手，而是此人擁有一具名副其實的宗師身軀，氣血強壯，筋骨堅韌，足以媲美純粹武夫的六境巔峰。無論是近身搏殺還是以山上術法對峙、法寶遠攻，他兩者兼備，故而最不怕與人換命。

挨中第二拳之後，宦官就意識到不對勁。不是對手的拳罡如何了不得，而是不該躲不掉。五拳之後，宦官心中了然，大致梳理出了此人這一拳的拳理脈絡。十拳之後，宦官似乎完全放棄了躲避的念頭，而是選擇了以傷換傷。

在這期間，飛劍初一和十五各自盯上了宦官的陰神和陽神。

一個貌似純粹武夫、實則錬氣士的蟒服宦官，一個貌似劍修、其實是純粹武夫的陳平安，兩人在兩臂之間，把一場架打得十分粗鄙，相較於二樓隋右邊的馭劍迎敵、盧白象和許輕舟之間的刀光森森、客棧門外魏羨的氣象萬千，陳平安和大泉宦官的廝殺除了「快」字就沒有其他，枯燥乏味，卻凶險萬分。

兩桌扈從已經躲到了樓梯口，他們深知客棧內這場亂戰他們連插手的資格都沒有。對此，唯一閒著的朱斂沒有出手阻攔，連正眼都沒有看一下。

鍾魁斜靠櫃檯，望向陳平安。

他雲遊四方，從未見過能夠把一種拳架打得這麼……行雲流水的純粹武夫。既然年紀不大，那麼就得走過很遠的路，看過很多高山大川才行吧？

殺氣、戾氣、凶悍之氣全無，甚至連爭勝之氣都不重，但氣勢偏偏還很足，鍾魁有些好奇這個年輕人的拳法宗旨到底是什麼。

不過人力有窮盡之時，自身體魄所能承載的拳意反撲本就是殺敵一千、自損八百的路數，對上這個大名鼎鼎的大泉守宮槐李禮，年輕人如果拳法止步於此，哪怕拚著受傷，最後一拳成功「打殺」了李禮，還是不夠，遠遠不夠。

純粹武夫不為世人所重，不被廟堂敬畏，反而是那些修道之人受人頂禮膜拜，是有理由的。「萬千術法，一劍破之」這句話在山上流傳很廣，很多人都覺得是在忌憚劍修的殺力，其實不全對。「萬千」二字，早就說出了修行之人的厲害之處。

陳平安最後一拳神人擂鼓式，果真將李禮的一拳打得粉碎，甚至就連那一襲大紅蟒衣都像是虛無之物了。但是當陳平安發現李禮身上並無半點鮮血濺射時就心知不妙，立即以《劍術正經》中化用為拳的鎮神頭式採取防禦姿態，一退再退。所幸一刺莫名其妙落空的初一已經出現在身前，加上身上的法袍金醴，應該可以爭取到一口嶄新的純粹真氣。

浩然天下不是藕花福地，在這裡，同輩武夫，以及所有鍊氣士都會死死盯住一名純粹武夫的換氣瞬間。宦官李禮此舉，與飛鷹堡外那名陣師的替死符異曲同工，只不過李禮是以一尊陽神的毀棄消散替換了真正身軀，轉移去了飛劍初一對峙的位置上。

陳平安這一通毫無留力的神人擂鼓式已經是強弩之末，而陽神消散不過是讓李禮那顆尚不完整的湛然金丹光彩稍稍暗淡幾分。

那尊陰神再次以挖心手段，五指如鉤一探而入，如拳砸紙，法袍金醴就像韌性極佳的宣紙，使得陳平安的魂魄不至於被一下打得潰散，護住了心田，可金醴也因此被牽制住。不但如此，擋在陳平安身前的飛劍初一也深陷泥濘，被禁錮在陰神體內。

李禮已經出現在陳平安身側，一掌拍散鎮神頭的拳意，一步向前，雙指併攏，戳中陳平安太陽穴，陳平安整個人橫滑出去。

李禮的強大不在於踩在金丹境界門檻上的半個地仙，而是他不倚仗外物的攻防兼備，至於他到底有沒有壓箱底的法寶，更是難說。

李禮沒有趁勝追擊，站在原地，先前打散鎮神頭的手掌早已握拳，再迅速鬆開，上邊的掌心紋路開始蜿蜒靈動，絲線鮮紅，最終就像是變成一張朱紅符籙。戳中陳平安太陽穴的併攏雙指在手心一抹而過，李禮心中默念「開符」二字。剛要竭力換氣的陳平安只覺得山嶽壓頂，那件法袍金醴之上，雙袖和肩頭各處出現一張張靈光綻放的符籙，陳平安太陽穴處鮮血直流。

「我也有一拳，就當是我大泉王朝的待客禮數了。」李禮微笑前行，在說這句話的期間，蟒袍大袖飄蕩不已的他腦袋歪斜，躲過刺向後腦勺的初一，以手指夾住輕輕丟出，恰好砸中不遠處的十五。

他一步就來到陳平安身前，那隻掌心有符籙的左手看似輕描淡寫一般放在了陳平安心口，右手一拳砸在自己手背上，如重錘砸釘，死死釘入法袍金醴之中，勢大力沉。

陳平安倒退數步，李禮如影隨形，依舊是以拳打掌，又一拳砸下。

陳平安身上那件法袍金醴劇烈飄蕩，袖內山水靈氣與武夫罡氣一同崩碎四濺。

陳平安一退再退，李禮這一次沒有跟上，只是伸出手指拈住脖子上一條憑空出現的金色繩索使勁一扯，帶起脖頸間一道血槽。李禮對這些傷勢渾然不覺，任由那條應該是縛妖索的金色繩索纏繞手腕，蟒服袖口已經被撕扯破碎，在手臂上勒出一道道鐵青色印痕。

李禮嘖嘖道：「身上好東西倒是多，又是一件法寶吧，只可惜你既不是劍修也不是鍊氣士，用得差了，不然我第三拳是沒有機會這麼快送你的。」

原來李禮右手被金色縛妖索纏住後，畫有符籙的左手重新握拳，對著陳平安額頭遙遙指了指，陳平安眉心處就如遭重擊，皮膚崩裂，滲出鮮血，腦袋向後倒去，只是陳平安一步步重重踩踏在地上，硬是沒有讓自己後仰倒地。

李禮眼神深處閃過一道陰霾，身後就是初一和十五兩把飛劍與自己那尊出竅陰神糾纏不休。他冷笑道：「兩個小東西倒是跟姚氏一般忠心，可惜你們貌似不是本命之物，威力大減，若是能夠抹掉你們的靈性，說不定可以為我所用，可謂意外之喜。」

陰神竟是剎那之間生出三頭六臂來，面目全非，也不再是李禮「中年宦官」的模樣，而是三位大泉王朝武廟神靈的臉龐，分別是大髯壯漢、文雅儒將和一名木訥老者，三雙手臂分別持有香火彌漫而成的一對鐵鐧、雙斧和一杆鐵槍。

李禮雖然稍稍分心去關注陰神與兩把飛劍的「磕碰」，卻不妨礙他對陳平安的戒備。

這位享譽桐葉洲中部諸國的大泉守宮槐雖然失了先手，之後卻穩占上風，但是他沒有想到那小子挨了這麼多拳，太陽穴那邊現在還在流血不已，仍像個沒事人一樣，比一身拳意更玄妙的那股精氣神不但沒有跌入谷底，反而還在上漲？

不過沒關係，李禮還是可以鈍刀子割肉，慢慢耗去這個年輕人的底子就行了，哪怕年輕人再來一通亂拳，大不了暫時失去陰神，年輕人的身軀和魂魄都絕對支撐不住。李禮不是不想速戰速決，實在是沒有辦法一錘定音，尋常七境武夫或是龍門境修士早就可以被他宰掉兩回了。

盧白象在與許輕舟的交手中處於劣勢。一來盧白象不比魏羨，是剛剛走出畫卷，尚未適應浩然天下的靈氣倒灌；二來許輕舟身披金烏經緯甲，若非盧白象手中那把狹刀停雪是太平山已逝元嬰地仙的遺物，恐怕他就會毫無還手之力。只是盧白象胸口和肩頭處都有可見白骨的刀傷，這位藕花福地魔教的開山鼻祖依舊神色自若，好像對於許輕舟刀法的興趣遠遠多於戰勝此人。

隋右邊雖然是武人出身，與徐桐的捉對廝殺卻更像是兩名鍊氣士之間的較量。徐桐顯然將她當成了劍師，即便棘手，可只要不是溫養出本命飛劍的劍修，那就無妨。

門外魏羨有一身源源不斷的雄渾罡氣，加上陳平安贈予的甘露甲，把這場架打得酣暢淋漓，至於漏網之魚帶來的一點點小傷，不痛不癢。

這幾人廝殺的同時，其實都在時刻留心李禮與陳平安的勝負。

隋右邊率先開口問道：「公子？」

傷痕累累的陳平安搖搖頭，並未說話。一口純粹真氣只能始終吊著，不敢轉換。

李禮笑問：「怎麼，就這麼點伎倆？」

陳平安如果不是身穿金醴，一身血腥氣早就讓整間客棧都聞得到了。

李禮將手心符籙狠狠「釘入」陳平安心口，金醴只擋住大半，仍有小半滲入。

這無異於剖心之痛。陳平安額頭冷汗和臉上的血水混在一起，沿著臉龐點點滴滴落在地上。

李禮心中殺機更濃，只等陳平安真氣竭盡之時。若說身軀傷勢的疼痛，眼前年輕人還可以靠著毅力強行壓下，但只要真氣渙散，他的機會可就來了。

李禮等得起，可陳平安等不起，所以李禮沒有得寸進尺，繼續跟陳平安近身廝殺。何況駕馭陰神、陽神一同離開氣府並不輕鬆，如果不是半顆金丹使得李禮靈氣底蘊遠超同境修士，身後那尊陰神，別說是維持住三頭六臂的武聖人姿態掣肘初一、十五兩把飛劍，可能早就自行消失，重返李禮真身。

李禮眼角餘光瞥了一眼蹲在二樓欄杆上的朱斂，有些納悶為何此人從頭到尾都要袖手旁觀。

正在此時，陳平安好似抓住稍縱即逝的機會，開始要強行換氣。

李禮心中冷笑不已：『垂死掙扎，你這次可要賭輸了。』

陰神一閃而逝，來到陳平安身前，六條胳膊持有五件兵器，朝著他當頭落下。李禮則親自對付兩把飛劍，從大紅蟒衣上流瀉出無數條雪白靈氣，像是張開了一張巨大蛛網，澈底擋住初一、十五救援主人的路線。雖然這些雪白蛛絲困不住飛劍，可是只要稍稍滯緩速度，李禮就能夠出現在飛劍附近，或屈指輕彈，或一揮袖子，擊飛兩把飛劍。

李禮覺得有些好笑。這個年輕人不知死活，原來根本就沒有換氣，應該是誘騙自己靠近而已。可是有何意義？今夜冒冒失失為姚氏出頭是如此，當下抖摟的小機靈還是如此。大概是年輕人出身太高，又有高手扈從，這輩子一直順風順水，所以不知天高地厚。不過這種背景肯定驚人的對手，既然已經結仇，就應該斬草除根，一旦放虎歸山，說不定整個大泉王朝都要有天大麻煩。

比起先前陳平安和李禮的拳拳到肉，現在與陰神的互相捶打更加驚心動魄，好在陳平安對此並不陌生。當初在牯牛山對峙丁嬰金身法相，不也是這般山崩地裂的氣象？只是上次他只能硬扛，並無還手之力，一座牯牛山被丁嬰金身打得山頭炸碎。現在他卻是在與這「小小」陰神互捶，雙方皆是絕不躲避，法袍金醴已經被打出了原形金色。

陳平安十拳神人擂鼓式之後，李禮眼神有些晦暗，不過仍是沒有理睬，任由那個年輕人拳拳累加。

三頭六臂、武聖人姿態的陰神煙消雲散，靈氣流溢四方，而金醴法袍也出現一條條破碎劃痕，暫時無法復原，亦是有紊亂靈氣散亂開來。

李禮一把扯掉破碎不堪的大紅蟒衣，看著胸口劇烈起伏的年輕人，雙手的手心、手背都已經血肉模糊，竭力睜開雙眼，一張鮮血流淌的臉龐像是只剩下那雙清澈的眼眸了。

李禮笑道：「只可惜你是純粹武夫，這意味著與桐葉宗、玉圭宗沒什麼關係，不然我還真不敢殺你。」

陳平安閉上一隻眼睛，沙啞說道：「你這兩具分身不經打，才十七、八拳就碎了，比不得丁嬰。」

李禮微笑道：「然後？」

陳平安含糊不清道：「然後我只要第三次出拳，就可以跟你換命了。你怕不怕？」

李禮報以冷笑，顯然不信。再者，他身為大泉守宮槐，金丹半結，怎麼可能沒後手，只是代價太大罷了。

兩兩沉默，片刻後，李禮突然皺眉，厲色道：「你一個純粹武夫，為何反其道行之，偷偷摸摸汲取靈氣？」他後退了數步，認為此人是故意打開一座座氣府大門，任由靈氣倒灌，是這小子想要為自己贏得玉石俱焚的機會。

真是失心瘋了！

鍾魁輕輕點頭，又搖頭。純粹武夫以靈氣淬鍊魂魄，膽識很大，但是危險也大。那第三拳，是有機會遞出去的，如果李禮掉以輕心，還要再吃個大虧。

年輕人這場架沒白打，五境武夫，正是苦苦尋覓一顆英雄膽的時候，這位大泉守宮槐的古怪陰神剛好是觀想三位武廟聖人而成，不過此等觀想是旁門左道，有褻瀆神祇之嫌，而且有損武運，是李禮公器私用了，相信大泉朝堂未必有人知曉真相。

年輕人與陰神一戰，勝而碎之，冥冥之中，三位劉氏王朝的武聖人便會有感應，將來年輕人如果有機會去往大泉京師，進了那座武廟，相信必有厚報，但一切的前提是，年輕人和他的古怪扈從們能夠活著離開這間客棧。自己答應可以幫他收拾殘局，卻不是說要袒護他。

李禮環顧四周，走了十數步路走到一張酒桌旁，拿起酒杯喝了口酒，然後輕輕放下，看了眼樓梯口那些年輕扈從，其中有一位小侯爺，有一位龍驤將軍子弟，其餘也算是前程似錦的禁軍精銳。

許輕舟這個廢物，不但沒有拿下那個用刀的，甚至淪為餵招之人還不自知；草木庵的徐桐還沉浸在一手旁門雷法的狗屁威勢之中，自以為勝券在握，卻不知那個根本不是劍師的娘兒們心中劍意生發如春草勃勃，對方資質之好，簡直就是個劍仙胚子；至於門外，那邊打得倒是熱鬧，雙方你來我往，可也就只是熱鬧而已。

李禮最後望向姚九娘和駝背老人，沒有半點興趣，倒是鍾魁讓李禮有些吃不准，不過無所謂。客棧之內，無論敵我，所有人都要死。

李禮一揮手，客棧大門砰然關上。

朱斂緩緩道：「小心。」

李禮伸手覆在丹田外的腹部，開始大口呼吸，每次吐納，都會有猩紅氣息噴吐而出。

陳平安默然前衝，第三次神人擂鼓式，砸在李禮貼在腹部的手背上，李禮一拳砸在陳平安心口。

簡簡單單的第二拳已至，李禮煩躁不已，好似心性再不是那個深居宮內看護京城的御馬監地仙，臉色變得猙獰，雙眸通紅，一巴掌橫拍在陳平安太陽穴上。

陳平安上半身飄來蕩去，唯有雙腳扎根，為的就是遞出下一拳。

一拳比一拳更快，李禮更是一拳比一拳聲勢如雷。初一和十五在穿入此人身軀後，竟然好似身陷迷宮，在那些氣府之間亂撞，始終不得其門而出。

陳平安體內傳出一陣陣骨頭碎裂聲，李禮保養如中年男子的臉上，不過浮現出一條條絲線，有的地方高高鼓脹，有的地方凹陷下去，彷彿這張臉皮是假的。

那顆半結金丹砰然碎裂，不過只是碎裂了外邊一層，就像李禮先前隨手扯掉披在外邊的大紅蟒衣。

朱斂心中嘆息一聲，腳下欄杆粉碎，地板亦是跟著破開，整個人落在一樓，速度之快可謂風馳電掣，看似隨隨便便跨出兩、三步就已經來到李禮身側，腳尖一點，身形躍起，一肘擊在那名八十歲高齡的老宦官腦袋上，另外一隻手閃電抽出，以手刀姿勢從李禮脖子插入，一穿而過。

本該必死無疑的李禮依舊對著陳平安出拳，一拳過後，陳平安雙耳淌血如泉湧，而朱斂轟然倒飛出去，直接撞破遠處的牆壁。

半截脖子的李禮神色漠然，一心想要先殺死眼前的年輕人，其餘人等，在他現出真身之後，都算不上一合之敵。

朱斂摔入外邊一隊精騎之中，嚇得那些人心頭一顫，正要圍殺，朱斂已經吐出一口血水，向後翻滾起身，如猿猴在山林間輾轉騰挪，武瘋子的暴戾開始展露無遺。

客棧內，不約而同地，徐桐和許輕舟、隋右邊和盧白象雙方各自停手，因為李禮的變化實在太匪夷所思了。他們在隱約之間，憑藉敏銳直覺，都將李禮視為了最大敵人。

就在此時，姚九娘、駝背老人、小瘸子及二樓的姚嶺之莫名其妙癱軟在地。

鍾魁不知何時出現在了李禮的身後，一手負後，一手雙指夾住一顆猩紅丹丸，低頭凝視，自言自語道：「怪不得。」

他微微加重力道，將這顆貨真價實的金丹捏碎。

聽到身後陳平安一拳砸在已死宦官的胸口，而陳平安自己的手骨也碎得一塌糊塗，鍾魁轉過頭，由於還隔著尚未倒下的李禮，他只好身體歪斜，對陳平安齜牙咧嘴，眼中滿是佩服：「這位小兄弟，你不知道疼嗎？」

陳平安全然沉浸在拳意之中，最後一拳，其實已經談不上殺傷力，輕飄飄的。

要知道，這神人擂鼓式可是站在武夫十境巔峰的崔姓老人想要憑此向那道祖問高低的最得意拳法。

陳平安身形搖搖欲墜，視線模糊，依稀看到那個脖子稀爛的宦官耷拉著腦袋，噗通一聲跪在了地上。

陳平安站在原地，還保持著一拳遞出的姿態，沒有收回。這一刻，他腦子裡只有一個念頭，這最後一拳，幸好沒有落在崔姓老人眼中，不然肯定會被老人罵得狗血淋頭。

鍾魁看著徐桐和許輕舟，眨眨眼問道：「君子動口不動手這種鬼話，你們真信啊？」

徐桐和許輕舟咽了咽口水。

陳平安雙臂頹然下垂，一屁股坐在地上，盤著雙腿，使出最後的氣力，雙手握拳，輕輕撐在膝蓋上，只能睜開一隻眼。

法袍金醴損壞嚴重，靈氣稀薄近無，暫時已經失去功效。

一身的血，比先前李禮身上穿的大紅蟒衣還要扎眼。

鍾魁對他說道：「你知不知道自己的對手是什麼？」

不過因為客棧還有許多人，鍾魁倒是沒有說更多。眼前年輕人在自己出手前的氣機變化，大概是深藏不露的自保之術，或是殺力最大之招，他只能猜出一點端倪。

陳平安緩緩抬起頭，仍然是只能睜著一隻眼，微笑道：「身前無人。」

鍾魁蹲下身，笑問道：「你叫什麼名字？」

陳平安閉上眼睛，鍾魁翻了個白眼。

猶豫了一下，陳平安伸出一根手指，如稚童塗鴉，在空中圈圈畫畫。

客棧內，李禮身軀和金丹崩潰後的天地靈氣緩緩流向陳平安，而且聚攏彙聚之地剛好是陳平安劍氣十八停所經過的那些氣府外。

除此之外，陳平安一招手，李禮的屍體便消逝不見，但是初一和十五從中蹦出，飛快懸停在陳平安肩頭兩側，劍尖指向鍾魁。

鍾魁對此視而不見，抬起頭，對二樓喊道：「小丫頭，別讀書了，快來看妳爹。」

早就沒力氣讀書的裴錢跑出房間，先看了眼鍾魁，然後故意裝傻：「啥，看你爹？」

鍾魁嘖嘖道：「哎喲，還挺會揀軟柿子捏啊。」

裴錢一溜煙跑下樓，踩得樓梯嘎吱作響。

蹲在鍾魁旁邊，裴錢看著陳平安，輕聲詢問：「該不會死了吧？」

鍾魁點點頭：「英年早逝，令人扼腕痛惜啊。」

裴錢左看右看，欲言又止，陳平安睜開眼睛。

裴錢轉頭怒視鍾魁：「你幹嘛咒我爹死？你爹才死了呢！」

鍾魁一臉無辜：「我爹是早早死了啊，每年清明節都要去上墳的。」

陳平安摘下腰間酒葫蘆，小口喝起了青梅酒，抬手的時候，那隻手淒慘至極，看得裴錢冷汗直冒，想法跟身邊書生如出一轍：『天底下還有這麼不怕疼的人？』

鍾魁笑問道：「為了姚家差點死在這裡，不後怕？」

陳平安說道：「不是為了姚家。」

鍾魁壞笑道：「姚家遭此大禍，其實有一部分原因是紅顏禍水，相信你很快就會知道了，連我這般心如磐石的癡情男子也差點見異思遷，那女子的好看程度可想而知。」

盧白象和隋右邊，一個雙手拄刀，一個負劍身後，站在陳平安身邊。

一個兩枚穀雨錢，另一個竟然只需要一枚穀雨錢，四人加在一起，剛好用光陳平安所有穀雨錢的積蓄，老道人真是坑人。

鍾魁突然疑惑問道：「你該不會是知道我的存在，才把一場生死廝殺當作砥礪武道的修行吧？」

陳平安抹了抹臉上的血汙，沒有回答這個問題，而是笑問道：「你是？」

鍾魁擺擺手：「不值一提。」

陳平安便不再問什麼。

鍾魁轉頭看了一眼瞪大眼睛的裴錢。她的一雙眼睛如日出東海，如月掛西山，真的是漂亮，就是這性子，實在不討喜。

鍾魁望向大門：「姚鎮和另外一位皇子殿下的人馬也快到了。」

他最後笑道：「你安心養傷便是，接下來交給我處理。」

陳平安掙扎著起身，先對鍾魁拱手抱拳，那雙手，看得鍾魁又是一陣頭皮發麻。

陳平安最後對盧白象說道：「謝了，早知道如此，你應該第一個出來。」

盧白象淡然一笑。

陳平安瞥了眼隋右邊，後者與他對視，神色坦然。

陳平安走上二樓，裴錢跟在他身後。

那些年輕扈從，一個個面無人色。

鍾魁看著一大一小兩個背影，撓撓頭，想不出一個所以然來，便乾脆不去費神了。他一想到今夜過後就沒辦法在這邊蹭吃蹭喝了，便有些惱火，於是接下來，一個書生坐下來開始喝悶酒，一個腰間懸掛玉佩的書生出門而去。

客棧大門對他而言好似並不存在，他一巴掌把劉茂打得在空中翻滾好幾圈；一個仗劍書生直接化作白虹遠遠離去，找到了另外一位大泉皇子殿下，一腳踹翻在地，對著那張臉就是一頓猛踩。

在書生的陰神、陽神各自出竅神遊後，方圓千里之內，只要是陰物鬼魅，哪怕是那些淫祠神祇，皆不由自主地匍匐在地，戰戰兢兢。

世間萬鬼，見我鍾魁，便要磕頭。

走到二樓屋門前，裴錢已經快步跑過陳平安，率先打開門，很是狗腿。

陳平安大步走入其中，裴錢正猶豫要不要跟進去，陳平安已經轉頭吩咐道：「妳去跟客棧再要三間屋子，錢讓九娘先記在帳上，同時和魏羨說一聲，我會閉關幾天，在這期間誰都不見，你們五個最好不要離開客棧太遠。」

裴錢看著陳平安：「你沒事吧？」

陳平安哭笑不得。自己這副模樣，像是沒事的樣子嗎？

隨口道：「死不了。」

裴錢小心翼翼關上房門，最後說了一句：「有事就喊我，就在隔壁呢。」

陳平安點點頭。

初一和十五兩把飛劍懸停在屋中，陳平安先取出了一摞滌塵符張貼在屋內各處，然後取出兩只瓷瓶，一只丹紅瓷瓶是陸臺贈送，可生白骨，飛鷹堡外山林一役，陳平安就親身領教過這瓶丹藥的妙用；另外一只則是楊家鋪子的獨有祕藥，任你有天大的疼痛都可以止住，兩次出門遊歷，遇到那麼多山水神怪和魑魅魍魎，陳平安都沒有機會用到，不承想在一座邊陲小鎮給拿了出來。

陳平安脫去身上那件受損嚴重的法袍金醴，牽扯到許多血肉筋骨，疼得他滿頭冷汗。他坐在桌旁，伸手顫顫抖抖打開楊家藥鋪的素白瓷瓶，倒出一粒漆黑丹藥，丟入嘴中強行咽下，還摘下酒葫蘆灌了一口青梅酒，然後才開始塗抹丹紅瓷瓶裡的濃稠藥膏，雙手、胳膊、肩頭，又是一場折磨。

李禮的強大大大出乎陳平安的意料，為了應付這場風波，他已經足夠謹慎，除了武瘋子朱斂，還接連請出畫卷中餘下兩人。可是沒有想到李禮如此不講理，鍊氣士境界之外，體魄竟然足以媲美一位六境純粹武夫。

之前陳平安手邊只剩下三枚穀雨錢，順著老道人和背著金黃養劍葫道童他們的想法，陳平安小賭了一把，往隋右邊那幅最不會去動的畫卷丟了一枚穀雨錢。果不其然，只需要一枚穀雨錢，藕花福地的女劍仙就姍姍走出了畫卷，來到此處人間。

很顯然，那道童是掐死、算準了陳平安會最後請出隋右邊。若非蓮花小人兒「指點迷津」，按照陳平安自己的選擇順序，會是先請出敗給丁嬰的武瘋子朱斂，之後才是開國皇帝魏羨、魔教盧白象、隋右邊。那麼需要十五枚穀雨錢的朱斂就是一個天大的下馬威，說不定陳平安真有可能將其餘三幅畫卷束之高閣。

陳平安坐在桌旁，閉上眼睛，雙手自然下垂，卻觀想自己在以劍爐立樁姿態而坐，呼吸逐漸平穩下來，如老僧入定，道人坐忘。

兩天後的正午時分，陳平安換上一身潔淨衣衫，終於走出房門。

他站在欄杆旁，發現一樓大堂有些古怪，古怪之處恰恰在於客棧過於風平浪靜了：駝背老人坐在簾子邊的長凳上吞雲吐霧，小瘸子在擦拭桌凳，姚九娘在照顧一桌豪飲呼喝的客人，鍾魁則坐在門檻邊，眼神哀怨。

如果不是陳平安敏銳察覺到兩邊屋內包括朱斂在內那四股綿長細微的呼吸，都要誤以為什麼都沒有發生過，沒有遇到什麼申國公之子，什麼蟒服太監。

陳平安只覺得恍若隔世。這回生死一線間的武道砥礪，雖然比與丁嬰一戰收益要小，但感慨更多，大概與心境和勝負都有關係。

率先走出屋子的「畫中人」是朱斂，他依然身形佝僂，以笑臉示人，對陳平安抱拳晃了兩下，說道：「少爺因禍得福，可喜可賀。」

陳平安點頭後，問道：「當時屋外那些騎軍和姚家人？」

朱斂湊到陳平安身邊，低聲笑道：「那個落魄書生是大伏書院的君子，一出手就鎮住了三方人馬，門外那位皇子殿下馬上就帶人離開了，只帶走了小國公爺高樹毅的屍體，至於御馬監掌印太監的那具屍體提都沒敢提一嘴。另外那位年長一些的皇子殿下跟匆忙趕來客棧的姚家邊軍根本就沒敢來，掉頭走了。等到客棧老闆娘那些人醒來，這位君子就編了個理由，說公子你大殺四方，以拳服人，又有另外那位皇子插手其中，便大事化了。那位君子繼續留在這蹭吃蹭喝，如果浩然天下都是這樣的讀書人，那也太有趣了。」

他隨後又聊了一些那場風波的細節。

陳平安走向樓梯，疑惑道：「九娘他們至今還被蒙在鼓裡？這也行？」

朱斂笑道：「這位書院君子肯定跟三方打了招呼，不許洩露他的身分。」

陳平安問道：「裴錢人呢？」

朱斂指了指狐兒鎮方向，道：「跟人借了些銅錢，在狐兒鎮快活著呢。」

陳平安皺了皺眉頭，走到一樓後，徑直走向門口書生。

朱斂沒跟上，挺像是個小門小戶裡的老管家，留在最靠近門檻的桌子旁邊坐下。

陳平安坐在門檻上，摘下酒葫蘆，遞過去。

鍾魁搖頭，直愣愣盯著姚九娘：「不喝，不是九娘親手遞給我的酒水，沒個滋味。」

陳平安收回手，自顧自喝了一口，問：「當時高樹毅他們押送的犯人是南邊北晉國什麼人？」

鍾魁隨口道：「好像是松針湖水神廟的餘孽，以及正統山神金璜府君和他的妻子、門客。反正是鷸蚌相爭，漁翁得利，給那位大泉王朝的三皇子殿下一網打盡了，如果不是你橫插一腳，囚車裡頭恐怕還要加上好些個姚家人。不過你放心，我答應過你，爛攤子我來收拾，不用擔心大泉王朝視你為敵。不過，三皇子殿下也好，申國公府也罷，對你心懷恨意，我可攔不住，你要是連這些都應付不了……」

陳平安笑道：「應付這些還好，相信大泉王朝不太可能出現第二位守宮槐了。」

這個大泉劉氏王朝確實比起東寶瓶洲中部的梳水國、彩衣國，國勢要強出一大截，至於那位印象不錯的金璜府君為何突然從一國山神淪為別國階下囚，陳平安並不感興趣，更不會刨根問底，去管上一管。

當陳平安說到御馬監李禮，鍾魁也有些臉色晦暗，似乎是一件挺大的煩心事。

陳平安見他沉默，就轉頭望向客棧外邊，猶不放心，站起身，來到官道旁，望向狐兒鎮，擔心裴錢在那邊鬧出么蛾子。

等到陳平安回到客棧，跟姚九娘要了一桌子飯菜，讓朱斂去喊盧白象三人下樓。剛吃完飯，裴錢就晃晃蕩蕩返回客棧，很是開心的模樣，見著了陳平安，便有些心虛，眼神遊移不定。

陳平安也沒有細問什麼，只問她吃過沒有。肚子滾圓的小女孩搖頭，便吃上了桌上的殘羹冷炙。陳平安獨自走出客棧，散步也散心，等到他走回客棧，就發現客棧給人堵住了大門，對著客棧裡邊罵罵咧咧，很是熱鬧。

這群男女得有二十號人之多，青壯漢子滿臉怒容，婦人叉腰罵人，一撥孩子倒是沒心沒肺，要麼歪頭舔著糖葫蘆，要麼偷偷拿彈弓打那酒招子。

陳平安在人堆裡待了會兒，愣是沒聽明白緣由，因為說的是狐兒鎮方言，不過瞅著二樓裴錢見到自己後的慌張，陳平安心裡有數了。

裴錢原本蹲在二樓欄杆邊，不是挖鼻屎就是掏耳屎，很不當回事，還故意拿捏姿態噁心人，外邊罵得越凶，她笑得越樂呵。

好在那些狐兒鎮男女到底沒敢進客棧。小瘸子嫌吵吵鬧鬧太煩人，悶頭悶腦收拾著酒桌上的殘羹冷炙；駝背老人坐在遠處抽旱煙；姚九娘坐在櫃檯後邊嗑瓜子，不嫌事情大；半吊子帳房先生鍾魁原本想要當個和事佬，結果給一個漢子使勁推了把，踉蹌退回客棧，悻悻然走到櫃檯，裝模作樣拿起了雪白茫茫的帳本，挨了姚九娘一記白眼。

等到陳平安板著臉跨過門檻，裴錢就想要溜回屋子，結果被陳平安喊住，要她下樓。

她畏畏縮縮下了樓梯，不等陳平安問話，就竹筒倒豆子，不打自招了。

按照她的說法，是自己去了狐兒鎮，想要找藥鋪給陳平安買些藥材，結果那邊的同齡人就合夥欺負她一個外鄉人，一開始搶了她那串原本打算留給陳平安的糖葫蘆，她忍了，說是讀書讀了好些道理，懂得了以和為貴。那些人還喜歡跟在她屁股後頭說難聽的話，成群結隊，還用石子砸她，她沒搭理。後來她買了只蜻蜓紙鳶，又有人眼紅，拽了她一把，害她放開了紙鳶，紙鳶就那麼「嗖」一下飄出了狐兒鎮，徹底沒影兒了。她氣不過，就跟人打了一架，五、六個人都沒能打過她，還要哭著回家喊爹娘長輩來打她，她又不傻，就趕緊跑了。再說了，那蜻蜓紙鳶要二十文錢呢，就這麼沒了，她快心疼死了，害得她在狐兒鎮外邊找了大半天……

雖然裴錢自己都沒什麼底氣，扯謊的時候一直留意著陳平安的臉色，隨時準備挨揍，到時候護住腦袋就行，肚子或是胳膊給陳平安踹幾腳、掐幾把又不打緊，吃頓飽飯就又是一條好漢了。

陳平安只是安安靜靜聽完了裴錢的解釋後才說道：「撒完了謊，再跟我說一遍真相，不說也可以，以後妳就留在客棧，總餓不死妳。」

裴錢不說話了。

陳平安去了櫃檯，姚九娘瞥了一眼樓梯口的枯瘦小丫頭，輕聲笑道：「陳公子，你怎麼教出這麼個混世小魔頭，差點把狐兒鎮一條巷子鬧了個底朝天。先是坑騙人家孩子的吃食，把那些玩泥巴的小傢伙嚇得不行，信以為真，覺得她是咱們大泉京城來的公主殿下，只不過流落民間，遲早有一天要回去住在皇宮裡頭的。混熟了之後，她帶著那些孩子整天一起瘋玩，倒是成了那邊的孩子王，後來為了只紙鳶鬧翻了，打得不可開交，好像最後她給一個趕過去的大人打了兩下。若是尋常人，吃過虧就該收心回來，你家這位倒好，自稱是我的遠房親戚，靠這個，花錢請了狐兒鎮的幾個地痞，趁天黑去打了那男人的悶棍。之後更加無法無天，孩子們多是一條巷子的街坊鄰居，大晚上鬧鬼，莫說是孩子，就算是大人都給一個個嚇得不敢熄燈。陳公子你也知道，如今狐兒鎮還真鬧鬼，為了這個，幾個捕快守了整整一宿才將這個裝神弄鬼的小丫頭揪出來，結果你猜怎麼著，愣是給你家丫頭鎮住了，不知道說了些啥，客客氣氣把她給送了回來。你還真別說，一幫披著官皮的捕快護著個小閨女走進客棧，確實挺像公主殿下的。」

陳平安一陣頭大，轉頭看了眼裴錢，沒能瞧見她人，只看到一雙腿，應該是坐樓梯口上去了。

姚九娘掩嘴而笑：「花錢消災，多大的事！小錢，撐死了十兩銀子。這事兒你可千萬別摻和，交給我就行了，就公子你這好脾氣，那些人更來勁，屁大點事，能給他們說成捅破天的慘事。」

陳平安無奈道：「記帳上，回頭跟房帳一起結。」

姚九娘收斂笑意，正色道：「陳公子於我們姚氏有全族續姓之恩，還要計較這些雞毛蒜皮的小事，我九娘豈不是要無地自容？」

陳平安搖頭道：「不是一回事。」

姚九娘還要說什麼，只是陳平安已經說道：「今兒的事情，就勞煩夫人了。」

姚九娘應承下來，姍姍走出櫃檯，一肘子頂開錘魁，從抽屜摸出了些碎銀子，去往客棧門口擺平風波。

位於邊陲的狐兒鎮魚龍混雜，本事未必人人都高，但是眼光肯定不窄，人來人往的，什麼新鮮事沒聽過，心氣還是有一些的，而且說不定就有隱姓埋名的世外高人，比如姚家九娘、駝背三爺這樣的。先前客棧鬧出那麼大動靜，尤其是魏羨跟那撥鍊氣士的你來我往很是惹眼，真正是神仙打架的氣象，從狐兒鎮遙遙看來，熱鬧之外，當然就是敬畏了。後來又有彪悍騎隊繞行北上，便有種種傳聞流出，有說是客棧九娘這個喜歡勾搭漢子的狐狸精真是狐狸精，持有此種說法的，多是狐兒鎮的婆姨婦人；還有人說得更晦暗些，說狐兒鎮這些年如此不太平，是因為有妖魔盤踞，這次有真龍過境，妖氣龍氣犯沖，便有了那場斬妖除魔。

姚九娘搖晃著腰肢往門口一站，外邊的氣焰便驟降。

鍾魁在櫃檯邊笑問陳平安：「什麼時候桐葉洲有你們這麼大的江湖門派了？相當於宗字頭仙家豪閥的江湖門派。」說到這裡，他自顧自笑起來，似乎覺得自己這個說法很是新穎有趣。

一夫當關的精悍漢子、嗜血暴戾的佝僂老人、拿大泉武將許輕舟餵招的用刀男子、以一手馭劍之術壓制仙師徐桐的絕色女子。最關鍵的是，這四人在大戰之中，無論是氣勢還是修為都在增長。當然，還要加上一個不是鍊氣士卻能御劍的年輕公子哥，就是俊俏了一點，搶了自己在九娘這邊的風頭，不然一定要跟他把臂言歡，稱兄道弟。

陳平安猶豫了一下，還是選擇坦誠以待：「我們不是桐葉洲人氏。」

鍾魁「嗯」了一聲：「南婆娑洲那邊來的？」

南婆娑洲極為出名，哪怕桐葉洲是個眼高於頂的地方，小覷天下豪傑，可是對於離倒懸山最近的南婆娑洲還是服氣的，因為那邊有個潁陰陳氏，有個幾乎一人獨霸「醇儒」稱號的陳淳安。

鍾魁對南婆娑洲那是仰慕已久，只是礙於身分以及恩師教誨，才久久沒能動身遊歷。南婆娑洲除了潁陰陳氏，還有眾多青史留名的形勝之地，鍾魁都想要走一遭。桐葉洲太悶了，無論是山下百姓，還是山上修士，都不愛走動。

陳平安指了指北邊，鍾魁眼前一亮：「可曾認識山崖書院的齊先生？」

陳平安給噎到了，一時間不知如何作答。

鍾魁笑道：「多半是你認得齊先生，齊先生不認得你吧？沒事沒事，咱倆一樣。」

至於最近的北邊鄰居東寶瓶洲，鍾魁瞧得上眼的大概就只有山崖書院齊靜春的學問以及大驪國師崔瀺的棋術了。只不過聽說驪珠洞天破碎下墜，那位齊先生也身死道消了，就連鍾魁的恩師都頗為遺憾，私底下對鍾魁說齊靜春若是在桐葉洲，絕不至於如此受辱，最不濟也不會落得個孑然一身，舉世皆敵。

陳平安笑道：「邊喝酒邊聊？」

就為了鍾魁口中「齊先生」三字，他願意陪此人喝上一壺。

鍾魁看了眼正在門口指點江山的婦人，低聲道：「喝酒可以，可若是九娘埋怨起來，你要幫我說話。」

陳平安點頭道：「自然。」

鍾魁拎兩壺青梅酒，以帳房先生的身分使喚小瘸子給他們端了幾碟子佐酒小菜，他則盤腿坐在長凳上，沒個正行。

陳平安問道：「聽說先生來自大伏書院？」

鍾魁沒當回事，隨口笑道：「可不是，還是個君子呢，厲害吧？」

陳平安敬了一碗酒，敬「君子」二字。

鍾魁趕緊伸手阻攔，只是陳平安已經一飲而盡。

這位浪蕩江湖的書院君子嘆氣道：「這也值得喝一杯？我看你就是想要喝酒吧。」

陳平安記起了在梳水國遇上的那位書院賢人周矩，跟眼前這位君子大不相同。周矩當時在宋老前輩的劍水山莊口誦詩篇就能定人生死，好一個口含天憲。

讀書人，讀了不同的書，大概就會有不同的風采。

鍾魁突然想起一事：「那夜擋住門外錬氣士的漢子身上所穿的甘露甲，如果我沒有看錯應該是兵家古籍上記載的『西嶽』，是甘露甲八副祖宗甲之一，你家祖上傳下來的？」

陳平安心頭微震，搖頭道：「是在倒懸山靈芝齋購買而來。」

鍾魁問道：「花了多少穀雨錢？」

陳平安搖頭道：「只是花了些小暑錢，不貴，打算以後送人的。」

鍾魁笑道：「靈芝齋不識貨，讓你撿了個大漏。不過正常，西嶽給高人設置了禁制，我如果不是因為剛好書院有部快要破成碎片的祕典，湊巧熟悉這些甲丸傳承的兵家內幕，當時又使勁瞧了半天，也會認不得。我勸你還是留著它，這麼值錢的東西，何況它還有好多故事呢，隨便送人太可惜了。」

陳平安不置可否，好奇問道：「八副祖宗甲？」

鍾魁拈起一粒花生米丟入嘴中：「甘露甲全名『神人承露甲』，我問你，什麼神人，承什麼露？」

陳平安搖頭表示不知，鍾魁笑了笑：「除了西嶽，其餘七副最早的甘露甲，分別是佛國、花苞、山鬼、水仙、霞光、彩衣、雲海，大多數在戰事中毀壞，澈底沒了，留下來的不多，有據可查的，就只有山鬼和彩衣兩件。別看你手上這副西嶽很破爛了，相比那兩副好不容易遺留人間的，已經算好的了，碰上識貨懂行的，你只管往死裡開價，保證賺個缽滿盆盈。不過這些祖宗甲到底是失了根本，庇護主人的神通十不存一，實在是令人扼腕。為了這個，得喝一杯酒。」

鍾魁提起酒碗，率先仰頭喝光，陳平安只得跟著喝了一碗。

鍾魁自己主動說起了那場風波：「那兩個皇子都不是什麼好鳥，接下來你如果還留在大泉，自己悠著點。山下自有山下的規矩，而且山下高人多了去，比如那位三皇子遇上你就是山外有山，所以才被淋了一頭狗血。」

陳平安點頭道：「是這個理。」

鍾魁突然笑道：「想一想那晚你跟大泉守宮槐的廝殺，再看看你今兒在酒桌上這麼附和我，有些不適應。怎麼，在家鄉吃過書院的苦頭，所以忌憚我這麼個君子頭銜？」

陳平安啞然失笑，鍾魁又道：「你那天說誰的道理都是道理，我覺得說得很好。至於要那小國公爺捫心自問，雖然聽著更霸氣一些，也合情合理挑不出毛病，可其實有些……不講禮了。」

陳平安喝了一口酒：「沒辦法的事情。」

鍾魁點點頭：「確實，世道就是這樣，身處糞坑，就覺得吃屎是天經地義的事情，有人端上一盤菜，人家還不樂意吃。」

陳平安聽得咂舌。這是一位儒家君子會說的「道理」嗎？

鍾魁感慨道：「可就算這個世道爛成了一個糞坑，也不是我們吃屎的理由。」

這會兒陳平安一手拈著下酒菜，一手端著酒碗，總覺得有些彆扭。

鍾魁發現陳平安的異樣，連忙安慰道：「咱們吃喝的可不是屎尿，是好酒好菜，你放心吃吧。」

陳平安默默吃喝起來。跟這個傢伙聊天，有點跟不上對方的想法。一時間，陳平安有些想念小寶瓶了。

門口有姚九娘出馬，麻煩很快得到了解決。

如今客棧在狐兒鎮百姓眼中玄乎又邪乎，所以連進門嚷嚷的膽氣都沒有。

陳平安謝過了姚九娘，就去了樓梯口。裴錢還坐在那兒圈圈畫畫，陳平安說了句「跟我來」，她就乖乖跟在後頭，臊眉耷眼的，看上去像是犯錯且知錯的模樣，可陳平安用膝蓋想都知道後邊的小女孩心裡正偷著樂，他甚至完全可以想像，下一次裴錢去狐兒鎮的那份趾高氣揚。

到了屋子，陳平安落座，裴錢沒敢坐下，關了房門站在桌對面。

陳平安開門見山道：「以後妳就留在這裡，我會給客棧一筆錢。」

裴錢猛然抬頭，怒氣衝衝，正要說話，看到陳平安的冷淡臉色後，便又低下頭：「我知道錯了，下次不敢了。回頭我就去狐兒鎮，還給小梅一隻屁簾兒，給她買個四十文錢的大蝴蝶，花花綠綠的，比蜻蜓好看多了。小梅他們已經眼饞很久了，那麼一幫吃串糖葫蘆就跟過年似的窮崽兒可買不起，這次便宜她了。」

陳平安問道：「妳哪來的錢？」

裴錢抬起頭，眨眨眼：「跟九娘借的，不多，加一塊兒，就二兩銀子。」

陳平安問道：「那妳怎麼還？」

裴錢怯生生道：「先一起記帳上，以後我給你做牛做馬，一點點還給你。」

陳平安說道：「妳以後就留在這裡吧，這筆錢，妳可以給客棧打雜慢慢還給九娘。」

裴錢皺著一張小臉，泫然欲泣。

陳平安指了指房門，平靜道：「出去。」

裴錢狠狠抹了把眼睛，大聲道：「我知道！你一直只喜歡那個叫曹晴朗的小書呆子，你一直在擔心他！如果可以的話，你一定不會要我，只會把曹晴朗帶在身邊！他犯了錯，你不會這樣的，你只會好好跟他講道理，還會跟他說以後不要做像我這樣的人！陳平安，你一天到晚就想要撇開我！」

她轉身跑著離開，使勁摔門，回到自己屋子。

陳平安開始思量此後的桐葉洲北行之路，畢竟那座去往東寶瓶洲老龍城的仙家渡口就在大泉北境，如果繞路，就要多走上兩、三千里。如今與之交惡，自己一行人大搖大擺徑直往北邊走，換作自己是那三皇子也不能忍耐，即便這次被自己和鍾魁打怕了，一個能夠率軍長途跋涉，深入敵國腹地，打殺別國府君和水神廟的皇子殿下即便不會鐵了心玉石俱焚，多半也要給自己製造許多麻煩。實在不行，那就只能繞道而行了。

同一層樓，不提「閉關」的裴錢，魏羨正在屋內翻看一本購自狐兒鎮的雜書。這位開國皇帝沒虧待自己，還有酒有肉，桌上擱放著那枚兵家甲丸。大戰之後，琢磨了半天，魏羨不得不驚嘆浩然天下錬氣士的神仙手段，以及這方天地的天材地寶，匪夷所思。

再過去，就是武瘋子朱斂的房間，他正雙手負後，彎著腰，繞著桌子一圈圈散步。

盧白象站在自己屋子視窗處舉目遠眺，腰間懸掛著那柄暫放在他這邊的狹刀停雪，據說是一位元嬰地仙的遺物，確實不是家鄉那些所謂神兵利器能夠媲美的。

隋右邊盤腿坐在床榻上，呼吸吐納，那把癡心劍放在桌上。

陳平安拿出一幅已經空白的畫卷，想起那夜一閃而逝的殺機，不由得苦笑起來。

害人之心不可有，防人之心不可無。

這天暮色裡，陳平安下樓吃過了晚飯，樓上四位畫中人，只有朱斂踩著點與陳平安一同就座，還幫著倒酒，盧白象三人都未出門。至於裴錢，始終待在屋子裡，沒有動靜。

陳平安獨自出門，沿著去往狐兒鎮的官道緩緩而行。他走在坑窪不平的黃泥路上，轉頭望向西邊，然後轉身走回客棧。

他和一撥人差不多同時到達客棧門外，竟是有傷在身的姚氏家主、征南大將軍姚鎮，帶著那個當初一起身陷險境的少年，除此之外，還有親身經歷過客棧風波的武學天才姚嶺之及一個頭頂帷幕的年輕女子。這些人身後五、六騎不再是姚家邊騎，而是無須刻意披掛甲冑的隨軍修士，這些投軍入伍的山上人，在大驪，應該會被稱為武祕書郎。

見到了一襲青衫長袍的陳平安之後，神色萎靡，仍然執意親自趕赴客棧的老將軍立即翻身下馬，快步走到陳平安身前，拱手道：「義士兩次相救，我姚氏感激涕零！今夜拜訪恩人，請受我姚鎮一拜！」

他說完就要對著陳平安一揖到底，陳平安趕忙攔下，免了這份大禮。只是攔住姚鎮，其餘姚家子弟和與姚氏同氣連枝的隨軍修士已經整整齊齊拜了一拜。

姚鎮臉色蒼白。他是沙場磨礪出來的豪爽性子，直截了當問道：「不知我姚家應當如何報答？」

見陳平安沉默不語，他笑道：「並非是看輕了公子的俠義心腸，而是這等大恩大德，若是姚氏上下視而不見，姚家邊軍大纛上的那個『姚』字就沒臉面掛出去了。」

陳平安也不客氣，問道：「老將軍可有辦法讓我避開朝廷耳目，去到北方邊境上的天闕峰？」

姚鎮問道：「恩公總計幾人？」

陳平安本想回答六人，話到嘴邊，立即改口道：「五人。」

姚鎮略作思量，點頭道：「可以！若是恩公信得過姚氏，就在此地稍等數日，事後定然讓恩公一行五人安然到達北境天闕峰。」

陳平安問道：「會不會給你們添麻煩？」

姚鎮爽朗笑道：「天大的麻煩都熬過去了，這會兒已經沒什麼事情當得起『麻煩』二字。」他說這句話的時候一身輕鬆，雖然傷勢不輕，一路騎馬顛簸又雪上加霜，但是言語之間如釋重負。只是他身後眾人卻一個個心情凝重，帶著濃濃的不甘神色。

姚鎮似乎不太想走入客棧，提議與陳平安走一趟官道，陳平安自無不可。

兩人與眾人拉開十數步距離，姚鎮洩露天機，輕聲道：「不敢欺騙恩公，我打打殺殺一輩子，這次陛下開恩，允許我入京養老，就任兵部尚書一職，可以攜帶家眷、扈從百餘人，所以恩公可以身處其中，我需要耗費幾天，在軍中先幫你們安置一個合適身分。實不相瞞，這百餘人，朝廷肯定會仔細勘察，所以還需要恩公你們受些委屈。」他有些愧疚。

陳平安想過之後，點頭答應下來。

能夠護著姚氏老人去往京城，陳平安也能夠安心一些。

姚鎮第一句話其實說得不合官場規矩。入京赴任兵部尚書是平調，甚至絕不是什麼貶謫。大泉王朝的兵部尚書是實打實的朝堂要津，許多大將軍夢寐以求的一把座椅，只是對於姚鎮而言，這輩子哪天卸甲下馬了，那就是養老。

再者，離開姚家世世代代扎根的南方邊境去往京師蜃景城，也算背井離鄉，以姚鎮這個歲數以及大泉南邊定海神針的身分，大泉皇帝劉臻此舉讓朝野上下很是咀嚼了一番。

有一點可以確認，朝廷是準備保下姚氏了，或者說陛下已經下定決心，要將姚氏甩出旋渦，賞了姚鎮一個明哲保身、頤養天年的不錯結局。

大泉劉氏雖然到了這一代，皇子之爭的激烈程度有些超乎尋常，可是當今三位皇子，哪怕是那位年紀輕輕就坐鎮北邊的大皇子，對於朝野聲望都很看重。說句難聽的，姚鎮在邊關老死病榻、戰死沙場或是莫名暴斃都不出奇，唯獨不可能死在天子腳下的蜃景城，因為傳聞有一位大伏書院資歷深厚的君子離開書院後，在蜃景城教書多年。

姚鎮不希望陳平安以為雙方一同前往蜃景城是要陳平安一行人護著姚家北上，便為陳平安梳理了一遍大泉朝堂的脈絡，詳細解釋了如今姚家的處境為何已經算是脫離險境，這其中既有京師那位書院君子的功勞，更是客棧那位年輕君子的無形威懾。

陳平安幾乎沒有說話，多是傾聽老將軍闡述。唯獨一次詢問，是關於三皇子押送囚犯一事。

姚鎮本是刻板之輩，比腐儒還要講究君臣、父子那套，只是被這次劫難澈底傷了心，行事風格變了許多，許多以前打死都不會與人坦言的大泉內幕如今雲淡風輕便說出了口，想來除了傷心，老人其實還有些放心——放下心來安心養老了。

此次北晉金璜府君和松針湖水神之爭兩敗俱傷，壞了北晉國運根本，當初十數輛囚車當中就關著北晉五嶽神祇之下的第一山神。三皇子為此密謀了七、八年之久，動用了大量大泉王朝的祕密勢力，只要成功押送那位山神府君返回，在蜃景城眼中，這就是立下了不世之功，無異於武將開拓邊疆千里，只可惜功虧一簣，壞在了邊陲小鎮客棧裡頭，御馬監李禮死了，中國公獨子也死了，一來一回，十年辛苦經營，不過是得了面子，傷了裡子。

夜色中，兩人走在官道上，姚鎮聊得很隨意，將陳平安視為恩人，並未因為陳平安的年紀而感到彆扭。

在陳平安與姚鎮在外閒聊的時候，客棧裡邊氣氛詭異。

姚九娘斜靠在門口，駝背老人破天荒喝起了小酒，鍾魁坐在門檻上，抬頭看著九娘的側臉。整個客棧就一桌客人，隋右邊、盧白象和魏羨都不喝酒，隨便跟客棧點了三樣菜。小瘸子也餓得慌，見還剩下個空位，就與三人坐在一桌吃飯，也不夾菜，只是扒著碗裡的白米飯，還時不時偷瞄幾眼對面那個女子。

她長得真是比老闆娘好看多了，世上怎麼會有如此美的女子？她背著劍，這就是江湖女俠吧。不知道以後她還會不會路過客棧，那會兒他應該可以當個掌勺師傅了，不用再掃地擦桌、端茶送酒。

一想到這個，少年便覺得碗裡米飯不比鍾魁所謂的山珍海味差了。

陳平安返回客棧的時候已經打烊，一樓只剩下鍾魁。等關了門，鍾魁主動邀請陳平安喝酒，卻也不怎麼聊天，各喝各的，喝完了鍾魁就在櫃檯邊打地鋪，陳平安去二樓休息。末了，鍾魁笑呵呵說酒錢就一塊記在帳上了，陳平安有些無奈，不明白一位修為通天的儒家君子為何偏偏要寄人籬下，活得這般窩囊。

陳平安一路所見所聞，所謂高人認識了不少，可沒誰這麼不講究的。深藏不露的桂夫人、倒懸山看門的捧劍漢子、當時給他和范二擔任馬夫的金丹老劍修，其實都不算太平易近人，結果鍾魁最後撂下一句：「行走江湖，錢難掙，屎難吃，只要不是花錢買屎吃，就是好日子了。」

官道上，姚家人與客棧越行越遠。

那名頭戴帷帽的女子與姚鎮並駕齊驅。此時她掀開了帷帽，露出一張天生狐媚的絕色容顏，應該就是鍾魁所說的姚家禍水了。雖然她相貌嫵媚，可是氣質清冷，一雙桃花眸子一年到頭都是天生風流的春意。

姚鎮因為有傷，並未策馬馳騁，這位戎馬一生的老將越來越服老了。

年輕女子輕聲問道：「爺爺，怎麼不進去看看九姨？已經過去這麼多年了，這次還要去往京城，難道都不見一次面？」

姚鎮搖頭道：「算了吧。」

年輕女子扭頭看了眼挎刀少女和沉默少年：「嶺之和仙之如今心裡都不太好受。」

姚鎮笑道：「省得每天都覺得自己是老子天下第一，好事情。等他們到了蜃景城，還要吃癟。」

年輕女子欲言又止，姚鎮沉默片刻：「這樣挺好了。」

年輕女子忍不住問道：「爺爺，你心裡頭半點不怪小姨和小姨夫嗎？」

姚鎮沒有回答，夜色中，他突然笑道：「以前聽妳說過一次，說那深沉厚重，聰明才辯，磊落豪傑，分別是幾等資質來著？」

年輕女子雖然疑惑不解，不知爺爺為何要提及此事，仍回答道：「分別是第一、三、二等。」

姚鎮笑問道：「那你覺得那個恩人是第幾等？」

年輕女子搖頭道：「不敢妄言有恩之人。」

姚鎮點了點頭，轉頭道：「近之，妳不該跟著去蜃景城的，不再考慮考慮？現在後悔還來得及。」

名為姚近之的年輕女子笑道：「既然算命先生說了……」

不等她說完，姚鎮瞪眼道：「說不得！以後到了京城，更說不得！」

姚近之嬌憨一笑，重新放下了帷帽薄紗，遮掩住那張容顏。

之後兩天，客棧與狐兒鎮都太平無事。

裴錢極少出門，就算出門覓食，也都故意錯開陳平安。

這期間，陳平安陪著鍾魁坐在門檻上喝酒，鍾魁說他要盯著狐兒鎮，不過這不是最重要的，最重要的是，他希望每天都能看著九娘。

陳平安問他為什麼那麼喜歡九娘，鍾魁想了半天，只能用鬼迷心竅這個說法來解釋。

陳平安又開玩笑問他到底有多喜歡她，鍾魁唉聲嘆氣，說也就那樣了，喜歡得不多，所以他心裡總覺得對不住九娘。

陳平安算是沒轍了。怪人一個。

在姚家入京隊伍來到客棧之前，隋右邊敲開了陳平安房門，說要捎帶幾句話。

兩人相對而坐，隋右邊緩緩道：「長生橋重建後，如果想要躋身上五境，就需要煉化五件法寶，分別對應五行之屬，補足五行。煉化之物，品相越高，修道成就自然越高。」

陳平安問道：「比如？」

隋右邊似乎早有預料，或者說是讓她捎話之人算無遺策，她幾乎以原話回答陳平安：「比如五行之金，可以是那袋子金精銅錢，那顆金身文膽；再比如五行之木，可以是驪珠洞天的槐木，也可以是青神山竹子；五行之水，可以是那枚『水』字印；五行之土，可以是斬龍臺，或是大驪王朝的五嶽之壤；五行之火，可以是某些蛇膽石，甚至是一條腕上火龍。」最後，她補充：「這只是『比如』。具體煉化何物，以及如何煉化，何時煉化，還需要公子自行定奪。」

陳平安把隋右邊送出房間後，便開始練習劍爐立樁。

這天晚上，他以千秋睡樁沉沉入睡，做了一個怪夢。夢中，有人擋在他身前，雙臂已斷，鮮血淋漓。這人弓著腰，背對著他，以嘴咬住刀柄，一種令人無法想像的橫刀式。

陳平安清醒過來，睜開眼睛，使勁去回憶那個夢境，卻只記得那個模模糊糊的背影。

在陳平安躺在床上犯迷糊的時候，客棧外邊遠處有一大一小在堆一個小土包，鍾魁就蹲在那兒看，裴錢負責堆，還專門找了一塊寬薄石片往「墳前」一插，大功告成之後，滿臉泥汙的小女孩轉頭對鍾魁鄭重其事道：「這就是陳平安的墳墓，以後每年的今天，我們倆都要來祭拜一下！」

鍾魁納悶道：「這算哪門子事？」

裴錢一屁股坐在地上，雙臂環胸，咬牙切齒道：「在我心裡，陳平安已經死了啊！」

鍾魁「哦」了一聲：「如此說來，這個小墳包可以稱之為衣冠塚了。」

裴錢皺眉道：「啥意思？」

鍾魁下巴擱在胳膊上，愣愣盯著小墳頭和小墓碑，其實眼角餘光在看著裴錢的那雙明亮眼眸。

他若有所思，似有所悟。

——劍來【第二部】（五）誤入藕花渡　完

高寶書版集團
gobooks.com.tw

DN 297
劍來【第二部】（五）誤入藕花渡

作　　者　烽火戲諸侯
責任編輯　高如玫
封面設計　張新御
內頁排版　賴姵均
企　　劃　何嘉雯

發 行 人　朱凱蕾
出　　版　英屬維京群島商高寶國際有限公司台灣分公司
　　　　　GlobalGroupHoldings,Ltd.
地　　址　台北市內湖區洲子街88號3樓
網　　址　gobooks.com.tw
電　　話　(02)27992788
電　　郵　readers@gobooks.com.tw（讀者服務部）
傳　　真　出版部(02)27990909　行銷部(02)27993088
郵政劃撥　19394552
戶　　名　英屬維京群島商高寶國際有限公司台灣分公司
發　　行　英屬維京群島商高寶國際有限公司台灣分公司
初版日期　2023年12月

本書中文繁體字版由浙江文藝出版社有限公司授權出版。

國家圖書館出版品預行編目(CIP)資料

劍來第二部（五）誤入藕花渡/烽火戲諸侯著. -- 初版. -- 臺北市：英屬維京群島商高寶國際有限公司臺灣分公司, 2023.11
　面；　公分.--

ISBN 978-986-506-843-1（平裝）

857.9　　　　112016539